ERIN HART

Erin Hart est américaine. Elle est venue à l'écriture par le biais du théâtre, qu'elle a pratiqué à l'université. Avant d'écrire *Le chant des corbeaux,* son premier roman, elle a fait de la mise en scène, de la production et de la critique théâtrale, et à été directrice de la communication du Conseil des Arts de l'État du Minnesota. Passionnée par la musique traditionnelle irlandaise, qu'elle chante a capella, elle a fondé la *Minnesota Irish Music and Dance Association.* Son deuxième ouvrage, *Le lac aux chagrins*, est paru aux éditions Payot en 2005.
Mariée à un musicien irlandais, Erin Hart vit depuis toujours dans le Minnesota.

ERIN HART

Erin Hart est américaine. Elle est venue à l'écriture par le biais du théâtre, qu'elle a pratiqué à l'université. Avant d'écrire *Le baiser des tourbières*, son premier roman, elle a fait de la mise en scène, de la production et de la critique théâtrale, et a été directrice de la communication du Conseil des Arts de l'État du Minnesota. Passionnée par la musique traditionnelle irlandaise, qu'elle chante a capella, elle a fondé la *Minnesota Irish Music and Dance Association*. Son deuxième ouvrage, *Le lac des chagrins*, est paru aux éditions Belfond en 2005.

Mariée à un musicien irlandais, Erin Hart vit depuis toujours dans le Minnesota.

LE CHANT DES CORBEAUX

ERIN HART

LE CHANT DES CORBEAUX

Traduit de l'anglais
par Frédéric et Armelle Grellier

PAYOT SUSPENSE

Titre original :
HAUNTED GROUND

ISBN 2-266-13806-5

IRLANDE
DU NORD
OCEAN
ATLANTIQUE
Derry
Donegal
Donegal
Omagh
Belfast
Sligo
Easkey
Mayo
Mer
d'Irlande
IRLANDE
Connemara
Galway
Dublin
Galway
Clonmacnoise
îles
Aran
Détail 2
The
Burren
Wicklow
Thurles
Limerick
Wexford
Tipperary
Wexford
Waterford
Killorglin
Kerry
Killarney
Cork
Cork
Cap
Mizen
N
O
E
S
0 60 km
0 40 ml

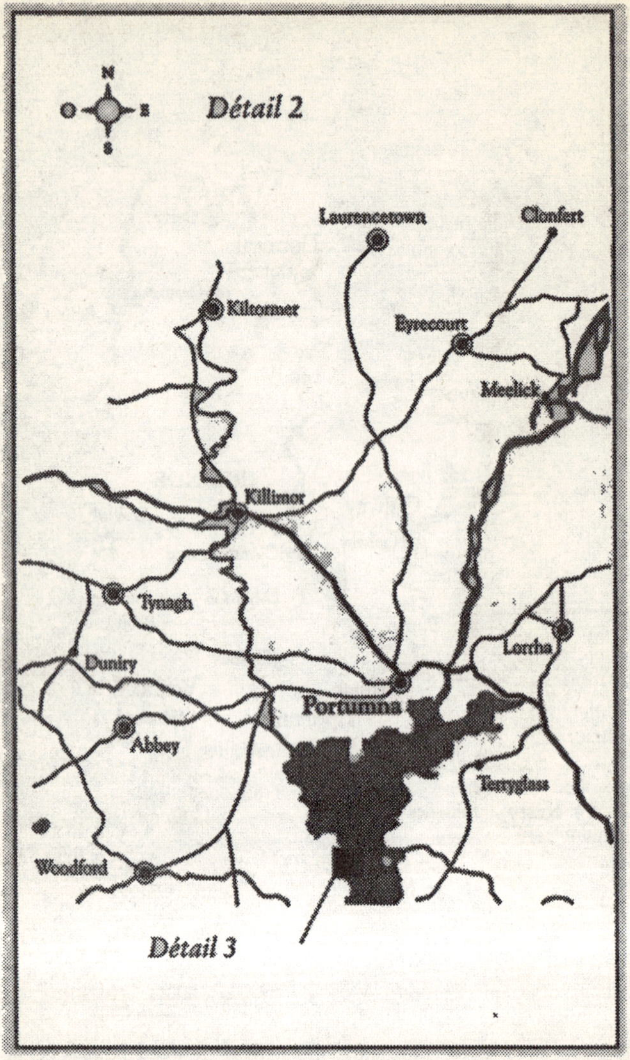
N
O
E
S
Détail 2
Laurencetown
Clonfert
Kiltormer
Eyrecourt
Meelick
Killimor
Tynagh
Lorrha
Duniry
Portumna
Abbey
Terryglass
Woodford
Détail 3

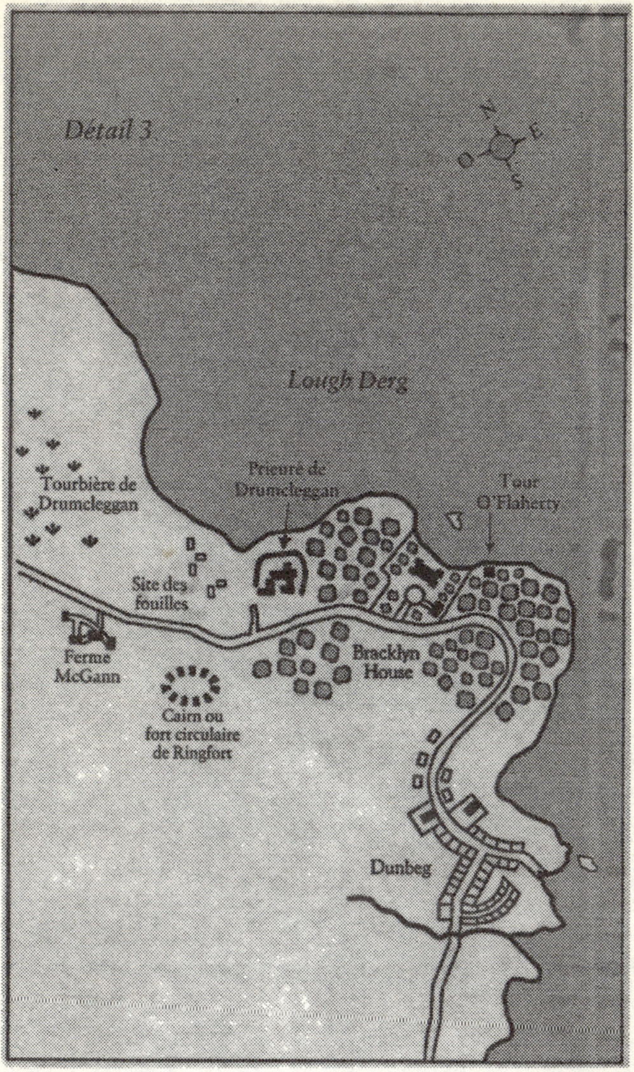
Détail 3
N
E
S
O
Lough Derg
Tourbière de Drumcleggan
Prieuré de Drumcleggan
Tour O'Flaherty
Site des fouilles
Ferme McGann
Bracklyn House
Cairn ou fort circulaire de Ringfort
Dunbeg

À Paddy
Mo ghrá geal

Un corbeau, du chagrin.
Deux corbeaux, de la joie.

Trois corbeaux, un mariage.
Quatre corbeaux, une naissance.

Cinq corbeaux, la richesse.
Six corbeaux, des querelles.

Sept corbeaux, un voyage.
Huit, une vie de tourments.

Comptine traditionnelle

LIVRE PREMIER

UNE BLESSURE FATALE

Créacht do dháil mé im árthach galair.
Une blessure fatale m'a donné grande tristesse.

Dáibhi Ó Bruadair, poète irlandais, 1652

1

Avec un crissement sec, la bêche de Brendan McGann s'enfonça dans la terre à ses pieds. Eût-il soupçonné ce qu'il allait déterrer, outre de quoi se chauffer pour l'hiver, qu'il se serait peut-être arrêté sur-le-champ, serait remonté sur le talus et aurait rempli sa remise avec ces briquettes de tourbe qu'on pouvait aujourd'hui se faire livrer par camion.

Mais Brendan poursuivit sa tâche, découpant une à une les briques noires dégoulinantes avec la pelle carrée, les balançant sur le talus où elles atterrissaient avec un claquement flasque. Il agissait avec la grâce et l'aisance de celui qui a accompli le même geste un nombre incalculable de fois. Bien que son père et son grand-père, et quantité de McGann avant eux, aient prélevé leur combustible sur cette même portion de tourbière, Brendan n'avait pas du tout conscience de perpétuer une tradition séculaire, pas plus qu'il ne songeait au cycle écologique de la flore primitive dont il troublait le repos. Il n'avait jamais connu aucun autre moyen que cette corvée harassante pour repousser le froid glacial qui s'infiltrait sous sa porte chaque mois de novembre.

Par cette matinée de fin avril étonnamment ensoleillée, les engelures étaient le cadet de ses soucis. Une légère brise venue de l'ouest parcourait la tourbière, chassant de hauts nuages à travers le bleu délavé du ciel, et asséchant la terre de son humidité. *Ça séchera bien aujourd'hui*, aurait dit son père. Brendan travaillait en bras de chemise ; sa veste en laine, avec des pièces aux coudes trop usés, reposait sur le talus au-dessus de lui. Il s'interrompit, appuyant son coude gauche contre la poignée du *sleán*, et essuya la sueur de son front avec sa manche retroussée, écartant les mèches de cheveux sombres qui s'y trouvaient collées. La peau de son visage et de ses avant-bras éprouvait l'agréable picotement d'un coup de soleil naissant. La faim le tiraillait puissamment, mais juste en deçà il ressentait un creux tout aussi présent dû à l'angoisse. C'était peut-être la dernière année qu'il pourrait découper la tourbe sur ses terres en toute liberté. Cette crainte lui rongeait les sangs. Grimpant sur le talus pour prendre son mouchoir dans la poche de sa veste, il scruta l'horizon en espérant y apercevoir une silhouette à bicyclette.

Quarante mètres plus loin, son petit frère Fintan offrait un spectacle comique, peinant à faire avancer une lourde brouette chargée de tourbe. Fintan déposa les deux douzaines de mottes au bout d'une longue rangée, la dernière d'une série qui donnait provisoirement à la tourbière des allures de velours côtelé. Sur un bon kilomètre à la ronde, le sol était jonché de petites huttes formées de briquettes dressées. Çà et là sur les parcelles voisines, de grands sacs en plastique blanc étaient remplis de mottes séchées, dures comme du crottin.

— Elle est toujours pas là ? cria Brendan à son frère.

Celui-ci haussa les épaules et poursuivit sa besogne. Les deux hommes travaillaient d'arrache-pied depuis neuf heures du matin, s'étant simplement interrompus en milieu de matinée pour boire du thé. Leur sœur Una devait apporter des sandwichs et du thé, et leur donner un coup de main pour entasser la tourbe. Il fallait retourner les mottes à la main pour qu'elles sèchent au soleil — un travail pénible, éreintant. Cette nouvelle collecte ne pourrait être rapportée à la maison avant un mois.

Fourrant son mouchoir dans la poche arrière de son pantalon, Brendan redescendit dans son trou qui rappelait une tombe et contempla avec une petite grimace de satisfaction la paroi du talus découpée en biseau par son *sleán*. Il avait atteint la belle tourbe bien noire, plus appréciée en cette contrée pour sa longue durée de combustion que pour le fait qu'elle gisait là, intacte et préservée, depuis peut-être huit mille ans.

Il se remit au travail, se concentrant sur les coups de pelle cadencés pour oublier les gargouillis de son estomac. Il avait beau être habitué au dur labeur physique, l'air des tourbières avait le don de vous creuser l'appétit, à coup sûr. Qu'y aurait-il à déjeuner ? Des sandwichs au poulet, ou peut-être à l'œuf, voire un morceau de bacon bien rouge et bien salé sur une tranche de pain brun. Chaque coup de bêche lui faisait l'effet d'une bouchée appétissante, accompagnée d'une gorgée de thé chaud et sucré. *Une dernière rangée*, songea-t-il en relevant chaque motte avec une hargne croissante. *Juste une dernière rangée...* Et soudain sa pelle se figea.

— Merde !

La tête de Fintan apparut par-dessus le rebord de la tranchée.

— Qu'est-ce qu'y a ? T'es tombé sur l'arche de Noé ?

— Non, dit Brendan. Juste un peu de crin.

Quatre choses, disait toujours leur père, *peuvent empêcher un homme de creuser la tourbe*. Brendan entendait encore la voix du vieil homme : *les racines, l'eau, la pierre et le crin*. Puis il brandissait quatre doigts devant leurs visages. *Tombez sur l'un d'entre eux, les garçons, et c'est votre Waterloo !*

— Passe-moi la binette, veux-tu ?

Fintan s'exécuta puis s'appuya contre le manche de sa fourche en se penchant en avant pour observer. Même s'il ne s'agissait la plupart du temps que de troncs ou de racines, d'autres merveilles surgissaient parfois dans les tourbières — des poutres en chêne, d'antiques chars à bœufs, des roues de fromage ou des barattes pleines de beurre. Des vivres enterrés dans un endroit frais et humide, depuis longtemps oubliés — des objets capturés et figés hors du temps par les pouvoirs de conservation de la tourbière, aqueuse et dépourvue d'air.

Avec des gestes déterminés, Brendan creusa autour de la couche fibreuse, cherchant à en repérer les contours et écartant les mottes de tourbe qui se détachaient. Il s'agenouilla sur le sol spongieux et tira sur les brins qui étaient maintenant visibles dans la terre trempée. Ça avait beau être emmêlé et enchevêtré, c'était trop long et beaucoup trop fin pour être la substance fibreuse, semblable à des racines, que son père appelait du crin. Brendan enfonça ses gros doigts dans la tourbe compacte et sombre qu'il avait délogée avec la binette. Sans prévenir, un gros morceau céda sous sa main gauche et il le balança à l'écart.

— Nom de Dieu... murmura Fintan.

Brendan baissa les yeux. Juste à côté de son genou, il reconnut soudain les fines courbes délicates, et très caractéristiques, d'une oreille humaine. Elle avait pris une teinte, tabac foncé, et, quoique le visage ne fût pas visible, quelque chose dans la ligne de la mâchoire, tout comme les fins cheveux emmêlés et détrempés, lui indiqua d'emblée que cette oreille appartenait à une femme.

Brendan se releva péniblement, à peine conscient de l'eau froide qui s'était infiltrée par les genoux de son pantalon et qui dégoulinait dans ses bottes en caoutchouc.

— Désolée, les gars. Vous devez avoir sacrément faim...

La brise leur apporta les mots d'excuse d'une Una essoufflée.

— Mais vous auriez dû m'y voir. J'étais littéralement jusqu'aux coudes dans...

Elle se tut, découvrant la mine de ses frères quand ils se tournèrent vers elle. Brendan observa les doigts d'Una se resserrer autour de la thermos et des sandwichs qu'elle avait hâtivement emballés dans du papier, tandis qu'elle rejoignait Fintan au bord du fossé et contemplait leur atroce découverte. Elle laissa simplement échapper :

— Oh, mon Dieu, la pauvre !

2

Cormac Maguire était sous la douche quand le téléphone retentit. Il laissa sonner, comme à son habitude, et le répondeur s'enclencha. Mais en entendant la voix enthousiaste de Peadar Wynne, il noua précipitamment une serviette autour de sa taille et dévala l'escalier en espérant décrocher à temps. Mesurant un peu plus d'un mètre quatre-vingts, Cormac avait ressenti quelques raideurs au cours de sa trente-septième année, mais il conservait un corps svelte et musclé de rameur. Ses cheveux châtain foncé étaient coupés court ; un regard sombre et intense, un nez long et droit, et une mâchoire carrée étaient les traits marquants de son visage anguleux. Son teint olive pâle s'imprégnait de soleil pendant les mois d'été, quand il passait beaucoup de temps dehors sur le terrain. Il ne s'était pas rasé depuis deux jours, et de l'eau gouttait de son menton sur son torse nu.

Peadar — un technicien du département d'archéologie d'University College à Dublin où Cormac enseignait — était d'ordinaire un jeune homme lymphatique, dont la carrure concave et les grandes mains évoquaient invariablement pour Cormac les personnages filiformes des peintures rupestres. La raison de son animation fut bientôt évidente : la veille, des fermiers qui récoltaient de la tourbe avaient découvert un cadavre dans une tourbière bombée près du Lough Derg, au sud-est du comté de Galway, environ deux heures et demie à l'ouest de Dublin. Alors que des centaines de cadavres avaient été retrouvés dans les tourbières d'Europe centrale, essentiellement en Allemagne et au Danemark, le phénomène était plus rare en Irlande. Moins de cinquante spécimens avaient été déterrés des tourbières irlandaises, chacun offrant une occasion unique de scruter le passé. La tourbe préservait non seulement la peau, les cheveux et les organes vitaux, mais aussi de subtiles expressions du visage, et souvent même le dernier repas pris sur terre par une personne qui avait rendu son ultime souffle plus de vingt siècles auparavant. Les techniques modernes de découpe de la tourbe endommageaient souvent ces cadavres. S'il s'agissait cette fois d'un corps entier, ce serait le premier en quasiment vingt-cinq ans, depuis le cadavre d'une femme récupéré à Meenybraddan dans le Donegal. Cette nouvelle découverte avait été faite par un fermier travaillant manuellement, le corps avait donc de bonnes chances d'être intact. La voix de Peadar se déversant dans son oreille en un flot ininterrompu, Cormac tenta d'en extraire les informations pertinentes. Il se dirigea vers son bureau pour attraper ses lunettes.

— Drummond s'est rendu sur place ? demanda-t-il.

Malachy Drummond, le légiste en chef, se déplaçait pour toute mort suspecte, afin de déterminer si l'affaire relevait de la police. Peadar confirma qu'il était passé le matin et, qu'après examen, il avait décrété que ces restes étaient du ressort des archéologues. Les cadavres de tourbière revenaient normalement au Muséum national mais, expliqua Peadar, leur équipe d'archéologues au grand complet venait de partir pour un congrès à Bruxelles et ne reviendrait pas avant quatre jours, aussi le conservateur du muséum avait-il décidé d'appeler Cormac pour lui proposer de se charger de l'excavation.

— Il sait que tu es en congé, mais il considérerait comme une faveur personnelle que tu puisses t'en occuper.

— Rappelle-le, Peadar, et dis-lui que je me mets en route. (Cormac se racla la gorge avant d'aborder la question suivante.) J'imagine qu'on a prévenu le Dr Gavin ?

Nora Gavin, une Américaine qui enseignait l'anatomie à la faculté de médecine de Trinity College, nourrissait un intérêt particulier pour les cadavres de tourbière — et c'était la personne que Cormac avait le moins envie d'avoir à ses côtés pour ce travail, même s'il voyait mal comment cela pouvait être évité. En tout cas, il se passait très bien de l'appeler lui-même.

— Elle est déjà prévenue, dit Peadar. Elle te retrouvera sur place.

Vingt minutes plus tard, Cormac était en route. Qu'allaient-ils trouver dans cette tourbière ? Avec les conservateurs naturels de la tourbe, il était difficile de dire à première vue depuis combien de temps un corps s'y trouvait — il se souvenait d'un épisode des années cinquante où des cantonniers anglais avaient retrouvé dans un marais les restes d'une femme âgée d'une cinquantaine d'années, suscitant les aveux larmoyants d'un habitant du coin qui avait expliqué à la police comment il avait assassiné sa femme et balancé le corps dans le marécage. Plus tard — juste après que le mari épris de remords se fut pendu dans sa cellule — il s'était avéré que le corps était en fait celui d'une femme morte vers la fin de l'âge de fer. Le cadavre de l'épouse n'avait jamais refait surface.

Pesant l'importance potentielle de cette nouvelle découverte, Cormac se sentit gagné par l'excitation. Cela faisait une dizaine d'années qu'il n'avait pas participé à une excavation ; avec un collègue ils avaient déterré une main et un bras parfaitement articulés dans la tourbière d'Offaly. Il se rappelait notamment avoir examiné les ongles rayés et tavelés de marron. Curieusement, la tourbe conservait les choses de façon très arbitraire ; il arrivait que les os soient complètement décalcifiés, ne laissant que la peau, les cheveux et les organes internes. On retrouvait parfois un corps en bon état de conservation à côté de restes squelettiques, dans ce qui pouvait sembler à juste titre un environnement comparable.

Cormac était habillé pour le terrain, avec un jean, un pull-over en coton vert sombre et un anorak bleu vif ; il avait balancé son imper et ses bottes à l'arrière de la jeep. Ravi de pouvoir échapper au vacarme de Dublin, il traversa l'anarchie des nouveaux quartiers qui poussaient le long des artères principales aux abords de la ville, puis laissa derrière lui les constructions urbaines qui cédaient la place aux vastes pâturages des fermes prospères et aux manoirs dont les propriétés étaient délimitées par des rangées d'arbres.

Ce périple vers l'ouest l'amènerait à traverser les Midlands, une cuvette formée de prés et de tourbières de plaine, jusqu'aux rives de la Shannon, qu'il avait toujours considéré comme la frontière la plus significative de cette petite île. Le reste du monde imaginait invariablement l'Irlande divisée entre nord et sud, mais pour lui une plus grande coupure avait toujours existé entre l'est et l'ouest, surtout entre le fertile dominion des riches propriétaires terriens de la région de Dublin, surnommé « the Pale » par les premiers colons anglais, et l'ouest rocailleux, battu par les vents, là où les vestiges bannis de l'Irlande gaélique s'étaient réfugiés depuis longtemps. Cormac percevait toujours l'écho de l'ancienne culture dans la musique traditionnelle, bien sûr, mais aussi dans la manière dont les gens s'exprimaient, dans leur comportement, dans le rythme même de la vie qui semblait se ralentir perceptiblement à mesure qu'il avançait vers l'ouest. Chaque fois qu'il effectuait ce trajet, il avait l'impression d'être ramené en arrière dans le passé.

Comme il en avait pour deux heures et demie de route, Cormac fouilla dans la boîte à gants et en sortit une cassette de Jack Dolan, un flûtiste de l'ancienne école du Leitrim. Sur le siège à côté de lui était posée sa flûte dans un étui en bois — la région d'East Galway comptait bon nombre de flûtistes et l'occasion de jouer pouvait se présenter à tout moment. À côté de l'étui se trouvait son matériel de fouille, qu'il transportait dans la vieille sacoche de médecin de son père. Les petites initiales dorées — J. M. — sur le cuir élimé lui rappelèrent qu'il se dirigeait également vers son propre passé, sa destination étant située à une heure du village où il avait passé son enfance, sur la côte ouest du comté de Clare. Pour bien faire, il devrait trouver le temps de passer à l'église de Dungarvan, où était enterrée sa mère. Il se reprocha d'avoir des sentiments aussi ambivalents à son égard. Maintenant qu'elle était morte, il ne pouvait plus y faire grand-chose, sauf de chercher à mieux la comprendre que de son vivant. Il se rendrait sur sa tombe, si l'occasion se présentait.

Cormac n'aimait pas conduire sur autoroute. Quand il n'était pas pressé, il se faisait un plaisir de musarder sur les routes secondaires. Mais aujourd'hui le temps était compté — une fois sorti de l'environnement stérile de la tourbière, un cadavre risquait de se déshydrater et de se décomposer rapidement. La procédure habituelle était de creuser autour et d'extraire toute la portion de terrain contenant le corps, pour continuer à utiliser les propriétés conservatrices de la tourbe même une fois les restes transférés au labo de Collins Barracks à Dublin. Les techniques de conservation — tannage, lyophilisation — s'étaient révélées jusqu'à présent inefficaces à long terme. Les bactéries et la moisissure se répandaient trop facilement. L'approche actuelle était de recouvrir les restes de tourbe humide et d'envelopper le tout sous plusieurs épaisseurs de toile noire plastifiée, pour les conserver indéfiniment réfrigérés à 4 °C. Le muséum avait récemment fait construire un local réservé à cet effet. Une solution qui n'avait rien d'idéal, à coup sûr, mais on n'en avait pas de meilleure.

Il commença à passer en revue les données de l'excavation. Si un mètre cube de tourbe gorgée d'eau pesait une tonne, quel genre de caisson devrait-on construire pour transporter deux mètres cubes ? Et combien de temps faudrait-il pour tout extraire à la main ? Mais sous le métronome cadencé de ses pensées conscientes se faisait entendre une mélodie sous-jacente, réveillée par la rencontre accidentelle d'un être humain dont la vie et la mort étaient sur le point de croiser sa propre existence. Pour la première fois il se demanda si ce nouveau corps était celui d'un homme ou d'une femme. Peu importait, au regard de son travail, qu'il s'agisse d'un sujet de sexe masculin ou féminin, d'une époque ancienne ou moderne. Chaque individu retrouvé dans une tourbière avait une histoire unique à raconter, même des restes fragmentaires, mais toute la difficulté était de décrypter cette histoire.

Il est tentant d'être obnubilé par la méthodologie, le côté hautement technique de notre métier, lui avait confié une fois son collègue et mentor Gabriel McCrossan. *Mais c'est simplement notre façon de rechercher la connaissance, ça n'a rien à voir avec l'essence de ce que nous sommes. N'oublie jamais que notre préoccupation essentielle est l'être humain — nous apprenons qui nous sommes en étudiant ceux qui nous ont précédés.*

Cette excursion serait sa première sortie sur le terrain sans Gabriel. Seulement trois semaines auparavant, Cormac était passé à l'université et avait retrouvé le vieil homme à son bureau, mort. Son stylo à plume avait glissé de sa main droite et une grosse tache d'encre s'était formée là où la plume avait été en contact avec le papier pour la dernière fois. Cormac savait que le vieux professeur aurait partagé son enthousiasme à propos de cette nouvelle découverte.

Gabriel soutenait toujours qu'une investigation scientifique, qu'on l'entreprenne par la lentille d'un télescope ou par celle d'un microscope, consistait à observer le vaste univers à travers un judas minuscule. Il disait souvent que leur travail d'archéologue était de regarder les choses à travers du verre dépoli, de s'évertuer à reconstituer le passé à partir de traces fragmentaires et incomplètes. Gabriel savourait ces moments où quelque chose de nouveau surgissait. *Un morceau du puzzle, mon petit*, disait-il en se frottant les mains avec délectation. *Encore un petit morceau du puzzle*.

Cormac venait de franchir la frontière du comté de Roscommon à Athlone, notant les champs qui rétrécissaient progressivement, les routes de plus en plus étroites, les premiers signes qu'il se trouvait bel et bien à l'ouest, quand il se souvint qu'une situation plutôt délicate l'attendait à son arrivée. C'était Gabriel qui lui avait présenté Nora Gavin. Nora était américaine mais ses parents étaient originaires d'Irlande ; son père avait fait ses études avec Gabriel, ou quelque chose dans le genre. Il était difficile de donner un âge au Dr Gavin

— elle avait sans doute une petite trentaine. Vu le nombre de fois que Gabriel lui avait parlé d'elle, et son insistance pour la lui présenter, Cormac se disait qu'elle devait être célibataire. Elle lui avait paru intelligente et plutôt sympathique les quelques fois où ils s'étaient rencontrés, mais les manœuvres de Gabriel n'avaient rien donné. Et puis, il y a six mois, Gabriel les avait invités tous les deux à dîner, avec quelques autres convives, et le vieil homme lui avait forcé la main pour qu'il la ramène chez elle. Cormac se souvenait à quel point il avait été agacé de s'être laissé prendre au piège. Nora habitait dans un des immeubles modernes au bord du Grand Canal, pas très loin de chez lui. Il lui avait à peine adressé la parole en chemin et ne s'était même pas assuré qu'elle était bien rentrée dans l'immeuble. Après avoir démarré, il avait jeté un coup d'œil dans son rétroviseur et l'avait aperçue au bord du trottoir, qui regardait dans sa direction. Depuis, il ne l'avait pas revue.

À Ballinasloe, il quitta la route principale pour filer vers le sud en direction de Portumna, une ville située aux abords du Lough Derg. Plus à l'ouest, le relief s'élevait progressivement jusqu'aux forêts de pins des monts Slieve Aughty ; à l'est se trouvait ce qui restait de l'étendue d'eau qui, à une époque, recouvrait tout le centre de l'Irlande. Plus en aval sur le lac on tombait sur Mountshannon et Scarriff, deux centres touristiques, mais dans ce coin reculé du comté de Galway, il n'y avait que des champs et des collines surplombant de petits lacs isolés, et des étendues de tourbière sans aucun arbre à l'horizon. Approchant de la rive du lac, il aperçut des pancartes écrites à la main, plantées au bord de la route. Il crut d'abord qu'il s'agissait de panneaux À LOUER ou de publicités de fortune, mais en arrivant à la hauteur de la première il put lire : PAS

DE PERMIS POUR LA TOURBE. Un peu plus loin, une autre proclamait : PAS D'ÉVICTIONS DANS LES TOURBIÈRES ! Et une autre :

1798 :
RÉBELLION
1999 :
INTERDICTION DE COLLECTER LA TOURBE
200 ? :
? ? ?

Il n'était pas surpris de voir exprimés de tels sentiments. L'emploi de la tourbe était depuis longtemps l'objet d'une controverse en Irlande, étant donné qu'il s'agissait d'une énergie non renouvelable. Les tourbières d'Irlande constituaient également un milieu naturel unique en Europe, et l'Union européenne faisait de plus en plus pression pour que soient prises en compte les conséquences écologiques de l'extraction de la tourbe.

Cormac arriva sur place à deux heures et quart. Le soleil était encore assez haut dans le ciel, à peine voilé par quelques nuages vaporeux. La surface de la tourbière, aux teintes de bruyère, était marquée çà et là de profondes cicatrices noires. Il n'y avait aucun fossé, aucune barrière, aucun signe démarquant les propriétés sur cette couverture d'humus surélevée. Pourtant, Cormac aurait parié que chaque habitant du coin savait précisément où s'arrêtait sa parcelle et où commençait celle du voisin. Quelques buissons vert pâle, des ajoncs épineux qui n'étaient pas encore recouverts de fleurs d'un safran éclatant, poussaient au petit bonheur la chance en bordure de la route. Derrière, les toupets blancs et cotonneux des linaigrettes s'agitaient dans la brise. Au-delà, à une cinquantaine de mètres, Cormac aperçut un petit groupe de gens, où figuraient notamment Nora Gavin et un officier de la Garda en uniforme. Il éprouva une vague appréhension. Il retira soigneusement ses chaussures et introduisit ses pieds vêtus d'épaisses chaussettes dans ses grosses bottes, puis resta un instant au bord de la route, plissant les yeux pour scruter l'horizon, y cherchant un point fixe tel qu'un clocher ou une antenne de radio, quelque chose qui lui permettrait de localiser avec précision l'emplacement de la découverte ; il ne repéra rien d'évident. Un peu en arrière sur la route, la portière d'une vieille Toyota s'ouvrit et un type baraqué portant un blouson de cuir marron en descendit. Son léger embonpoint suggérait un certain goût pour la bière, et le soleil brillait sur ses cheveux d'un blanc argenté. On aurait dit qu'il attendait là depuis un certain temps. Cormac prit la sacoche sur le siège, traversa la route et lui tendit la main.

— Cormac Maguire. Le Muséum national m'a chargé de superviser l'excavation.

— Ah, l'archéologue, dit l'homme en serrant vigoureusement la main qui lui était tendue.

De plus près, Cormac constata qu'il avait le teint frais et pimpant, malgré sa tignasse blanche ; il devait avoir tout au plus quarante-cinq ans.

— Je suis l'inspecteur Garrett Devaney. Le Dr Gavin va être contente de vous voir. Elle vous attendait pour commencer.

Devaney s'exprimait du coin des lèvres, comme si chaque mot était un aparté, et ses yeux bleu pâle pivotaient sans cesse sous leurs paupières, ce qui lui donnait un air pince-sans-rire. Le policier eut alors un geste de la tête en direction de la tourbière et ils se retournèrent pour se diriger vers le groupe, avançant précautionneusement sur le sol détrempé, Devaney marchant devant tout en s'adressant à Cormac derrière lui.

— Vous êtes sans doute déjà au courant, c'est un fermier qui découpait de la tourbe. D'après lui, ce terrain n'aurait pas été creusé depuis plus de cent ans, pas même pour installer des tuyaux d'évacuation. Malachy Drummond... vous connaissez Drummond, le légiste ?... a l'air d'accord. Il est passé ce matin et n'est pas resté dix minutes.

— Si vous permettez que je pose la question, que vient faire ici un inspecteur, qui s'est déplacé de...

— Je viens de Loughrea.

—... un inspecteur de Loughrea, si on estime que ça n'a rien à voir avec un de vos meurtres non élucidés ?

— Ah, c'est qu'on pouvait pas en être sûr, hein ? On s'est demandé si c'était pas une femme qui a disparu dans le coin. Je suis ici simplement pour écarter les doutes à ce sujet. Il faut aussi dire que ça a provoqué pas mal de curiosité par ici. J'habite à deux pas.

— Est-ce que la terre a été beaucoup remuée autour du corps ?

— Ça a l'air plutôt en état, répondit Devaney. Dès qu'il a compris sur quoi il était tombé, le gars s'est pas fait prier pour poser sa pelle.

Nora Gavin vint les rejoindre alors qu'ils approchaient de la tranchée. Cormac la trouva plus grande que dans son souvenir. Comme lui, elle portait un jean et un pull-over flottant. Avec ses grands yeux bleus, ses cheveux foncés et sa peau laiteuse, elle était le parfait exemple des traits paradoxaux si fréquents en Irlande. Un mot ou une inflexion révélait occasionnellement ses origines irlandaises, mais pour l'essentiel l'accent de Nora Gavin trahissait les années qu'elle avait passées au vaste cœur des États-Unis. Elle avait changé de coiffure depuis la dernière fois, portait peut-être les cheveux plus courts, et il remarqua la ligne gracieuse de son cou, un détail qui lui avait échappé précédemment. Trop occupé à se reprocher sa conduite envers elle, il en avait oublié à quel point elle était séduisante, et fut très soulagé que l'excitation du moment ait apparemment dissipé tout malaise au sujet de leur dernière rencontre.

— Contente de te revoir, Cormac, dit-elle en lui prenant la main. Je me rends compte que j'ai dû faire le trajet en conduisant comme une folle furieuse, et je crains bien d'avoir harcelé de questions ces pauvres gens.

— Je m'excuse de t'avoir fait attendre, dit Cormac. Moi aussi, je suis content de te revoir. (Il se tourna vers Devaney.) L'homme qui a trouvé le corps, il est ici ?

— Brendan McGann, dit Devaney en indiquant un homme trapu, d'une trentaine d'années, qui se tenait à quelques mètres de lui, appuyé contre le manche d'une fourche à deux dents.

Le visage de McGann était encadré de boucles en bataille qui l'obscurcissaient. Mis à part le fermier ombrageux, un air d'expectative régnait parmi l'assistance et Devaney fit les présentations. Declan Mullins, le jeune officier de la Garda qui sortait manifestement tout juste de l'académie de Templemore, avait un cou effilé et des oreilles proéminentes, ce qui lui donnait des airs d'enfant de chœur attardé. La femme qui portait un blouson en jean et une jupe indienne, à qui il donnait dans les vingt-cinq ans, était Una McGann, la sœur du fermier. Cormac fut frappé par ses grands yeux sombres et par la façon dont sa large bouche se retroussait légèrement à la commissure des lèvres. Mais le plus curieux était ses mains et ses ongles, qui étaient colorés comme si on les avait trempés dans du jus de mûre.

— Je peux jeter un coup d'œil ? demanda Cormac à Brendan McGann.

Celui-ci ne répondit rien mais pinça les lèvres et acquiesça d'un hochement de tête. Cormac descendit précautionneusement dans le trou avec sa sacoche, sentant la terre détrempée qui s'enfonçait sous son poids. La fosse mesurait entre deux et deux mètres cinquante de long, mais un homme n'aurait pu y déployer ses bras dans le sens de la largeur — on avait tout à fait la place d'y travailler seul, mais à deux ça faisait étroit. L'une des parois était plus haute que l'autre, et sa surface, qui passait graduellement du sépia au noir charbon, portait les marques de découpe en biais d'un *sleán*. Le sol était inégal et Cormac repéra un endroit où la tourbe était retournée, là où Brendan McGann avait apparemment été interrompu dans son travail. Il se baissa et écarta à main nue la tourbe humide qui avait été replacée par-dessus le corps. L'utilisation d'une truelle était trop risquée pour une excavation en tourbière ; le tranchant de la lame pouvait facilement endommager un objet gorgé d'eau. Sa respiration s'accéléra quand il entraperçut des cheveux et une peau très bien conservés, mais il fut pris de court par la bouffée de pitié qui le submergea en découvrant une oreille, aussi petite et délicate que celle d'un enfant. Il redressa les yeux et vit Nora Gavin accroupie au bord de la tranchée, captivée par l'image macabre qui venait de surgir de la tourbe.

— Tu es prête ? demanda-t-il.

Elle hocha la tête en silence et se glissa à côté de lui dans la fosse.

— Avant d'entreprendre l'excavation, dit-il, on doit déterminer la position du corps. La tête a l'air tournée à un angle de... en gros 45 degrés par rapport au sol de la tranchée à cet endroit, ce qui veut dire que le corps peut être dans un certain nombre de postures.

Il se doutait que c'était sans doute pour Nora la première expérience d'un cadavre in situ dans une tourbière, aussi recouvrit-il avec soin la tête de tourbe humide, avant de sortir un crayon et une feuille de papier de sa sacoche pour griffonner rapidement un schéma expliquant ce qu'ils allaient faire.

— Ici on a la tête, d'accord ? Le corps pourrait être en extension ou replié, et pourrait même être incliné vers le bas. On va délimiter le cercle le plus large possible, puis on sondera le terrain comme ça... (Il dessina des petits ronds.) On commence par creuser à la périphérie du cercle et on se rapproche progressivement du centre. Ça nous permettra de déterminer la taille du morceau de tourbe qu'il faudra retirer. Les puits de forage doivent être espacés de cinquante centimètres, et profonds de vingt ou trente centimètres. Nous allons creuser à main nue, ce qui évitera d'endommager quoi que ce soit et nous permettra de bien sentir la texture du sol environnant. (Il retira sa montre et y jeta un coup d'œil avant de la mettre dans sa poche.) Dommage qu'il soit si tard. On va devoir faire vite. Rien à ajouter avant qu'on s'y colle ?

— Je ne crois pas, dit Nora en fixant un instant le menton de Cormac.

Alors qu'elle détournait le regard, il sentit une vague gêne et rougit ; pressé d'arriver sur place, il n'avait pas pris le temps de se raser. Il retira son pull et retroussa ses manches. Alors qu'il creusait, plongeant ses bras nus dans la tourbe compacte et gorgée d'eau, il se fit la réflexion qu'aucun autre matériau n'avait la même consistance. Une tourbière n'était ni liquide ni tout à fait solide, mais un curieux mélange entre les deux. C'était aussi très froid ; les genoux et la chemise complètement trempés, Nora et lui devaient s'arrêter toutes les cinq minutes pour se dégourdir les mains.

Au bout de vingt minutes, ils avaient sondé minutieusement la quasi-totalité du cercle, mais n'avaient rien trouvé.

— Est-ce que je m'y prends mal, dit Nora en se redressant et en retirant les petits bouts de tourbe collés sur ses bras, ou est-ce qu'il ne manquerait pas quelque chose, genre le corps ?

— On va y jeter un nouveau coup d'œil, dit Cormac.

Nora observant par-dessus son épaule, il retira une plus grande partie de la tourbe protectrice et constata que le visage de la femme était dissimulé sous une longue chevelure rousse, enchevêtrée comme des algues sur un noyé. Les tanins de la tourbe donnaient à tous les cheveux, même noirs, une teinte rougeâtre, mais on arrivait toujours à distinguer la couleur d'origine. Cormac souleva soigneusement les mèches détrempées pour les écarter, et se figea en découvrant ce qui reposait en dessous. La bouche était vigoureusement fermée, les dents du haut profondément enfoncées dans la chair de la lèvre inférieure. Un œil les fixait, l'air paniqué ; l'autre était mi-clos. Ce visage semblait déformé par la peur, tout le contraire des cadavres de l'âge de pierre qu'il avait pu voir en photo, dont les corps sans mutilations et l'expression sereine portaient à croire qu'ils étaient les victimes consentantes de sacrifices humains. Exposés depuis peu à l'air, les cheveux commençaient déjà à sécher, et une mèche se mit à voleter dans la brise qui s'engouffrait dans la tranchée. L'espace d'un instant irréel, quelque chose dans ce mouvement fugace donna l'impression que la femme était vivante. Cormac sentit Nora sursauter à côté de lui.

— Je continue ? demanda-t-il.

Nora tourna lentement la tête, jusqu'à croiser son regard, et opina.

Cormac se remit à enlever la tourbe lisse et noire avec ses doigts, et vit confirmer ce qu'il soupçonnait en partie. Le cou de la jeune femme s'interrompait subitement, entre la troisième et la quatrième vertèbre, estima-t-il. Il se redressa et resta accroupi sur ses talons.

— Mon Dieu, dit Nora. Elle a été décapitée.

C'était une très jeune femme, qui n'avait peut-être pas vingt ans. En faisant abstraction de son expression horrible elle avait dû être très belle, avec un front gracieusement cintré, des pommettes hautes, et un menton délicat. À côté de son genou, Cormac remarqua un bout de tissu déchiré, une sorte de toile grossière. Qui était cette jeune femme, pour avoir connu une fin si tragique ? Quand il se releva doucement, il s'aperçut que les McGann et le jeune policier la contemplaient solennellement et en silence, comme Nora et lui.

Des voix se firent entendre du côté de la route. L'inspecteur Devaney parlait avec un inconnu — un grand blond qui portait un jean et de grosses bottes. L'homme s'écarta de Devaney et s'approcha de la tranchée à grandes enjambées. L'inspecteur le suivit, sautillant de biais dans la bruyère comme un fox-terrier. On pouvait entendre ce qu'il disait.

— Rien à voir... On a promis de vous prévenir si y avait quoi que ce soit de nouveau, non ?

Le visage impassible, l'inconnu ignora Devaney et traversa les broussailles. Quand il arriva devant le trou, il respirait vivement mais resta silencieux. Son regard fébrile croisa celui de Cormac, erra un moment avant de se poser enfin sur le sinistre visage de la jeune femme aux cheveux roux. Instantanément, il parut se vider de toute sa détermination. Il tomba à genoux et plaqua une main sur ses yeux, comme submergé de fatigue ou de soulagement. Au bout d'un moment, Una McGann s'approcha de lui et l'aida à se relever.

— Hugh, dit-elle en le fixant intensément, tu sais très bien que ce n'est pas Mina.

Il hocha la tête en silence, et se laissa entraîner à l'écart. Les yeux de Devaney n'avaient pas quitté le visage de l'inconnu. L'inspecteur soupira et porta une main à sa nuque. Cormac perçut un léger mouvement en coin dans son regard, tourna la tête et vit Brendan McGann qui faisait tourner le manche de sa fourche entre ses mains, les yeux rivés sur le dos de sa sœur.

Dans son travail, Cormac avait souvent l'impression de jouer les détectives, relevant les traces et rassemblant les indices pour démêler les secrets et les vies de gens morts depuis fort longtemps. Voilà qu'il se retrouvait d'un coup avec deux énigmes sur les bras. Quel pouvait être le lien, à supposer qu'il en existe un ? Il aurait voulu continuer à creuser pour découvrir quelles paroles, quelles pensées, quels actes avaient amené cette jeune femme à cet endroit. Mais l'archéologie n'était pas ce genre de science. Les connaissances qu'il arrivait à rassembler lui parvenaient en fragments, en éclats, un morcellement des plus frustrants. Découvriraient-ils jamais qui était cette jeune femme, ou pourquoi elle était morte ? Il porta son regard vers le visage à la beauté flétrie et forma le vœu de s'y employer de son mieux.

3

Nora Gavin trouva étonnant que personne ne fasse le moindre commentaire après le départ d'Una McGann avec l'inconnu, mais elle suivit l'exemple de Cormac et se remit au travail. Elle avait été très secouée en voyant les cheveux de la jeune morte, qui ressemblaient tellement à ceux de Tríona. Le moment n'était pas venu de penser à sa sœur, elle avait trop à faire. Elle concentra son attention sur les consignes de Cormac et sur ce qu'elle devrait faire en rentrant à Dublin. Elle donnerait rendez-vous à un laborantin à Collins Barracks, pour que cette curieuse relique soit déposée dès ce soir dans le local réfrigéré. Demain, elle prélèverait quelques cheveux et un peu de tissu afin d'effectuer une datation au carbone 14 et des analyses chimiques. Elle prendrait rendez-vous dans un hôpital voisin pour un scanner et une tomographie — juste après l'examen préliminaire, si on arrivait à la caser. Ce qu'on savait des cadavres de tourbière provenait pour l'essentiel des maladresses passées. La principale erreur était de trop attendre pour pratiquer les examens et prendre les mesures de conservation, en conséquence de quoi les restes commençaient à se décomposer. La découverte de cette jeune femme serait peut-être moins capitale que celle de la femme de Meenybraddan en 1978, mais Nora voulait s'assurer qu'ils tireraient d'elle un maximum d'informations.

Quand ils en eurent terminé avec l'excavation, il ne restait plus grand monde autour de la tranchée. Le fermier, Brendan McGann, était parti peu de temps après sa sœur, et le jeune policier avait fini par regagner son poste à Dunbeg. Seul l'inspecteur Devaney était encore là, les bras croisés, le regard rivé sur ses chaussures, creusant machinalement la terre du bout de son soulier comme un soupirant embarrassé. Le bloc de tourbe qu'ils retirèrent n'était pas énorme mais très lourd. Cormac fabriqua un brancard de fortune et ils durent s'y mettre à deux pour le hisser hors de la fosse et le transporter jusqu'à la route où ils le placèrent avec soin dans le coffre de la voiture de Nora. Devaney les suivit. Tandis qu'elle rangeait son coffre pour éviter que le paquet enveloppé de plastique ne soit ballotté pendant le trajet, Nora se demanda pourquoi le policier s'attardait si longtemps. Il donnait l'impression de tergiverser, comme s'il savait qu'il aurait mieux fait de retourner à son travail mais qu'il ne pouvait se défaire d'une idée qui le taraudait. Peut-être attendait-il qu'ils soient seuls tous les trois pour éclairer leur lanterne. Et si lui n'abordait pas le sujet, elle-même ne se priverait pas de le faire.

— Je vais rester ici pour ranger, lui dit Cormac. Tu ferais bien d'y aller.

— Ça y est, vous en avez terminé ? demanda Devaney.

— Eh bien, on a fouillé tout autour de manière assez approfondie, dit Cormac en se frottant les mains. On ne va pas creuser au hasard. Les choses bougent beaucoup dans une tourbière, inspecteur. C'est une sorte de lac souterrain. Même en supposant que le corps de la jeune femme se soit trouvé là à un moment donné, il est impossible de déterminer son emplacement actuel.

Devaney affecta un ton nonchalant.

— J'imagine qu'un géoradar ne vous serait d'aucune utilité ?

— Absolument aucune dans une tourbière, confirma Cormac. Toute matière organique y est gorgée d'eau. Qu'il s'agisse de tourbe, d'une souche d'arbre ou d'un cadavre, le signal serait le même. C'est pour ça qu'une tourbière est l'endroit idéal pour se débarrasser d'un corps. Je suis sûr que vous en savez quelque chose, inspecteur.

Devaney fronça les sourcils et se frotta le menton.

Cormac savait-il quelque chose que Nora elle-même ignorait ?

— Vous pourriez nous mettre au parfum ? demanda-t-elle au policier. Qui était ce type ? Et qui est cette Mina ? J'ai l'impression d'être la seule à être dans le flou.

Devaney les dévisagea tour à tour avant de répondre.

— Il s'appelle Osborne. Il appartient à ce qu'il convient d'appeler la petite noblesse du coin, il habite la grande demeure au bord du lac un peu plus loin. Sa femme a disparu il y a un peu plus de deux ans. Il a peut-être cru qu'on l'avait retrouvée.

Nora eut l'impression de recevoir un coup de poing.

— Après la disparition, on a passé tout le coin au peigne fin, poursuivit-il. La protection civile, les équipes de plongeurs, on a sorti le grand jeu. Personne n'a rien trouvé. L'an dernier, on a sondé une nouvelle fois toutes les fondrières d'East Galway. On a lancé un certain nombre d'appels et une grosse récompense est promise depuis le début, mais personne ne s'est manifesté. Personne n'a l'air de savoir quoi que ce soit. C'est comme si la terre s'était ouverte sous ses pieds et l'avait engloutie.

— Vous n'avez aucun suspect ?

— On n'a même pas la preuve qu'un crime ait été commis, reconnut Devaney avec une consternation manifeste.

— Et cet Osborne ?

— On l'a interrogé à plusieurs reprises. Il n'a fourni aucun alibi solide, mais personne n'a trouvé le moindre indice susceptible de démonter son histoire. Et sans cadavre... Maintenant, la hiérarchie voudrait rattacher cette affaire à une série de disparitions survenues au cours des cinq dernières années, malgré le fait que ça ne colle pas.

— Pourquoi ça ne colle pas ? demanda Cormac.

— Eh bien, d'abord aucune des autres affaires n'implique un enfant. Le jeune fils d'Osborne a aussi disparu.

— Aurait-elle pu avoir une raison de vouloir s'en aller ? se surprit à demander Nora. Il arrive que des gens disparaissent volontairement.

— Quand vous prenez le large, y a en général quelqu'un qui est au courant. Personne n'a revu Mina Osborne. Je dis bien personne. Ni sa famille ni ses plus proches amis. Et on n'a trouvé aucune raison qui aurait pu la pousser à partir. À en croire tout le monde, les Osborne formaient un couple idéal. Les avis sont unanimes.

— Qu'est-ce qu'ils en savent vraiment ? murmura Nora.

Les gens avaient soutenu la même chose à propos de Tríona et de Peter, mais ils ne pouvaient pas être plus loin de la vérité. D'abord ces cheveux roux, et maintenant cela — toutes ces coïncidences commençaient à la déconcerter.

— Vous pensez qu'il leur est arrivé quoi, inspecteur ? demanda Cormac.

— À ce stade, je ne pense rien du tout.

— Comme vous êtes resté pour nous suggérer d'utiliser un radar, dit Cormac, j'aurais cru que vous aviez une théorie.

— Ça, j'en ai plusieurs. Le problème avec les théories, c'est que ça prouve que dalle, putain de merde ! (Il adressa un regard désolé à Nora.) Pardonnez l'expression... Et du côté des preuves, on a fait chou blanc. (Il s'interrompit un instant.) Mais je sais deux choses : Mina Osborne n'a pris contact avec personne depuis sa disparition. Et son mari milite pour une interdiction totale de la collecte de tourbe dans la région. Je suis bien obligé de me demander pourquoi.

— Cet homme était effondré, fit remarquer Cormac. On l'a tous vu.

— En effet, répondit sèchement Devaney.

Soupesant ce que sous-entendait le policier, Nora sentit sa gorge se nouer : la douleur affectée par Osborne n'aurait été que de la comédie. Elle avait l'impression que ses traits étaient pétrifiés ; elle espérait que cela masquerait ses sentiments.

Une main se posa sur son coude.

— Nora, ça va ? demanda Cormac en la dévisageant de ses yeux sombres. Tu as l'air bien pâle.

— Ça va, dit-elle en s'écartant. J'ai juste besoin de boire quelque chose. Je meurs de soif.

Elle se dirigea vers l'avant du véhicule pour prendre sa bouteille d'eau, la porta à ses lèvres et but une longue gorgée, en espérant que sa main ne tremblait pas de façon visible.

— Je ne devrais pas vous parler de tout ça, finit par dire Devaney. L'enquête est en cours.

— Merci pour les explications, dit Cormac.

Nora sentit qu'il la fixait toujours.

— On aimerait pouvoir vous filer un coup de main,

bien sûr, mais je ne crois pas qu'on puisse faire grand-chose. Le Dr Gavin doit rentrer sans tarder à Dublin. Je vais rester ici et boucler tout ça demain matin, mais...

— Vous faites ce que vous avez à faire, dit Devaney en détournant le regard. Comme nous tous.

Alors qu'elle mettait son clignotant et s'engageait sur la route principale en direction de Portumna, Nora autorisa ses pensées à se fixer sur l'étrange cargaison qu'elle transportait. C'était difficile de ne pas y penser ; sur chaque mauvaise partie de la chaussée elle sentait le poids du morceau de tourbe dans le coffre de la voiture. Se souvenant de l'expression imprimée sur les traits de la jeune femme, elle eut un frisson. Elle ne s'était pas donné la peine de se changer avant de repartir et maintenant elle sentait son jean moite contre sa peau, et les particules de tourbe collées sur ses bras commençaient à la gratter sous son gros pull. Elle tendit la main pour mettre le chauffage.

Si encore ils disposaient d'un indice, d'une piste leur permettant d'en apprendre davantage sur cette rouquine. Malheureusement, ils n'avaient retrouvé aucune espèce de vêtement, ce qui était souvent utile pour dater un cadavre de tourbière. Rien que ce morceau de toile. L'absence du corps était peut-être un indice en soi. La tête de cette jeune femme était-elle une sorte de trophée, une offrande à quelque divinité monstrueuse ? Elle avait souvent lu que les Celtes vénéraient la tête comme étant le siège de l'âme, qu'ils décoraient leurs tombeaux et leurs lieux sacrés avec les crânes et les têtes momifiées de leurs ennemis. Pour la plupart des cadavres retrouvés dans des tourbières à travers l'Europe, on estimait avoir affaire à des sacrifices humains, parce qu'ils avaient subi ce que les spécialistes du monde celte appelaient « la triple mort » — le garrottage rituel, la décapitation et enfin la noyade, le corps lesté de cailloux ou de branches —, tout cela pour apaiser une trinité de dieux païens assoiffés de sang. Cette jeune femme avait-elle été désignée pour un tel rôle, la troisième étape de sa « triple mort » étant dans son cas la décapitation ? Avait-elle commis une faute impardonnable — un adultère, voire un meurtre — pour laquelle son clan l'avait châtiée et jetée dans la tourbière ? Ou était-elle simplement la victime d'un assassin, dépecée et abandonnée là de manière si atroce ?

Nora était consciente de la réputation qu'elle était en train de s'attirer pour ce qui paraissait aux yeux de certains, même dans le monde médical, comme un centre d'intérêt plutôt insolite et macabre. En plus de ses cours d'anatomie à mi-temps à Trinity College, elle avait entrepris la rédaction d'une thèse sur les effets physiologiques et chimiques de l'inhumation en tourbière. L'ironie voulait que ce soit là sa première expérience avec un véritable cadavre de tourbière ; jusqu'à présent, elle avait mené toutes ses recherches sur des spécimens momifiés conservés dans des musées ou sur des « cadavres de papier » — des comptes rendus décrivant des restes détruits ou réenterrés juste après leur découverte.

Pourquoi cette infortunée créature serait-elle différente de dizaines d'âmes anonymes qui s'étaient égarées ou avaient été abandonnées à dessein dans des lieux déserts et dangereux ? Elle se souvenait d'être restée plongée des heures durant dans le répertoire géographique des cadavres retrouvés dans les tourbières d'Irlande, que Gabriel McCrossan l'aidait à mettre à jour, et d'avoir été émue par les descriptions dépouillées, anonymes mais chargées de détails inoubliables.

Un jeune enfant de sexe indéterminé, vêtu d'une robe-chasuble, avec un peigne en bois de buis, une bourse en cuir, et une pelote de fil dans la poche... Le pied gauche d'un homme, dans un bas, et une chaussure en cuir intacts... Le corps en partie conservé d'une jeune femme, et à côté le squelette d'un enfant, une lanière de cuir fermée par une boucle serrée autour du cou. Chacune de ces reliques avait aussi son histoire, mais elle était perdue et ne serait jamais découverte. La jeune femme aux cheveux roux viendrait certainement s'ajouter à cette liste d'anonymes, les détails de son existence effacés par le temps. Pourtant, Nora ne pouvait se défaire de l'idée qu'un seul indice les mettrait peut-être sur la piste de son identité. Elle essaya de se souvenir si la coiffure présentait le moindre signe distinctif — un nœud ou un type de natte pouvant suggérer une époque. Une sensation s'empara aussitôt de sa mémoire, des cheveux emmêlés effleurant ses doigts alors qu'elle donnait des coups de brosse rapides et assurés à l'épaisse tignasse de sa jeune sœur, séparant trois mèches pour les tresser en une grosse natte. *Aïe, Nora ! Tu tires trop fort !* La plainte de Tríona résonna dans sa tête, ainsi que sa réponse irritée. *Je ne tire pas trop fort ! Si tu arrêtais un peu de te tortiller...*

Les bordures de la route s'embrumèrent alors que ses yeux s'emplissaient de larmes, et Nora crut qu'elle allait étouffer, mais elle s'arrêta sur le bas-côté et lutta contre ses souvenirs. Les événements de la journée avaient ouvert une brèche dans le rempart qu'elle s'était efforcée de bâtir autour de son cœur, et elle le sentait maintenant qui s'écroulait et qui cédait, laissant s'engouffrer de nouveau un torrent de douleur.

Elle n'avait parlé à personne en Irlande du meurtre de sa sœur. Gabriel était en partie au courant, mais il ignorait que le principal suspect n'était autre que Peter

Hallett, le mari de Tríona. Il ne savait pas non plus que, pour Nora, le besoin de faire arrêter l'assassin de sa sœur avait pris le pas sur tout et consumé sa propre vie. Cette motivation exclusive, désespérée, avait balayé tout le reste : son travail, ses amours, sa vie. Elle aurait dû rester sur place et poursuivre le combat, pour Elizabeth ; la petite fille n'avait que sept ans au moment où sa mère était morte, mais Peter les avait empêchées de se voir. Après trois années d'amertume et de découragement, Nora était quasiment au bout de ses capacités d'endurance. Elle n'avait pas abandonné le combat — cela n'arriverait jamais — mais elle était venue en Irlande huit mois plus tôt pour réfléchir et reprendre des forces.

Mais venir jusqu'ici pour se voir confrontée à une autre victime aux cheveux roux, à une femme disparue, que son mari avait peut-être tuée — eût-elle été dans un état d'esprit plus paranoïaque que Nora en aurait déduit que quelqu'un, quelque chose, cherchait à narguer son chagrin.

4

Nuala Devaney se tenait dans l'embrasure de la porte de la cuisine, peinant à attacher son collier, quand son mari s'approcha pour l'aider.

— Je risque de rentrer tard, lui dit-elle par-dessus son épaule. C'est un couple de Belges, alors j'ai proposé de les emmener boire un verre après la visite de la maison, tu sais, histoire de faire valoir les charmes de la vie locale.

Devaney attacha le minuscule fermoir et recula pour admirer sa femme, à qui son tailleur vert pâle allait particulièrement bien. Il se faisait souvent la réflexion que Nuala s'était bonifiée en atteignant la quarantaine, contrairement à lui-même qui avait accusé le coup.

— Merci, mon amour. Il y a de l'eau chaude dans la bouilloire et ton dîner est dans le four. Tu t'imagines, ils vont visiter quelque chose à Tullymore ! Une ruine. Les gens ne veulent plus du neuf. Il leur faut tous un cottage délabré. Avec de préférence un toit de chaume, je vous prie ! (Elle s'interrompit et le fixa droit dans les yeux, comme pour vérifier s'il avait entendu une seule de ses paroles.) Ça va, Gar ?

— Très bien. J'ai du travail, dit-il en indiquant sa mallette posée à l'autre bout de la table. Et après j'irai jouer un peu de musique au pub.

— Bon, dit-elle en esquissant un sourire désabusé, mais visiblement soulagée qu'il ait quelque chose de prévu. J'y vais.

Par la fenêtre de la cuisine il l'observa qui sortait en marche arrière de l'étroite allée au volant de sa voiture toute neuve, à l'étincelante carrosserie gris métallisé.

Tout en retirant l'assiette chaude du four, il se félicita une nouvelle fois que Nuala ait trouvé un travail qui lui plaise tant. En tout cas, ils s'en sortaient beaucoup mieux financièrement depuis qu'elle travaillait, et il était fier qu'elle soit le meilleur agent immobilier de la région. Malgré tout, il était désolé qu'elle n'ait pas le temps de s'intéresser à la musique. Il se crispait quand elle soutenait que les enfants devaient avoir des activités « plus utiles », pour reprendre ses termes. Elle avait beau faire preuve d'une grande finesse psychologique avec ses acheteurs potentiels, il avait parfois l'impression qu'elle ne le comprenait plus — ou n'en avait peut-être plus l'envie. La musique était la seule chose qu'il avait à transmettre. Il ne possédait rien de valeur, à part les mélodies et les histoires qu'il avait récoltées au fil des nombreuses heures passées à boire une tasse de thé ou une pinte de *porter* avec des vieillards aux doigts bourrelés et aux pantalons avachis, qui ne se lavaient qu'une fois par semaine, et encore. Il songea à la vieille bicoque au toit de chaume que Nuala faisait visiter ce soir-là, et au pan de culture qui disparaissait chaque fois qu'on portait en terre un des vieux musiciens. Combien de fois s'était-il rendu au bout de la rue, quand il était plus jeune, pour jouer quelques morceaux avec Christy Mahon, paix à son âme, un vieux violoniste grisonnant qui avait le temps — et surtout la patience — de travailler un passage difficile avec lui, s'assurant qu'il jouait les bonnes notes avec les ornements adéquats. Leur complicité musicale mettait en jeu quelque chose qu'ils auraient été incapables de décrire avec des mots, ce dont, fort heureusement, ils se passaient très bien ; la musique s'en chargeait pour eux. Une mélodie sauvage et solitaire avait le pouvoir de le transporter en un lieu et une époque d'avant sa propre vie, quand la musique et la poésie avaient été préservées en secret, maintenues envers et contre la mort et le désespoir. À travers lui, cette musique reliait ses enfants aux joies et aux douleurs d'un passé trop facilement oublié ou renié.

Devaney pensa à ses enfants. Son aînée, Orla, dont le prénom voulait dire « dorée », était intelligente et posée pour son âge, avec les cheveux blonds de sa mère. À dix-sept ans, elle brillait déjà dans les débats organisés par son école ; il se dit qu'elle ferait un bon président, mais se ravisa aussitôt. Pourquoi se contenter d'un poste honorifique ? D'ici quelques années elle ferait un meilleur Premier ministre que la bande de bonimenteurs qui gérait le pays.

Pádraig, dont les traits sombres lui rappelaient l'enfant qu'il avait été, venait d'avoir quinze ans. Le garçon intelligent et bavard s'était récemment mué en un adolescent ombrageux, malingre, dont toute la vie semblait se résumer à l'acquisition du dernier jeu vidéo ou de la paire de baskets à la mode. Depuis deux ans, Devaney avait eu le sentiment de perdre du prestige aux yeux de son fils. Ce qui était inévitable, supposait-il, se souvenant comment son propre père s'était dévalorisé à ses yeux. Pádraig avait manifesté un peu d'intérêt pour le violon quand il était plus jeune, mais il n'avait pas le *gra*, la faim et la soif de musique qui l'auraient fait s'accrocher.

Róisín, la benjamine, venait d'avoir onze ans et restait une énigme. Avec ses cheveux foncés, son visage fin et un air sérieux qui n'était pas de son âge, elle l'appelait toujours « papa » comme quand elle était petite, et semblait être la seule de ses enfants à goûter encore sa compagnie. Peut-être parce qu'elle était la plus jeune, il sentait surtout le poids des ans en la voyant grandir.

Pádraig était à son entraînement de football, Orla et Róisín faisaient leurs devoirs dans leur chambre. Devaney était seul dans la cuisine où le crépuscule gagnait, sirotant une tasse de thé tiède. Il avait toujours été d'une nature tourmentée, mais le sentiment s'était accentué depuis qu'il avait arrêté de fumer dix-huit mois auparavant. *Notre nouvelle maison est ravissante*, avait décrété Nuala, *autant qu'elle n'empeste pas la cigarette*. Il s'était soumis, en partie parce qu'il savait bien que c'était dans son intérêt et en partie pour la paix du ménage. Mais c'était diablement difficile d'arrêter. En cet instant il regrettait la présence familière d'une clope dans un cendrier et la sensation d'une bouffée de fumée dans les poumons. Il se contenta d'une gorgée de thé et regarda par la fenêtre qui donnait sur l'arrière de la maison, imaginant Dunbeg, à quelques kilomètres de là sur la rive du lac. C'était étonnant tout ce qu'il pouvait savoir des habitants du village. Il avait beau travailler à vingt-cinq kilomètres, au commissariat de Loughrea, être de la police et habiter une bourgade revenait un peu à jouer les prêtres : recevoir des confidences et les garder pour soi faisait partie du boulot, que vous le cherchiez ou non. Ça marchait dans les deux sens, bien sûr. Tout le monde savait des choses sur lui, ou du moins le pensait. On savait qu'il avait eu sa dose de police en milieu urbain, peut-être plus que sa dose, ayant passé sept ans à la brigade des homicides de Cork. Pas mal de gens savaient aussi que son transfert à Loughrea n'avait pas été de son fait. Mais aucun d'entre eux n'appréhenderait jamais pleinement le coup du sort qui l'avait amené en cet endroit. Devaney lui-même, malgré les milliers de fois où il avait revécu chaque seconde de cette poursuite et son issue fatale, n'arrivait pas à mettre le doigt dessus. Était-ce une décision consciente ou le pur instinct qui l'avait en fin de compte rendu responsable de la mort de deux personnes ? L'une d'entre elles était un suspect qu'il traquait depuis des mois, une fichue canaille du nom de Johnny Comerford, qui avait terrorisé et battu à mort un couple de retraités. L'autre était une enfant de sept ans, Julia Mangan, la fille d'une ex-petite amie de Comerford. Alors qu'il rentrait un soir du poste d'Anglesea, Devaney avait aperçu Comerford qui sortait d'un pub sur les quais, et l'avait pris en filature sans attendre que le salaud prenne la fuite. La fillette était si petite qu'il n'avait même pas remarqué sa présence dans la voiture. Une fois hors de la ville, Comerford avait raté un tournant et foncé droit dans un mur en pierre.

Quoique n'ayant pas été blessé, Devaney avait été placé d'office en arrêt-maladie pour la durée de l'enquête sur l'accident. Aucune charge n'avait été retenue contre lui mais à son retour on l'avait mis en demeure de choisir entre Loughrea et une démission pure et simple. Il avait accepté la mutation — une sanction, en fait — parce qu'il ne voyait rien d'autre à faire. Et pendant les semaines de son congé, la musique avait été son unique consolation, la seule chose capable d'évacuer le souvenir qui ne cessait de défiler dans sa tête, le moment où il s'était approché du véhicule silencieux, démoli, et l'horreur qui avait fondu sur lui en découvrant le corps disloqué de cette enfant sur le siège passager. C'était peut-être pour cela que Nuala n'aimait pas l'entendre jouer, songea-t-il, si ça lui rappelait cette époque sombre, sans comprendre qu'en jouant les mêmes airs, les mêmes séquences de notes à n'en plus finir, il trouvait une sorte d'échappatoire, et que cette échappatoire, pas sa famille ou son travail, était la seule chose qui l'empêchait d'être lentement broyé par le poids du remords.

Avalant une dernière gorgée de thé, il se leva, posa son assiette dans l'évier et s'aperçut qu'un air lui trottait dans la tête avec insistance depuis plusieurs jours. Il alla prendre son violon dans le coin derrière le vaisselier en pin. Il était rangé dans un étui vieillot, pas un de ces nouveaux modèles en plastique moulé, une boîte en bois plus large en une de ses extrémités, exactement de la taille et de la forme d'un petit cercueil. Pour lui, cet instrument resterait toujours le violon de Christy. Le vieil homme le lui avait confié quand l'arthrite avait gagné ses doigts, l'empêchant de jouer. Après avoir enduit son archet de colophane, Devaney prit le violon et joua facilement la première partie de l'air entêtant, apprivoisant le contour des notes, avec la certitude que, en jouant chacune d'entre elles, ses doigts se souviendraient de leur position la prochaine fois que la mélodie lui viendrait. Il reprit le passage délicat à n'en plus finir, jusqu'à ce qu'il parvienne à le franchir, la musique jaillissant de son archet, s'écoulant comme l'eau d'un ruisseau qui s'est enfin trouvé un passage dans une crevasse rocheuse.

C'était aussi comme ça qu'il s'y prenait avec les affaires criminelles qui lui résistaient ; tout était une question d'approche, il fallait attaquer la chose sous divers angles. Le dossier Osborne présentait forcément une faille, il en était persuadé. Et l'étrange conversation qu'il avait eue ce soir-là avec son commissaire, juste avant de quitter le bureau, ne faisait que renforcer sa conviction.

— Vous avez demandé à me voir, commissaire ?

Avant de glisser la tête par la porte du bureau de Boylan, Devaney avait pris soin d'enfiler sa veste — le commissaire ne tolérait pas qu'un inspecteur vienne le voir en bras de chemise. Sans jamais avoir eu la moindre idée originale de toute sa vie, Brian Boylan possédait un rare talent d'intrigant qui l'avait propulsé à sa place actuelle. Son bureau était nettement mieux décoré qu'un bureau habituel de commissaire. Et avec ses costumes chics et ses doigts manucurés, Boylan s'était toujours distingué de ses collègues ; ce type avait l'air d'un acteur, toujours en train de jouer le rôle que les autres attendaient de lui. Devaney n'était pas dupe, il avait vu trop d'inspecteurs intelligents et compétents à qui l'on refusait une promotion parce que les huiles estimaient qu'ils ne collaient pas à l'image d'une police moderne, contrairement à des connards comme Boylan. À croire que ces messieurs faisaient le casting d'un putain de film ! Boylan s'était jusque-là montré très prudent avec lui, craignant sans doute de le voir craquer sous la moindre pression, et ne lui avait donc confié que les affaires les plus rudimentaires, les enquêtes les plus besogneuses — essentiellement pour le tenir occupé, comme tout le monde l'avait compris au commissariat de Loughrea.

— Ah, oui. Entrez, je vous prie.

Boylan ne fit pas mine de se lever et ne lui proposa pas de s'asseoir, une manière à peine voilée de marquer leur différence de rang. Plongé dans la lecture d'un rapport de liaison, le commissaire marqua cérémonieusement sa page, releva enfin les yeux et s'adressa à Devaney d'un air soucieux.

— Je voulais vous informer que vous devrez sans doute vous passer de partenaire pour le moment. L'affaire est en cours, toutefois, et je vous avertirai dès que la paperasse sera réglée.

Le dernier partenaire en date de Devaney avait fêté son départ à la retraite quinze jours plus tôt.

— Rappelez-moi sur quoi vous travaillez en ce moment ?

— Un cambriolage à Tynagh et la série d'incendies autour de Killimor.

— Bien, bien, dit Boylan en opinant du chef.

Devaney se faisait l'effet d'un parfait idiot, planté au centre de la moquette. Il pensa : *T'es bien placé pour le savoir, c'est toi qui veilles à ce que je me tape tout le boulot chiant !*

— J'ai appris que Hugh Osborne est venu voir ce qui s'est passé à Drumcleggan aujourd'hui, dit Boylan. Vous êtes au courant, je crois, que ce dossier a été transmis à la cellule spéciale de Dublin.

Devaney resta de marbre.

— Oui, commissaire, j'en ai eu vent.

— Leur équipe dispose de moyens, qu'ils tentent leur chance. Ce n'est plus de notre ressort.

Devaney garda le silence.

— Ça donnerait quelle impression si un de mes officiers semblait remettre en cause le bien-fondé de ce dessaisissement ?

C'était donc ça qui le tracassait vraiment.

— Ça ne colle pas avec le profil, dit Devaney.

Il se rendit compte aussitôt de son erreur, mais c'était trop tard.

— Pour commencer, il y a l'enfant...

Boylan lui coupa la parole.

— Vous ne vous occupez plus de ce dossier. (La voix du commissaire était égale, mais son visage avait perdu ses couleurs.) Vous comprenez ?

Il fixa Devaney droit dans les yeux, le défiant de dire quelque chose — quoi que ce soit — au mépris d'un ordre exprès.

— Je comprends, dit Devaney qui fut surpris de voir Boylan baisser le regard le premier. Si c'est tout, commissaire...

— Oui, c'est tout.

Boylan fit pivoter son fauteuil et reprit la lecture du volumineux rapport.

Boylan peut aller se faire foutre ! s'était dit Devaney une fois dans le couloir. Regagnant la salle des inspecteurs, il avait remarqué le dossier Osborne posé sur un coin de son bureau.

Quelqu'un l'avait peut-être aperçu, en avait touché un mot au commissaire. Devaney avait jeté un coup d'œil à la ronde, constaté qu'il était seul et négligemment glissé l'épais dossier dans sa mallette.

Devaney s'arrêta soudain de jouer et rangea le violon dans son étui. Alors qu'il attrapait sa sacoche, il se souvint de la curiosité initiale qu'il avait éprouvée pour cette affaire à son arrivée à Dunbeg. Un après-midi particulièrement désœuvré, il s'était mis à fouiller dans un tiroir où s'empilaient les dossiers d'affaires non résolues, et celle-ci l'avait intrigué. Le dossier faisait plus de cinq centimètres d'épaisseur, débordant de rapports, de dépositions, de photos et de coupures de presse. C'était typiquement le genre d'enquête, d'après son expérience, qui lui prendrait la tête, qui lui rongerait la conscience quotidiennement tant qu'elle n'aurait pas abouti.

L'affaire avait été transmise à une cellule spéciale à Dublin, la thèse prévalant que plusieurs disparitions survenues en cinq ans pouvaient être liées. On évoquait l'hypothèse d'un tueur en série. Mais même un aveugle aurait vu que Mina Osborne se distinguait des autres victimes. Toutes les autres femmes avaient disparu alors qu'elles se promenaient sur des routes de campagne désertes. Elles étaient toutes plus jeunes, entre dix-sept et vingt-deux ans ; Mina Osborne avait, elle, vingt-neuf ans. Et toutes ces femmes avaient disparu dans un rayon de quarante kilomètres autour de Portlaoise, Mina Osborne étant la seule nettement en dehors de cette zone. Enfin, il y avait le petit garçon. Aucune des autres n'était accompagnée d'un enfant. L'une des jeunes femmes avait bien un bébé, mais celui-ci était chez ses grands-parents le soir de la disparition. Devaney se souvint de l'envie subite qui l'avait pris, cet après-midi-là, de passer au bulldozer la tourbière de Drumcleggan pour la retourner sens dessus dessous. Si Osborne était coupable, il avait pu mettre en scène sa prestation de mari éploré sur la tourbière, pour les écarter de la piste. Devaney sentait qu'il devait s'y prendre méthodiquement, étape par étape. Si Mina Osborne et son enfant étaient déjà morts, rien ne servait de se presser faute de pouvoir monter un dossier contre le ou les coupables. L'enquête avait été méticuleuse, mais quelque chose manquait, quelque élément qu'on n'avait pas encore pris en compte. Le problème était qu'on ne savait pas quel morceau manquait avant d'avoir quasiment reconstitué le puzzle.

Il s'intéressa au rapport initial de disparition. Voilà un détail qu'il n'avait pas remarqué auparavant. Le document portait la signature « Sergent Inspecteur B. F. Boylan ». C'était donc Boylan qui avait mené l'enquête. Pas étonnant qu'il ait voulu s'en débarrasser pour la refiler à la cellule nationale. Sous ce rapport se trouvait une photo de Hugh, Mina et Christopher Osborne — prise quelque part en vacances, semblait-il. Mina était assise dans un fauteuil, l'enfant sur ses genoux ; Osborne était accroupi à ses côtés, tenant son fils par la main et faisant un geste en direction du photographe. L'air intrigué et excité, le petit garçon levait les yeux vers sa mère. Mina Osborne était une belle femme, jugea Devaney. Ses dents régulières étaient d'une blancheur qui tranchait avec sa peau mate, et elle portait un sari chatoyant, une étoffe rouge sombre ornée de passementeries dorées. Son expression était amusée et épanouie. Il se demanda qui avait pris la photo. Aucune inscription ne figurait au dos.

Il revint au rapport sur la disparition de Mina Osborne et lut le descriptif en entier. Taille, poids, corpulence, d'autres détails tels que la dentition, la voix, l'accent, la façon de marcher et les signes distinctifs. Les lieux souvent fréquentés et les habitudes. Il y avait le dessin d'une barrette très singulière dont plusieurs personnes se souvenaient qu'elle la portait le jour de sa disparition — une paire d'éléphants filigranés.

Qu'avait-on au juste ? Une disparition. Meurtre, suicide, accident, enlèvement, fugue — on disposait de trop peu d'éléments pour prouver ou pour écarter l'une de ces éventualités. Mais il y avait tout de même des détails, pas franchement des indices, qui pointaient vers certaines hypothèses, en repoussant d'autres ; c'était peut-être par là qu'il fallait commencer.

On avait évidemment envisagé l'enlèvement, mais aucune demande de rançon n'était parvenue. Se pouvait-il que Mina Osborne soit partie de son plein gré, comme l'avait suggéré le Dr Gavin, qu'elle ait quitté le pays sans laisser la moindre trace ? Si oui, la question n'était pas seulement comment, mais pourquoi. Devaney nota de vérifier si l'on avait récupéré les dossiers médicaux de Mina et de Christopher Osborne, pour voir si rien ne suggérait d'éventuelles maltraitances. En admettant que la famille et les amis interrogés aient dit la vérité, personne n'avait reçu aucune nouvelle de Mina Osborne depuis sa disparition.

Dans l'hypothèse d'un accident ou d'un suicide, on

s'attendrait à retrouver les cadavres. Certes, il existait des cas de personnes ayant disparu dans les tourbières. Mais Mina Osborne vivait dans la région depuis suffisamment de temps pour connaître les raccourcis à travers champs empruntés par les gens du cru en toute sécurité. Cela dit, peu de gens s'y aventuraient à pied de nos jours, contrairement aux temps passés, et aucun élément n'accréditait cette thèse. D'autant que la tourbière de Drumcleggan était située de l'autre côté de sa maison par rapport au village ; elle n'avait aucune raison de la traverser. Non, si Mina Osborne gisait au fond de la tourbière, ce n'était pas de son propre fait. Un meurtre restait le scénario le plus plausible, et Hugh Osborne le suspect numéro un.

Osborne avait appelé le poste de police de Dunbeg à dix heures du soir, au début du mois d'octobre environ deux ans et demi auparavant. Il avait expliqué qu'il venait de s'absenter trois jours, pour un colloque à Oxford. Il avait pris un vol à Heathrow en début d'après-midi et était rentré en voiture de Shannon Airport. Arrivé chez lui vers six heures, il avait trouvé la voiture de son épouse dans l'ancienne étable qui servait de garage, mais aucun signe d'elle et de son fils. D'après une certaine Lucy Osborne, qui résidait dans la même maison, Mina était partie à Dunbeg avec son fils vers une heure de l'après-midi. Apparemment, elle avait l'habitude de se rendre à pied au village avec Christopher dans une poussette-canne — la voiture laissée au garage n'avait donc rien d'anormal. N'ayant toujours aucune nouvelle à sept heures et demie, Osborne avait affirmé qu'il s'était mis à fouiller la demeure et la propriété, et que vers dix heures il s'était résolu à prévenir la police. Mais Mina Osborne étant majeure et responsable, et en l'absence de tout élément suspect, la police ne pouvait rien faire avant un délai de soixante-douze heures.

Après deux jours sans nouvelles, la police avait dépêché des renforts pour lancer les recherches. Ils avaient commencé par fouiller les champs et les abords de la route entre la maison et le village, et la propriété de Bracklyn House avait été passée au peigne fin. On avait adressé des photos de la mère et de l'enfant aux ports, aux gares et aux aéroports. La police avait aussi interrogé les habitants de Dunbeg. Mina Osborne était d'abord passée à l'agence de l'AIB Bank où elle avait retiré deux cents livres. Puis elle avait emmené son fils chez Pilkington pour lui acheter des bottes rouges qu'il avait aux pieds à sa sortie du magasin. On l'avait aperçue pour la dernière fois sur la route de Drumcleggan, vraisemblablement en train de rentrer chez elle. Les personnes qui l'avaient croisée au village avaient décrit son humeur comme plus réservée que d'habitude, presque abattue. On n'avait pas retrouvé la poussette. Il avait beaucoup plu les jours suivant la disparition, ce qui avait effacé d'éventuelles traces de pas. Les recherches sur terre n'ayant rien donné au bout du quatrième jour, on avait exploré le fond du lac du côté de la maison et du village. Les plongeurs n'avaient rien trouvé.

C'est seulement alors que la police s'était mise à interroger plus précisément Hugh Osborne sur son emploi du temps le jour de la disparition. Il était en effet rentré d'un colloque, mais son vol de Londres avait atterri à Shannon Airport à deux heures de l'après-midi, soit quatre heures avant son arrivée à Bracklyn House. L'aéroport n'était pas à plus de deux heures de voiture. Osborne avait fourni comme seule explication qu'il s'était couché tard la veille, s'était senti fatigué et s'était arrêté pour dormir au bord de la route près de Mountshannon. On n'avait trouvé personne pour confirmer ou réfuter ses dires. À partir de là il était devenu le principal suspect. Quitte à inventer cette histoire, il aurait pu trouver mieux. Seules deux personnes résidant elles aussi à Bracklyn House, Lucy et Jeremy Osborne, étaient là pour confirmer qu'il était arrivé de Shannon à six heures. *Voilà une situation bizarre*, songea Devaney : Lucy Osborne n'était que la veuve d'un cousin éloigné, et pourtant elle et son fils habitaient à Bracklyn depuis huit ans. Bien évidemment, on ne pouvait exclure que tous deux aient menti. Pourquoi risquer de perdre une situation confortable en dénonçant celui qui les logeait et les nourrissait ?

Apparemment, Osborne ne possédait aucune autre fortune que la maison et quelques lopins de terre, et au moment de la disparition il était en fait plutôt à court d'argent. Devaney feuilleta le dossier et trouva le document qu'il cherchait. D'après la déposition de Kevin Reidy, de la compagnie d'assurances Hanover Life Insurance, Hugh Osborne avait contracté au moment de son mariage une assurance-vie d'un montant substantiel sur la personne de son épouse — sept cent cinquante mille euros — et une autre d'un montant similaire sur lui-même, le conjoint survivant étant le bénéficiaire dans les deux cas. Ce n'était sans doute pas une somme exceptionnelle pour quelqu'un comme Osborne, mais ça suffisait largement comme mobile pour un meurtre, quels que soient les moyens financiers de la personne. Mais à quoi bon assassiner sa femme pour toucher l'assurance-vie si vous n'aviez pas de cadavre ? *Comme ça, le forfait est impossible à prouver*, songea Devaney, *mais l'argent ne peut pas être réclamé avant qu'elle soit déclarée légalement décédée — sept ans dans le cas d'une disparition.*

Bien, mettons qu'on cherche à se débarrasser d'un cadavre — deux cadavres, en l'occurrence — pour qu'ils ne soient jamais retrouvés. Il passa en revue les diverses méthodes. Dans tous les cas de figure, l'opération était délicate, et le choix dépendait souvent de la nature du meurtre, suivant qu'il s'agissait d'un crime passionnel ou d'une affaire soigneusement préméditée. Brûler un corps ou l'enterrer prenait du temps. On avait privilégié les recherches en extérieur, dans un rayon de dix à quinze kilomètres autour de Dunbeg, surtout pour repérer des endroits où la terre aurait été récemment retournée, trahissant la présence d'une tombe peu profonde. La police avait aussi sondé les puits et les fondrières. Et l'intérieur de Bracklyn House ? Quand les soupçons s'étaient focalisés sur Osborne, on avait fouillé la maison, mais les vieilles forteresses de cette espèce étaient souvent truffées de pièces dérobées et de passages secrets. L'été dernier, Nuala l'avait traîné dans une excursion familiale au château de Portumna, et il se souvenait que le guide leur avait montré une cachette dans un mur où la famille avait dissimulé des prêtres à l'époque où le catholicisme était hors la loi. Devaney chercherait s'il existait des plans d'architecte de Bracklyn House, anciens ou récents.

S'évertuer à retrouver les cadavres n'était peut-être pas la meilleure tactique. Dans une enquête pour meurtre, on s'efforçait toujours de faire connaissance avec la victime. Plus vous en saviez et plus vous aviez de chance de comprendre pourquoi quelqu'un avait eu envie de la supprimer. Mina Osborne était une artiste-peintre, croyait-il se souvenir. Il pourrait être utile de jeter un coup d'œil à ses tableaux.

Au cours des années passées à Cork, il avait appris qu'un meurtre pouvait avoir toutes sortes de mobiles — la cupidité, la jalousie, la vengeance, parfois même l'amour qui se transformait en une haine féroce. L'enquête avait peut-être négligé de creuser dans les sombres recoins où se tapissaient les pulsions et l'instinct. Il se souvenait d'avoir assisté, au début de sa carrière, à l'autopsie d'une jeune femme qui s'était apparemment suicidée avec du poison. Le légiste lui avait expliqué : *On va faire les tests pour le poison, puis on jettera un coup d'œil à l'utérus, et je parie qu'on trouvera là notre mobile.* En effet — la jeune femme était enceinte de plusieurs mois, d'un homme marié s'était-il avéré.

Hugh Osborne avait effectivement paru très éprouvé sur la tourbière. Cela voulait-il dire qu'il n'avait pas supprimé son épouse ? On ne pouvait présumer de rien, pas même de l'amour d'un père pour son propre enfant. Devaney referma le dossier avec un soupir, et se souvint de l'expression d'Osborne quand il avait compris que le corps retrouvé dans la tourbe détrempée n'était pas celui de son épouse — une combinaison compliquée d'effroi, de déception et de soulagement. Était-il soulagé de penser que sa femme était peut-être toujours en vie, ou qu'on n'ait pas retrouvé le cadavre ? Quelle que soit son identité, la rouquine de la tourbière venait de libérer quelque chose, comme le génie prisonnier d'une bouteille, et Devaney n'avait pas l'intention de le laisser échapper.

5

Peu après sept heures, Cormac était en train de faire un brin de toilette devant un minuscule lavabo. Sur les conseils de Devaney, il avait pris une chambre à l'étage du Lynch, un pub de Dunbeg. C'était rudimentaire, un simple lit et pas de douche, mais à huit euros la nuit ça ferait très bien l'affaire.

Il avait le menton recouvert de mousse blanche. Tout en la retirant à petits coups adroits de rasoir, il repensa aux traits déformés de la rouquine et enfonça ses dents dans la chair souple de sa lèvre inférieure. Ses narines se rappelaient l'agréable pointe d'humus qui flottait dans l'air de la tourbière, agrémentée de temps à autre d'une fraîche odeur de savon que dégageait Nora Gavin à côté de lui. Ils avaient prévu de se retrouver le lendemain après-midi à Collins Barracks, et Cormac s'en faisait une joie. À part son vague tressaillement à un moment dans la tranchée, Nora était restée parfaitement sereine durant toute l'excavation — après tout, la jeune femme avait l'habitude des cadavres — mais, sauf erreur, elle était devenue très tendue quand Devaney leur avait parlé de la disparition de Mina Osborne. Avec tout ce qu'ils avaient vu et entendu au cours de la journée, pourquoi cela avait-il tant troublé Nora ? La détresse d'Osborne lui avait paru parfaitement sincère, mais il n'enviait pas Devaney qui devait distinguer les types sincères des simulateurs. Comment ne pas devenir désabusé quand on a affaire tous les jours à des menteurs parfaitement crédibles ?

Cormac essuya les restes de mousse sur ses oreilles et observa distraitement son visage rasé dans la glace, quand il entendit un craquement et un bruit de pas dans le couloir devant sa porte, puis à nouveau le silence. Une vague inquiétude s'empara de lui, aussitôt disparue. Il ouvrit brusquement la porte et découvrit Una McGann, une main en l'air, sur le point de frapper.

— Mon Dieu ! s'écria-t-elle. Vous m'avez fait peur.

— Désolé, dit Cormac. Je croyais que c'était l'inspecteur Devaney...

Il se dirigea vers la chaise où il avait pendu sa chemise propre, soudain confus de sa nudité dans un espace aussi réduit.

Una resta sur le seuil, apparemment pour ne pas s'imposer dans la petite chambre, mais aussi un peu sur ses gardes, sembla-t-il à Cormac. Elle croisa les bras et fixa ses pieds.

— J'imagine ce qu'il a pu vous raconter. En fait je suis passée pour vous proposer de dîner avec nous. Il n'y a rien d'ouvert dans le village à cette heure-ci et j'ai pensé qu'un bon repas vous ferait le plus grand bien après tous vos efforts.

— Vous êtes très aimable, dit Cormac en s'asseyant au bord du lit pour enfiler ses chaussures. Parfait. J'en ai pour une minute. Devaney m'a dit que le mardi soir on jouait ici de la bonne musique traditionnelle.

— Ces soirées sont géniales. Mon frère Fintan n'en rate jamais une. Vous jouez ?

— De la flûte, dit-il en indiquant l'étui posé sur le lit à côté de lui. Fintan joue de quoi ?

— De la cornemuse irlandaise. Il est dingue de musique, depuis toujours.

— J'espérais aussi avoir l'occasion de revoir Brendan, dit Cormac en nouant son second lacet.

McGann avait quitté la tourbière si rapidement cet après-midi qu'il n'avait pas eu l'occasion de lui parler des compensations financières. Quiconque découvrait un objet sur les terres du *Bord na Móna* recevait une indemnité assez conséquente — essentiellement pour encourager l'honnêteté des employés du *Bord* —, mais aucune règle n'existait pour les propriétés privées. La plupart des gens ne s'attendaient pas à recevoir quelque chose pour des restes humains, mais il lui appartenait de s'en assurer — sans aborder la question de but en blanc, bien entendu.

— Je sais qu'il est parfois un peu bourru, dit Una, mais Brendan est vraiment quelqu'un de bien. Il est juste de mauvaise humeur parce que c'est un nouveau coup dur. On est déjà fin avril et ça fait quinze jours qu'il aurait dû finir de récolter la tourbe.

Alors qu'ils quittaient le village en voiture, Cormac sentit qu'il commençait à se repérer. Dunbeg était au centre d'une petite presqu'île qui s'enfonçait dans le Lough Derg. Il savait que Bracklyn House était située au nord du village, juste au-delà de la pointe arrondie, et que quatre cents mètres plus loin sur la rive on trouvait l'étendue brune formée par la tourbière de Drumcleggan. Le temps clément s'était prolongé jusqu'au soir et la lumière avait maintenant une onctuosité laiteuse qui jouait sur les vagues du Lough Derg, qu'on apercevait par intermittence entre les haies mal taillées longeant la route.

Una resta silencieuse un moment, puis demanda :

— Alors, votre *cailín rua* est partie sans problèmes pour Dublin ?

La cailín rua, songea Cormac. Un nom qui lui allait bien : la rouquine.

— Personne ne nous a dit ce qu'elle allait devenir, reprit Una.

— Eh bien, le Dr Gavin et l'équipe du muséum vont essayer de déterminer son âge et de découvrir comment elle est morte, j'imagine. Un corps intact fournirait plus d'éléments, bien évidemment, mais ils pourront tout de même récolter pas mal d'informations...

Una gardait le silence, mais il sentait que son enthousiasme la mettait mal à l'aise.

— Ce n'est pas ça que vous vouliez savoir ?

— En fait, j'aimerais savoir ce qu'elle deviendra au bout du compte, après tout ça.

— Actuellement le muséum conserve les dépouilles de ce genre dans un frigo adapté, répondit Cormac en s'apercevant aussitôt que son choix de mots pouvait sembler désinvolte.

— Mais ça sert à quoi ? demanda-t-elle. Cette pauvre fille a peut-être droit à un peu de tranquillité...

— Si nous arrivons à conserver les corps retrouvés dans des tourbières, on aura peut-être à l'avenir l'occasion de répondre à des questions qu'on ne se pose pas encore. Les examens sont faits avec beaucoup de respect.

Una ne parut pas satisfaite de ses réponses mais n'ajouta rien.

Au détour d'un virage, une tour d'allure menaçante surgit entre les arbres. L'imposante construction en pierre paraissait intacte pour l'essentiel, mais la toiture était à ciel ouvert et des touffes d'herbe et des giroflées sauvages poussaient entre les pierres de la cheminée. D'étroites meurtrières perçaient les flancs de l'imposante masse grise, que le lierre enveloppait à moitié. Cormac avait déjà emprunté cette route, mais sans remarquer l'édifice.

— C'est la tour O'Flaherty, dit Una. Les O'Flaherty

étaient une des grandes familles de la région. Elle appartient maintenant à Bracklyn House, à Hugh Osborne.

Alors que Cormac ralentissait la jeep pour mieux observer la tour, un gros corbeau sortit d'une des fenêtres du haut, déploya ses ailes et se mit à tournoyer autour des ruines. Un deuxième oiseau le rejoignit, puis un autre, et encore un autre, se succédant rapidement, et la partie supérieure du bâtiment fut bientôt engloutie dans un tourbillon de battements d'ailes noires et de croassements. Cette vision toucha la part cachée de lui-même où il enfouissait des images et des impressions tout aussi étranges, des choses qui avaient à voir avec les mythes et la mémoire, avec des époques et des temps que l'humanité moderne ne pouvait pas pleinement comprendre.

Soudain, les bruyants oiseaux disparurent aussi mystérieusement qu'ils étaient apparus, une seule silhouette sombre continuant à virevolter autour des murs du donjon, la lumière du soir miroitant sur ses ailes de jais.

Une voix se fit entendre à ses côtés.

— Ça va ? demanda Una.

Cormac baissa les yeux et vit ses mains agrippées au volant, avec la sensation d'avoir été tiré d'un rêve. La jeep n'avançait plus. Il s'était arrêté en plein milieu de la route.

— Les gens prétendent que l'endroit est hanté, poursuivit-elle. Et quand je vois l'effet que ça a sur vous, je serais presque tentée de le croire.

— Désolé, dit-il en appuyant sur l'accélérateur.

Dans un tournant, le bois où se trouvait la tour devenait plus clairsemé, prolongé par un terrain broussailleux, interrompu un peu plus loin par le mur d'enceinte de la propriété d'Osborne.

— C'est ici qu'habite Hugh Osborne ?

Una acquiesça d'un hochement de tête. Au-delà des pierres massives et d'un portail en fer forgé, Cormac aperçut une pelouse et des parterres de fleurs symétriques, et Bracklyn House, un solide manoir en pierres gris sombre, dont le toit d'ardoise fortement pentu était entouré de pignons et de créneaux. C'était une demeure modeste, comparée aux habituels manoirs de la province irlandaise, et qui avait conservé le caractère grossier propre au siècle de sa construction.

— Belle demeure, dit-il.

Une remarque anodine, mais un seul coup d'œil vers Una suffit à lui faire comprendre qu'elle avait fait déborder le vase.

Ses mots surgirent comme un torrent.

— J'imagine que Devaney vous a expliqué comment la police s'est acharnée à rendre Hugh responsable de ce qui est arrivé ? Bien entendu, ils n'ont pas la moindre preuve, puisqu'il est innocent. Ce ne sont que des ragots malveillants de gens qui n'ont rien de mieux à faire pour passer le temps. Je ne sais pas ce qui est arrivé à Mina et à Christopher, mais je suis sûre que Hugh n'y est pour rien. N'importe qui pouvait voir qu'il adorait sa famille. Ces deux années ont été épouvantables, et par-dessus le marché il a fallu supporter la police qui fouinait et posait ses questions, et tout le monde au village qui observait ça, attendait... (Elle s'interrompit et inspira, mais semblait déterminée à ne pas verser la moindre larme.) Parfois j'en ai ras le bol de ce patelin !

Pourquoi s'imaginait-il qu'Una McGann avait dû être obligée plus d'une fois de prendre la défense de Hugh Osborne ?

— Ça doit faire longtemps que vous connaissez Hugh Osborne...

Il vit ses traits se détendre et elle se décrispa.

— Pas si longtemps que ça, en fait. Il est plus âgé que nous, et il est parti faire ses études quand on était encore gamins. Mais je l'ai connu à l'université de Galway où je suivais des cours. Il y enseigne la géographie. Je faisais parfois du stop et il lui arrivait de me prendre.

— Vous étudiiez quoi ?

— Les arts graphiques, dit-elle. Mais je n'ai pas été au bout.

Son ton semblait indiquer que l'histoire était plus compliquée que ça, mais Cormac en déduisit qu'elle se sentait mal à l'aise pour en parler.

— Vous êtes bien gentil de m'écouter radoter, dit-elle.

— Vous connaissiez sa femme ?

— Pas vraiment. On se disait juste bonjour. Quand on se croisait sur la route. Je ne sais pas comment Hugh fait pour tenir.

Cormac n'avait pas atteint le stade de se considérer comme un célibataire endurci, mais il n'avait jamais été marié, n'avait pas d'enfants. Il chercha des signes de vie aux fenêtres de Bracklyn House, essayant de se mettre à la place de Hugh Osborne. Una suivit son regard, puis fixa ses poings contractés qui étaient posés sur ses genoux.

Il aurait voulu savoir son avis sur ce qui était arrivé à Mina Osborne, mais jugea préférable de ne pas poser la question. Alors qu'ils s'éloignaient de la grille, Cormac se demanda si la sollicitude qu'Una avait témoignée à Osborne sur la tourbière était plus que le simple soutien d'une voisine. Il se souvint aussi de la fourche que son frère faisait tourner nerveusement entre ses mains.

Quatre cents mètres plus loin, Una dit :

— Vous tournerez à gauche au prochain portail.

Cormac s'exécuta et la jeep franchit bruyamment une grille encastrée dans le sol, destinée à empêcher le bétail de passer, puis s'engagea dans une allée en pente. La demeure des McGann n'était quasiment pas visible de la route, nichée contre le flanc de la colline et bordée sur trois côtés de sapins vert clair qui effleuraient les avant-toits. Comme beaucoup de vieilles fermes, c'était une bâtisse trapue et compacte, ramassée contre le sol, avec des fenêtres à petits carreaux. Les murs avaient été récemment blanchis à la chaux, la porte et les encadrements des fenêtres repeints en noir avec une peinture au vernis. Un églantier s'élevait d'un côté de la porte, et les parterres de fleurs avaient tous l'air amoureusement entretenus. Une vieille voiture noire était garée à côté d'une remise au toit en tôle. Tout dans cet endroit évoquait une ferme familiale d'il y a trente, voire quarante ans.

— Ici, c'est Brendan qui manie la pelle et le pinceau, dit Una. Il est attaché à cette maison comme à son propre enfant. Quand mon père a remplacé le vieux toit de chaume, il faut voir comment ça l'a perturbé ! Il a dormi trois nuits dans la remise. Et quand on a envisagé de construire une nouvelle maison, il a résisté comme un églantier sauvage. Il n'a jamais voulu en entendre parler.

Cormac comprenait. Un homme qui s'obstinait à récolter sa tourbe à la pelle ne pouvait pas être du genre à s'accommoder du changement. Una ouvrit la porte d'entrée noire toute reluisante. La maison était divisée en deux moitiés symétriques, séparées par un couloir central. Elle le conduisit dans la cuisine, qui constituait visiblement le cœur de la maison. Une massive table en pin occupait le centre de la pièce, sa toile cirée recouverte de pelures d'oignons et de carottes. À côté de l'évier se trouvait un vaisselier rempli de faïence de Delft aux motifs chinois. Une vieille cheminée de pierre continuait de trôner là, mais aucun feu n'y brûlait pour l'instant. L'énorme cuisinière qui la flanquait suffisait à chauffer la pièce, et l'odeur qui se dégageait d'une cocotte en fonte posée dessus rappela à Cormac combien il avait faim.

— Vous voulez souper ? Forcément, répondit Una à sa place. Fintan a dû finir de préparer le ragoût avant de partir. Ces gaillards font mine d'être empotés, mais ils savent très bien se débrouiller.

Elle constata que la bouilloire était vide et la remplit au robinet, donnant à Cormac l'occasion d'observer les lieux.

Un escalier étroit conduisait à une mezzanine close, qui surplombait l'autre extrémité de la pièce. Cormac se demanda si les chambres ressemblaient ici à celles de la maison de sa grand-mère : il se souvint de l'horrible papier peint à fleurs des chambres de son enfance, de l'odeur de renfermé, des lits métalliques aux matelas défoncés et des gravures du Sacré-Cœur. Sous la mezzanine se trouvait une seconde cuisinière, sur laquelle étaient posés des cuviers blancs en émail. Tout autour, des bocaux en verre étaient alignés sur des étagères, leurs étiquettes rédigées de la même écriture régulière. Ils contenaient de mystérieuses substances organiques, qui ressemblaient à des écorces, des racines et d'autres matières végétales. Il reconnut des lichens vert pâle, des pelures d'oignon cuivrées et des rhizomes fibreux de fleurs sauvages, mais d'autres avaient un nom et une apparence étranges : « Racine de garance », « Cochenille », « Bois du Brésil ». Sur d'autres étagères, des écheveaux de fil étaient entassés dans des corbeilles ; certains étaient teints, d'autres formés de laine vierge couleur d'os. Le plafond bas, qui s'ajoutait à ce surprenant étalage, conférait à l'endroit l'atmosphère d'une boutique d'apothicaire du Moyen Âge. Dans l'angle le plus reculé de la cuisine, sous l'escalier, se tenait un grand métier à tisser, son système complexe de trame et de dévidoirs temporairement à l'arrêt. Sur le mur à côté était accrochée une pièce tissée, un paysage dans des tons ocre qui évoquaient le lichen et la sphaigne, avec les taches pourpres des digitales et des grassettes. Cormac eut le regard attiré par les subtiles variations de couleur ; il distinguait le contour de deux cercles, presque comme les empreintes depuis longtemps enfouies d'une paire de forts circulaires.

— C'est votre œuvre ? demanda-t-il.

— Oui, si on peut dire, dit Una qui semblait quelque peu préoccupée.

Elle le contourna prestement, ramassant une pile de feuilles, un pull et un journal qui traînaient sur le vieux canapé installé devant la fenêtre.

— Asseyez-vous, je vous en prie, et surtout ne faites pas attention au désordre. À force, on finit par ne plus le remarquer.

Ce qu'elle appelait du désordre n'était en fait que le fatras familier et sympathique du quotidien, qui donnait à la pièce une chaleur dont sa propre maison du Ranelagh, si ordonnée, manquait singulièrement.

— C'est quoi tout ça ? demanda-t-il en indiquant l'espace sous la mezzanine.

— On peut sans doute appeler ça mon atelier. C'était très ordonné quand je me contentais de tisser. Mais depuis que je me suis mise à faire mes propres teintures, je me suis étalée dans toute la cuisine. J'espère me trouver un endroit plus spacieux d'ici peu.

Cormac entendit du remue-ménage vers la porte du jardin et une fillette d'environ cinq ans déboula dans la cuisine, sa bouille ronde encadrée par une couronne de boucles blondes. Elle portait une salopette en jean, des bottes jaunes et un blouson en tweed vert avec de gros boutons rouges. Les yeux de l'enfant se posèrent sur Una, puis sur Cormac, et elle détala aussi rapidement qu'elle était apparue.

— Fintan, dépêche-toi de venir ! l'entendirent-ils implorer d'un ton exaspéré, comme si l'intéressé l'avait mise en retard toute la journée. On a du monde à souper !

Un jeune homme rasé de près, vêtu d'un pull ample, glissa la tête par l'embrasure et leur adressa un salut, tout sourire, puis posa un panier plein de mousse et de champignons, et retourna dehors pour retirer ses bottes.

— Le ragoût doit être quasiment prêt, lança-t-il à Una par la porte ouverte.

— Cormac Maguire, je vous présente mon frère Fintan. Et cette demoiselle, dit Una alors que la fillette se pressait à ses côtés, est ma fille Aoife.

La conversation à table chez les McGann rappela à Cormac les quelques week-ends qu'il avait passés dans la famille d'un de ses camarades de classe. Chez lui, il vivait seul avec sa mère et n'avait certes pas manqué de discussions, mais dans le cadre d'une famille plus nombreuse se dégageait une énergie débridée qui le subjuguait. Les sujets de conversation autour de cette table n'avaient rien de prétentieux, et pourtant il contemplait avec émerveillement les mots et les rires fuser de toutes parts. Seul un des convives se faisait remarquer par son silence : Brendan avait tout juste salué Cormac à son arrivée, et, après avoir répondu à quelques questions, s'était installé à l'écart, au bout de la longue table. Il mastiquait bruyamment, sauçant son assiette avec des morceaux de pain brun qu'il arrachait directement sur une grosse miche, et n'adressait la parole à personne. Il ne tarda pas à se lever et alla s'asseoir dans le fauteuil près de la cheminée, émiettant du tabac entre ses paumes rugueuses et bourrant sa pipe d'une manière qui suggérait des années de pratique. À vrai dire, chacun se comportait comme si son attitude était tout à fait habituelle, et c'était peut-être le cas.

Personne n'avait fait allusion au père d'Aoife. Peut-être les avait-il quittés, comme le père de Cormac. Après le repas, la petite fille étala ce qu'elle avait collecté sur la table — un gros champignon vénéneux blanc, des glands et des marrons, de soyeux morceaux de mousse vert pâle, et enfin un brin d'aubépine blanche. Le visage de Brendan s'assombrit.

— Aoife, emmène-moi tout ça dehors. Tout de suite, tu m'entends ? Ça attire le mauvais sort dans une maison. Et toi, dit-il en pointant Fintan du doigt, tu devrais savoir qu'on ne fait pas des choses pareilles.

— Oh, Brendan, protesta Aoife en s'amusant à lui mettre les fleurs sous le nez, elles sont très jolies !

Il eut un mouvement de recul et se leva, toisant maladroitement la fillette.

— Pourquoi est-ce que t'as toujours besoin de discuter ? Nom d'un chien, dit-il en élevant la voix, t'es comme Una. Pourquoi tu te contentes pas d'obéir ?

Il lui arracha les fleurs des mains et se rendit à la porte arrière pour les jeter dans la nuit. Cormac se souvint de la réaction horrifiée de sa grand-mère, la fois où, jeune garçon, il avait rapporté un bouquet semblable à la maison. Sa mère avait essayé de lui expliquer que ce n'était que de la superstition. Bien des années plus tard, il avait lu que les fleurs d'aubépine étaient réputées porter malchance à cause de leur odeur suave et fétide qui rappelait celle de la mort. Que pouvait en savoir une enfant ?

— Je ferais bien d'y aller, dit-il en se rappelant la soirée musicale au pub de Dunbeg. Je peux vous emmener si ça vous dit, proposa-t-il à Fintan.

Le pub était déjà bien rempli quand ils arrivèrent, et quelques musiciens étaient regroupés à côté de la cheminée près de la porte. Une demi-douzaine de pintes de *porter*, les cols de mousse marquant leur niveau, attendaient sur les tables basses au centre du groupe, tandis que l'air au-dessus de leurs têtes vibrait au rythme endiablé d'une mélodie dans laquelle Cormac reconnut immédiatement une interprétation superbe de *Rakish Paddy*. Alors que Fintan s'approchait du bar pour leur commander à boire, l'un des joueurs de violon se retourna pour les regarder — c'était Garrett Devaney. Le policier dressa ses sourcils en guise de salut, gardant son archet en mouvement et son menton appuyé tendrement contre le corps de son violon.

Une fois que Fintan lui eut donné sa pinte, Cormac s'assit et se mit à monter sa flûte en ébène, emboîtant avec soin les bagues d'argent entourées de fil ciré, alignant les trous, la portant à ses lèvres pour essayer le son et s'assurer qu'elle lui tenait bien en main. Tout en faisant cela, il observa les manipulations compliquées auxquelles se livrait Fintan pour assembler et harnacher sa cornemuse, une fine bretelle en cuir passée autour de sa taille et une autre autour de son bras droit pour manipuler les petites outres. Cormac avait toujours vu là une sorte de rituel, comme de s'attacher les phylactères de quelque ancienne croyance religieuse.

La mélodie cadencée prenant fin, un vieil homme chauve éclata de rire en posant sa flûte et tendit la main vers sa pinte encore pleine.

— Diable, voilà qu'était joliment joué ! dit-il à son voisin. Sur les chapeaux de roues !

Fintan présenta rapidement Cormac au petit cercle. À côté du flûtiste hilare était assis un type trapu, qui se tenait penché en avant et écoutait attentivement. Cormac se demanda pourquoi cet homme paraissait être à l'écart du groupe. Pour commencer, il n'avait pas d'instrument. En le voyant tendre la main vers la table pour y prendre son verre, Cormac comprit qu'il était aveugle, même s'il avait les gestes de celui qui ne l'a pas toujours été.

— C'est Ned Raftery, dit Fintan. Mon ancien instituteur. Un chanteur du feu de Dieu.

Devaney se tourna vers eux et s'immisça dans la conversation.

— Ravi que vous puissiez vous joindre à nous.

Cormac ne savait pas quoi penser du policier. Malgré son air pince-sans-rire, ses yeux ne cessaient jamais, même ici parmi ses amis et ses voisins, de jauger les choses, de les noter subrepticement et de les archiver.

La porte du pub tourna sur ses gonds et Hugh Osborne entra. Les conversations s'interrompirent un très bref instant quand on nota sa présence, puis reprirent à leur niveau sonore habituel, mais Osborne ne parut pas remarquer l'émoi momentané qu'il avait provoqué. Tandis qu'il parcourait la salle du regard, ses yeux se posèrent sur Cormac, marquant une légère hésitation, comme s'il ne reconnaissait qu'à moitié le visage. Il s'approcha du bar et se commanda un verre, prenant place à côté d'un jeune homme dont la tête aux cheveux sombres, coupés ras, semblait comme suspendue entre les pointes saillantes de ses épaules. Osborne lui adressa quelques mots et le jeune homme écarta brusquement son bras d'un geste maladroit, alors que Cormac aurait juré qu'il ne l'avait pas touché.

Osborne avait maintenant une tenue nettement plus chic que les vêtements de travail qu'il portait sur la tourbière. Il était même très élégant, avec sa veste en soie noire et son pantalon beige. Mais les habits n'étaient pas tout ; cet homme avait une grâce naturelle que mettait en valeur sa grande taille. Fintan suivit le regard de Cormac.

— On vous a raconté son histoire ? demanda-t-il sur le ton de la confidence.

Cormac acquiesça d'un hochement de tête et Fintan poursuivit.

— Je ne sais pas s'il est aussi coupable que les gens du coin veulent bien le croire. Pas mal d'entre eux sont surtout vachement contents de voir un type important traîné dans la boue. Moi, ça me débecte. Tout de même, j'aimerais bien qu'Una garde la tête sur les épaules.

— Ils sont peut-être juste amis.

Fintan le regarda.

— Ouais, dit-il. Peut-être bien.

Un peu plus tard, alors qu'il revenait des toilettes, Cormac passa devant l'extrémité du bar où se tenait le jeune homme à qui Osborne s'était adressé. L'assistance se tut alors qu'un des violonistes entamait *The Dear Irish Boy*, un très vieil air dont la mélodie envoûtante lui donnait toujours des frissons. Il s'arrêta un instant pour écouter, sentant sa poitrine se contracter et sa gorge se nouer en entendant le désespoir des notes implorantes. Le jeune homme à ses côtés s'écarta légèrement et le fixa un moment sans la moindre expression, puis se retourna en vacillant, porta son verre à ses lèvres et but goulûment, comme si en le vidant d'un trait il avait pu plonger la tête la première dans l'oubli. Il semblait bien parti pour y arriver. Il tapa son verre vide contre le bar et Cormac entendit le tenancier murmurer d'un air agacé :

— T'as déjà bu assez comme ça. Fiche-moi le camp.

Aucune réponse, mais un nouveau coup de verre sur le bar.

— Rentre chez toi, compris ? Avant que tu nous attires des ennuis à tous les deux.

Le jeune homme dévisagea le tenancier, puis s'écarta d'un pas chancelant, tituba au ralenti à travers la foule et sortit dans la nuit. Cormac vit qu'il n'avait pas été le seul à observer la scène : Hugh Osborne emboîta le pas à l'inconnu, baissant la tête au moment de franchir la porte. Devaney, lui non plus, n'avait rien laissé échapper de l'incident.

6

C'était le matin. Cormac entendait au rez-de-chaussée le pub qui s'animait, les fûts métalliques de bière qu'on déchargeait, les bouteilles en verre qui s'entrechoquaient dans des palettes, le diesel pétaradant d'un camion poursuivant sa tournée. Il avait très mal dormi, son sommeil perturbé par d'atroces rêves saumâtres où un obscur agresseur le poursuivait à travers un bois sombre.

Il se retourna pour essayer de dormir encore un peu, mais on frappa à sa porte.

— Monsieur Maguire ? demanda une voix éraillée d'adolescent. Il est neuf heures, vous avez demandé qu'on vous réveille.

— Merde, marmonna Cormac. Oui, c'est bon. Merci. Serait-il possible d'avoir une tasse de thé ?

Il n'entendit aucune réponse, simplement le bruit d'une grosse paire de baskets dévalant l'étroit escalier recouvert de moquette. Il était temps de s'activer s'il voulait retrouver Nora à deux heures au labo.

Une tasse de thé, accompagnée d'un copieux petit déjeuner, l'attendait au rez-de-chaussée du pub. Il venait de s'attaquer à une impressionnante assiette d'œufs, saucisses, bacon et tomates, quand la porte du pub s'ouvrit. Una McGann entra, suivie de Hugh

Osborne qui semblait réticent à l'idée d'importuner quelqu'un pendant son petit déjeuner.

— Excusez-nous de vous déranger, dit-elle. Je viens d'avoir une idée lumineuse.

Les deux hommes se serrèrent la main, puis il y eut un instant d'embarras.

— Vous ne voulez pas m'accompagner ? suggéra Cormac.

Derrière le bar, il entendit Dermot Lynch, le tenancier, qui sortait des couverts et des assiettes.

Installant son corps massif sur un des tabourets tapissés qui étaient alignés à la hauteur de ses genoux comme des nains, Hugh Osborne jeta un coup d'œil à Una avant de s'adresser à Cormac.

— Je compte aménager une parcelle de terrain pour ouvrir un atelier où l'on fabriquera et vendra de l'artisanat traditionnel...

Cormac se fit la remarque qu'il entendait sa voix pour la première fois. Son timbre était très grave, et son accent ni irlandais ni tout à fait anglais, mais quelque part entre les deux. Osborne se pencha en avant, et les cernes sous ses yeux suggéraient que lui non plus n'avait pas bien dormi.

— On a recruté deux autres tisserands, poursuivit-il, un orfèvre et quelques potiers. Et bien entendu, les teintures d'Una sont au cœur du projet.

À l'écouter, Cormac eut le sentiment que Hugh Osborne était d'une nature peu assurée. Sachant d'expérience ce que subissait celui qui se faisait remarquer dans une petite ville, il éprouva un élan de compassion pour le grand échalas assis en face de lui.

— Le site est idéal, à vrai dire, vu l'histoire de l'endroit...

Osborne laissa sa phrase en suspens.

— Ça m'a l'air prometteur, dit Cormac. Mais je ne saisis pas bien en quoi ça me concerne.

— Désolé, désolé, j'aurais dû commencer par là, dit Osborne en rougissant. On doit faire installer l'électricité et le gaz d'ici à quelques semaines. Et vous savez sans doute que pour obtenir les permis on doit d'abord faire une étude archéologique du site. On était sur le point de se lancer, mais le cabinet que j'avais retenu pour s'en charger s'est désisté. Ils sont sur un autre projet qui leur prend plus de temps que prévu. Et toutes les autres entreprises que j'ai contactées sont débordées. Je me doute que vous ne faites pas habituellement ce genre de travail, mais on est déjà en retard. Je payerai le tarif habituel, bien sûr. Ça devrait prendre une ou deux semaines. Pas vraiment des vacances, pour quelqu'un dont c'est le métier. Vous pourriez loger à la maison. Cela dit, je ne sais pas quelles sont vos obligations.

— En fait, j'ai pris un congé sabbatique ce semestre, expliqua Cormac. La seule chose, c'est que je suis censé terminer un livre. L'éditeur me harcèle.

— Je comprends tout à fait, dit Osborne.

— Et j'ai dit au Dr Gavin que je rentrerais à Dublin cet après-midi pour l'examen de la jeune femme qu'on a retrouvée dans la tourbière.

Cormac se rendit compte que les soupçons de Devaney le tarabustaient. Il regarda Una et Osborne de l'autre côté de la table, qui scrutaient son visage dans l'attente de sa réponse.

— Je ne sais pas quoi vous dire. Je peux vous recontacter ?

— Tout à fait. Réfléchissez-y.

— Je suis navré de ne pas pouvoir vous donner une réponse plus claire pour l'instant.

Osborne se leva.

— C'est bien normal. Je comprends.

Cette fois il ne proposa pas de lui serrer la main. Un

seul clignement des yeux profondément enfoncés suffit à Cormac pour comprendre qu'il n'était pas le premier à faire la fine bouche.

— Alors au revoir, dit Osborne en se dirigeant vers la porte du pub. Je suis désolé de vous avoir importuné en plein petit déjeuner.

Una McGann adressa un regard intrigué à Cormac et lui glissa un morceau de papier dans la main.

— Voici le numéro de téléphone.

— Dites-lui que j'appellerai cet après-midi, dit Cormac.

Ses mots manquaient de conviction, même à ses propres oreilles.

La tête de l'inconnue aux cheveux roux reposait, toujours enveloppée de tourbe, sur une table d'examen au laboratoire de conservation de Collins Barracks à Dublin. Perché sur un tabouret à un bout de la table, Cormac observait l'étrange monticule en attendant Nora Gavin. L'odeur de tourbe humide emplissait la pièce, et une lumière diffuse s'infiltrait par une fenêtre nue qui donnait sur la vaste cour pavée. Un siècle plus tôt, alors que ce bâtiment était toujours la plus grande caserne militaire de tout l'Empire britannique, la reine Victoria y était venue passer les troupes en revue. Ces lieux conservaient en partie l'atmosphère spartiate et militaire de cette époque, même si le Muséum national occupait désormais deux ailes du carré.

Cormac entendait Nora qui était au téléphone dans le bureau voisin.

— Ce serait parfait. À tout à l'heure. Encore merci. (Elle ouvrit la porte du labo.) C'était le service de radiologie du Beaumont Hospital. Ils peuvent nous prendre pour une tomographie à six heures, alors on n'a pas de temps à perdre.

Elle prit une paire de gants chirurgicaux dans un tiroir sous la table et les enfila en les ramenant pardessus les poignets de sa blouse. Alors qu'elle accomplissait ce geste banal, sa contenance professionnelle parut aussi se mettre en place, lui allant également parfaitement que la fine épaisseur de latex sur sa peau. Elle retira très délicatement le plastique noir, puis commença à enlever le plus gros morceau de tourbe détrempée et à arranger les mèches de cheveux roux emmêlés. Les traits de la jeune femme apparurent sous l'éclairage impitoyable des néons du laboratoire, et son expression était encore plus terrifiante qu'elle n'avait paru à Drumcleggan, avec la tourbe noire en arrière-plan, mais Nora agissait d'une main sûre, avec autant de douceur que si sa patiente était vivante. Ce qui l'avait si visiblement contrariée la veille semblait avoir relâché son emprise. Cormac se demanda quelle vie Nora Gavin avait abandonnée aux États-Unis, et notamment pourquoi elle avait sacrifié sa carrière pour venir s'installer à Dublin. Il soupçonnait que Gabriel McCrossan en savait plus sur son compte qu'il n'avait bien voulu le dire.

— Il faudra attendre Drummond pour pratiquer la véritable autopsie, bien entendu. Il pense pouvoir se libérer demain, si les choses restent calmes.

Tout en parlant, Nora retirait précautionneusement des bouts de tourbe sur le visage de la rouquine, qu'elle vaporisait ensuite d'eau déminéralisée. Cormac songea qu'elle n'aurait pas la moindre idée de quoi il parlait s'il s'excusait pour son comportement le soir du dîner chez Gabriel. Ce constat, et le fait de se trouver là en train d'observer Nora Gavin en plein travail le réjouissaient énormément. S'approchant pour voir de plus près, il constata que la peau de la jeune femme, maintenant débarrassée de la tourbe protectrice, était lisse et marron comme du cuir tanné. Il nota le dessin de sa lèvre supérieure qui dégageait quelque chose de vivant, le fin duvet sur son menton, et dut résister à la tentation de lui déplisser son front contrarié.

— C'est la première fois que tu en vois un de près ? lui demanda Nora.

Il fit oui de la tête.

— Moi aussi. Enfile ça, dit-elle en lui sortant une paire de gants du tiroir. Il faut éviter au maximum de la contaminer.

Elle se dirigea vers la porte et interpella quelqu'un dans le bureau voisin :

— Je suis prête pour un coup de main quand tu veux, Ray.

Raymond Flynn, le laborantin chargé de la conservation des spécimens, les rejoignit. Cormac observa et donna de temps à autre un coup de main pendant que Nora et Flynn mesuraient le tour du crâne et la longueur des cheveux, prenaient des photos et notaient les mesures, s'interrompant souvent pour utiliser le vaporisateur. Quand ils eurent terminé cette phase de l'examen, Nora transporta la tête à bout de bras dans la pièce voisine, équipée d'un matériel de radiologie, la plaça sur une plaque et sortit en refermant la porte pendant que Flynn actionnait la machine.

— On pourra peut-être émettre quelques hypothèses sur son âge, déclara-t-elle quand ils furent de nouveau à la table d'examen. Il est difficile de déterminer l'âge avec précision, à moins de pouvoir inspecter les molaires de plus près. La mâchoire a l'air assez flexible, mais on devra agir avec beaucoup de précaution.

Elle se servit d'une pince de chirurgien et de ciseaux

pour prélever une mèche de cheveux et un bout de peau qui serviraient aux analyses chimiques, puis un minuscule échantillon de tissu musculaire sur la plaie du cou. Alors qu'elle sectionnait minutieusement un tronçon d'artère, elle remarqua Cormac qui la regardait faire attentivement.

— Le cholestérol est ce qu'il y a de plus fiable pour la datation au carbone 14. C'est insoluble dans l'eau, et ça a moins de chances d'avoir été contaminé par le milieu environnant. Sans le reste du cadavre, on devra sans doute s'en tenir à une hypothèse raisonnable pour la cause du décès. Il ne semble pas y avoir de marques de ligature autour de la gorge. Je vois plusieurs éléments qui penchent en faveur de la décapitation.

— Comme quoi ?

— Eh bien, approche-toi un peu. Regarde la cicatrice. (Elle tendit la main et prit la loupe sur le plateau à côté d'elle.) La coupure est très nette. Tu peux voir que les vaisseaux sanguins ont été tranchés, pas arrachés. Un seul coup a sans doute suffi, avec une lame assez tranchante. (Elle lui tendit la loupe qu'il prit avec une certaine excitation.) On ne se donnerait pas la peine de faire ça rapidement si la personne était évanouie ou déjà morte. Et comment expliquer autrement qu'elle ait planté ses dents comme ça dans sa lèvre ? On pourrait dire qu'elle a eu de la chance, si c'est effectivement ce qui s'est passé. Au moins ça a été rapide. Et regarde aussi ça, dit-elle en indiquant ce qui semblait être une éraflure sur le menton de la jeune femme. Tu vois la couche de tissu gras sous la peau, qui est ici exposée ? J'ai l'impression qu'un petit morceau de peau a été coupé. Ça aurait pu être fait par le coup de hache, ou d'épée ou de la lame quelconque qui lui a tranché la tête.

Il devait avoir l'air perplexe. Nora se pencha impulsivement pour mimer la chose, tenant ses mains dans son dos comme si celles-ci étaient ligotées. Elle abaissa la tête au niveau du plateau de la table.

— Regarde, si j'avais la tête sur le billot, ma réaction naturelle serait de me contracter, de me faire la plus petite possible.

Il observa la frêle nuque de Nora, la frange de cheveux sombres qui ressortaient sur sa peau pâle, le petit creux entre les tendons qui supportaient sa tête. Comme il semblait aisé, au premier abord, de trancher une articulation aussi vulnérable. Alors que, en fait, ça devait être difficile compte tenu de la résistance des os et des tendons.

— Tu vois comment ça a pu arriver ? Si je rentre le menton, il est sur la trajectoire de la lame. (Elle se redressa.) On pourra sans doute déduire toutes sortes de choses sur sa mort. Mais la vraie question est « Pourquoi ? ». Elle n'est guère plus âgée qu'une enfant. L'autre chose qui me sidère, c'est l'excellent état de conservation. Le laboratoire vérifiera, bien entendu, mais je ne vois aucune trace visible de larves ou d'œufs d'insecte. Elle a dû se retrouver dans la tourbière peu de temps après sa mort, ce qui signifie sans doute qu'elle a été tuée sur place ou à proximité.

— Tu sais, on a probablement découvert tout ce qu'il était possible de découvrir au sujet de cette jeune femme, fit remarquer Cormac.

Il aurait été ravi que ça ne s'arrête pas là, mais autant accepter la réalité.

— Oui, je sais. Mais je ne me sens pas encore tout à fait d'humeur à prendre cette affaire de manière complètement rationnelle.

Devait-il lui parler de la proposition d'Osborne ? Il pouvait très bien refuser, poursuivre sa vie telle qu'elle était, terminer son livre et préparer la rentrée universitaire de l'automne. L'avenir lui était tout tracé. Pourquoi avait-il le sentiment qu'en s'écartant de cette voie confortable il serait incapable de revenir en arrière ? D'un autre côté, à quoi servait ce genre de rencontre si ce n'était à ouvrir de nouveaux chemins ?

— Hugh Osborne m'a proposé de retourner là-bas pour lui faire un petit travail, l'étude archéologique d'un chantier de construction.

Nora se tourna vers lui, un éclair de lumière semblant jaillir de ses yeux bleu foncé.

— Oh, Cormac... commença-t-elle à dire avant de s'interrompre. Ne me dis pas que tu as refusé ?

— J'ai dit que je devais y réfléchir. C'est un trop gros travail pour une seule personne...

— Je pourrais t'aider, suggéra-t-elle. J'ai deux semaines de congé pour les vacances de Pâques.

— Je n'oserais pas te demander...

— Tu ne me demandes rien, je me porte volontaire. J'ai envie de le faire. Et en retournant sur place, on aura l'occasion d'en apprendre davantage sur cette jeune femme.

— Elle peut avoir cent ans comme mille ans.

— Et au cours de cette période, tu t'imagines que combien de rouquines ont été décapitées dans les environs de la tourbière de Drumcleggan ? (Elle lui effleura la main.) Écoute, je ne veux pas te pousser à faire quelque chose que tu n'as pas du tout envie de faire. Mais Cormac, regarde ce visage et ose me dire que tu ne ressens rien, aucune obligation de découvrir ce qui est arrivé à cette jeune femme.

Baissant son regard vers le visage de la jeune morte, il ressentit de nouveau une bouffée de pitié familière, spontanée.

— Non, je ne peux pas dire ça.

Alors même qu'il prononçait ces mots, Cormac sentit le poids et la chaleur de la main de Nora posée sur la sienne, et comprit soudain qu'il ne se sentait pas tant une obligation envers la rouquine qui reposait sur la table, qu'envers la personne bien vivante qui se tenait en face de lui, avec ses yeux chargés d'une vive intelligence et de compassion. Son histoire à elle était le mystère qu'il éprouvait le besoin d'élucider. Et plus que tout, il voulait désespérément l'entendre prononcer son nom une nouvelle fois.

7

Il était presque neuf heures du soir quand Nora quitta le laboratoire. Elle se faufila à travers les rues étroites au nord de Collins Barracks et se gara à proximité du Piper's Chair, un pub de Stoneybatter. Elle n'y avait jamais mis les pieds mais connaissait l'endroit de réputation, et savait que Cormac Maguire était un habitué des sessions musicales du mercredi soir. Situé à l'angle de deux rues, l'établissement occupait un bâtiment XIXe sans grand intérêt architectural, mis à part son bar en bois poli, ses box aux banquettes défraîchies et ses hautes fenêtres qui évoquaient un Dublin populaire et miteux d'une autre époque, un sacré contraste avec les bars branchés qui fleurissaient à quelques rues de là.

Elle savait que Cormac était un habitué des mercredis soir par leur ami commun Robbie McSweeney, historien érudit, guitariste et chanteur — elle n'était pas certaine que l'intéressé aurait classé ses activités dans cet ordre. Eût-il vécu cinq cents ans plus tôt, songea-t-elle, que Robbie aurait été un harpiste très prisé des familles aristocrates. Les séances du mercredi soir réunissaient les mêmes musiciens depuis dix ans, d'après ce qu'il lui avait dit. Le pilier actuel du groupe était John O'Keane, que tous continuaient d'appeler John le

Jeune, alors que le père qui lui avait donné son nom était mort depuis au moins dix ans. Des racines communes liaient les membres du groupe, la plupart des musiciens étant originaires de l'ouest du comté de Clare, ou ayant des parents ou des grands-parents qui l'étaient. Le Piper's Chair n'était pas le genre d'endroit que les touristes risquaient de découvrir en flânant dans la rue, ce qui convenait aux habitués parce qu'on était libre de jouer sans pression, avec tout le loisir de se consacrer au *craic* et au bavardage.

Nora trouva Robbie installé au bar, en train de terminer une assiette de crevettes avec sa première pinte. Il la salua en dressant ses sourcils, tout en léchant un reste de mayonnaise sur son pouce gauche.

— Salut, Nora, dit-il en lui présentant un tabouret et en faisant signe au barman. Tu prends quelque chose ?

— Non merci, Robbie. Je me suis juste arrêtée avant de rentrer chez moi.

— Qu'est-ce qui vaut à notre humble taverne la grâce de ta présence ?

— Je veux montrer quelque chose à Cormac.

— Ah, tu n'es donc pas venue pour la musique ?

— Enfin si, pour ça aussi.

Et pour convaincre Cormac de retourner à Dunbeg s'il n'a pas encore pris sa décision, songea-t-elle. Elle éprouva une pointe de culpabilité de ne pas avoir été franche sur ses motivations pour retourner dans le Galway, qui tenaient sans doute autant à l'épouse disparue de Hugh Osborne qu'à la jeune femme aux cheveux roux.

— Tu m'excuseras, Nora, mais je suis obligé de te poser la question : c'est quoi cette histoire de tête ? demanda Robbie. Le milieu universitaire a été en émoi toute la journée, soi-disant que tu te serais trimballée avec une tête décapitée dans une boîte.

— Pas exactement, dit-elle. Je l'ai déposée directement au labo.

— Mon Dieu, dit Robbie en feignant d'être dégoûté, bien m'en a pris d'opter pour l'Histoire. Au pire, je risque de déterrer quelque récit saignant, pas un véritable cadavre.

Cormac franchit la porte à cet instant, et Robbie lui adressa un signe de la tête pour s'assurer que son ami ait noté la présence de Nora. Celle-ci ne pouvait plus se contenir de lui apprendre la nouvelle.

— Cormac, tu ne devineras jamais ce qu'on a trouvé. Il y a quelque chose de bizarre sur une des radios. Contre les molaires du côté droit de la mâchoire. On dirait un morceau de métal. Difficile de dire quoi exactement. On va faire une endoscopie demain matin.

— La tête appartient donc à une dame ? dit Robbie. Quelqu'un qu'on connaît ?

— Pour l'instant on n'en a pas la moindre idée, dit Cormac. Mais Nora m'a convaincu qu'on devait tenter de découvrir son identité.

— À plus forte raison maintenant, dit Nora. Ce bout de métal pourrait être un indice. Tu t'y connais en décapitation, Robbie ?

— Une solution très populaire dans les siècles passés, je crois, à peine moins prisée que d'être pendu, noyé ou écartelé. Toutefois, on décapitait peu les femmes. Vous êtes sûrs que c'est une exécution, pas simplement un petit meurtre pépère ?

— C'est l'hypothèse qui me semble la plus probable. Le cou a vraiment été tranché net. Tu peux en juger toi-même.

Nora sortit de son sac une chemise avec des photos et les tendit à Robbie, qui pâlit un peu mais s'en saisit néanmoins. Elle fut gratifiée de voir sa curiosité piquée au vif quand il posa les yeux sur le visage de la rouquine.

— Et aucun signe du cadavre ?

— Aucun. Tu veux bien nous aider, Robbie ? Rechercher si des femmes ont été décapitées, et pourquoi.

— On parle d'une période de combien de temps ?

— C'est tout le problème, dit Nora. On ne sait pas vraiment.

— Y a sans doute pas besoin de remonter plus de deux mille ans en arrière, dit Cormac.

Robbie les dévisagea à tour de rôle, comme pour décider qui allait le convaincre.

— D'accord, dit-il en rendant les photos à Nora. Après tout, je n'ai rien de mieux à faire d'ici à quelques mois.

— Merci, Robbie. T'es un ange.

— Ouais, c'est vraiment parce que t'es plus mignonne que lui.

— Ça, je ne sais pas, dit-elle. Mais tout est bon, pourvu que ça marche.

— On ferait bien d'aller s'installer, Robbie, dit Cormac avant de se tourner vers Nora. Tu veux rester le temps de quelques morceaux ?

Elle hésita.

— Je suis simplement passée en coup de vent...

— Allez, Nora, insista Robbie.

— Laisse-moi au moins t'offrir un verre, dit Cormac.

À une telle proximité, son regard sombre et sérieux la troublait, et derrière son épaule elle voyait Robbie l'encourager en silence : *Dis oui !*

— D'accord, dit-elle. Merci.

8

Se frayant un chemin jusqu'aux musiciens, Cormac obtint une place pour Nora sur un banc près de la fenêtre à côté de Robbie, au cœur du cercle formé par le groupe. Le programme de la soirée fut constitué de *reels*, de *reels*, et encore de *reels*, entrecoupés d'une occasionnelle gigue ou matelote. Cormac était ravi que Nora soit restée pour écouter la musique. Tandis qu'il jouait et sentait une douzaine de paires de pieds en train de battre la mesure sur sa droite et sur sa gauche, il la vit qui se dandinait légèrement en cadence, presque involontairement. Plus tard dans la soirée, quand les mélodies se turent et que tous les musiciens tendirent d'un même geste la main vers leur pinte, il vit Robbie adresser un regard en coin à Nora.

— On n'aurait pas le droit à une petite chanson, docteur Gavin ?

Nora se recroquevilla et secoua la main en signe de refus.

— Non, je ne peux vraiment pas. C'est vous, les musiciens.

Cormac ne savait pas qu'elle chantait. Mais la réticence était la réaction attendue à cette demande initiale ; enjôler la chanteuse timide était tout à fait de tradition. Après quelques encouragements supplémentaires de la part de Robbie auxquels les autres musiciens ajoutèrent leur voix, elle céda enfin. Elle but un coup de whiskey pour se donner du courage et se pencha en avant, s'éclaircissant la gorge et cherchant le bon timbre. Quand elle releva la tête, ses yeux étaient fermés.

La première fois que j'ai vu mon amant, heureuse que j'étais,
De l'amour je ne savais rien, ni comment résister ;
Mais je n'ai rien su refuser à mon amoureux,
Ô mon amant fougueux, je m'abandonne à toi.

Cormac fut saisi par cette voix sombre, rude, qui semblait se déverser des lèvres de Nora. La nervosité provoquait un léger tremblement dans la voix et il pouvait distinguer ses pupilles qui vacillaient sous les paupières closes, une intimité presque insoutenable. Il ferma les yeux et sentit Nora qui se décrispait, de plus en plus à l'aise. La chanson gagna en force et en ferveur telle quelque puissante incantation, brodant le récit triste et familier d'amour trompé et d'abandon.

Dieu vous garde, ma mie, car je m'en dois aller,
Je ne puis demeurer au pays plus longtemps ;
N'ayez crainte, ma mie, gardez-moi votre cœur,
Et ne laissez quiconque vous posséder que moi.

La belle et pauvre créature par terre se lamentait,
Les larmes ruisselant sur ses joues blanches d'ivoire ;
Jamie, trop cher Jamie, qui le premier me courtisa,
Comme je regrette de m'être abandonnée à toi.

Heureuse est celle qui n'a jamais aimé,
Et qui a su garder la taille fine ;
Elle ne souffre ni regret, ni cruelle misère,
Celle qui jamais ne s'est abandonnée à son amant.

Il y eut un bref silence quand elle termina, puis un tonnerre d'applaudissements de la part des musiciens et même de quelques habitués qui avaient fait taire leurs voisins avec des « chut » répétés pour entendre la chanson. Cormac se cala contre le dossier de sa chaise et regarda Nora qui ouvrait les yeux, avec l'air de quelqu'un qui est tiré d'un rêve et qui découvre une salle pleine de gens en train de l'observer. Elle paraissait stupéfaite, et un peu embarrassée, de voir tous ces visages admiratifs penchés vers elle, ces mains qui lui touchaient affectueusement le genou, le bras ou l'épaule. Elle lui adressa un regard mais il se sentait incapable de dire quoi que ce soit ou de faire le moindre geste.

— C'est l'heure ! s'écria le barman dans le brouhaha. Vous êtes priés de terminer vos verres, mesdames, messieurs ! On ferme !

Comme d'habitude personne n'avait envie de voir la soirée se terminer si tôt, chacun semblant décidé à rester là pour bavarder en faisant durer la dernière pinte le plus longtemps possible. La foule commença enfin à se disperser, et Cormac parvint à se frayer un chemin parmi la clientèle bruyamment massée devant le pub pour rejoindre Nora.

— Nora, attends... Laisse-moi te raccompagner jusqu'à ta voiture.

Dans la journée, Stoneybatter était très fréquenté avec toutes ses boutiques. De nuit, les devantures étaient soigneusement protégées derrière des rideaux de fer, qui s'ajoutaient aux détritus balayés par le vent pour conférer chaque soir au centre-ville des airs de zone de guerre. Ils remontèrent doucement le trottoir quasiment désert, Cormac tapotant l'étui en bois de sa flûte qu'il tenait coincé sous son bras. Il jeta un regard en coin à Nora.

— Ta chanson était géniale, Nora.

Elle sourit.

— Merci. J'avais un peu le trac.

— Où est-ce que t'as appris à chanter comme ça ?

— Je ne sais pas. Sans doute en écoutant des disques.

— Tu plaisantes ?

— Où voudrais-tu que j'aie appris ? Tu n'as jamais eu la sensation, en écoutant un air, que tu attendais depuis toujours de l'entendre ? Les vieilles chansons ont vraiment quelque chose. C'est peut-être leur simplicité, ou leur grande tristesse qui sonne si juste. J'adore la façon qu'on a de se transmettre les chansons, un peu comme si elles étaient vivantes. Je ne suis pas trop douée pour l'expliquer. Mais bon, voici ma voiture.

Elle la déverrouilla avec une télécommande minuscule, ouvrit la portière puis se retourna vers lui. Tous deux se mirent à parler en même temps.

— Je voulais te demander...

— Si tu es toujours intéressée...

Cormac insista pour qu'elle parle la première.

— Je voulais te demander si tu avais pris ta décision pour Dunbeg, dit-elle.

— C'est justement ce que j'allais te dire. J'y retourne. J'ai appelé Hugh Osborne tout à l'heure. J'ai quelques trucs à faire demain matin, et ensuite j'y file dans l'après-midi.

— Et tu as trouvé quelqu'un pour t'aider ?

— Je croyais que j'avais une volontaire. À moins que tu n'aies changé d'avis.

— Oh non, pas du tout. Je dois boucler les choses au labo demain, mais je devrais pouvoir être sur place vers six heures du soir... (Elle cessa de réfléchir à voix haute et le regarda droit dans les yeux.) Merci, Cormac.

— Ce n'est rien. Merci pour la chanson.

Un léger coup de vent projeta les cheveux de Nora dans ses yeux. Sans réfléchir, Cormac tendit la main pour les remettre en place et laissa ses doigts posés contre le doux renflement de sa joue. Il fut stupéfait de la voir s'écarter vivement.

— Non, dit-elle. Ne fais pas ça, je t'en prie...

— Excuse-moi, Nora...

— Tu n'y es pour rien, Cormac. Ne crois surtout pas ça. C'est juste... juste que je suis une dégonflée. (Elle tourna enfin son regard vers lui.) J'espère que tu comptes toujours sur moi demain.

— Oui, bien sûr.

Elle le fixa pensivement quelques instants de plus, puis se glissa dans la voiture et fila dans la rue déserte. Cormac se dirigea vers sa propre voiture, conscient qu'il n'avait aucune raison de nourrir le moindre espoir. La rebuffade était on ne peut plus claire. Malgré tout, il avait pu l'entendre prononcer son nom. Au moins deux fois.

LIVRE DEUX

DE BLESSURE EN BLESSURE

... de blessure en blessure, le calice des souffrances demeure plein. Les quelques familles catholiques encore présentes ont récemment été spoliées par Cromwell de tous leurs biens, et sont dans l'obligation d'abandonner leurs propriétés familiales pour rejoindre la province de Connaught.

Le père Quinn, prêtre jésuite, extrait d'une lettre adressée au Vatican depuis sa cachette dans les montagnes irlandaises, 1653

1

Quand Cormac franchit la limite du comté de Galway à Portumna, le crachin qui tombait depuis le matin s'était transformé en trombes d'eau. La route et les fossés ne formaient plus qu'un voile aqueux vert et gris et la mauvaise visibilité, à laquelle s'ajoutait le martèlement de la pluie sur le toit de la voiture, commençait à lui porter sur les nerfs. *Le trajet est presque terminé*, se dit-il. *Plus que dix miles*. Tout au long du voyage, il avait été assailli par les doutes, conscient d'avoir appelé Osborne pour des raisons purement égoïstes, parce que cela lui permettrait de passer plus de temps avec Nora Gavin. Mais il était trop tard pour s'en vouloir d'avoir accepté ce travail.

Depuis la mort de Gabriel, il se sentait désorienté — mal à l'aise, incapable de se concentrer. Il se souvint de la main du vieil homme figée sur le bloc-notes. Quand les ambulanciers avaient emporté le corps de Gabriel, il s'était attardé et avait longuement observé le pâté d'encre qui masquait ses derniers mots. Parmi tous les détails indélébiles de cet étrange tableau, c'était cette image qui le hantait. Quelle pensée — peut-être aucune — occupait l'esprit du vieil homme au moment où son stylo avait refusé d'avancer ? Avait-il souffert ? Avait-il compris ce qui lui arrivait ? À moins que toute pensée consciente n'ait été balayée par l'injure soudaine faite à son cerveau...

Ils avaient arpenté ensemble tant de sites funéraires, sans jamais se risquer à évoquer leur propre mortalité. Gabriel y avait certainement pensé. Un homme ne pouvait pas travailler si intimement avec les restes dérisoires des morts sans réfléchir à sa propre disparition. Mais ils n'en avaient jamais parlé. Gabriel devait partager ces confidences avec sa femme ; il avait été incinéré sans aucune cérémonie religieuse, juste une réunion en sa mémoire dans leur maison de Dublin. Les McCrossan n'avaient pas d'enfants, mais en se retrouvant assis dans leur salon parmi les voisins du vieil homme, d'anciens camarades de classe, des collègues de l'université, des amis d'Evelyn du monde de l'édition et des lettres, Cormac s'était fait la réflexion que son propre cercle de relations était beaucoup plus restreint.

Il ne s'était jamais livré à personne comme à Gabriel McCrossan. D'une certaine façon, Cormac s'était éloigné de son père bien avant que quiconque ne sache que Joseph Maguire quittait l'Irlande pour de bon. Cette place dans son cœur était restée inoccupée jusqu'à ce qu'il rencontre Gabriel. N'ayant suivi qu'un cours d'introduction à l'archéologie, Cormac s'était inscrit avec une douzaine d'étudiants pour participer un été à l'excavation d'un chemin creux vieux de deux mille cinq cents ans.

McCrossan avait coutume de s'adresser aux étudiants avant de les mettre au travail. Ceux-ci se tenaient devant lui, triturant leurs outils, pressés de commencer. Il déambulait devant eux comme il aurait fait dans un amphi.

Vous vous figurez peut-être, avait-il dit, *que nous allons simplement déterrer quelques poutres gorgées d'eau. Mais ce qu'on traque véritablement, c'est la façon de penser des gens qui ont laissé ces objets à cet endroit. Leurs croyances, leurs idéaux, leurs intentions sont présents à travers ces vieux morceaux de bois pourris. Ainsi que des indications sur le genre d'outils dont ils se servaient pour couper les arbres, sur la façon dont ils les assemblaient pour former une chaussée sur pilotis, et même sur l'organisation du travail qui rendait cela possible. Et ces poutres, mesdemoiselles, messieurs, font partie des rares indices concrets dont nous disposons pour nous faire une idée de leur société et de leur mode de vie. Je vous invite à devenir les découvreurs des secrets de cette terre sainte.*

Cormac se souvenait d'avoir confié à Gabriel qu'il trouvait frustrante la lenteur à laquelle progressaient leurs travaux ; le temps manquait toujours, ainsi que l'argent et la main-d'œuvre pour faire le travail convenablement. Le sous-sol grouillait de trésors, et des connaissances essentielles sur le passé étaient détruites quotidiennement.

C'est sûr, lui avait dit Gabriel. *Tu perdras vite tes illusions si tu te mets à raisonner comme ça. Dans ce métier, la patience est la première des qualités. Le mieux que tu puisses faire, c'est de continuer à creuser.*

À Clonco Bridge, Cormac quitta la route principale et prit la petite route qui passait devant la tourbière de Drumcleggan et Bracklyn House. La pluie tombait toujours dru. Le portail principal de Bracklyn House évoquait les élégantes pièces d'un jeu d'échecs gothique, avec deux petits porches de part et d'autre de l'entrée centrale, les quatre chapiteaux surmontés d'une sorte de corbeau. *Sans doute un ajout fait au*

XIXe *siècle*, se dit-il en engageant la jeep dans la longue allée gravillonnée. Un tel portail avait assurément un but ostentatoire plus que défensif.

Les bois touffus qui encerclaient la propriété s'arrêtaient juste après le portail, où une allée circulaire conduisait jusqu'à la maison. L'intérieur du cercle était occupé par un jardin géométrique à la française, des rosiers entourés de haies dessinant des triangles. L'endroit n'avait pas l'air, à proprement parler, d'être laissé à l'abandon mais le gazon, parsemé de trèfle et de pâquerettes, était de hauteur inégale, et le dessin rigoureux des haies s'était considérablement assoupli au fil du temps. L'arrivée sur la propriété ne produisait plus le même effet qu'en d'autres temps, mais Cormac sentait quels efforts devaient être déployés pour repousser la végétation.

Il se gara non loin de la maison, sur le bord de l'allée, et attendit un instant dans la jeep pour voir si la pluie se calmait. Bracklyn House était un manoir du XVIIe, bien proportionné et beaucoup plus grand qu'il ne l'avait supposé au premier coup d'œil sur la route. Sa fonction originelle de forteresse était toujours visible dans les épais murs de pierre et les meurtrières des quatre tours d'angle carrées. Mais la profusion de fenêtres indiquait que le bâtiment datait sans doute du début du XVIIe, une courte période de paix durant laquelle l'aristocratie irlandaise avait délaissé ses donjons et leurs épais remparts au profit de demeures qui offraient de splendides vues sur leurs terres. Toutefois, leur optimisme était venu un siècle trop tôt ; certains d'entre eux auraient mieux fait de conserver leurs forteresses faciles à défendre contre l'envahisseur anglais. La campagne était jonchée des ruines calcinées de ce genre de bâtisse.

La pluie ne faisait que redoubler ; il allait devoir

piquer un sprint. Attrapant son sac, il se précipita dans l'allée de graviers et remonta quatre à quatre les marches en demi-cercle. Il était trempé jusqu'aux os et fut soulagé de trouver la porte d'entrée ouverte, comme le lui avait dit Osborne. Poussant l'épais battant en chêne, il se retrouva dans un vestibule grandiose avec un sol en damier de marbre noir et blanc, des boiseries sombres et un imposant lustre en cuivre sous lequel se dressait un guéridon surmonté d'un magnifique bouquet de longues tulipes rouges agrémenté de quelques branches aux boutons jaunes. Tout était parfaitement silencieux, hormis le tic-tac résonnant d'une massive horloge disposée contre un mur au pied d'un grand escalier en chêne. Cormac posa sa valise devant la porte ; il dégoulinait de partout et ne voulait pas s'aventurer plus loin sans signaler sa présence. Il lança quelques « Bonjour ! » mais ne reçut aucune réponse et entreprit donc de retirer son blouson trempé.

— Je peux vous aider ?

Une voix féminine, à l'accent anglais très raffiné, qui lui parvenait d'en haut. La femme venait de tourner le dernier angle de l'escalier et Cormac sentit qu'elle était stupéfaite de le trouver dans le vestibule de Bracklyn House. Très mince, elle avait un visage quelconque mais était très soignée de sa personne, avec des cheveux sombres ramenés en arrière en une élégante mise en plis et de petites mains dont les ongles manucurés formaient des ovales parfaits. Elle portait un twin-set beige et une jupe plissée en laine dans des tons marron et noirs, dont la coupe mettait en valeur sa fine silhouette. Il était difficile de lui donner un âge ; aucune ride ne marquait ses traits anguleux, mais sa peau ivoire avait des reflets diaphanes et ses mains montraient les premières sinuosités du vieillissement. De plus près, Cormac imaginait qu'il aurait pu distinguer un entrelacs de ridules au coin des yeux. Elle descendit posément, avec un air déterminé sans se départir de sa distinction tout affectée.

— Je suis navrée mais c'est une propriété privée. Aucune visite n'est prévue. Je suis certaine que l'office du tourisme local saura vous fournir une liste de toutes les propriétés de la région qui sont ouvertes au public.

Elle se dirigea d'un pas décidé vers l'entrée cintrée, empoigna à deux mains l'anneau de fer qui tenait lieu de poignée, et parvint à ouvrir la porte en y mettant toutes ses forces. Cormac ne s'attendait pas à la dureté qu'il découvrit dans ses yeux gris pâle. Il venait d'ouvrir la bouche pour s'expliquer quand la voix de Hugh Osborne se fit entendre derrière lui dans l'escalier.

— Je vois que tu as fait connaissance avec notre invité... dit-il en descendant prestement les marches, manifestement persuadé que Cormac venait juste de franchir la porte. Je vous présente ma cousine, Lucy Osborne. Lucy, je te présente Cormac Maguire, l'archéologue dont je t'ai parlé. J'ai peut-être oublié de te dire qu'il logerait ici le temps de superviser les fouilles au prieuré.

La métamorphose fut instantanée dans le regard de Lucy Osborne. Elle sourit et lui tendit la main. Quand Cormac la serra, il fut surpris de la force nerveuse qui se déployait sous la peau froide et sèche.

— Bienvenue à Bracklyn House, dit-elle. J'espère que vous me pardonnerez ma méprise. Il arrive que des touristes s'aventurent jusqu'ici. Ce n'est pas quelque chose que nous souhaitons encourager, comme vous pouvez certainement le comprendre.

— Je suis désolé d'avoir oublié de t'en parler, Lucy. Tout cela ne s'est décidé qu'hier. Je pensais l'installer dans la chambre verte, si ça te va ?

Elle hocha la tête.

— Oui, tout à fait.

— Vous comprendrez vite que Lucy est la maîtresse de maison. Sans elle ce serait la débandade.

Lucy accueillit cette modeste flatterie en contractant légèrement, presque imperceptiblement, son sourire.

— J'espère que vous passerez chez nous un agréable séjour, dit-elle. Surtout faites-moi savoir si vous avez besoin de quoi que ce soit, d'accord ?

Sur ce, elle se retourna et disparut dans une embrasure située sous l'escalier.

— Veuillez m'excuser un instant, dit Osborne en se précipitant derrière elle.

Cormac n'entendit qu'un bref échange, des chuchotements trop bas pour qu'il puisse comprendre ce qu'ils disaient. Osborne revint bientôt, l'air vaguement préoccupé.

— Désolé pour l'accueil, dit-il. Elle est paniquée que la porte d'entrée ne soit jamais fermée à clé, mais je refuse de vivre dans une forteresse, même si ça peut paraître ironique. (Il remarqua seulement alors la flaque qui s'était formée aux pieds de Cormac.) Mon Dieu, je suis désolé, je n'avais pas remarqué que vous étiez trempé. Suivez-moi, je vais vous montrer votre chambre.

— Il y a quelque chose dont je voudrais vous parler tout de suite, dit Cormac. Je me suis dit que ce serait une bonne idée de recruter de l'aide pour le projet, j'espère que ça ne vous dérange pas. Ça ne coûtera rien. J'ai trouvé une bénévole, Nora Gavin, je devrais dire le Dr Gavin. La collègue qui s'est déplacée avec moi sur la tourbière. (L'ombre de cette étrange journée passa sur le visage de Hugh Osborne.) Je suis désolé de vous mettre devant le fait accompli, j'aurais dû vous en parler au téléphone.

— Elle arrive ce soir ? s'enquit Osborne.

Cormac ne sut dire s'il était contrarié ou s'il s'inquiétait simplement d'organiser la logistique.

— Elle m'a dit qu'elle pensait pouvoir être ici vers six heures. Si ça pose le moindre problème...

— Aucun. Je vais demander à Lucy de préparer une autre chambre.

Hugh Osborne s'engagea dans le grand escalier où était accrochée une série de portraits de diverses époques représentant des hommes richement vêtus.

— Des portraits de famille ? demanda Cormac.

— Dites plutôt la galerie des crapules ! La première canaille là tout en bas, dit-il en s'arrêtant pour indiquer un homme aux cheveux noirs qui portait une fraise, est Hugo Osborne, le premier de la famille à s'être installé en Irlande. Il a travaillé avec William Petty, j'imagine que le nom vous est connu, le type qui a réalisé les premiers relevés topographiques en Irlande. C'était une bande d'aventuriers qui est arrivée au moment de la conquête de Cromwell, dans les années 1650. En gros, Hugo a mis la main sur cette propriété en spoliant une famille du nom de O'Flaherty qu'il a fait déporter vers l'ouest, avant de veiller à ce que le fils unique, seul héritier, soit condamné aux travaux forcés dans les colonies. Le gaillard suivant est Edmund Osborne, le fils de Hugo. Un bon à rien.

Cormac s'arrêta devant le portrait d'un élégant rouquin vêtu d'une veste et d'une culotte de riche brocart, et fut frappé de voir à quel point Hugh Osborne ressemblait — tout particulièrement les yeux aux lourdes paupières et l'élégante fossette au menton — à ce lointain aïeul, qui quatre siècles auparavant avait très certainement conduit ses propres invités par le même escalier.

2

À six heures vingt, Nora Gavin sonna à la porte d'entrée de Bracklyn House et attendit. Elle appréhendait de revoir Cormac, après ce qui s'était passé la veille au soir. Le souvenir lui procura une sensation de brûlure au visage ; elle effleura l'endroit où ses doigts s'étaient posés. Son geste l'avait prise par surprise. Et que lui avait-elle dit, déjà ? Qu'elle était une dégonflée ? Il devait la trouver très bizarre. Levant les yeux, elle remarqua un surplomb au premier étage et compta trois ouvertures au-dessus de sa tête, toutes murées avec des pierres et du mortier. La lourde porte s'ouvrit et Hugh Osborne apparut dans l'élégant encadrement du porche gothique.

— Docteur Gavin ? Nous vous attendions.

Ne l'ayant qu'entraperçu sur la tourbière, Nora fut déconcertée par l'impression que lui fit Hugh Osborne vu de près. Sa tenue était plus soignée, et il était plus grand et plus robuste que dans son souvenir, avec une belle ossature et un teint buriné qui lui conféraient un charme indéniable. Les yeux renfoncés, aux paupières mi-closes, la regardaient avec bienveillance. Mais on pouvait fixer un assassin droit dans les yeux sans rien y déceler ; elle était très bien placée pour le savoir.

Osborne ne se souvenait apparemment pas d'elle, ce qui n'était pas plus mal.

— Je suis intriguée par ce... dit-elle en pointant le doigt vers le haut. Je ne sais même pas comment ça s'appelle...

— C'est un mâchicoulis. Les propriétaires d'origine avaient prévu cela pour accueillir les visiteurs indésirables avec des pierres ou de l'eau bouillante. Nous ne nous en servons plus, comme vous pouvez voir.

Nora étudia la mine tranquille d'Osborne. Se débarrasser d'un cadavre n'était pas une mince affaire — deux cadavres encore moins. Comment s'y était-il pris ? Et pour rester impuni si longtemps ?

— Vous arrivez à temps pour dîner, dit-il, mais vous préférez peut-être d'abord voir votre chambre.

Elle le suivit dans l'imposant escalier, notant ses pas mesurés et feutrés sur le tapis d'Orient qu'ils foulaient. À l'étage, il s'engagea dans le couloir principal et s'arrêta au milieu. Il ouvrit une porte et s'écarta, faisant signe à Nora d'entrer. Un énorme lit à baldaquin dominait la pièce, qui était décorée de boiseries à peine moins sombres que le mobilier. Les fenêtres étaient ornées de rideaux en lourd brocart lie-de-vin. L'effet était impressionnant, quoique ténébreux.

— Je m'excuse si ça sent un peu le renfermé. Nous n'avons pas reçu de visites depuis un certain temps.

— Je suis sûre que j'y serai très bien, dit-elle.

— Bien. Le dîner a lieu dans la cuisine. Sous le vestibule par lequel vous êtes entrée, la porte est sous le grand escalier.

Alors qu'elle posait son sac de voyage sur le lit, Nora entendit frapper à sa porte. Cormac glissa sa tête dans l'entrebâillement.

— Je croyais bien avoir entendu des voix, mais je n'étais pas sûr. Ma chambre est à l'autre bout du couloir. En tout cas, bienvenue.

— Encore merci d'avoir bien voulu de moi. Cormac, je suis désolée pour hier soir...

Même en se tenant à l'autre bout de la pièce, elle se sentit enveloppée par son regard chaleureux.

— Ne t'en fais pas. Mon geste était déplacé. Je te retrouve en bas ?

— Attends. J'ai quelque chose à te montrer. Tu peux entrer une seconde ? Ferme la porte, ça vaut mieux. (Elle sortit une chemise de sa mallette alors qu'il la rejoignait près du lit.) Regarde ça.

Cormac s'assit au bord du lit et commença à feuilleter des photos, les clichés pris dans le laboratoire du muséum.

— Continue, dit-elle.

Il arriva à une série de clichés flous, au grain grossier — des plans fixes réalisés au cours de l'examen endoscopique.

— Voilà, dit Nora. Le bout de métal dans la bouche de la jeune femme, qu'on avait repéré sur les radios. On ne voit pas plus de quoi il peut s'agir. Mais on ne peut pas chercher à le retirer avant d'obtenir l'accord du muséum.

— On en sait plus sur la cause du décès ?

— Eh bien, Drummond note également l'absence de traces de coups sur la tête. Et il n'y a aucun signe de strangulation. Je lui ai parlé de mon hypothèse d'une exécution, et il admet que c'est une possibilité, surtout avec ce bout de peau qui lui manque au menton. Mais d'après lui, les restes sont trop anciens et trop fragiles pour les soumettre aux tests qui permettraient de dire si la décapitation est intervenue ante ou post mortem.

— J'imagine qu'il ne faut pas s'attendre à en

apprendre davantage, dit Cormac qui examinait toujours les clichés. Je peux les garder ?

— Bien sûr, dit-elle. (Elle espérait que sa question suivante paraîtrait anodine.) Tu as rencontré Hugh Osborne deux fois, Cormac. Quelle est ton impression ?

— Je l'ai à peine vu depuis mon arrivée. Je ne dirais pas qu'il est excessivement chaleureux, mais c'est normal. On est ici pour faire un travail.

— Il n'a rien dit au sujet de ce qui est arrivé sur la tourbière ?

— Non. Notre plus longue conversation a porté sur sa famille, la série de portraits qui est dans l'escalier. Les Osborne sont arrivés en Irlande avec Cromwell.

Il était impossible d'avoir une ascendance irlandaise et d'ignorer les méfaits de Cromwell : la spoliation et la migration forcée des propriétaires terriens catholiques, les cinq cent mille morts et les milliers qu'on avait déportés ou vendus comme esclaves dans les colonies.

— Il m'a raconté que le personnage représenté sur le premier des tableaux au bas de l'escalier, un certain Hugo Osborne, avait confisqué cette demeure et ces terres à un Irlandais du nom de O'Flaherty.

— Je suis stupéfaite qu'il en fasse étalage !

— Ça remonte à plus de trois cent cinquante ans, Nora. Je crois qu'Osborne se doute bien de la réputation de sa famille, autant que des ragots qui circulent dans son dos.

3

Nora passa tout le repas à observer Hugh Osborne. Le curry était délicieux et les deux hommes mangèrent avec appétit, mais elle-même n'avait pas du tout faim. Elle était en train de picorer dans son assiette à laquelle elle avait peu touché, quand s'ouvrit une porte donnant sur l'extérieur. Un jeune homme qui devait avoir dans les dix-sept ans entra dans la cuisine d'un pas trébuchant. Ses cheveux sombres étaient coupés très court et un pull crasseux, trop grand de plusieurs tailles, flottait sur sa frêle carrure.

— Je suis content que tu sois de retour, déclara Osborne après un bref silence.

Le garçon baissa les yeux et voulut passer sans rien dire, mais il trébucha et buta sur Nora ; sa main droite heurta son verre à vin qui tomba par terre et se fracassa sur le sol en ardoise. Elle voulut rattraper le jeune homme mais il tomba lourdement sur elle, son visage contre sa poitrine. Il parut trouver ça très drôle et laissa échapper un gloussement étranglé, son haleine de whiskey emplissant les narines de Nora.

— Ça va ? demanda-t-elle en l'attrapant par les épaules pour le redresser.

Il vacilla mais parvint à rester debout.

— Jeremy, dit Hugh, fais attention aux morceaux de verre.

Le garçon resta planté devant Nora quelques instants, son regard sombre et vitreux fixé sur elle comme s'il la distinguait à peine à travers un brouillard. Malgré sa maigreur et sa propreté douteuse, sans parler de ses traits congestionnés et de ses yeux rougis par l'alcool, il était très beau, avec de longs cils et une peau de porcelaine qui avaient quelque chose de féminin.

— Vous dérangez pas pour moi, marmonna-t-il d'une voix pâteuse.

Il se retourna et effectua une retraite titubante par la porte qui conduisait vers les étages.

— Je suis très, très confus, dit Osborne à Nora. Il ne vous a pas fait mal ?

— Ça va. Ce n'est rien, je vous assure, juste un accident. Mais on ferait mieux de ramasser ces morceaux de verre avant que quelqu'un se fasse mal.

Nora se baissa pour ramasser les plus gros éclats et quand Osborne sortit dans le couloir pour aller chercher un balai elle murmura à Cormac :

— Devaney n'avait pas dit que...

Osborne dut l'entendre.

— Jeremy n'est pas mon fils. C'est le fils de Lucy.

Cormac marqua sa surprise par un léger mouvement des sourcils, et Nora se demanda à quoi pouvait ressembler la mère. Pendant qu'Osborne balayait le verre, elle commença à débarrasser.

— Jeremy et sa mère habitent ici avec vous ? demanda-t-elle.

— Oui, répondit Osborne. Ils sont arrivés d'Angleterre il y a huit ans, après la mort du père de Jeremy. Daniel était un cousin éloigné, on s'est retrouvés ensemble à l'université. N'ayant jamais eu beaucoup de famille, j'étais plutôt content de m'être découvert un cousin.

— Que lui est-il arrivé ?

Hugh Osborne la dévisagea d'un air méfiant, comme s'il s'était confié une fois de trop à des étrangers et qu'il avait dû s'en mordre les doigts, mais lui répondit tout de même.

— Un suicide. Apparemment il avait fait des placements douteux et tout perdu. Je crois savoir qu'il risquait aussi des poursuites pénales. J'imagine qu'il n'a pas su faire face. Il... euh... (Il s'interrompit, comme s'il avait perdu le fil de sa pensée.) Il s'est tiré une balle. C'est Jeremy qui l'a retrouvé.

— Mon Dieu, le pauvre ! murmura Cormac.

— Ils ont dû tout vendre pour payer les dettes, y compris la maison de famille de Lucy. Elle et Jeremy n'avaient nulle part où aller, alors j'ai proposé de les héberger. C'est elle qui a eu l'idée de s'occuper du ménage, ça ne me serait jamais venu à l'esprit. Je dois dire qu'elle a été un vrai roc...

Il s'arrêta, comme s'il venait de prendre conscience que ses invités l'écoutaient avec trop d'attention.

— Veuillez m'excuser, dit-il. Je ne devrais pas vous importuner avec ces histoires de famille. (Avec un soin délibéré, il posa une dernière pièce de vaisselle dans l'évier.) Je vais vous montrer les plans du prieuré, d'accord ?

— Je n'ai jamais été un grand partisan de la petite chaumière soi-disant reconstituée à l'identique pour attirer les touristes, reprit-il une fois dans l'escalier. C'est de la pure arnaque, et on pourrait très bien s'en passer. Je suis convaincu que la plupart des gens seraient intéressés par une approche honnête de la culture et de l'histoire d'une région, si seulement on leur en donnait la possibilité.

Dans la bibliothèque, Osborne déroula un plan récalcitrant sur son bureau.

— Ce premier dessin vous montre le prieuré et le terrain alentour dans leur état actuel. Voici l'endroit où nous prévoyons de construire. Le prieuré a été déterré il y a environ six ans, et c'est *Dúchas* qui s'en occupe... le fonds qui gère le patrimoine. Mais des mesures magnétiques et gradiométriques effectuées récemment indiquent que le sol a été creusé en divers endroits dans cette zone. C'est nettement en dehors des limites du nouveau prieuré mais très près des nouveaux bâtiments qu'on prévoit de construire. C'est là qu'il faut sonder avant de pouvoir installer le gaz et l'électricité.

Cormac étudiait les formes irrégulières figurées sur le dessin, s'interrogeant manifestement sur ce qu'elles pouvaient représenter.

— Ce plan, dit Osborne en sortant un deuxième dessin glissé sous le premier, vous montre le prieuré actuel et dans le champ adjacent les nouveaux bâtiments pour les ateliers. On aura la place d'installer trois potiers ici du côté du mur ouest, avec un four dans l'angle nord-ouest. Les ateliers pour le verre, les métaux et le bois se trouveront ici au sud, le tissage et la teinture du côté est. Le site générera sa propre énergie avec des panneaux solaires et une éolienne. La moitié de ce grand bâtiment sera aménagée en magasin pour vendre la production des artisans, et l'autre moitié sera un lieu ouvert au public où on pourra servir à manger, organiser des conférences et des réunions, voire des concerts. On espère ajouter par la suite un support pédagogique pour expliquer l'archéologie du site, et même un projet de plus grande envergure autour de l'habitat des tourbières.

— Je crois qu'une certaine controverse règne autour de la tourbière de Drumcleggan, dit Cormac. J'ai vu des panneaux au bord de la route. Doit-on s'en inquiéter ?

Hugh Osborne soupira.

— J'espère que non. La tourbière de Drumcleggan vient d'être classée réserve naturelle, pour nous aligner sur les autres pays de la Communauté européenne. En gros, ça veut dire que l'extraction de la tourbe ne va pas être autorisée encore très longtemps. L'extraction mécanique est déjà interdite. Les gens du coin se sont toujours chauffés à la tourbe, il est quasiment impossible de leur parler des conséquences à long terme sur l'environnement. Le gouvernement a récemment prorogé de dix ans l'extraction à des fins domestiques, mais ça n'a pas vraiment apaisé les craintes. On voit des pancartes partout.

— Une sorte de protestation citoyenne ? fit remarquer Cormac.

— Peut-être bien, dit Osborne. Il a circulé toutes sortes de rumeurs et de soupçons, comme de dire qu'on avait modifié les délimitations pour accommoder des projets d'aménagement, notamment le mien.

— Ces rumeurs sont-elles fondées ?

La question était sortie un peu plus brutalement que Nora ne l'aurait souhaité, mais Osborne ne parut pas s'en offusquer.

— Non, dit-il. Mais les esprits sont échaudés. Par ici, les gens n'aiment pas qu'on vienne leur dire ce qu'ils ont le droit de faire. Ce qui se conçoit un peu, j'imagine, étant donné leur passé.

— Que signifie le nom « Drumcleggan » ? demanda Nora.

— L'arête du crâne, répondit Cormac.

— Tout à fait, dit Osborne en le regardant avec l'air

gourmand de celui qui voit son sujet de prédilection surgir dans la conversation par un heureux hasard. Vous vous intéressez aux noms de lieux ?

— Je m'y intéresse mais je n'y connais malheureusement pas grand-chose.

— C'est mon principal domaine d'étude, alors il peut arriver que je m'emballe. J'essaierai de ne pas trop vous lasser avec ça.

— Je serai ravi d'en apprendre davantage, dit Cormac. J'imagine qu'on dispose de peu d'informations historiques sur le prieuré ?

— Trop peu à mon goût. L'édifice actuel remonte au XIIe siècle. Sa dernière utilisation en date est celle de chapelle familiale, mais il a brûlé dans un incendie en 1660 et n'a pas été reconstruit. J'ai une copie d'un vieux rapport qui figure dans les archives de *Dúchas*. Vous pouvez y jeter un coup d'œil, si vous voulez.

Il prit un épais manuscrit dans un tiroir et le tendit à Nora.

Il ne reste aucune trace du premier monastère fondé sur place par saint Dálach, qui est mort autour de 809. À une date indéterminée mais postérieure à 1140, la famille O'Flaherty fonde un prieuré accueillant des chanoines augustins, pour lesquels fut édifiée la présente église à la fin du XIIe ou au début du XIIIe siècle. La région compte ainsi plusieurs exemples de chapelles augustines. Suite à un désastreux incendie en 1404, le prieuré fut reconstruit, restauré et considérablement agrandi. La corruption gagnant le monastère au cours de la première moitié du XVe siècle, le pape plaça le prieuré sous sa protection en 1443. Le monastère fut dissous aux alentours de 1540, mais les moines augustins revinrent en 1632 quand l'Église fut réorganisée, et restèrent jusqu'en 1650. En 1660, un incendie détruisit le complexe rénové. Côté ouest, un bel encadrement de porte, ajouté en 1471, figure saint Michel, saint Jean, sainte Catherine et saint Augustin. Parmi les éléments caractéristiques du XVe siècle, citons en particulier le jubé voûté, la fenêtre du mur est et une partie de la galerie du cloître.

— Vous savez, dit Cormac, si ça ne vous dérange pas je crois que je vais descendre mes propres cartes. J'en ai pour une seconde.

Quand ils furent seuls, Hugh Osborne dit à Nora :

— Il est vraiment passionné par son travail.

— Effectivement, dit-elle.

— Écoutez, si vous avez envie de monter vous coucher, n'hésitez surtout pas. Ne vous croyez pas obligée de rester ici.

— Ça va, dit Nora.

— C'est juste que nous avons tout intérêt à étudier ces plans s'il veut s'y mettre dès demain matin.

— Non, je trouve ça vraiment intéressant... dit-elle.

Elle se tut quand son regard fut accroché par un cadre en argent posé sur une table derrière le bureau d'Osborne, avec la photo d'une femme et d'un enfant. Le teint mat de la femme, ses cheveux noirs et ses yeux placides se retrouvaient chez l'enfant qu'elle tenait face à elle. Le bébé tendait la main pour toucher le visage de sa maman.

Visiblement Hugh Osborne remarqua l'effet produit par la photo, car lorsque Nora releva les yeux, elle comprit à son air très las qu'il savait tout ce qu'elle avait pu entendre sur son compte.

— Oui, dit-il. Mon épouse et mon fils.

Nora chercha un signe de culpabilité dans son regard, en vain. Tous deux tournèrent la tête. Elle savait que sa propre expression trahissait souvent le fond de sa pensée. Qu'avait-il perçu dans ses yeux ? Elle sentit qu'à l'avenir Hugh Osborne et elle s'en tiendraient à une distance polie mais bien réelle, tels deux aimants se repoussant. Elle venait de les placer, Cormac et elle, dans une situation embarrassante. Comment avait-elle pu concevoir de séjourner chez cet homme ?

— Eh bien, on a de la chance, dit Cormac en revenant avec un atlas d'un très grand format. Il y a une carte très détaillée de la région...

Il s'arrêta net en les voyant.

— J'ai loupé quelque chose ? demanda-t-il.

— J'étais juste en train de dire bonsoir. Je vais me coucher tôt.

Cormac parut surpris mais ne dit rien.

— L'escalier est sur la gauche après la pièce d'à côté, dit Hugh Osborne. Vous devriez trouver votre chemin sans problème.

— Je vais me débrouiller, dit Nora.

Elle quitta la bibliothèque, pour le moins déconcertée par la scène qui venait de s'y jouer et par sa réaction à la déclaration d'Osborne. Qu'aurait-il fallu dire ? « Désolée » ? Quels mots convenaient pour s'adresser à un époux éploré qui se trouvait aussi être le suspect principal dans la disparition de sa femme ? La porte lambrissée sur sa gauche était sombre et lourde, avec une clenche en fer ouvragé qui refusa de bouger avant qu'elle n'appuie dessus de toutes ses forces. Les gonds avaient sérieusement besoin d'être huilés. Elle ne se retrouva pas dans le grand vestibule, mais dans un étroit couloir couvert de boiseries sombres et mal éclairé. Ça n'avait pas l'air d'être le bon chemin —

elle ne se souvenait pas du tout d'être passée par là en venant de la cuisine. Elle ouvrit une porte sur sa droite, qui donnait sur une salle à manger meublée d'une table et de buffets d'un goût baroque, ornés de nymphes et de faunes sculptés, aux visages concupiscents. Les dernières lueurs du crépuscule avaient disparu et dans la pénombre les visages paraissaient la fixer en se réjouissant malicieusement de la voir mal à l'aise. Elle traversa la pièce jusqu'à une autre porte close, mais lorsqu'elle tourna l'énorme poignée à deux mains et poussa, rien ne bougea. Elle n'avait plus qu'à rebrousser chemin, mais cela supposait de traverser à nouveau la pièce aux nombreux visages, sans compter qu'elle ne voulait pour rien au monde retourner dans la bibliothèque pour demander son chemin. Elle poussa encore une fois, de toutes ses forces, et la porte céda enfin, l'entraînant vers l'avant.

La pièce était sombre, mais le rayon de lune qui s'infiltrait par les fenêtres lui permit de distinguer la couleur lie-de-vin des murs en plâtre et de remarquer que les boiseries, notamment les volets, n'en étaient pas à leur première couche de blanc satiné. Comme dans la bibliothèque, le plafond était orné de moulures, mais ici la peinture écaillée menaçait par endroits de tomber. Le parquet était fait de grosses lattes de chêne et presque entièrement recouvert par un grand tapis persan élimé. La décoration mêlait les styles et les époques. Deux canapés aux pieds finement sculptés, en damas doré, se faisaient face de part et d'autre d'une énorme cheminée en pierre. Au-dessus du manteau était accroché le portrait d'une femme à la mine très aristocratique, en tenue de chasse à cour mais *sans* cheval. Un panneau en bois sculpté et un houka portaient à croire qu'un membre de la famille avait fait son service militaire aux Indes. Outre les souvenirs des colonies, la pièce arborait les trophées de chasse de bon ton dans une propriété de campagne : faisans et renards empaillés, et même les énormes bois d'un vieux cerf élaphe. Même si la propriété valait sans doute une coquette somme, cette pièce et son mobilier témoignaient de la fortune déclinante de Bracklyn House.

Nora poussa une lourde porte à deux battants, située à l'autre extrémité du salon. L'escalier ne devait plus être très loin ; elle avait l'impression d'avoir tourné en rond. La pièce suivante, toujours plongée dans l'obscurité, semblait être un bureau mais tous les meubles étaient recouverts de housses. Elle avait fait quelques pas quand elle se retourna et vit deux gros yeux jaunes fixés sur elle dans le noir. Elle laissa échapper un cri. Une porte dissimulée dans les boiseries s'ouvrit sur sa gauche et Hugh Osborne apparut, se précipitant pour allumer la lumière. Cormac suivait juste derrière.

— Qu'est-ce qui se passe, Nora ? Y a un problème ?

— Ça va. Je me suis juste perdue.

Elle jeta un coup d'œil à l'objet de sa peur. À la lumière, elle vit que c'était simplement un grand papillon jaune et marron sous une cloche de verre. Elle parcourut la pièce du regard : des centaines de papillons occupaient quasiment toute la place disponible sur les murs, certains petits comme des abeilles et d'autres d'une envergure de vingt centimètres. Bleus avec des reflets irisés, jaunes ou orange vif, avec des taches en forme d'œil ou des rayures noires, de toutes sortes d'espèces exotiques, ils étaient transpercés d'une aiguille, soigneusement étiquetés et exposés sous verre. Un spectacle époustouflant, mais les couleurs éclatantes et les poses réalistes ne pouvaient effacer la mort de ces ravissants insectes.

— J'avais oublié l'impression que peut causer cette pièce, finit par dire Hugh Osborne. Mon grand-père était vraiment passionné, pour un collectionneur amateur. Il s'amusait à me tester sur tous les noms scientifiques.

— Je n'en ai jamais vu autant, dit Cormac. Sauf dans les musées.

— Je suis certain qu'il les destinait à un musée, mais sur le tard il s'est désintéressé de sa collection.

— Qu'est-ce qui a pu le pousser à laisser tomber, demanda Cormac, sauf à avoir réuni toutes les espèces connues ?

Osborne hésita, et Nora le vit fixer Cormac un instant, soupesant apparemment sa réponse.

— Il revenait d'une expédition et mes parents allaient l'accueillir au bateau à Rosslare quand leur voiture a quitté la route. Ils sont morts tous les deux. Après ça, mon grand-père n'a plus eu d'appétit pour grand-chose.

4

— Ça ne peut plus durer, Lucy. Il va finir par se blesser ou par faire mal à quelqu'un.

La voix de Hugh Osborne était agitée, et Cormac devina qu'il parlait de Jeremy. Il revenait de la bibliothèque où il avait jeté un nouveau coup d'œil aux plans du prieuré et se dirigeait vers sa chambre pour y prendre le matériel dont il aurait besoin pour les fouilles de la matinée. Arrivé sur le palier, il avait entendu des voix par une porte entrebâillée. Il n'avait pas à espionner une conversation privée mais se sentait pris au piège, ne sachant s'il devait faire marche arrière ou avancer.

La voix de Lucy se fit entendre.

— Je te suis très reconnaissante de ta sollicitude. Dieu sait que tu as essayé d'être un père pour lui. Mais les garçons ont souvent une phase de rébellion à l'âge de Jeremy. Tes craintes sont disproportionnées.

— Il était tellement ivre en rentrant hier soir qu'il tenait à peine debout. Il faut faire quelque chose, Lucy.

— Tu veux qu'on fasse quoi ? Ce n'est plus un enfant. Je lui ai déjà parlé plusieurs fois à ce sujet.

Un silence s'ensuivit.

— Il existe de très bons centres de cure...

— Je refuse qu'on me le prenne pour l'enfermer. Je ne pourrais pas le supporter, Hugh, vraiment.

Leurs voix s'estompèrent soudain, comme s'ils s'étaient rendu compte qu'ils parlaient trop fort.

Cormac se remit à gravir les marches. Son regard fut attiré par un mouvement sur un grand miroir à côté de la porte entrouverte, et il y surprit le reflet des traits sombres de Jeremy. Le jeune homme se tenait dans l'embrasure d'une porte en face du miroir ; lui aussi semblait avoir écouté la conversation. Son visage était livide, et les cernes sous ses yeux ressemblaient à des hématomes. Quand il s'aperçut qu'on l'avait surpris, il ferma la porte.

Ça, l'alcool était une vraie saloperie. Quel âge ce gamin pouvait-il avoir quand il avait retrouvé le cadavre de son père ? Il avait maintenant dix-sept ou dix-huit ans, peut-être moins. Cormac se rappela les émotions complexes que lui-même avait éprouvées vers l'âge de dix ans, et son incapacité presque totale à les exprimer. Il se souvenait de la douleur et de la colère qu'il avait ressenties quand son père les avait quittés, de l'horrible désarroi qui s'emparait de lui chaque fois qu'il regardait le visage de sa mère.

Il était assis dans l'escalier, chez sa grand-mère, en train d'écouter sa mère et sa grand-mère qui se disputaient en bas dans la cuisine. Elles ne savaient pas qu'il se trouvait là. Il était monté chercher sa balle de hurling[1]*, mais, ne pouvant sortir sans se faire remarquer, il avait choisi d'attendre et d'écouter. Il avait sorti son canif pour essayer de soulever un des morceaux de cuir de la balle et voir comment était fait l'intérieur.*

---

1. Sport traditionnel irlandais, tenant à la fois du hockey sur gazon et du rugby. *(N.d.T.)*

— Et il te dit tout ça dans une lettre ?...

Il entendait l'indignation dans la voix de sa grand-mère, sa colère qui bouillonnait tandis qu'elle remuait le sucre dans son thé avec une violence qui menaçait de fracasser la tasse.

— Il n'aurait pas pu avoir le courage de te le dire en face ? Et Cormac ? Qui va élever son fils ?

— Je t'ai dit tout ce que je savais, maman, avait dit sa mère qui paraissait à bout. On ne va pas recommencer.

— Qu'est-ce que ça peut bien lui faire ce qui arrive en Bolivie ?

— Au Chili, maman. Des gens ont disparu.

— Je me moque bien de savoir qu'on a besoin de lui dans je ne sais quel pays maudit, il devrait être ici avec les siens. Il aurait mieux fait de ne jamais mettre les pieds là-bas !

La discussion avait continué mais Cormac écoutait davantage le son de leurs voix que les mots à proprement parler.

Ils avaient reçu la lettre de son père quelques jours auparavant, et il avait observé le visage de sa mère se charger d'appréhension, puis d'une angoisse qu'elle avait cherché en vain à lui dissimuler. Au bout d'une heure, elle lui avait demandé de venir s'asseoir à côté d'elle sur le canapé. Son papa faisait un travail très important, avait-elle expliqué, il essayait d'aider beaucoup de gens qui avaient de très gros ennuis, et il devait rester là-bas un peu plus longtemps, il ne savait pas combien de temps. Papa écrivait qu'il les aimait tous les deux très fort, mais c'était trop dangereux pour eux de le rejoindre, et pour l'instant il devait rester là où on avait besoin de lui. Cormac sentait qu'elle ne lui disait pas tout.

Les voix des deux femmes flottaient jusqu'à lui dans

l'escalier, et il avait peu à peu compris que son père ne reviendrait jamais. Il avait baissé les yeux vers ce qui restait de sa belle balle de hurling, un morceau de cuir pendouillant et une sphère de liège, percée et creusée aux multiples endroits où il avait planté son canif.

Ce souvenir le perturba, il se rappelait qu'enfant il avait souvent souhaité des malheurs à son père, le genre de déconvenue que pouvait imaginer un enfant de dix ans : qu'il trébuche et tombe, ou subisse quelque humiliation anodine. Il n'avait jamais souhaité sa mort. Mais imaginons qu'il l'ait souhaitée et que son père soit alors décédé par hasard ? Ça devait être encore pire avec un suicide, songea-t-il, repensant aux heures qu'il avait passées à se demander s'il avait pu dire ou faire quelque chose qui avait poussé son père à partir. Pas étonnant que Jeremy Osborne soit dans un triste état.

Coinçant son atlas sous son bras gauche et agrippant les poignées élimées de sa sacoche en cuir, il songea qu'il retrouvait dans les traits de Jeremy l'enfant de dix ans qu'il était un quart de siècle plus tôt. Ses vœux répétés n'avaient pu changer la réalité, et pourtant la vie ne s'était pas arrêtée. Il avait survécu, et les blessures avaient fini par cicatriser. Si seulement il avait pu trouver le moyen de communiquer cet espoir à Jeremy Osborne. Mais il était là pour creuser la terre. Rien de plus.

5

Nora attendant un coup de téléphone du muséum, Cormac quitta la demeure seul pour se rendre au prieuré. Alors que sa jeep s'engageait dans l'allée ombragée, il se fit la réflexion que les arbres étaient devenus en Irlande un symbole de privilège, leur présence associée aux propriétés murées de l'aristocratie britannique et anglo-irlandaise. Certaines des riches demeures avaient disparu depuis très longtemps et seuls subsistaient les arbres et les murs d'enceinte comme vestiges de l'aristocratie foncière. Au-delà des grilles de Bracklyn House, les bois cédaient rapidement la place à de verts pâturages des deux côtés de la route. Presque aussitôt, Cormac aperçut sur la droite les ruines d'un édifice religieux en pierre grise et s'engagea dans le chemin boueux qui conduisait au prieuré. Les champs voisins étaient clôturés pour retenir le bétail, et un grand portail barrait le passage au bout du chemin. Osborne avait obtenu qu'une pelleteuse passe dans l'après-midi pour excaver le sol en surface avant qu'ils n'entament les sondages. Prenant son appareil photo en bandoulière et sortant un calepin de la sacoche, il se glissa à travers la clôture en fil de fer pour jeter un coup d'œil au prieuré avant de prendre des photos et d'effectuer une première reconnaissance du site.

Osborne avait expliqué que *Dúchas* entretenait le prieuré, mais à en juger d'après son état il devait figurer assez bas sur la liste de leurs priorités. Quelqu'un avait vaguement remis les pierres les unes sur les autres, et celles-ci étaient envahies par des herbes folles. Une douce senteur de foin flottait dans la brise fraîche et moite du matin. Cormac ferma les yeux et inspira profondément, emplissant ses poumons de l'odeur. Il avait beau adorer son métier et se plaire en ville, le festin sensoriel de la campagne lui manquait. Le sol était trempé après les fortes pluies de la veille, mais le vent repoussait les nuages qui traversaient le ciel à un rythme régulier, laissant de temps à autre passer un rayon de soleil matinal. En pénétrant dans la cour du cloître, il importuna une bande de corneilles mantelées qui s'envolèrent avec force cris et battements d'ailes.

Les voûtes cintrées étaient tout ce qui restait des galeries couvertes qui avaient protégé les moines contre les intempéries quand ils se rendaient de l'église au travail ou à leur cellule. Le cloître était bordé sur l'extérieur par les vestiges de la salle à manger, des celliers et des cellules, des murs qui n'arrivaient plus qu'à hauteur de genou. Ces pierres usées ornées de motifs, dont certaines étaient sculptées en tête de chien, avaient été empilées par quelque maçon ecclésiastique il y avait de cela huit cent cinquante ans. Il se dégageait de ces vieux bâtiments une beauté, une justesse de proportions qui toucha en lui une fibre esthétique, et l'amena à rêvasser sur la vie des gens qui avaient habité là. Au passage, Cormac jeta un coup d'œil dans chaque pièce, imaginant les moines en bure à genoux devant leur paillasse, labourant les champs ou partageant leur repas. Dans l'encadrement d'une porte, il s'accroupit pour observer une sorte de fougère gravée dans la pierre, une plante d'une quinzaine de centimètres dont il ignorait le nom, aux frondes enroulées en crosse.

Il franchit une voûte cintrée dont la porte en bois avait depuis longtemps été enlevée ou détruite par le feu, et pénétra dans la nef d'une petite église. Malgré l'absence de toit et la lumière diffuse du matin, il imagina l'écho de prières médiévales récitées chaque jour de l'année dans la fraîcheur des heures qui précèdent le lever du soleil, et la buée s'échappant des bouches des moines augustins qui s'agenouillaient sur ces pierres à la lumière des cierges. Dans une niche désormais sans traverse, il aperçut une *síle na gig*, une figurine représentant un ancien symbole de fertilité. Celle-ci était typique du genre : une femme aux yeux écarquillés, à l'énorme ventre grotesque, qui tenait à deux mains son sexe démesuré entre ses jambes écartées. On en retrouvait fréquemment dans les églises en ruine, ce qui constituait une énigme pour les anthropologues, qui voyaient souvent là le signe que le passé païen de l'Irlande n'avait jamais vraiment disparu, mais qu'il s'était simplement estompé, le catholicisme n'étant que la vitrine moderne d'une religion nettement plus primitive et plus atavique. Après l'avoir prise en photo, Cormac nota l'emplacement de la figurine dans son calepin et poursuivit son tour.

À l'autre extrémité de la chapelle, dans l'encadrement d'une ouverture étaient visibles un petit rectangle de verdure et un autre plus grand de ciel bleu. Quelques pierres tombales de guingois, couvertes de lichen, apparaissaient aussi dans l'encadrement. Dans un angle au fond de l'enclos se dressait une statue du Christ grandeur nature, marquée de traînées de rouille et tachetée de lichen blanc comme les tombes. Ses pieds étaient enfouis jusqu'aux chevilles dans l'herbe parsemée de pâquerettes. Le bras gauche manquait et le droit était cassé en plusieurs endroits, laissant les tiges de fer qui avaient soutenu les doigts de pierre refermées en un poing rouillé. Malgré son piteux état, Cormac sentait une énergie vitale dans le torse nu du personnage, dans sa tête inclinée sur le côté, et il en fut curieusement ému.

Il revint vers le cimetière. Des pierres récentes figuraient parmi les tombes très anciennes ; leur surface polie et leurs lettres parfaitement découpées tranchaient avec les blocs érodés datant du XVIIIe siècle et d'avant. Les parents de Hugh Osborne étaient certainement enterrés ici quelque part. Il s'accroupit devant une des vieilles tombes et essaya de déchiffrer l'inscription. La végétation et l'humidité l'avaient obscurcie en grande partie, mais il put lire le nom : *Miles Gorman*, et les dates : *1604-1660*. Il tendit la main et effleura les bords frisés, secs comme du papier, de la mousse vert pâle qui poussait sur la pierre.

— Si vous cherchez les Osborne, ils sont tous à l'intérieur sous les dalles.

La voix bourrue s'était exprimée à quelques tombes de lui. Cormac releva les yeux, forma une visière avec sa main pour se protéger du soleil lumineux, et vit la silhouette de Brendan McGann qui se détachait sur le ciel bleu. Il était en bras de chemise, une fourche à la main. À cause du contre-jour, Cormac ne pouvait distinguer si McGann affichait un air mauvais ou malicieux. Depuis combien de temps se trouvait-il là ?

— J'avais cru comprendre que vous étiez rentré chez vous, reprit Brendan.

— Je suis effectivement rentré. Mais je suis revenu pour faire un travail. Hugh Osborne m'a demandé de...

— Pour qui il se prend, celui-là ! grommela Brendan en se renfrognant. Pendant vingt ans, il se fiche de ses terres. Puis il m'envoie une lettre disant qu'il « me serait très obligé » de retirer mon troupeau du champ voisin sous quinzaine.

— Vous deviez bien être au courant du projet qu'il avait pour ce site, dit Cormac. Il m'a expliqué que votre sœur était impliquée...

— Il ferait mieux de laisser ce coin en paix. Vous pouvez voir comme c'est tranquille. On se passe très bien d'être envahis par une foule de touristes, qui vont nous regarder comme des bêtes curieuses et nous foutre des bouchons partout !

Cormac avait peine à croire qu'une augmentation de la circulation fût vraiment le souci principal de Brendan McGann.

— La région aurait bien besoin d'un coup de pouce... commença-t-il à dire avant que McGann ne lui coupe de nouveau la parole.

— On n'a besoin d'aucune aide, dit-il en fixant le sol.

Son ton véhément avait soudain quelque chose d'inquiétant.

— Les ateliers ont l'air d'avoir attiré pas mal de soutien. Je crois comprendre que...

— Je me fous de ce que vous croyez comprendre ! Si vous aviez un peu de jugeote, vous plieriez bagage pour rentrer tout de suite à Dublin, et vous nous laisseriez régler nos problèmes tout seuls.

Pas une menace à proprement parler, mais presque.

— Dès que j'aurai terminé ce que je dois faire ici, dit Cormac en espérant se donner l'air d'être plus calme qu'il ne l'était vraiment.

Osborne se doutait-il de l'animosité qu'on lui vouait si près de chez lui ?

— Rien de bon ne sortira de tout ça, dit Brendan en se raidissant. Rien de bon, vous verrez.

Puis il tourna sur ses talons et s'éloigna d'un pas rageur, abandonnant Cormac qui se demandait dans quel nid de frelons il s'était fourvoyé. Il y avait la femme et le fils d'Osborne, disparus et peut-être victimes d'un crime. Le jeune Jeremy Osborne, sur une pente destructrice. Et maintenant Brendan McGann, qui nourrissait une haine virulente envers son voisin. Il se souvint du regard noir que Brendan avait lancé à Osborne sur la tourbière, et de l'expression d'Una quand elle avait pris la défense de Hugh face aux accusations qui se murmuraient sur la disparition de sa femme. C'était peut-être ça — Brendan croyait, ou soupçonnait fortement, que sa sœur entretenait une liaison avec Osborne. Et il n'était peut-être pas le seul — Fintan n'avait-il pas dit qu'il aurait souhaité « qu'Una garde la tête sur les épaules » ?

— Ohé ! Cormac ? Où es-tu ?

C'était Nora.

— Par ici.

Il entendit ses pas qui approchaient.

— Désolée que ce coup de fil m'ait retardée à ce point. Je sais, ça fait longtemps que je devrais être ici...

Elle tourna au coin de la chapelle, se guidant d'après sa voix.

—... Tu seras content d'apprendre que ça en valait la chandelle. Dawson est d'accord pour nous laisser extraire le bout de métal qu'on a repéré sur les radios. Ça veut dire que je dois être rentrée lundi pour l'examen dentaire, mais entre-temps tu peux compter entièrement sur moi.

Elle se tut, attendant sa réaction.

— Eh bien, ce n'est pas une bonne nouvelle ? Tu as envie qu'on découvre qui c'est, non ?

Il demeura silencieux, le front plissé.

— Ohé ! dit-elle en agitant la main devant son

visage. Cormac ? Tu n'as pas entendu un mot de ce que je viens de dire.

— Si, si. Mais je viens d'avoir moi-même une conversation très bizarre.

— Avec qui ? Il n'y a personne ici.

— Brendan McGann. Il vient de partir.

Il lui rapporta l'essentiel de leur échange, et tenta de décrire ce qu'il avait perçu dans le regard de McGann quand celui-ci parlait d'Osborne.

— Brendan pense donc qu'il y a quelque chose entre Hugh et sa sœur ? Toi, tu en dis quoi ?

— Je ne sais pas. Hugh Osborne est marié.

— Sa femme a disparu, dit Nora.

— De toute manière, ça ne nous regarde pas. On ferait mieux de s'abstenir de faire des supputations et de s'en tenir à la science pure et dure pendant qu'on se trouve ici.

Ils déchargèrent le matériel topographique de la jeep et se servirent des plans de Hugh Osborne pour effectuer des mesures et délimiter les endroits où la pelleteuse devrait creuser en premier. Un bruit de pneus sur le gravier vint rompre le silence, et Garrett Devaney les rejoignit bientôt.

— Tout se passe comme vous voulez ?

— Vous vous êtes découvert une passion pour l'archéologie depuis notre dernière rencontre, inspecteur ? demanda Cormac.

— Pas exactement. J'ai croisé Fintan McGann qui m'a expliqué ce que vous faisiez. Depuis quelque temps, je me suis replongé dans le dossier Osborne. Je me suis dit, comme vous allez travailler ici quelque temps et que vous êtes logés à Bracklyn House, que vous apprendriez peut-être quelque chose d'intéressant.

— Vous vous imaginez vraiment qu'on va se confier à nous ? On est des étrangers.

— On ne sait jamais, dit Devaney. Mais je pensais surtout à vous demander de garder vos yeux et vos oreilles grands ouverts, pour me tenir au courant si vous remarquez quoi que ce soit d'anormal. (Il leur tendit à chacun une carte de visite.) Le premier numéro est celui du commissariat de Loughrea, le second celui de mon domicile. Vous pouvez appeler à n'importe quelle heure.

— Et c'est quoi, quelque chose d'anormal ? demanda Nora.

— Vous le saurez, répondit Devaney. Pourquoi ? Vous souhaitez me parler de quelque chose ?

Cormac intervint.

— Non, inspecteur, je ne crois pas. On se demande juste ce que vous considérez comme anormal. Un comportement parfaitement innocent peut sembler étonnant quand on ne connaît pas le contexte.

— En effet. Je ne vous demande pas de trahir des confidences, juste de bien ouvrir les yeux et les oreilles. Une femme et un enfant ont disparu. Ils pourraient très bien être morts, et aucun suspect n'a jamais été arrêté. À ce stade, je suis prêt à suivre toutes les pistes.

Quand Devaney eut regagné sa voiture, Nora se tourna vers Cormac.

— Tu es bien prudent.

— Je vois des explications très simples pour chacun des incidents. Beaucoup de fermiers se mettent en rogne quand il y a trop de circulation sur les routes où ils font passer leur bétail. Beaucoup de gamins s'arsouillent une ou deux fois. Pas de quoi faire les gros titres.

— Tu réagirais peut-être différemment si quelqu'un que tu connaissais avait disparu. Ou était mort.

6

Peu après midi, Una McGann était installée à son métier à tisser quand elle entendit du fracas quelque part dans la maison. Brendan et Fintan étaient partis s'occuper du bétail — ils ne devaient pas rentrer avant l'heure du thé — et Aoife faisait une sieste à l'étage après avoir passé la matinée à inventer des histoires. Una cessa de faire avancer sa navette pour tendre l'oreille, essayant de repérer d'où venait le bruit. Quittant son banc, elle gagna silencieusement le vestibule, continua à se diriger vers le bruit et arriva devant la porte close de la chambre de Brendan, juste derrière le salon.

Elle ouvrit brusquement et découvrit une corneille mantelée légèrement hébétée, au centre de la pièce. L'oiseau, dont les ailes d'un noir étincelant étaient repliées contre son dos gris clair, leva les yeux vers elle.

— Jésus-Marie-Joseph ! s'écria-t-elle, soulagée qu'il ne s'agisse pas d'un intrus plus dangereux. Attends un peu que j'aille chercher le balai, sale bestiole, et tu vas me débarrasser le plancher vite fait.

Elle referma la porte et se rendit dans la cuisine, où elle prit le balai et ouvrit la porte d'entrée. Quand elle revint dans la chambre de Brendan, elle et l'oiseau se regardèrent droit dans les yeux, chacun attendant que l'autre prenne l'initiative. La corneille pivotait lentement sur ses longues griffes, la tête toujours penchée, un œil noir et brillant braqué sur elle.

— Dehors ! cria-t-elle en lui flanquant soudain un coup de balai. Dépêche-toi de filer par la porte, allez, zou !

Mais le volatile déploya ses ailes et voulut décoller dans la petite pièce, voletant maladroitement par-dessus le lit pour aller se cacher derrière. Una attrapa un des montants du lit, tira vigoureusement et projeta à coups de balai l'oiseau stupéfait hors de la chambre. Dans le couloir, il chercha de nouveau à battre des ailes mais trouva le passage trop étroit, et glissa sur ses griffes vers la porte d'entrée ouverte, poussé par le balai. Dehors, l'oiseau resta par terre un bref instant avant de déployer ses ailes et de s'envoler.

Una avait le cœur qui battait fort. Elle n'arrivait pas à comprendre comment cette sale bestiole avait pu entrer dans la maison. Brendan avait installé des filets dans toutes les cheminées. Elle retourna dans la chambre pour remettre les choses en ordre. Les livres sur la table étaient sens dessus dessous. Son frère ne serait pas ravi s'il découvrait qu'elle avait touché à ses affaires — avec ou sans l'excuse de la corneille —, elle prit donc soin de remettre chaque chose exactement à sa place. Elle défroissa le dessus-de-lit et était sur le point de repousser la tête de lit quand elle remarqua un bout de papier qui dépassait d'une fente dans le plâtre du mur. Un trou avait été creusé derrière la tête de lit, et une feuille de papier pliée s'y trouvait en équilibre précaire. Elle sourit en pensant que Brendan avait sa petite cachette comme un écolier, et voulut renfoncer la feuille plus à l'intérieur quand elle entraperçut son nom écrit dessus.

Elle hésita, ne voulant pas violer l'intimité de son frère, mais elle se sentait le droit de lire quelque chose où figurait son nom. Lentement, elle sortit le papier de l'orifice.

En en-tête se trouvait l'intitulé : *Eire-Irlande* — CERTIFICAT DE NAISSANCE *délivré conformément à la loi sur l'état civil de 1863 révisée en 1972*. Toutes les inscriptions apparaissaient en double, en gaélique et en anglais. À la rubrique *Ainm (ma tugadh)/Prénom (le cas échéant)* était écrit *Aoife*. Son propre nom figurait à la rubrique *Prénom, nom de famille et nom de jeune fille de la mère*. Aucune inscription ne figurait pour *Prénom, Nom et Adresse du père*.

Sa première envie fut de déchirer ce document qui lui rappelait la naissance de sa fille cinq ans auparavant. Ce qui aurait dû être une journée de fête avait été transformé en un événement honteux par les infirmières de la maternité de Dublin, avec leurs mines vaguement désapprobatrices. Elle n'avait jamais dévoilé l'identité du père d'Aoife à quiconque, prétendant qu'il pouvait s'agir d'une demi-douzaine de garçons qu'elle avait connus à la fac. Le but était de choquer les commères, et à en juger d'après leurs regards elle avait réussi, même si c'était une victoire amère.

Pourquoi Brendan avait-il une copie de cet acte de naissance ? Et quelles raisons avait-il de la dissimuler ? Alors qu'elle plongeait la main dans la cachette pour en sortir son éventuel contenu, elle entendit quelque chose cliqueter devant ses genoux, et en baissant les yeux elle vit une barrette en or, la retourna et découvrit deux éléphants filigranes aux trompes enlacées. La serrant dans sa main, sentant son poids, les contours irréguliers du filigrane contre ses doigts, Una se rappela où elle l'avait déjà vue.

Cela remontait presque à trois ans. Elle était passée chez Pilkington avec Aoife pour prendre une bouteille d'ammoniaque, dont elle se servait comme mordant dans ses teintures. Elle avait aperçu Mina Osborne devant le comptoir, portant dans ses bras son fils qui était un peu plus jeune qu'Aoife. L'enfant avait aux pieds des bottes rouges toutes neuves. Mina Osborne avait transféré son fils d'une hanche à l'autre. Fatigué, le garçonnet avait pris son pouce et tendu l'autre main pour passer les doigts dans les cheveux de sa maman, un geste anodin pour se réconforter, mais il avait touché par mégarde la barrette qui tenait les longs cheveux noirs en place. Celle-ci s'était ouverte, faisant peur à l'enfant qui s'était aussitôt mis à pleurer. Pendant que sa mère le réconfortait, le bijou s'était décroché pour tomber aux pieds d'Una. Les deux femmes s'étaient baissées pour le ramasser et Una avait remarqué le travail d'orfèvrerie et le motif très original des deux éléphants.

— Quelle jolie barrette ! avait-elle dit en la lui rendant.

Mina l'avait regardée d'un air très étrange, et Una espérait que ce n'était pas de la voir avec Aoife qui avait rempli ses yeux sombres de tristesse et de douleur. Mina avait repris la pince avec un remerciement à peine audible, puis avait quitté le magasin. Elle avait disparu cet après-midi-là.

Una contempla la barrette dans sa main. Quelques cheveux sombres étaient coincés dans la charnière. Elle plongea la main dans la cachette de Brendan et en sortit cette fois des coupures de presse soigneusement pliées. *Une mère et son fils disparaissent*, titrait l'une d'entre elles. Sur d'autres on pouvait lire *La famille lance un appel pour retrouver une mère et son fils, Reprise des fouilles sur la tourbière*, et enfin *Une double disparition qui laisse les Gardaí perplexes*.

Pourquoi Brendan conservait-il tout ça ? Quelle explication aurait-il pu fournir ? Elle remit hâtivement toutes ses découvertes dans le trou, sans se soucier de les ranger dans le même ordre, puis repoussa le lit contre le mur. Brendan avait toujours été d'un tempérament sanguin. Quand il avait besoin de réfléchir, il partait seul, marchait sur la tourbière ou dans la montagne, ou s'asseyait près du lac, le temps de trouver une solution ou de se calmer un peu. Il était souvent agressif avec elle et avec Fintan. Mais elle avait toujours pensé qu'au fond de lui il était tout sauf dur. Il savait se montrer très tendre avec Aoife. Elle vivait sous le même toit que son frère depuis plus de vingt ans, mais le connaissait-elle pour autant ? Priant pour que ses craintes ne soient pas fondées, Una redressa les cadres sur le mur et referma la porte de la chambre de Brendan. Elle décida de ne rien dire au sujet de la corneille.

7

À bien des égards, Dunbeg rappelait à Cormac son village natal : le petit pont en dos d'âne, les maisonnettes en crépi vert, rose ou blanc, avec leurs petites fenêtres garnies de voilages, bordant l'unique rue principale. Le nom d'origine en gaélique était *Dún Beag*, « le petit fort ». Un fort qui avait sans doute disparu depuis plus de mille ans, mais le nom demeurait. Quelques boutiques étaient laissées à l'abandon, les gouttières envahies par les ronces, et tout semblait recouvert d'une fine pellicule de suie. Même le ciel, bas et gris, ajoutait à la morosité ambiante. Visiblement on avait fait des efforts pour donner un coup de propre et rendre le village plus attrayant, comme en témoignaient deux pubs fraîchement repeints et ornés de pots de fleurs. Mais le Tigre Celtique[1] n'avait pas encore fait entendre ses rugissements jusqu'ici, et Dunbeg était à l'écart des axes routiers pris d'assaut par les hordes de touristes. Cormac supposait que seuls quelques pêcheurs à la ligne solitaires devaient passer leurs vacances ici, à la recherche d'un coin tranquille.

1. Celtic Tiger : expression par laquelle on désigne le formidable développement économique irlandais des années quatre-vingt-dix. *(N.d.T.)*

Alors qu'il se garait au bord de la route, il aperçut un fox-terrier trapu à poil ras et un chien de berger aux longs poils noirs et blancs qui reniflaient et arrosaient les pas de porte à tour de rôle — deux compagnons en virée. Il descendit de voiture et s'approcha d'une vitrine où était exposé le bric-à-brac typique d'une quincaillerie de village : fourches et pelles, brosses et grattoirs de peintre, casseroles et poêles, réveils, cadenas, truelles, laisses pour chien, lampes torches et cannes à pêche. Au-dessus de la vitrine, une banale enseigne un peu défraîchie annonçait : J. PILKINGTON. En s'approchant il eut le regard attiré par une affiche blanche posée en équilibre dans la devanture ; sous l'emblème à quatre feuilles de la *Garda Siochána*, la police nationale, se trouvait une photo en noir et blanc de Mina et de Christopher Osborne. L'avis remontait à presque un an. Cormac se pencha pour lire le texte imprimé en petits caractères. *À l'approche du deuxième anniversaire de la disparition de Mina et de Christopher Osborne, les Gardaí lancent un nouvel appel à témoin pour recueillir toute information susceptible de faire progresser l'enquête en cours.* Les paragraphes suivants fournissaient leur signalement et la description des vêtements qu'ils portaient la dernière fois qu'ils avaient été vus. Tandis qu'il lisait, Cormac se rendit compte qu'une paire d'yeux l'observait attentivement de l'autre côté de la vitrine. Quand il releva la tête, la femme qui se trouvait à l'intérieur fit mine d'épousseter les étagères situées derrière la vitre.

Il entra dans la boutique et se mit à réunir le matériel dont il avait besoin pour les fouilles, sans se défaire de la nette impression qu'on l'observait, même si chaque fois qu'il levait les yeux personne n'était là. Quand il eut terminé, il se dirigea vers la caisse.

— Je peux vous aider à trouver autre chose, cher

monsieur, ou ce sera tout ? demanda d'une voix haut perchée un petit bout de bonne femme aux yeux pétillants.

C'était ce visage qu'il avait surpris en train de l'épier derrière la vitrine. Menue et mate de peau, la femme portait une blouse noire à pois blancs assez criarde. Sa coupe de cheveux vaporeuse accentuait son air de lutin.

— J'aurais aussi besoin d'un rouleau de plastique d'emballage et d'une demi-douzaine de planches, si vous en aviez d'environ deux mètres cinquante.

— On a ça, dit-elle. Je vais demander à mon jeune gars de vous les sortir.

Elle glissa la tête par la porte de l'arrière-boutique et communiqua sa commande à un rouquin d'une quinzaine d'années qui était en train de balayer.

— Vous devez être cet archéologue qu'est déjà passé, déclara-t-elle.

Cormac eut un léger sourire.

— C'est ça.

— Je suis Dolly Pilkington. Bienvenue à Dunbeg.

— Moi, c'est Cormac Maguire. J'ai quelque part une lettre de Hugh Osborne m'autorisant à mettre ces achats sur son compte, dit-il en tâtant ses diverses poches pour trouver le document.

— Ne vous embêtez pas, c'est vraiment pas nécessaire. (Elle fit le total de ses achats avec un crayon à papier.) J'imagine qu'on ne sait rien de nouveau sur votre cadavre de la tourbière ? Mon Dieu, vous auriez dû entendre les rumeurs il y a deux jours, ça allait bon train ! Des histoires horribles, ça oui. Pleines de meurtres et de *banshees* [1]. J'peux vous dire que bien

1. Fée du folklore irlandais dont les pleurs annonceraient une mort prochaine. *(N.d.T.)*

des adultes ont eu trop peur pour dormir dans leur lit ce soir-là !

— Moi, j'ai entendu dire que c'était une tête décapitée, dit le rouquin aux taches de rousseur qui était arrivé avec le rouleau de plastique et les planches.

— Cette conversation ne te regarde pas, dit Mme Pilkington. Va mettre ça dehors et dépêche-toi d'aller reprendre ton balai, avant que j'te tire les oreilles !

Le garçon mordilla sa lèvre inférieure avec défiance, mais s'exécuta.

Cormac hésitait à répondre, se doutant que le prochain client à sortir de chez Pilkington en saurait autant sur la *cailín rua* qu'il voudrait bien en dire. Mais mieux valait dévoiler l'essentiel plutôt que de laisser courir les rumeurs.

— En fait, on a assez peu d'informations pour l'instant, dit-il. Mis à part qu'il s'agit d'une jeune femme aux cheveux roux... (Il chercha la formulation la moins racoleuse.) Et nous n'avons pas trouvé le corps.

Mme Pilkington se signa hâtivement.

— Sainte Mère de Dieu... Bien sûr, on a tous cru d'abord que c'étaient ces deux-là, dit-elle en indiquant l'affiche dans la vitrine. C'est tout de même étrange, mais M. Osborne se trouvait dans le magasin, juste où vous êtes maintenant, quand mon Oliver est arrivé pour m'apprendre la nouvelle qu'on avait retrouvé un cadavre dans la tourbière... enfin, vous me direz qu'on peut pas appeler ça un cadavre, mais on ne pouvait pas le savoir à ce moment-là, hein ? Mais bon, ce pauvre M. Osborne est devenu tout pâle, je peux vous le garantir, comme de la craie, et il a attrapé Oliver par les épaules, lui demandant où il avait entendu ça, à quel endroit c'était censé être arrivé, s'il était bien certain d'avoir entendu ça, et j'ai cru qu'il allait tuer ce pauvre gamin à force de vous le secouer ! Et Oliver lui avait pas sitôt répondu qu'il a filé par cette porte, sans attendre ses paquets ni sa monnaie. Même que j'ai dû envoyer Oliver là-bas ce matin, avec les paquets et l'argent, parce qu'il n'est jamais passé les prendre, ni le jour même ni hier, n'est-ce pas, Oliver ?

— Ouais, marmonna le garçon d'un air maussade, sans lever les yeux.

Cormac subodora qu'il devait souvent être sommé de corroborer les dires de sa mère.

— Pourquoi était-il étrange que M. Osborne se trouve ici ? demanda Cormac.

— Parce que c'est le dernier endroit où ont été vus sa dame et son petit avant de disparaître, répondit Mme Pilkington. C'est affreux, n'est-ce pas ? Elle venait très souvent ici, vous savez, et je dois dire que c'était une femme très aimable et discrète... et catholique, je vous prie, même si on aurait pu s'y tromper, vu qu'elle était aussi foncée qu'une Africaine. Et le petit Christopher. Il passait toujours me dire bonjour quand il venait en ville avec son papa. Il était si bien élevé, ce petit bout de chou. Et vous, monsieur Maguire, vous avez des enfants ?

— Je ne suis pas marié, répondit Cormac.

— Oui, eh bien, ce n'est pas ça qui empêche ! On ne manque pas d'exemples dans le coin. Mais vous ne vous en portez pas plus mal, pour sûr, avec tous les soucis qu'ils vous causeraient.

Cormac jeta un coup d'œil en coin à la tête baissée d'Oliver Pilkington, et se demanda quels soucis il pouvait déjà avoir causés.

— Les gens en pensent quoi, de leur disparition ? demanda Cormac.

— Tout dépend à qui vous parlez. Maintenant, ce n'est pas mon genre d'aller répéter des ragots. C'est un péché, je vous le dis comme je le pense. Y en a dans le coin, ils ont rien de mieux à faire que de se prélasser en bavardant sur les malheurs des autres. Par exemple, dit-elle en baissant soudain la voix, certains se feraient un plaisir de vous raconter que M. Osborne s'est fait une belle réputation de chaud lapin par ici. Ils disent que l'épouse en a eu assez de ses infidélités, qu'elle est partie avec le gosse. Vous en avez d'autres qui s'arrêtent à l'argent qu'il va toucher avec l'assurance-vie, et qui vous disent qu'elle a été assassinée, que son cadavre est dans la tourbière et que c'est lui le coupable. Mon Dieu, c'est bien choquant, les horreurs que les gens sont prêts à raconter.

Elle eut un geste théâtral, comme s'il lui était insupportable d'en parler davantage.

— Et vous, demanda Cormac, vous en pensez quoi ?

Dolly Pilkington plissa les yeux et le dévisagea, se demandant sans doute si on pouvait lui faire confiance. Apparemment il passa l'examen, car elle lui fit signe de se rapprocher pour parler encore plus bas.

— Je peux simplement vous dire ce que j'ai dit à la police. Le jour où elle a disparu, Mme Osborne était bien chagrinée. Pauvre petite, on voyait qu'elle avait pleuré toutes les larmes de son corps. Je ne crois pas qu'elle et l'enfant soient toujours de ce monde, murmura-t-elle. Dieu me pardonne de dire une chose pareille. C'est rien qu'un pressentiment. Mais je ne vois pas que le mari y soit pour quoi que ce soit. Vraiment pas.

— Pourquoi donc ?

— Parce qu'il se tenait devant moi, juste là où vous êtes, quand il a appris la nouvelle pour la tourbière. Juste là, et il était totalement effondré. Personne ne pourrait jouer la comédie comme ça.

Cormac souhaitait bien du plaisir à quiconque voudrait faire changer d'avis Dolly Pilkington à ce sujet.

— Maintenant, reprit-elle, y a d'autres gens sur qui je pourrais vous en raconter. Sa cousine, en voilà une de sacrément bizarre. Et le jeune homme... (Elle fit claquer sa langue, inspira vivement et se signa une nouvelle fois.) Quel sauvageon ! Je me mets à genoux chaque jour que Dieu fait et je remercie le bon Dieu que mon Oliver ait pas tourné comme ça !

Sentant qu'une nouvelle tirade était imminente, Cormac chercha désespérément à l'aiguiller dans une autre direction.

— Euh... Je me demandais, madame Pilkington, vous m'avez l'air très bien informée. Je cherche des renseignements susceptibles de m'éclairer sur cette jeune femme qu'on a retrouvée dans la tourbière, vous pourriez peut-être m'aider à mettre la main sur des archives locales.

— Eh bien, il y a le Centre du patrimoine, à Woodford.

— Quel genre de documents ont-ils ?

— Ça, je dois bien avouer que je n'en ai pas la moindre idée. Je sais juste que toutes sortes d'Américains débarquent là-bas à la recherche de leurs « racines ».

— Et vous ne connaissez personne qui s'intéresse de près à l'histoire et au folklore de la région ?

Il attendit, Dolly Pilkington réfléchissant à sa question. S'efforçant de ne pas avoir trop l'air de se vanter, elle finit par dire :

— Pour être franche, y a rien qu'a pu se passer ici depuis cinquante ans sans que Dolly Pilkington soit au courant.

— Je crains qu'on ne doive remonter un peu plus loin que ça. Le talus de tourbe où on l'a retrouvée n'a pas été retourné depuis cent ans, voire plus.

— Vous m'en direz tant. Eh bien, dans ce cas, à votre place je parlerais à Ned Raftery.

— L'instituteur ?

— C'est ça. Enfin l'ex-instituteur, devrait-on dire, avant qu'il ne perde la vue, Jésus miséricorde. Remarquez, ça n'a pas l'air de le gêner d'être aveugle. L'autre jour il est passé au magasin, il s'est acheté un sécateur, je vous prie, et vous serez gentil de m'expliquer ce qu'il va bien en faire !

8

Pendant que Cormac était en ville, Nora prit une douche pour faire disparaître la transpiration et la crasse de la journée. Ils s'étaient contentés de gratter en surface la zone d'excavation, mais elle avait les muscles tout endoloris d'avoir manié une pelle tout l'après-midi. Les bras et les jambes ruisselants d'eau, elle se souvint des mots du policier : *À ce stade, je suis prêt à suivre toutes les pistes*.

Elle s'habilla et décida de partir à la recherche de Cormac qui était peut-être rentré du village. Le couloir était un vrai labyrinthe. Une succession de tournants à angle droit, avec des lambris ornés des mêmes motifs que dans les pièces du rez-de-chaussée, mais le bois sombre était fendu par endroits et quelques réparations semblaient s'imposer. Juste après sa chambre, elle remarqua une porte ouverte qui donnait sur un escalier de service. Celui-ci était beaucoup plus sombre et plus étroit, et nettement moins grandiose que l'escalier monumental du rez-de-chaussée. Le maigre éclairage provenait d'une fenêtre à petits carreaux, couverte de poussière, située sur le palier. Pas un murmure en haut comme en bas. Jetant un coup d'œil furtif dans le couloir, Nora gravit les marches.

L'escalier débouchait sur quelques petites pièces qui

semblaient servir de débarras. La porte la plus large donnait sur une grande pièce tout en longueur, une espèce de galerie. Contrairement au reste de la maison, elle était très peu meublée et baignée de lumière. Une douzaine de toiles vierges étaient posées contre le mur, et un grand chevalet recouvert d'un drap en lin se dressait au centre du parquet nu. Quelques toiles peintes non encadrées reposaient contre les rares meubles. Nora se dirigea vers la plus proche. Le motif central en était une paire d'ailes blanches, détachées l'une de l'autre, vaguement abstraites. La peinture reproduisait l'aspect d'une fresque détériorée, et l'arrière-plan présentait des ombres de plantes et de bêtes exotiques derrière un voile de lumière dorée. Elle distingua les pétales écarlates d'une fleur, la forme sinueuse d'un serpent et les taches irrégulières sur le flanc sombre d'un léopard — la vision nébuleuse de quelque Éden inaccessible. Chaque toile était plus obscure que la précédente, les éléments devenant parfaitement abstraits, comme un rêve regagnant l'inconscient au réveil. Sur le chevalet, elle trouva une toile en cours où elle put voir comment s'y prenait le peintre, par couches successives et grattage, pour donner à ses œuvres leur texture et leur profondeur de champ bien particulières. Sur une table s'entassaient les tubes de couleur et les pots pleins de pinceaux. Rien d'exceptionnel dans un atelier d'artiste, mais il était curieux qu'une bonne partie du matériel soit neuf et semble ne jamais avoir servi. Nora passa un doigt sur les poils épais d'un pinceau. Les fenêtres n'avaient pas de rideaux et elle remarqua seulement alors la vue à couper le souffle sur le lac et sur un îlot à une centaine de mètres du rivage.

Elle se figea. Avait-elle entendu quelque chose ? Cela recommença, le filet à peine audible mais tout à fait reconnaissable d'une voix d'enfant. Le son semblait provenir de la cage d'escalier. Nora abandonna les peintures silencieuses et revint sur ses pas jusqu'au premier étage.

Elle s'approcha de la porte voisine de sa chambre et tourna la poignée. Fermée à clé. Elle alla jusqu'au bout du couloir et entendit un rire d'enfant, cette fois assez proche.

— Non, toi... protestait une voix enfantine, suivie du murmure très bas d'une voix adulte. Non, maman, toi.

La voix venait d'une pièce située juste après le grand escalier, avec la porte entrebâillée. Nora savait qu'elle aurait mieux fait de s'abstenir, mais elle se sentait attirée malgré elle. Elle frappa à la porte. Pas de réponse. Elle la poussa légèrement. La pièce était chargée d'un mobilier sombre, très ouvragé, comme sa propre chambre. Personne ne s'y trouvait, mais dans un gros meuble d'angle une télévision était allumée, diffusant une vidéo amateur qui montrait la femme et l'enfant que Nora avait vus en photo dans la bibliothèque. Le petit garçon, assis sur les genoux de sa maman, était un peu plus âgé. La mère tournait le dos à la caméra. Elle se pencha en avant, fit mine de chatouiller le garçon ; il cria, ravi et innocent. Qui avait laissé cette cassette en marche ? Pas Hugh Osborne, qui avait passé sa journée à Galway, donnant ses cours à l'université. Ce qui laissait Jeremy, et Lucy Osborne dont Nora n'avait pas encore fait la connaissance. Elle éteignit le téléviseur et le magnétoscope, et s'aperçut soudain qu'elle se trouvait sans doute dans la chambre de Hugh Osborne. Elle fut paralysée un instant, à la fois par la culpabilité et par la curiosité, et dut résister à l'envie d'ouvrir l'armoire et de fouiller dans les tiroirs de la commode. Il était parfaitement absurde de s'imaginer qu'elle allait découvrir quelque chose que la police aurait laissé échapper. Et pourtant elle n'arrivait pas à quitter cette pièce, pas encore. Elle contourna l'immense lit à baldaquin, que Hugh Osborne avait sans doute partagé avec son épouse.

Comment pouvait-on concevoir de se débarrasser d'une autre personne, comme un objet qui avait bien servi et n'était plus d'aucune utilité ? S'il y avait une chose qu'elle était incapable de concevoir, c'était bien l'effrayante absence de sentiment que devait exiger un tel acte — ne serait-ce qu'une simple empathie pour l'autre sans même parler d'amour ou de tendresse. Nora ferma les yeux ; quand elle les rouvrit, elle remarqua une autre porte droit devant elle. Franchissant le seuil, elle découvrit une chambre d'enfant, une nursery. Dans un coin se trouvait un vieux cheval à bascule au cuir bien usé, avec une selle peinte et une queue en crin véritable. Le mobilier comprenait une petite table et des chaises, un coffre à jouets, une commode et une armoire aux couleurs vives. Il faisait frais et la pièce sentait le renfermé, comme l'atelier à l'étage au-dessus, comme si elle n'avait pas servi depuis longtemps. Nora se dirigea vers la fenêtre la plus proche et l'ouvrit, emplissant ses poumons de l'air frais et parfumé du printemps. En se retournant, elle remarqua pour la première fois la silhouette dans le lit. Jeremy Osborne était beaucoup trop grand pour ce lit d'enfant, mais il était recroquevillé sur le côté. Le dessus-de-lit était vaguement enroulé autour de lui, comme s'il avait eu froid mais qu'il n'était pas arrivé à le border correctement. Brusquement réveillé, il se redressa, l'air un peu désorienté mais comme pris de l'envie de détaler. Il portait les mêmes vêtements que la veille au soir.

— Re-bonjour, dit Nora.

À voir ses joues qui devenaient toutes rouges, elle devina que le garçon se rappelait trop bien leur première rencontre, malgré sa grande ébriété du moment.

— Désolée, j'ai entendu la télévision et je n'ai pas vu qu'il y avait quelqu'un.

Jeremy restait muet, semblant regretter de ne pouvoir disparaître. Il défroissa machinalement le dessus-de-lit.

— Je crains qu'on ne soit partis sur un mauvais pied hier soir, reprit Nora. Et si on oubliait tout ça, pour recommencer à zéro ?

Toujours pas de réponse.

— C'est toi qui regardais cette vidéo ?

Jeremy Osborne leva les yeux pour la première fois, et Nora crut déceler une lueur d'espoir dans son regard, mais qui s'envola aussitôt.

— Vous devez être mademoiselle Gavin, déclara une voix féminine par la porte entrouverte.

Nora se tourna vers la femme élégante, impeccablement coiffée, qui se tenait dans l'encadrement.

— Je suis navrée de ne pas vous avoir rencontrée plus tôt. Je suis Lucy Osborne.

— Je vous en prie, appelez-moi Nora.

— Vous venez de quelle partie des États-Unis ? demanda Lucy.

Ses doigts froids serrèrent légèrement la paume de Nora.

— Du Minnesota, répondit-elle en songeant que cela ne voulait sans doute rien dire pour Lucy Osborne. Dans le Midwest. En fait, je suis née dans le comté de Clare, mais mes parents ont émigré quand j'étais toute petite.

— Et qu'est-ce qui vous a décidé à revenir en Irlande ? demanda plaisamment Lucy Osborne en se tournant pour fermer la fenêtre que Nora avait laissée ouverte.

— Un poste temporaire d'enseignante à Trinity College. Mais j'ai toujours passé mes étés en Irlande. Je m'y sens comme chez moi.

— Je n'en doute pas, dit Lucy avec un vague regard autour de la pièce, comme pour lui faire comprendre qu'ici elle n'avait pas à se sentir chez elle. Hugh vient d'appeler pour prévenir qu'il ne serait peut-être pas rentré à temps pour dîner. Je me suis permis de vous préparer un repas froid.

— C'est très aimable. Cormac devrait rentrer d'un instant à l'autre, si ça ne vous dérange pas qu'on l'attende.

Le sourire poli qu'afficha le visage de Lucy Osborne suggérait que Nora avait encore beaucoup à apprendre sur les occupants de Bracklyn House.

— Jeremy et moi dînons habituellement dans nos appartements. (Elle s'approcha du lit où Jeremy demeurait immobile, les yeux rivés sur le tapis.) Ça ne va pas, mon chéri ? Tu as l'air un peu pâle.

Elle appliqua le dos de sa main contre son front. Comme il ne disait toujours rien, elle redressa le col de sa chemise qui rebiquait. La seule réaction du garçon face à ce geste maternel fut de hausser légèrement une épaule, ce qui n'échappa pas à Nora. En bas, le bruit d'une voiture se fit entendre sur l'allée gravillonnée.

— Ça doit être Cormac, dit Nora.

— Si vous souhaitez vous rendre dans la cuisine, dit Lucy.

Nora comprit que ce n'était pas une suggestion.

— C'est très gentil de votre part d'avoir préparé à manger... commença-t-elle à dire.

— Ne dites pas de bêtises, la coupa Lucy en détachant enfin les yeux de son fils. Vous êtes nos invités. Allons, vous devriez descendre dîner, ma chère.

Alors qu'elle se retournait pour fermer la porte derrière elle, Nora aperçut la mère et le fils assis ensemble au bord du lit. Jeremy gardait les mains figées sur ses genoux. Lucy leva une des siennes pour caresser encore une fois les cheveux sur sa nuque, et comme précédemment il parut se contracter légèrement à son toucher. Elle approcha sa tête de la sienne et lui murmura quelque chose à l'oreille. Il ne dit rien, mais hocha la tête à deux reprises. Lucy ajouta quelque chose, et bien que Jeremy gardât une mine renfermée, Nora aurait juré apercevoir sur ses lèvres l'esquisse infime d'un sourire résigné.

9

— Je ne sais pas pour toi, dit Nora à Cormac alors qu'ils terminaient leur repas dans la cuisine, mais cette bicoque me fiche le bourdon. Ça te dit d'aller faire un tour ? On a encore une bonne heure de jour devant nous.

— J'avais l'intention de rédiger quelques notes sur les fouilles... commença Cormac qui s'interrompit en voyant l'air incrédule de Nora.

— On a déjà travaillé quasiment neuf heures aujourd'hui, et on n'a même pas encore visité les lieux. (Elle se leva et tendit la main.) Allez. Ne me dis pas que tu n'es pas un tout petit peu curieux...

Elle le força à se lever.

— Es-tu déjà descendu au lac ? demanda-t-elle.

— Pas encore. Je te suis.

Ils sortirent par la porte de la cuisine et marchèrent lentement, prenant le temps d'admirer la beauté du site. Les nuages s'étaient dispersés et le soleil commençait tout juste à décliner, sa lumière dorée de plus en plus tamisée jouant sur les vaguelettes qui s'entrechoquaient à la surface du lac. Une longue pelouse s'étendait devant eux. On avait dégagé les abords boisés du lac pour offrir une vue d'une splendeur quasi irréelle, un vrai paysage de peinture. À une centaine de mètres du rivage, les ruines d'un édifice en pierre grise se dressaient sur un îlot. La pelouse descendait en pente douce jusqu'au lac, où un léger remblai dissimulait une petite plage caillouteuse qu'on ne voyait pas de la maison.

— Regarde, y a une barque ! s'exclama Nora en pointant du doigt un peu plus loin sur la rive.

Cormac eut soudain la vision de la petite fille qu'elle avait dû être, avec une curiosité et un goût pour l'aventure toujours intacts après tant d'années. Avant qu'il ait le temps de réagir, elle était déjà en train de retourner avec peine la coque bleu vif, et il sauta donc du petit talus pour lui filer un coup de main. L'embarcation était modeste mais paraissait tout à fait en état de naviguer.

— Monte, dit-il. Je vais pousser.

Il fixa les rames jaunes aux dames de nage, orienta la barque vers l'îlot et commença à fendre l'eau à longs coups réguliers.

— Tu m'as l'air plutôt adroit à ce jeu-là.

— On avait un canot pareil quand j'étais petit, dit-il. Et je fais encore un peu d'aviron, quand j'ai le temps. Sur l'eau, on a tout loisir de méditer tranquillement.

Il lui fallut peu de temps pour rejoindre l'îlot. Drôle d'endroit où habiter, exposé sur un bout de caillou sans arbres, à la merci du vent et de l'eau. Les premiers habitants de l'Irlande s'étaient installés sur des îles au milieu de lacs marécageux, dans des forteresses en terre ceintes de palissades, l'eau tout autour les protégeant des pillards. Plus tard étaient venus les premiers forts en pierre comme celui-ci, puis les donjons des Normands, et enfin les manoirs fortifiés du genre de Bracklyn House. Rien que des constructions vouées à repousser l'envahisseur. Toutes y avaient failli, leurs ruines s'entassant quasiment les unes sur les autres. À quel stade de cette évolution la *cailín rua* trouvait-elle sa place ? Avait-elle vu ce paysage tel que lui le voyait ? Par quel nom désignait-elle cet îlot, cette étendue d'eau ?

Les seuls bruits étaient le clapotis des vagues contre la robuste coque en bois, et le grincement régulier des rames. Quand ils arrivèrent à l'autre bout de l'île, Cormac cessa de ramer. Vue à cette distance, Bracklyn House était plus impressionnante, ayant davantage l'air d'une majestueuse forteresse que d'un manoir croulant. Son ombre menaçante se découpait sur l'herbe émeraude, et les pierres nues de sa façade avaient des reflets presque dorés dans la nuée violacée du couchant. Un jour, ce ne serait plus qu'une ruine, comme l'amas de pierres sur l'îlot. Comment ne pas penser à toutes les vies qui s'étaient vouées à défendre, à capturer et à conserver cette parcelle de terre au fil des siècles ? Des luttes dont le souvenir effleurait encore ceux qui habitaient aujourd'hui Bracklyn House, y compris Nora et lui...

Il regarda Nora à la proue, séparée de lui par la simple longueur d'un bras. Les yeux fixés sur l'eau transparente, elle n'avait pas l'air consciente de son regard. Il était fasciné par ses cheveux bruns qui lui tombaient avec souplesse sur le visage. Quelle était son histoire ? Il contempla le creux à la base de son cou, sa main droite agrippée au montant du canot, sa hanche arrondie sur le banc, et se souvint de l'abandon avec lequel elle avait chanté : *Ô mon amant fougueux, je m'abandonne à toi*. Ce qu'il ressentait à cet instant en observant Nora était beaucoup plus fort que du désir physique — même s'il en éprouvait aussi, et puissamment, lui fallait-il reconnaître. Mais la chair se fondait dans le désir plus général de se frayer un passage, d'arpenter les pièces et les couloirs de sa tête, de son cœur, si elle l'y invitait. Évidemment, cela supposait d'ouvrir grandes les portes pour Nora, de lui donner accès à ses propres recoins cachés. Et, pour la première fois de sa vie, il se sentait prêt à envisager cette éventualité.

— Nora...

— Tu penses qu'ils sont au fond ? demanda-t-elle soudain.

Cormac sentit qu'une occasion fugace venait de s'envoler.

— Qui ça ?

— Mina Osborne et son fils.

— D'après Devaney, les plongeurs n'ont rien trouvé.

— Le lac est très grand, dit-elle en se tournant vers lui. Au fait, j'ai fait la connaissance de la mère de Jeremy pendant que tu étais en ville. J'ai entendu du bruit au fond du couloir où se trouve ma chambre. Il s'agissait d'une vidéo avec Mina et le petit garçon.

Cormac se souvint de l'affiche qu'il avait aperçue dans la vitrine du magasin.

— Christopher.

— Il s'appelait comme ça ? Christopher... Personne ne regardait cette vidéo mais j'ai trouvé Jeremy endormi dans la pièce d'à côté, une sorte de nursery. C'était vraiment très bizarre. Mais bon, sa mère a débarqué à ce moment-là. Je n'ai pas l'impression qu'on ait beaucoup accroché toutes les deux.

Cormac n'avait pas oublié sa rencontre avec Lucy Osborne.

— Si ça peut te réconforter, moi non plus je n'ai pas fait très bonne impression.

Ils continuèrent à dériver, la barque se rapprochant

peu à peu du rivage où la silhouette de la tour O'Flaherty se découpait sur un ciel de plus en plus sombre. Les corbeaux n'étaient pas dans les parages.

— Cette tour m'intrigue beaucoup, dit Nora en protégeant ses yeux du soleil doré. Tu sais ce que c'est ?

— Una McGann m'a expliqué que c'était le bastion des O'Flaherty avant qu'ils ne construisent Bracklyn House. Ça fait partie de la propriété, et l'endroit serait hanté. Je n'en sais pas davantage.

— Hanté ? Et tu n'as pas cherché à en savoir plus ?

— Au fait, dit Cormac en se rappelant soudain sa conversation avec Dolly Pilkington, j'ai oublié de te dire quelque chose. J'ai trouvé quelqu'un qui serait susceptible de nous renseigner sur l'histoire locale. Ned Raftery, un instituteur en retraite. On va l'appeler pour voir s'il est d'accord.

Ils étaient revenus sur la berge. Cormac prit les rames pour les ranger, puis sauta hors de la barque pour la tirer sur la plage caillouteuse.

— J'aimerais qu'on consacre toute la journée de demain aux fouilles, dit-il. Si tu te sens d'attaque. Mais dimanche je me disais que je pourrais faire autre chose, étant donné que tu rentres à Dublin pour l'examen dentaire de la *cailín rua*.

— La quoi ? demanda Nora. La fille aux cheveux roux ?

Cormac se rendit compte qu'il n'avait jamais utilisé cette dénomination, du moins à voix haute. Il n'était pas surpris qu'elle connaisse un peu de gaélique.

— J'imagine qu'on doit lui trouver un nom plus officiel, dit-il. Quelque chose du genre « la fille de Drumcleggan ».

— Pas du tout, j'aime beaucoup *cailín rua*, dit-elle en s'agrippant à la main qu'il lui tendait pour descendre. En fait, je n'ai pas besoin d'être à Dublin avant lundi après-midi, si tu as des projets pour dimanche je serais ravie d'en être...

La franchise de son regard bleu le désarma, et il eut la vision de portes s'ouvrant brusquement. Peut-être n'était-il pas encore mûr ?

— Merci pour la proposition, dit-il en relâchant sa main. Mais dimanche, j'ai des projets personnels.

Alors qu'ils gravissaient le léger remblai, Cormac crut apercevoir une silhouette pâle à une des hautes fenêtres de Bracklyn House, mais quand il fixa l'endroit à nouveau, elle avait disparu.

10

À neuf heures et demie le vendredi soir, Devaney était assis à table dans sa cuisine, dépité de n'avoir rien découvert dans le dossier Osborne. À vrai dire, il n'avait fait que le survoler. Mais cette affaire l'obsédait. Personne ne se souvenait d'avoir croisé Christopher et Mina sur le chemin du retour, ce qui pouvait signifier qu'ils n'étaient jamais rentrés à Bracklyn House. Ou qu'ils n'étaient pas rentrés par la route, mais qu'ils avaient pris un raccourci. Pas facile avec une poussette, cela dit, et Mina en avait une d'après tous les témoins qui l'avaient aperçue en ville.

Il but une gorgée de thé. Dieu, ce qu'il aurait donné pour une cigarette, histoire de mieux se concentrer, de traquer l'élément qui lui échappait. Il avait l'impression de piétiner.

À qui profitait la mort de Mina Osborne ? Sa famille, qui résidait en Inde, avait soi-disant de l'argent mais son père était censé l'avoir déshéritée après son mariage. Le montant de l'assurance-vie pouvait éveiller des soupçons, mais, en l'absence de cadavre, Osborne devrait attendre sept ans avant de toucher quoi que ce soit. Et puis, tout le monde disait qu'il était très attaché à sa femme — mais les gens disent toujours ça, non ? Comme pour Barney Harrington à Cork, qui avait trucidé sa femme à coups de poêle à frire parce qu'elle avait mis en doute ses talents de cuisinier. Les rumeurs allaient bon train sur Hugh Osborne et Una McGann. Il aurait peut-être intérêt à découvrir quelle était la part de vérité, depuis combien de temps durait leur liaison le cas échéant. Quitte à creuser la piste de la jalousie, pourquoi pas Lucy Osborne ? Imaginons qu'elle vive à Bracklyn House depuis plusieurs années, qu'elle en pince pour Hugh Osborne, et : soudain celui-ci en épouse une autre. Si Lucy avait des vues sur lui, l'arrivée de Mina avait dû lui faire un sacré coup. Dans une bourgade comme Dunbeg, aucun secret ne le restait très longtemps. Mina Osborne aurait eu vent de la moindre incartade. Après tout, peut-être avait-elle simplement choisi de le quitter.

Il ouvrit le dossier, feuilleta les premières dépositions de témoins et s'arrêta sur celle d'un certain Jaronimo Gonsalves, qu'on avait recueillie par téléphone. Le père de Mina, qui résidait en Inde, y certifiait qu'aucun membre de sa famille n'avait eu le moindre contact avec elle depuis plusieurs années.

Devaney se dit qu'il allait rappeler les parents, juste pour s'assurer qu'ils n'avaient rien de nouveau. Mieux valait appeler du salon, où il pouvait fermer la porte pour ne pas être dérangé. Il vérifia l'orthographe du nom. Gonsalves... Bizarre. Ça ne ressemblait franchement pas aux noms indiens qu'il connaissait — plutôt espagnol. Il emporta le dossier dans le salon en répétant le nom à voix haute. *Gonsalves, Gonsalves...* Ces syllabes étrangères sonnaient curieusement dans sa bouche, mais à force de les répéter il s'y habitua, puis décrocha le téléphone, mais fut pris d'une hésitation. Qu'allait-il leur dire ? Votre fille est toujours portée disparue, et on a complètement salopé l'enquête ? Les parents ne devaient plus être tout jeunes. Comment réagiraient-ils de voir le passé de nouveau remué ? Il consulta le dossier et composa le numéro. Après quelques sonneries, une voix féminine, haut perchée, répondit.

— Qui est à l'appareil, je vous prie ?

Il ne s'était pas donné la peine de calculer le décalage horaire — c'était peut-être le milieu de la nuit à Bombay.

— Qui est à l'appareil ? répéta la voix fluette.

Devaney s'éclaircit la gorge.

— Inspecteur Garrett Devaney. J'appelle d'Irlande. Je cherche à joindre M. Jaronimo Gonsalves.

La réponse se fit attendre. Pourvu qu'il ait prononcé le nom correctement.

— J'espère que je n'appelle pas trop tard...

Un nouveau silence s'ensuivit, et Devaney imagina sa voix en train de voyager jusqu'en Inde en entendant l'écho lointain de ses paroles. Quand la voix féminine lui répondit, elle était légèrement inquiète mais pas agressive.

— Je crains que vous n'appeliez trop tard, inspecteur. Mon mari est décédé brutalement il y a six mois. Puis-je vous aider ? Vous avez des nouvelles de ma fille ?

L'accent chantant ne masquait pas la fébrilité de la question, et Devaney maudit la plus terrible des corvées de son métier.

— Malheureusement, madame Gonsalves, je n'ai aucune nouvelle. Je me suis simplement replongé dans le dossier, et je voulais m'assurer qu'elle ne vous avait pas contactée, vous ou un autre membre de la famille.

Une nouvelle pause au bout du fil.

— Je n'ai reçu aucune nouvelle de ma fille depuis deux ans et demi.

— Je vous demande pardon ? dit Devaney qui croyait avoir mal entendu. Votre mari a déclaré que...

— Quand Mina a disparu, l'interrompit Mme Gonsalves, la police a contacté mon mari. Il a expliqué qu'il avait coupé les liens avec notre fille trois ans auparavant, au moment de son mariage avec Hugh Osborne. Ce qui était vrai, mais seulement pour lui. Voyez-vous, inspecteur, mon mari était quelqu'un de très sévère, avec sa fierté. Il pouvait se montrer très dur. Mais je vous pose la question : comment une mère qui a mis un enfant au monde, s'en est occupée, pourrait-elle lui tourner le dos du jour au lendemain, nier son existence simplement parce que cette enfant s'est bêtement amourachée ?

— Vous êtes restée en contact avec votre fille ?

Le cerveau de Devaney effectuait des bonds ; il était certain que cette information ne figurait pas dans le dossier.

— Mina et moi avons continué à correspondre, sans que mon mari soit au courant bien sûr. Elle m'adressait ses lettres chez ma sœur. Elles se sont interrompues subitement. Et une semaine après, mon mari a reçu un appel de la police irlandaise. Il a cru pouvoir répondre pour nous deux. Il ne pouvait pas savoir. Je n'ai pas voulu le démentir. Il avait déjà le cœur brisé. Je suis seulement désolée de ne pas vous avoir contactés plus tôt.

— Et vous avez conservé ces lettres ?

— Toutes.

— Est-ce que par hasard vous accepteriez de nous les envoyer ? Elles pourraient contenir des informations utiles. Nous vous les rendrons.

— Oui, bien sûr que oui. À partir du moment où ça peut vous aider.

— Est-ce que... commença Devaney d'une voix hésitante. Est-ce que votre fille vous a jamais fait part dans ses lettres d'une quelconque inquiétude, de la moindre crainte ?

Il grimaça, espérant que la dernière partie de la question ne trahissait pas ses propres soupçons. La ligne demeura silencieuse un instant, Mme Gonsalves réfléchissant à sa question. Bon sang, il avait perdu tous ses réflexes.

— Si vous êtes en train de me demander si ma fille craignait son mari, je crois que la réponse est non. Mais elle avait bien évidemment des sujets d'inquiétude. Chacun de nous a ses soucis, n'est-ce pas ? Tous les éléments se trouvent sans doute dans le dossier, mais en lisant ces lettres vous comprendrez qu'elle est tombée enceinte de lui avant leur mariage. Je pense que la question lui a toujours trotté dans la tête, de savoir s'ils se seraient mariés si... enfin, si les circonstances avaient été différentes.

— Je vous remercie de votre franchise, madame Gonsalves.

— Je sais que vous soupçonnez mon gendre, dit-elle, et je comprends bien que c'est tout à fait normal dans ce genre d'affaire. Mais j'ai le sentiment d'avoir appris à bien connaître Hugh Osborne. Je suis convaincue qu'il aimait Mina et qu'il ne lui aurait jamais fait aucun mal.

— Vous voulez dire qu'il vous a contactée ? demanda Devaney.

Une autre information qui ne figurait pas au dossier.

— Oh oui ! Il nous a appelés au moment de la disparition, mais mon mari a refusé de lui parler. Il m'a envoyé un mot à la mort de mon mari. Depuis, on se parle souvent au téléphone, et je dirais même qu'on est devenus très amis.

Malheureusement, songea Devaney, cela pouvait être tout aussi bien un geste sincère qu'un stratagème pour se ménager une alliée de poids.

— Tout ça est arrivé à un moment où je croyais que

Mina allait se réconcilier avec son père. Elle parlait de nous rendre visite, d'amener Christopher, mais...

— Votre fille aurait-elle osé aller contre l'avis de son mari ? Aurait-elle cherché à faire ce voyage même si son mari y était opposé ?

— Je ne sais pas. En tout cas, elle n'est jamais arrivée ici. Je donnerais tout pour revoir le visage de ma fille.

La ligne devint silencieuse.

— Je ferai tout mon possible, dit Devaney.

— Vous me préviendrez tout de suite si vous apprenez quelque chose sur mon enfant ?

Devaney trouva qu'elle paraissait à la fois jeune et vieille — jeune lorsqu'elle parlait de son « enfant », mais très âgée parce qu'elle paraissait convaincue que sa fille et son petit-fils étaient vraisemblablement morts.

— Je n'y manquerai pas, dit-il. Une dernière chose : ça vous dérangerait de m'envoyer les lettres à mon domicile ? C'est une longue histoire, mais l'enquête a été transmise à une cellule spéciale de Dublin, et je ne suis plus censé m'en occuper.

Il lui indiqua son adresse en espérant que les lettres lui apprennent quelque chose d'utile, et que ça ne lui coûte pas sa place dans la police.

— Je me fais vieille, inspecteur. Il y a des jours où je me sens tellement fatiguée. Mais comme vous, je n'ai pas totalement perdu espoir. Je sais que vous ferez votre possible. Bonsoir.

Devaney raccrocha, songeant à la bénédiction qu'il venait de recevoir. Il jeta un coup d'œil à sa montre. Dix heures moins le quart. À Bombay, il devait être près de quatre heures du matin. Quand il revint dans la cuisine, il y trouva Róisín en train d'écrire dans un cahier. Il se servit un whiskey et s'assit à table avec sa fille, observant la tête aux cheveux sombres penchée d'un air concentré sur ses devoirs.

— Tu n'es pas encore couchée, Róisín ? Qu'est-ce que tu fais ?

Elle haussa les épaules mais ne releva pas la tête.

— Rien. J'écris juste des trucs que je pense.

— Et tu penses à quoi, *a chroí* ?

— À comment tout s'est détraqué.

Devaney en eut la gorge nouée.

— On se demande tous ça, dit-il en pensant à Mme Gonsalves, admirant le mélange d'innocence et de tristesse dans les yeux d'un bleu profond de sa fille.

Ils restèrent silencieux quelques instants, se dévisageant de part et d'autre de la table. Róisín reporta son attention sur son cahier et s'appliqua à orner de fioritures l'une des lignes bleues.

— Papa, dit-elle quand elle eut terminé, tu crois que je suis trop âgée pour commencer le violon ?

11

Le cimetière de Dungarvan n'avait pas changé en dix-neuf ans, depuis l'enterrement de sa mère. Les pierres grises de l'église paraissaient lugubres à côté de l'herbe d'un vert pimpant qui poussait entre les tombes. L'église et l'herbe étaient des chefs-d'œuvre d'endurance, songea Cormac. Elles résistaient aux intempéries, au passage des siècles, à la bêtise humaine, l'une accrochée aux traditions, s'opposant farouchement au changement, l'autre engagée avec défi dans un cycle immuable de mort et de renaissance. Il déambula lentement à travers le cimetière en lisant les inscriptions des pierres tombales, certaines couvertes de mousse et usées par le temps, d'autres neuves et tranchantes comme la douleur du deuil.

Il prit le premier tournant à gauche dans l'allée gravillonnée, vers la partie la plus récente de l'enclos, et s'arrêta sous un hêtre majestueux. Il se souvint des récriminations des fossoyeurs qui étaient tombés sur des racines grosses comme un bras d'homme, et qui avaient dû les sectionner à coups de pic et de hache avant de continuer à creuser. La tombe de sa mère était vraiment très bien entretenue. MAGUIRE était gravé en lettres gaéliques, avec son prénom en dessous — EILIS — et les dates. Quelqu'un avait planté des violettes devant la pierre. Les fleurs en forme de cœur avaient été arrosées récemment et poussaient en abondance. Cormac s'agenouilla sur l'herbe, éprouvant une fois de plus la douleur de l'absence.

Sa mère était de plus en plus faible, lui avait confié l'infirmière qui s'occupait d'elle pendant qu'il était à l'université. Il venait de commencer sa deuxième année, parce qu'elle avait insisté, mais il rentrait de Dublin chaque week-end, en train ou en stop, pour être avec elle. Un vendredi d'octobre, il avait pris le train plus tôt que d'habitude — il venait lui annoncer qu'il ne retournerait pas à Dublin. Il remerciait le représentant qui l'avait pris en stop à Ennis quand il avait aperçu sa mère devant la grille du cimetière. Elle était dans un fauteuil roulant, et même à plus de cent mètres il avait reconnu l'homme aux cheveux blancs qui la poussait. Joseph Maguire, son père. Figé sur place, il les avait observés ; il avait vu sa mère incliner la tête sur le côté pour mieux entendre la voix qui s'adressait à son oreille, et s'était senti d'une certaine façon trahi par le regard qu'elle adressait à son mari. C'était toujours son mari. Ils n'avaient jamais pris la peine de formaliser leur séparation. Sa mère avait l'air bien diminuée, un gilet et un châle espagnol recouvrant ses frêles épaules. Dès que ses parents étaient entrés dans le cimetière, il avait traversé la rue et s'était approché de la grille. Il les avait observés qui marchaient lentement dans l'allée. Lui-même était venu ici avec sa mère quelques semaines auparavant, quand les analyses avaient révélé qu'aucun traitement ne pouvait plus rien contre les métastases, parce qu'elle voulait lui montrer où elle serait enterrée.

Il s'était écarté et s'était adossé au montant de la grille, ne sachant que faire. Il bouillonnait de colère, de jalousie et de douleur. Titubant au milieu de la chaussée, il avait marché droit devant lui, jusqu'à la route de la côte qu'il avait prise vers le nord, puis il était descendu dans les rochers et s'était traîné péniblement sur le sable. Il se sentait ridicule — il était presque adulte mais il avait l'impression de se retrouver dix ans en arrière, d'être redevenu un gamin perdu et abandonné. En les voyant réunis, il avait compris que sa mère aimait toujours Joseph Maguire, un homme qui ne le méritait pas. Pourquoi ce n'était pas son père qui était mourant ? Lâchant son sac à dos, il s'était laissé tomber à genoux dans le sable et s'était effondré, la poitrine déchirée de douleur. Des larmes chaudes coulaient sous ses paupières, il avait essayé de reprendre son souffle, inhalant l'odeur d'algue et d'iode de la mer. Il ne savait combien de temps il était resté là. Visiblement, elle était contente de voir son mari. Que pouvait-il faire si ce n'est feindre d'être touché par le retour du vieil homme ? Ça lui avait fait du bien d'envisager les choses sous un jour plus raisonnable. Le sable mouillé était frais contre son visage. Ayant retrouvé une sorte de calme, il s'était relevé, avait retiré au mieux le sable collé sur ses habits et avait pris son sac à dos par-dessus son épaule pour rentrer en ville.

Le souvenir s'effaça lentement. Cormac tendit la main et effleura le nom de sa mère du bout des doigts, puis se releva et s'éloigna de la tombe, regagnant rapidement la grille du cimetière. Du temps de son enfance, Dungarvan se résumait à une étroite et solitaire enfilade de maisonnettes, et à quelques boutiques tournant le dos à la mer, le tout niché sur un petit promontoire surplombant la grève. Depuis, le tourisme avait remplacé la pêche comme principale activité économique, et des résidences modernes, d'allure aseptisée, avaient poussé sur des dalles de béton dans les champs à fourrage autour du village. Des petits drapeaux indiquaient que les dunes bordant la grève étaient devenues les pièges sablonneux d'un parcours de golf. Il prit la route côtière et parcourut à pied les quatre cents mètres qui lui semblaient interminables quand il était petit. Il s'arrêta devant une maison à un étage, maintenant peinte en jaune avec des volets verts, et constata avec plaisir que les rosiers chéris de sa mère fleurissaient toujours la haie du jardin de devant.

Quand il était arrivé chez lui, tout était silencieux, mais une petite Ford grise de location était garée dans l'allée. Il avait poussé la porte d'entrée et trouvé sa mère blottie dans son fauteuil préféré, le visage rayonnant d'espoir comme il s'y attendait.

— Cormac, avait-elle dit.

À l'instant même, elle avait compris qu'il savait déjà. Elle lui avait adressé un regard à la fois implorant et plein d'espoir. Il était resté là et l'avait fixée, affichant un air qui se voulait compréhensif, ou tout du moins indulgent. La porte de la cuisine s'était ouverte et Joseph Maguire était sorti à reculons, portant un plateau avec le thé.

— J'ai pris trois tasses, avait-il dit. Je pense qu'il ne devrait pas tarder...

Son père s'était retourné en se redressant, plein de sollicitude. Cormac avait en face de lui un homme aux cheveux blancs, au visage ridé, rien à voir avec l'image de l'élégant guerrier aux cheveux sombres qu'il trimballait dans sa tête depuis tant d'années. Tous deux s'étaient tournés vers Eilis en même temps. Elle avait les yeux qui brillaient. Parlez-vous ! *imploraient-ils en silence.* Dites quelque chose !

— Bonjour, Cormac, avait dit son père, qui avait l'air un peu empoté avec son plateau à la main.

— Bonjour, avait-il répondu.

Combien de fois avait-il répété cette scène, en s'imaginant quelles seraient leurs premières paroles, quel superbe succès il aurait obtenu pour convaincre son père de traverser l'Atlantique... Le moment était là, et il était surpris de constater qu'il n'éprouvait pas grand-chose. Peut-être s'était-il vidé de ses émotions sur la plage.

— Je comptais te prévenir, lui avait dit sa mère. Mais on s'est trompés dans les dates, et ton père est arrivé un jour plus tôt que je ne pensais.

Cormac avait soudain songé que son père lui aussi pouvait être embarrassé par la situation.

— Ta mère m'a écrit, avait dit Joseph qui serrait toujours les poignées du plateau. On a pensé qu'il était préférable que je vienne, pour te soulager un peu, avec tes études. Ça ne doit pas être simple, de faire le trajet tous les week-ends.

En effet, aurait voulu répondre Cormac. Mais le plus dur était de rentrer à Dublin après chaque visite en sachant que sa mère ne serait peut-être plus là la fois d'après.

— Ça ne me dérange pas, avait-il murmuré.

Cormac était toujours plongé dans le passé quand la porte d'entrée s'ouvrit, et il vit sortir une jeune fille avec des mèches roses, vêtue au goût du jour, qui vacillait légèrement sur ses chaussures à talons compensés. Alors qu'elle s'approchait de lui, il estima qu'elle devait avoir quinze ans tout au plus ; ses lèvres étaient d'un bleu soutenu et trois petits anneaux dorés lui perçaient la paupière gauche.

— Vous avez un problème ? lui demanda-t-elle. Vous cherchez quelqu'un ?

— Non, j'ai habité dans cette maison. C'est ma mère qui a planté ces rosiers, et le pommier du jardin, s'il est toujours là.

— Ouais, il est toujours là.

Il sentit une pointe d'agacement dans son regard — sans doute craignait-elle qu'il ne demande à voir le pommier. Elle devait être en retard pour un rendez-vous quelconque, mais ne voulait pas quitter la maison en laissant un type bizarre devant le portillon.

— Je ne veux pas vous retenir, dit-il. J'avais juste envie de revoir ma maison d'enfance.

Retournant lentement vers l'église, il se demanda s'il existait un seuil que l'esprit franchissait un jour, un moment à partir duquel le passé se mettait à davantage occuper vos pensées que l'avenir.

12

Le dimanche soir, Garrett Devaney était assis sur une simple chaise de cuisine, en face de sa fille Róisín. Celle-ci tenait la tête inclinée vers son épaule gauche, sur laquelle reposait le corps du violon paternel, son manche effilé épousant le creux de sa main.

— Voilà, dit-il en se calant contre le dossier de sa chaise. Tu te sens comment ?

— Ça fait un peu bizarre.

— C'est normal au début, mais tu t'habitueras. Au bout d'un certain temps, tu trouveras peut-être même ça confortable. L'essentiel, c'est de bien rester détendue, surtout là...

Il tendit les mains, lui serra doucement les épaules et fut surpris de la sentir si petite et si chétive. Cela faisait très longtemps qu'il n'avait pas eu le moindre contact physique avec un de ses enfants.

— Prête pour l'archet ?

— Oui, répondit-elle fermement.

— D'accord.

Il lui avait confié le soin de resserrer la vis octogonale à l'extrémité de l'archet et de passer la colophane sur toute la longueur des crins.

— N'oublie pas que tu ne dois jamais toucher les crins de ton archet.

Il guida ses doigts et les positionna autour de la hausse, puis la laissa en sentir le poids dans sa main, et enfin dans tout son bras.

— Tout se passe au niveau du coude et du poignet, pas dans l'épaule... Comme ça, dit-il en faisant le geste avec un archet imaginaire. Souviens-toi que tu es en train de jouer de la musique, pas de scier du bois.

Róisín fit oui de la tête.

— Maintenant, passons aux doigtés, dit-il.

Se penchant en avant, il plaça délicatement les doigts de sa fille dans les positions successives pour jouer une gamme simple, énonçant le nom de chaque note. Il attendit un instant, touché par le regard sincère de sa fille, toute concentrée pour s'imprégner de ces nouvelles sensations. Il se sentit désarmé, sans défense face à une détermination aussi farouche.

— À toi de jouer, dit-il.

Elle écarquilla les yeux, incrédule.

— Vas-y, insista-t-il. Sors un son.

Avec hésitation, Róisín posa l'archet sur les cordes où il rebondit légèrement, puis le tira, son poids produisant une plainte rauque. Elle eut un léger sourire, parut surprise et contente, puis fronça le nez.

— Laisse-toi aller. Essaye toutes les notes.

Elle inclina l'archet dans un sens puis dans un autre, testant les notes profondes et sonores, les sons aigus et effilés qu'elle pouvait produire, s'essayant à des accords de deux notes, faisant aller et venir sur les cordes les crins enduits de colophane. D'un geste, il lui montra comment utiliser toute la longueur de l'archet, et elle suivit son exemple, autant que ses petits bras le lui permettaient. Même s'il voyait le plaisir manifeste que ces premiers sons procuraient à sa fille, Devaney s'imaginait très bien le parcours semé d'obstacles qui les attendait, et il eut soudain le sentiment de ne pas être à la hauteur ni comme violoniste, ni comme pédagogue, ni comme père. Écoutant Róisín exécuter piètrement une première gamme, il pensa à Orla et à Pádraig, aux occasions qu'il avait laissé échapper d'être plus proche d'eux. Cette fois — sa dernière chance, à ses yeux — il avait intérêt à ne pas tout faire capoter en se montrant trop exigeant.

— Y a un air que tu aimerais jouer ? Que dirais-tu de *Páidin O'Rafferty* ? Tu le connais, n'est-ce pas ?

Il chantonna les premières mesures et le visage de Róisín s'éclaira.

— C'est l'air qui passe à la fin de *Ceili House*, dit-elle. À la radio.

Devaney n'avait jamais fait le rapprochement, mais elle avait raison. Elle avait déjà l'oreille musicale, ce que rien ne pouvait remplacer. Ils travaillèrent la mélodie pendant une demi-heure, l'égrenant péniblement à plusieurs reprises, jusqu'à ce qu'elle mémorise les notes et les doigtés.

— Alors, tu es contente de ta première leçon ?

— Papa ! dit-elle d'un ton agacé en pensant qu'il se moquait d'elle.

— C'est exactement ce qu'on vient de faire, dit-il. Maintenant tu n'as qu'à emporter le violon dans un endroit calme et silencieux... *Et le plus loin possible de nos tympans*, songea-t-il.... Pour t'entraîner à jouer cet air et faire quelques gammes, histoire de te familiariser, surtout aux sensations de l'archet. Demain on essayera un autre air.

Elle ne semblait qu'à moitié convaincue mais acquiesça d'un hochement de tête.

— Et il faudra s'occuper de te trouver un violon plus petit, dit-il. Je vais me renseigner. Comme ça tu pourras t'entraîner quand tu voudras.

Tenant l'archet et le violon dans une main, Róisín se pencha pour prendre l'étui sur la table.

— Ne t'inquiète pas, papa, dit-elle avant de franchir la porte. J'en prendrai bien soin. Je vais beaucoup m'entraîner et devenir très bonne, promis.

Elle détala dans le couloir, tenant l'instrument devant elle comme un trophée.

On verra, se murmura Devaney à lui-même, refrénant volontairement son enthousiasme.

Il s'était déjà imaginé en train de jouer un duo avec Róisín, ici dans la cuisine, une vision qui, curieusement, lui avait noué la gorge.

Il porta son attention vers l'épais dossier posé sur la table. Depuis quelques jours, il ne pensait plus qu'à l'affaire Osborne, ressassant les moindres détails, cherchant une faille, une anomalie dans un des témoignages. Il existait forcément une clé. La solution était sans doute là, sous son nez, si seulement il avait su où chercher. Il essaya de se concentrer sur l'itinéraire de Mina Osborne entre le point A — le magasin Pilkington à Dunbeg — et le point B — Bracklyn House. Où s'était-elle arrêtée ? Avait-elle accepté de monter dans la voiture de quelqu'un qu'elle connaissait, l'avait-on embarquée contre son gré dans une camionnette sans vitres ? Seules quelques bêtes sauvages avaient-elles assisté au drame qui s'était déroulé sur cette portion de route déserte ? Et Osborne qui se trouvait quelque part en périphérie, soi-disant en train de rentrer de Shannon Airport, et était le seul à n'avoir personne qui puisse corroborer son alibi, alors qu'il avait le mobile le plus évident. Un meurtre ou une fugue restaient les deux options les plus probables. S'il s'agissait d'un meurtre, pourquoi des vêtements avaient-ils disparu de la maison ? Et comment être certain que Mina et Christopher Osborne n'étaient jamais arrivés à Bracklyn House ? Seuls Jeremy et Lucy Osborne étaient là pour l'affirmer, et ils veillaient peut-être à leurs propres intérêts.

Peut-être étaient-ils impliqués, d'une façon ou d'une autre. Devaney avait la tête qui explosait. Si seulement il avait pu tester ses idées sur quelqu'un... Les éléments du dossier semblaient partir dans tous les sens. Rien ne paraissait coller — pourtant ça devait bien s'agencer d'une façon ou d'une autre, la manière dont les choses s'étaient effectivement déroulées. S'il espérait résoudre l'enquête sur un coin de table, il pouvait toujours courir. Il ferait mieux d'aller sur le terrain interroger des gens, faire quelque chose de concret plutôt que de rester là à se triturer les méninges.

Cerner la personnalité de cet Osborne était le point crucial. Dans leurs dépositions, certains habitants du village faisaient allusion à sa réputation de play-boy, à la ribambelle de jeunes femmes qui s'étaient succédé au fil des ans — une nouvelle chaque fois qu'il revenait de l'université, prétendait-on, la plupart d'origine étrangère. Monsieur avait donc des goûts exotiques. Un bel homme, attentionné, avec des moyens — à première vue, tout à fait le genre d'homme qui plaît aux femmes. Devaney imagina le scénario dans ses grandes lignes. Osborne rencontre Mina Gonsalves à Oxford, où il enseigne un été. La nature suivant son cours, elle tombe enceinte et il fait la chose convenable, il l'épouse. Ils s'installent en Irlande. Devaney avait le sentiment d'avoir mis le doigt sur une fissure dans ce mariage parfait. Au début ils sont assez heureux, mais Osborne retombe dans ses vieux travers. Peut-être l'avait-il épousée pour son argent sans s'imaginer que son père la déshériterait.

Maintenant que sa femme avait disparu de la circulation, Osborne s'était ménagé le soutien d'Una McGann et de Mme Gonsalves. Il était intéressant de noter que seules les femmes croyaient à son innocence. Si Osborne allait jamais en prison pour son crime, il se trouverait forcément quelque femme pour rallier des gens à sa cause. *Y a rien de pire que ces types qui s'attirent toute la pitié*, songea Devaney. Un homme de cette espèce savait manipuler le bon fonds des gens à son propre avantage, les apitoyer au point de justifier ses accès de violence.

Il parcourut un document détaillant le patrimoine d'Osborne. Pour un membre de la *gentry*, le pauvre bougre ne possédait pas grand-chose — un modeste traitement de professeur de fac, quelques maigres placements financiers, la propriété et quelques hectares. Une propriété comme Bracklyn House était lourde à entretenir, sans parler des impôts fonciers. Comment réagirait un type de ce genre s'il se sentait pris au piège à la fois par son mariage et par des problèmes d'argent ?

Bon, songea Devaney en s'appuyant contre le dossier de sa chaise, *mettons qu'Osborne ait besoin d'argent*. Le projet d'aménagement des ateliers était une façon de s'en procurer ; les banques verraient là un dossier modèle mêlant des fonds privés et publics, et on pouvait parier que les ministres de Dublin se plieraient en quatre pour financer une entreprise culturelle si méritoire. Est-ce que ça suffirait ? Osborne n'avait plus de terres à vendre, aucun actif à réaliser à part la propriété et la police d'assurance-vie. Reidy, l'assureur qu'il avait eu au téléphone quelques jours auparavant, l'avait informé qu'Osborne continuait à effectuer les versements depuis la disparition. Rien d'étonnant à cela ; on lui avait sans doute conseillé de le faire. Si l'épouse était morte, pourquoi ne pas sortir le cadavre ? Pourquoi faire traîner les choses, à moins que quelque élément ne le désigne comme coupable, ou à moins que... Devaney se redressa brusquement, les pieds de sa chaise heurtant bruyamment le sol.

À moins qu'il n'y ait pas de cadavre. À moins que la femme et le fils d'Osborne ne soient toujours en vie. Peut-être était-il vraiment l'époux dévoué que certains décrivaient. S'il avait besoin d'argent, pourquoi ne pas envoyer sa femme et son fils quelque part, mettre en scène une disparition, jouer les maris éplorés et toucher le magot au bout de sept ans ? En ajoutant l'assurance-vie et les fonds du projet, il se retrouverait à la tête d'une coquette somme. Ça ne faisait aucune victime, à part la compagnie d'assurances et les banques, mais de toute manière ces gens-là n'étaient que des voleurs, comme chacun sait.

Où pouvaient se cacher une femme et son fils qui étaient censés être morts ? L'Irlande, même Dublin, était trop petite pour les dissimuler sans risque. Pour passer inaperçu quand on était indien, songea Devaney, il semblait logique de se rendre dans un endroit où l'on trouvait beaucoup d'Indiens. Même en supposant que Mina et Christopher aient quitté l'Irlande clandestinement, Osborne n'attendrait pas sept ans pour les revoir, surtout s'il était très amoureux. Où s'était-il rendu depuis deux ans, à supposer qu'il ait voyagé sous son nom ? Peut-être pourrait-on en retrouver la trace — des paiements par carte de crédit ou par traveller's cheques, quelque chose. Ce scénario présentait lui aussi une grosse faille. Que se passerait-il dans sept ans ? Admettons qu'Osborne touche son fric, et ensuite ? Il ne peut pas juste faire rentrer sa femme et son gosse, alors il fait quoi ? Il vend la propriété de famille, met en scène sa propre disparition et refait sa vie ailleurs ? Des hypothèses tout aussi plausibles dans le cas d'un meurtre. Aucune preuve ne permettait d'accuser Osborne de quoi que ce soit. Malgré tout, il y avait ce trou dans son emploi du temps, le trajet entre Shannon et Dunbeg avec un battement inexpliqué de quatre heures. Apparemment on ne s'était pas intéressé aux mouvements du bonhomme, en tout cas pas depuis l'examen attentif qui avait suivi la disparition. Si les déclarations d'Osborne sur son passé n'apportaient aucun indice, peut-être fallait-il chercher dans son comportement présent.

Devaney entendit au loin, en provenance de l'étage, les grincements d'une gamme, Róisín qui tentait d'arracher quelques sons plaisants au violon. Il lui souhaitait de réussir. Contrairement à lui qui piétinait.

13

L'examen dentaire n'était prévu qu'à deux heures de l'après-midi, mais Nora Gavin arriva au laboratoire à une heure, impatiente de s'y mettre. Elle fit le tour de la table, observant les instruments sur leurs plateaux, le projecteur en hauteur et le paquet familier entouré de plastique noir, si délicat à manipuler. Dans les jours qui avaient suivi sa découverte, la tête de la *cailín rua* avait subi toute une batterie de tests et d'examens. Conservée sur place au laboratoire à une température légèrement supérieure à 0° C, elle était très certainement placée là depuis plusieurs heures, pour permettre aux tissus, et notamment aux muscles des mâchoires, de s'assouplir suffisamment pour être manipulés quand on chercherait à extraire l'objet que la jeune femme avait dans la bouche.

Nora était rentrée à Dublin le samedi soir, après une longue et infructueuse journée avec Cormac sur le chantier du prieuré. Partout ils tombaient sur du gravier. Et chaque fois qu'elle avait évoqué la disparition de Mina Osborne, il avait changé de sujet. Après tout, lui n'avait peut-être jamais été confronté à un menteur sans scrupules, et se laissait donc abuser par Hugh Osborne. Force était de reconnaître que celui-ci avec son air sincère était plutôt convaincant.

Au moins, Cormac ne lui avait pas demandé de « se calmer ». Elle entendait encore cette voix du passé — la voix de Marc Staunton — lui suggérer d'inspirer profondément et de se calmer. Le jour de sa première rencontre avec Marc, c'est sa voix qui l'avait séduite, un organe caverneux de baryton qu'elle avait entendu filtré par un masque de chirurgien, pendant la visite d'un bloc opératoire en fac de médecine. Elle était tombée sous le charme avant même de poser le regard sur son visage. Longtemps, ils avaient cru être faits l'un pour l'autre : ils aimaient aller au théâtre et au concert, ils lisaient les mêmes livres, chacun s'était toujours intéressé à la spécialisation de l'autre. Et même si ses parents n'avaient jamais exercé la moindre pression pour qu'elle se marie, ils adoraient Marc, et avaient été ravis qu'il présente leur benjamine à un collègue avec lequel il partageait une chambre. C'était comme ça que Tríona avait fait la connaissance de Peter Hallett. Tous les quatre avaient passé beaucoup de temps ensemble, avant et après le mariage de Tríona et de Peter, sortant au restaurant ou au théâtre, passant des week-ends en été sur le voilier de Peter au lac Pepin. Nora se sentait abattue chaque fois qu'elle songeait à ce bonheur disparu, balayé comme le rêve d'une vie qui n'aurait jamais existé.

Après le meurtre de Tríona, Marc avait paru s'adjuger le rôle d'arbitre du rationnel, elle-même étant, selon lui, trop accaparée par ses émotions. Il ne s'était même pas rendu compte du ton condescendant qu'il s'était mis à prendre chaque fois qu'elle se plaignait de ne recevoir aucune nouvelle de la police. Certes, la mort atroce de sa sœur l'avait entièrement consumée ; un choix délibéré, qu'elle ne regrettait toujours pas. En revanche, elle s'était trompée en croyant pouvoir compter sur Marc, surtout quand la police s'était mise à soupçonner son copain. Petit à petit, elle avait senti sa loyauté changer de camp. Il avait d'abord cherché à la convaincre qu'elle s'impliquait de façon trop émotive, puis à lui faire admettre qu'elle perdait les pédales, au point d'imaginer des choses qui ne se seraient soi-disant jamais produites. Sa « fixation », comme il disait, avait fini par les séparer. Et elle l'avait regardé faire sa valise avec la précision méticuleuse qu'il observait au bloc opératoire. Elle en était venue à se dire qu'elle n'avait jamais vraiment connu Marc, alors même qu'ils étaient amants depuis la fac et qu'ils avaient vécu ensemble pendant plus de cinq ans. *Au moins je ne l'ai pas épousé*, songea-t-elle amèrement. L'écho de cette voix lui donnait encore plus envie de plonger dans l'épais maquis de la disparition de Mina Osborne. Mais pourquoi s'imaginer que cette fois elle saurait faire bouger les choses ?

Nora trouva la force de s'arracher à ces réminiscences. Tandis qu'elle enfilait une blouse blanche par-dessus ses vêtements, elle remarqua sur la table le dossier avec les rapports. Il n'était même pas une heure et demie. Elle se pencha et l'ouvrit.

> Au cours de l'examen préliminaire du 28 avril, le Dr Malachy Drummond, légiste en chef, assisté du Dr Gavin, de la Faculté de médecine de Trinity College, a fait les observations suivantes :
>
> Remarques générales
>
> Le spécimen semble être la tête d'une jeune femme, 18-25 ans env., retrouvée il y a deux jours dans la tourbière de Drumcleggan à Dunbeg, comté de Galway.
>
> État de conservation

Pour l'essentiel, les tissus mous sont remarquablement conservés. Le cuir chevelu et les cheveux sont très bien conservés du côté droit, qui se trouvait sur le dessus. Le crâne ne présente aucun signe de lésion. Le visage est en très bon état. Les cheveux, d'une longueur approximative de 40 cm, ont une apparence ondulée et ont conservé une teinte roussâtre. Présence des paupières, des cils et des sourcils, et il semble qu'une partie du globe soit présente dans les orbites, l'œil droit étant visible sous la paupière entrouverte. Le cartilage et l'épiderme du nez sont bien conservés. Présence des deux oreilles, la droite en bon état de conservation, la gauche infiltrée par la flore de la tourbière. Un fragment d'épiderme manque au niveau du menton, exposant le tissu sous-cutané et l'os. Le cou a été sectionné entre la troisième et la quatrième vertèbre, mais il est impossible de déterminer à l'œil nu si le traumatisme est intervenu ante ou post mortem.

Rapport du Dr R. Kinsella, professeur de radiologie, Collège Royal des Chirurgiens Irlandais, assisté de Mme Maire Donegan et de M. Anthony McHugh, radiologues au Beaumont Hospital de Dublin, après examen radiographique et tomographie informatisée.

Radiographies simples

Crâne : absence de fracture. Le cerveau, légèrement rapetissé, apparaît très clairement. Les marques de circonvolution et la citerne sont très clairement repérables. Les ventricules sont petits, mais relativement peu déformés, et on note la présence d'air à l'intérieur. La projection latérale du crâne révèle une opacité aux contours nettement définis, dans la cavité buccale. Il est difficile de dire s'il s'agit d'un élément de la dentition ou d'un corps étranger introduit là ante ou post mortem.

Tomographie informatisée

Le crâne du sujet a été soumis à un examen détaillé par tomographie. Aucune fracture visible sur la boîte crânienne. Cerveau ayant peu diminué de volume, apparemment sans présence d'air autour. La différenciation entre matière grise et blanche se repère sur toute la base du cerveau, jusque dans la moelle épinière. Comme à l'examen radiographique, on note une opacité aux contours nettement définis, d'origine indéterminée, suggérant la présence d'un corps étranger dans la bouche du sujet.

Rapport d'endoscopie du Dr J. S. Mitchell, département de médecine clinique, Trinity College, Dublin.

L'intérieur de la bouche est dans un très bon état de conservation. Les tissus internes sont hydratés et beaucoup moins tachés que les tissus externes. Ils sont d'une teinte marron, et les membranes ne présentent aucune fragilité particulière. La présence de l'objet décelé par radiographie est confirmée, mais du fait de sa position contre des tissus mous il est difficile de déterminer sa nature ou sa composition.

Nora savait déjà tout ce que contenaient ces rapports. Elle referma le dossier et fit lentement le tour de la table, fixant le paquet mal emballé et imaginant l'atroce dépouille glacée qui attendait là. *Qui es-tu ?* demanda-t-elle en silence. *Que t'est-il arrivé ?* Elle tendit la main et la posa sur le polyéthylène noir froissé. *Dis-moi...* À l'instant même où cette pensée lui traversait l'esprit, elle éprouva l'envie irrésistible de retirer sa main, mais en fut incapable. Saisie d'un mal de cœur comme jamais dans sa vie, elle resta figée sur place, les yeux fermés, jusqu'à ce que le malaise se dissipe. Elle rouvrit les yeux et put enfin retirer sa main.

Alors qu'elle s'était trouvée là des dizaines de fois, l'éclairage cru du laboratoire, ses murs nus et polis lui donnaient maintenant l'impression d'un lieu étrange et inconnu. *Les autres vont arriver d'un instant à l'autre*, se dit-elle. *Ressaisis-toi*. Elle sortit les radios d'une chemise marron qui se trouvait sous les dossiers, les disposa sur le négatoscope et l'alluma, repérant l'emplacement de « l'opacité » qu'ils allaient tenter d'extraire.

Ray Flynn, le laborantin, franchit la porte battante, son appareil photo à la main, l'interrompant dans ses pensées. Il était en train de fixer le flash et de vérifier son bon fonctionnement.

— Pressée de tenter le coup, docteur Gavin ?

— Je plaide coupable, dit Nora.

— J'ai l'impression de voir mes gamins à Noël, s'amusa-t-il.

Il ressortit, manquant de justesse de rentrer dans Niall Dawson. Ce dernier étant le conservateur adjoint des antiquités au Muséum national, les opérations se dérouleraient sous sa responsabilité.

— Bonjour, Nora, dit-il avec un sourire. On va bientôt pouvoir commencer, dès que Fitzpatrick fera son entrée.

— Vous pensez quoi de la thèse de l'exécution ? lui demanda Nora.

— C'est tout à fait possible, répondit-il. Au microscope électronique il apparaît clairement que la lésion de la vertèbre aurait pu être provoquée par une lame. Le problème, c'est qu'on ne peut pas déterminer avec certitude si la décapitation est intervenue ante ou post mortem. Il n'est pas dit qu'on puisse en apprendre davantage.

— Je suis convaincue qu'on va découvrir son identité, déclara Nora.

Les mots n'avaient pas sitôt franchi ses lèvres qu'elle se sentit bête, comme si elle venait de dévoiler quelque secret.

— Je sais que ça paraît idiot, reprit-elle, mais j'en suis persuadée.

— Vos espoirs pourraient ne pas se réaliser. Vous promettez de ne pas être trop déçue si ça ne donne rien ?

— Je ne vous promets rien.

Une demi-heure plus tard, Barry Fitzpatrick, un bonhomme rondouillard aux cheveux blancs qui enseignait la stomatologie à Trinity College, était plongé dans son examen préliminaire à l'œil nu, s'exprimant avec la voix posée et mesurée du professeur habitué à dicter son cours.

—... la mandibule n'a l'air que très légèrement disloquée, et la lésion est intervenue post mortem...

Tenant le crâne par son sommet, il ouvrit délicatement la bouche et essaya de déplacer les mâchoires, d'abord de gauche à droite puis de haut en bas.

—... les mâchoires conservent une grande flexibilité. En raison de l'état de conservation étonnant de l'épiderme et du tissu musculaire, nous allons devoir écarter la mandibule pour avoir accès aux dents. Monsieur Flynn, puis-je vous demander de vous tenir prêt avec l'appareil photo, avant que je n'ouvre la bouche... Merci.

Fitzpatrick tira doucement sur la mâchoire inférieure, parvint à dégager les dents plantées dans la lèvre. Il ouvrit la bouche le plus largement possible, jeta un coup d'œil à l'intérieur, puis y introduisit un doigt ganté de latex pour vérifier si toutes les dents étaient là.

— La dentition a l'air complète, y compris les troisièmes molaires qui ont toutes percé. Les dents sont d'une teinte marron, et l'émail semble avoir entièrement disparu. Ce qui rend difficile la détermination de l'âge au moment du décès, l'émail étant l'indicateur le plus sûr de l'usure. La dentine des premières molaires est très légèrement usée, alors que les troisièmes molaires... si vous pouviez approcher la lumière, monsieur Flynn... ne présentent quasiment aucun signe d'usure. L'âge au moment du décès doit se situer entre vingt et vingt-cinq ans. Bien, docteur Gavin, dit-il en relevant la tête et en fronçant le nez pour empêcher ses lunettes de glisser davantage, si vous pouviez me donner une indication de l'endroit où nous devons chercher ce fameux corps étranger...

— Ça a l'air d'être assez enfoncé dans la gorge, dit-elle en indiquant la tache sur la radio. Et plutôt sur la gauche.

Fitzpatrick jeta un coup d'œil au cliché en négatif, puis se pencha de nouveau vers son ouvrage, se servant de son miroir de dentiste comme d'un abaisse-langue.

— Je souhaite autant que possible ne pas abîmer les tissus, dit-il, mais il sera difficile de ne pas repousser encore plus loin notre corps étranger, à moins que.... Monsieur Flynn, auriez-vous une pince ? C'est parfait, merci.

Nora avait du mal à ne pas se presser contre Fitzpatrick pour regarder en même temps que lui à travers la loupe.

— Allons... dit-il en faisant délicatement avancer la chose. La sortie, c'est par ici... Voilà !

Il brandit sa prise et quatre paires d'yeux s'arrêtèrent sur un anneau en or finement ouvragé, dans lequel était enchâssée une pierre rouge sombre.

— Ça m'a l'air d'être une bague d'homme, dit Fitzpatrick, visiblement ravi de sa découverte. Vous en dites quoi, Dawson ?

Tous se rapprochèrent de lui pour voir le bijou de plus près.

— On dirait bien, répondit Dawson. Regardez, quelque chose est gravé à l'intérieur... (Avec peine, il déchiffra les lettres à la loupe.) *C-O-F*... puis le nombre *16*, et *I-H-S*... un autre nombre, *52*. D'autres initiales, *A-O-F*.

Ça y est ! songea Nora. Elle tenait l'indice qu'elle était persuadée de trouver. La jeune femme avait-elle voulu avaler la bague, ou simplement la cacher ? Pouvait-il y avoir une autre explication ? Quelles pensées s'étaient bousculées dans son esprit durant les quelques secondes qui avaient précédé sa mort ?

Nora porta de nouveau son regard vers la table, où la bouche de la jeune femme restait béante sous le projecteur aveuglant. Elle en éprouva de la gêne.

— Messieurs, dit-elle, si nous en avons terminé, je propose que nous la recouvrions.

14

D'habitude, le bruit cadencé de son métier à tisser avait un effet apaisant sur Una McGann, mais ce soir-là elle se sentait légèrement tendue. Brendan refusant d'acheter une télévision, chacun des McGann avait ses passe-temps pour occuper les soirées. Fintan était installé à la table où il découpait de nouvelles anches pour sa cornemuse, laissant parfois échapper un couinement en soufflant dans les morceaux de bambou pour les tester. Aoife jouait par terre à ses pieds, inventant une histoire avec un étonnant quatuor de personnages — une salamandre, une fée, un éléphant et une girafe. Brendan se tenait à l'écart, sur un tabouret près du feu, aiguisant méticuleusement l'une des six ou sept faucilles qu'il possédait. Il avait toutes sortes de vieux outils dans le cabanon ; certains avaient appartenu à leur père et même à leur grand-père, d'autres lui avaient été donnés par des voisins qui connaissaient son intérêt pour la chose, quand eux-mêmes avaient cessé de récolter la tourbe ou de couper les foins à la main, comme quasiment tout le monde au village. Sa collection comprenait des pelles et des fourches, des louchets pour creuser les fossés, des serpes, des serpettes et des râteaux pour les chaumes, et toutes sortes de *sleâns*. Brendan astiquait régulièrement chaque outil, veillait à ne laisser rouiller aucune des lames.

Fintan attendit que le regard d'Una croise le sien et dressa les sourcils d'un air interrogateur. Il lui avait demandé conseil dans l'après-midi ; il brûlait d'envie d'annoncer à son frère sa décision de quitter Dunbeg. Elle avait tenté de le raisonner, avait expliqué que ce n'était pas le bon moment, que rien ne pressait puisqu'il ne comptait pas partir avant l'automne. Leur frère ruminerait ça tout l'été, l'avait-elle mis en garde. Fintan n'avait rien voulu entendre, et comptait bien mettre Brendan au courant. Una l'observait et sentait l'excitation qui imprimait chacun de ses gestes. Ça faisait des années qu'il voulait partir aux États-Unis, lui avait-il confié, mais il n'avait réuni l'argent nécessaire que très récemment. En tout cas, il avait de quoi tenir quelques mois. Et un ami new-yorkais était prêt à lui dégotter quelques concerts. Fintan n'avait que deux ans de moins qu'elle, mais ce soir Una avait l'impression d'être plus âgée de plusieurs dizaines d'années en observant son petit frère qui n'arrivait pas à se retenir de cracher le morceau.

À quoi ressemblerait la maison sans Fintan ? Una n'était pas certaine de vouloir rester avec Aoife après son départ, mais comment pourrait-elle laisser Brendan tout seul...

Elle regarda son frère aîné qui tenait la faucille contre son genou gauche, passant et repassant l'arrondi rosé de sa pierre à aiguiser sur la demi-lune argentée. Il s'interrompait fréquemment pour tester le tranchant contre la peau calleuse de son pouce. Être assis près du feu, à fumer la pipe et à bricoler, devait être quelque chose d'apaisant pour lui. Quelle tristesse de ne pas pouvoir se confier à Brendan, lui ouvrir son cœur comme elle le faisait avec Fintan ! Mais Brendan avait toujours été si sérieux, se donnant des airs d'homme mûr dès l'âge de quatorze ans. Elle ne se souvenait pas de l'avoir vu jouer quand elle était petite, mais c'est vrai qu'il avait six ans de plus qu'elle. Il participait déjà aux corvées de la ferme, alors que Fintan et elle-même étaient encore trop jeunes.

Brendan avait-il jamais songé à se marier ? En tout cas, il ne s'était intéressé à aucune fille qu'elle connaissait. Et ce n'était pas à Dunbeg qu'on pouvait mener une vie sociale très développée. Brendan n'avait jamais été attiré par les bals et autres mondanités où les gens se rencontrent habituellement. Il allait à la messe, bien entendu, et se rendait parfois au pub, mais il buvait toujours sa pinte debout au bar, adressant un salut de la tête à la demi-douzaine d'habitués qui buvaient comme lui en silence.

Brendan détacha ses yeux de la faucille et ne les posa pas sur elle mais sur Fintan, qui portait une anche à la lumière pour vérifier son épaisseur. Il sembla sur le point de reprocher à son cadet de perdre son temps à des choses aussi futiles, mais se ravisa et reprit sa tâche.

Qu'avait-elle sacrifié en revenant ici ? Les visages joyeux de Celia et Jane, ses voisines à Dublin, lui manquaient. Malgré le ciment gris, les poubelles couvertes de graffitis, la saleté et le vacarme de la capitale, Una s'était sentie chaleureusement acceptée chez elles, presque dorlotée. Celia travaillait dans une librairie, et Jane était écrivain. Elles étaient tout aussi pauvres qu'Una, mais avec une insouciance bohème qu'elle avait admirée sans jamais parvenir à l'imiter. Leur appartement débordait de livres, de conversations et de fumée de cigarette. C'était sans doute la tendresse qui faisait tenir ses amies, un amour interdit en province, mais toléré ou du moins ignoré dans la grande ville, loin des regards indiscrets et des langues persifleuses du village de leur enfance. À Dunbeg, Una n'avait aucune amie aussi proche. Comme elle se sentait bien avec Celia et Jane, libre de se livrer et de dire ce qu'elle pensait vraiment ! Mais une autre part d'elle-même ne s'était jamais sentie à l'aise en ville. Les odeurs et les sons de Dunbeg lui manquaient, et aussi le calme de la campagne, où on ne se sentait jamais les uns sur les autres, même à plusieurs dans une pièce. Ce silence, cette solitude en compagnie, elle ne les trouvait nulle part ailleurs.

Una regarda la tête étincelante de sa fille, penchée au-dessus de son service à thé miniature, l'enfant murmurant une conversation en imitant les diverses voix de sa curieuse ménagerie. Una pouvait comprendre que Brendan ait envie de figer la vie telle qu'elle avait toujours été. Elle-même aurait parfois voulu épargner à Aoife les souffrances qui venaient inévitablement en grandissant. Mais elle savait qu'en protégeant sa fille contre ces douleurs elle la priverait aussi des plus grandes joies, comme celle qu'elle-même avait ressentie à sa naissance en découvrant son crâne visqueux, recouvert d'un fin duvet. Cela horripilait les infirmières, mais Una la dénudait parfois pour admirer dans le moindre détail son petit corps parfait. *Vous devez garder cette enfant couverte*, caquetaient les infirmières. *Vous voulez sa mort ?* Comme si la mort était une maladie contagieuse. Una s'était promis d'élever sa fille en dehors de toute honte, dans la mesure du possible, et rien ne la satisfaisait plus que de la voir aussi à l'aise dans son corps qu'elle-même s'était sentie douloureusement complexée. Elle était bien consciente que ses parents n'étaient pas seuls responsables. Cela tenait au lieu et à l'époque, à cette moralité catholique répressive qui imprégnait l'air qu'ils respiraient tous.

Elle était contente pour Fintan qu'il sache ce qu'il voulait faire de sa vie. Ayant commencé par jouer du flûtiau, il avait économisé et pu s'offrir à treize ans une cornemuse d'étude. Brendan le prenait pour un paresseux, mais Fintan était tellement obsédé par la musique qu'il se montrait parfois distrait. *C'est pas la musique qui va te faire vivre !* lui répétait Brendan, et elle décelait souvent dans le regard de Fintan la détermination d'en remontrer à son aîné. Depuis des années, il passait ses hivers à tresser des croix de St. Brigid qu'il vendait aux boutiques pour touristes de Scarriff et de Mountshannon, et il avait mis de côté le moindre sou gagné comme musicien. Pas franchement de la paresse. Una comprenait aussi que Fintan ressente le besoin d'explorer le monde et de quitter Dunbeg, où votre avenir était tracé dès la naissance, en fonction de qui était votre père, des terres labourables que vous possédiez, du métier qu'on exerçait dans votre famille depuis des générations. La tradition était parfois une prison, autant qu'un sujet de fierté.

Sa découverte dans la chambre de Brendan lui pesait de plus en plus sur le cœur. Il devait y avoir une explication plausible. Forcément... Dans ce cas, que craignait-elle ? Brendan avait toujours été quelqu'un d'ombrageux, mais cela s'était accentué ces derniers temps, et elle se souvenait maintenant de gestes et de paroles qui la tracassaient. Le matin même, en tournant au coin de la maison, un incident survenu à cet endroit vingt ans auparavant lui était revenu. Elle avait surpris Brendan, qui devait avoir douze ans à l'époque, avec une poule qu'il était sur le point de décapiter. Tenant le corps du volatile qui se débattait entre ses genoux, il lui avait empoigné le cou de la main gauche pour le trancher d'un coup sec avec son couteau à pain. Relevant la tête, il avait aperçu sa sœur mais était resté immobile et silencieux, le corps du volatile se figeant après quelques convulsions. Après avoir dévisagé Una un instant, il s'était relevé et lui avait tendu la carcasse dégoulinante en la tenant par les pattes. *Tiens*, avait-il dit. *Apporte ça à maman*. Elle avait cru qu'il voulait lui faire peur, mais en le fixant elle s'était aperçue qu'il avait le regard vide, dépourvu de toute expression.

Troublée par ce souvenir, Una repoussa fermement le montant du métier et quitta son banc.

— Aoife, ma chérie, c'est l'heure d'aller faire de beaux rêves.

— Mais maman, il fait même pas nuit...

— Eh non, et il ne fera nuit qu'après l'heure où tu dois te coucher. Tu n'as pas envie de connaître la suite de notre histoire ?

Elles avaient commencé un livre pendant l'hiver, lisant un chapitre tous les soirs. Le visage d'Aoife s'éclaira pour se rembrunir aussitôt, l'enfant ne sachant trop ce qu'elle préférait. Una ne se lassait pas d'observer le visage de sa fille, que modifiaient des humeurs aussi changeantes que le climat irlandais.

— Allons, dépêche-toi de monter, dit-elle d'un ton faussement menaçant. Fais la bise aux garçons.

Elle attendit pendant qu'Aoife plantait un baiser sur la joue piquante de Brendan, puis sur celle de Fintan. Ce dernier jeta un nouveau coup d'œil à sa sœur, l'air espiègle. *Pas maintenant !* articula-t-elle en silence, mais elle comprit qu'il n'avait pas l'intention de suivre ses conseils.

Dans leur chambre à l'étage, elle lut l'histoire en quatrième vitesse.

— Maman, tu lis trop vite ! se plaignit Aoife.

— Excuse-moi, ma chérie, dit-elle en ralentissant.

Elle tendait désespérément l'oreille pour écouter ce qui se passait en bas entre ses frères. Le fait de ne rien entendre l'angoissait encore plus.

— C'est tout pour ce soir, dit-elle en refermant le livre à la fin du chapitre et en embrassant sa fille sur le front. Dors bien, *a chroí*.

Dès qu'elle ouvrit la porte, Una comprit que le silence qui régnait en bas ne présageait rien de bon. Brendan s'exprimait d'une voix calme, mais où transparaissait une fureur à peine contenue.

— L'Amérique, tu dis ? J'aurais dû m'en douter. T'as besoin de prendre tes distances avec nous, c'est ça ? Et monsieur peut pas se contenter d'aller à deux pas d'ici, non, il veut partir à l'autre bout de la planète, même que ça lui suffit pas ! Et tu comptes le trouver où, l'argent pour partir en Amérique ?

— J'ai des économies. Et je me suis dit que je pourrais vendre ma part dans la ferme.

Brendan ne répondant pas, Fintan poursuivit :

— J'ai été voir notre avocat. Il m'a expliqué qu'Una et moi on avait la même part que toi dans la ferme. Tu pensais que t'allais pouvoir nous le cacher longtemps, Brendan ? Mais t'as pas besoin de t'inquiéter, je te vendrai au juste prix.

Brendan se leva, tout tremblant, sa main droite agrippant la faucille.

— Petit con ! dit-il en plantant rageusement la lame dans la table.

Fintan se jeta en arrière, tombant avec sa chaise, ébahi d'avoir provoqué une telle réaction. La colère de Brendan se mua en stupéfaction, puis en remords. Il s'affaissa sur les genoux et appuya son front contre le bord de la table.

— Fintan, dit Una, tu ferais bien de sortir. Juste quelques instants.

— Je ne vais pas te laisser ici...

— Fintan, répéta-t-elle d'un ton cinglant, je te dis de sortir. Ne t'inquiète pas pour moi.

Il se releva et sortit précipitamment par la porte d'entrée. Una resta un instant immobile, puis se dirigea d'un pas décidé vers la table et s'empara de la faucille. Sentant son poids mort dans sa main, elle ouvrit la porte de derrière, se rendit dans le cabanon et l'accrocha avec les autres outils, méthodiquement rangés sur des crochets.

Revenant dans la cuisine, elle vit la porte du vestibule qui se refermait et entendit les pas de Brendan qui gagnait sa chambre au bout du couloir. Soulagée de ne pas devoir lui parler tout de suite, elle porta ses mains à son visage et laissa échapper un sanglot étouffé.

— Maman ? appela une petite voix.

Aoife se tenait en haut de l'escalier, en chemise de nuit.

— Maman ? Qu'est-ce qui se passe ? J'ai peur !

Una grimpa rapidement les quelques marches et s'accroupit pour serrer sa fille dans ses bras.

— C'est rien, ma chérie, dit-elle en lui caressant les cheveux. Les garçons se sont un peu disputés, mais maintenant c'est terminé.

15

Des gouttelettes de transpiration perlaient sur le front de Nora qui marchait sur le tapis de jogging. Elle sous-louait cet appartement à un collègue de Trinity College qui passait quelque temps comme professeur invité dans une université américaine. Même si elle appréciait sa situation à proximité du Grand Canal et les baies vitrées qui donnaient sur les quartiers sud-ouest de la ville, elle n'était pas sensible au dépouillement ultramoderne des lieux. Le tapis de jogging, en revanche, était fait pour lui plaire ; marcher était propice à la méditation. Elle y était depuis près de quarante minutes, détendue par le rythme régulier de ses pas, sentant le sang irriguer ses muscles, le regard fixé au loin, par-delà la grande vitre en verre feuilleté. Dublin restait une métropole étonnamment résidentielle, et la vue s'étendait bien au-delà du canal, jusqu'aux toits de Harold's Cross et Crumlin, des lumières clignotant ici et là dans le crépuscule qui fondait sur la ville. C'était à ce moment de la journée, avec en particulier le souvenir du soleil couchant sur le Mississippi au pied des falaises de St. Paul, qu'elle souffrait le plus du mal du pays et de l'absence de ses parents. À cette heure-ci, ils devaient être au travail.

Elle imagina son père en train de vérifier une expérience dans son laboratoire à la faculté de médecine, sa mère écoutant les battements de cœur des femmes d'Afrique de l'Est qui représentaient l'essentiel de ses patients au dispensaire. Ça faisait plus d'une semaine qu'elle ne leur avait pas parlé — elle tâcherait de les appeler avant qu'il ne soit trop tard. Sautant du coq à l'âne, elle se rappela une remarque qu'Evelyn McCrossan, l'épouse de Gabriel, lui avait faite un soir, alors qu'elles discutaient de l'état d'avancement du recensement des cadavres de tourbière. *Quand je vois ces personnes au muséum*, lui avait-elle dit, *ça me désole toujours qu'on les expose ainsi. Tout de même, ce sont des êtres humains, non ? Enfin, c'étaient. Chaque fois, je dis une petite prière pour eux*. Nora songea aux cheveux poisseux de la *cailín rua*, en train de sécher sur la table d'examen. Ces mèches emmêlées resteraient à jamais telles qu'on les avait trouvées, rebelles et décoiffées. Par les circonstances de sa mort et le hasard de sa conservation, ce cadavre cessait d'être une dépouille comme les autres — il devenait un objet d'étude.

Après l'examen dentaire, Nora avait retenu Niall Dawson, le conservateur, pour le questionner au sujet de l'inscription gravée sur l'anneau.

— Eh bien, avait-il dit, ça nous indique déjà que le propriétaire de la bague était vraisemblablement catholique.

— Qu'est-ce qui vous le fait dire ?

— L'inscription *IHS* qui figure au centre de la date est un symbole liturgique qu'on associe principalement au catholicisme.

— Que veulent dire ces lettres ?

Dawson avait dressé un sourcil.

— Je n'ai pas reçu d'éducation catholique, avait-elle expliqué.

— Les frères nous disaient que c'était l'abréviation de *I Have Suffered*, « J'ai souffert ». Mais si vous voulez la vraie version, ça vient d'une mauvaise transcription du grec ΙΗΣΟΥΣ, qui signifie « Jésus », qu'on a traduite en latin et que l'Église a adoptée comme une sorte de monogramme ou d'acronyme. Plusieurs significations ont été attribuées au fil des siècles, si seulement j'arrivais à me rappeler... Je me souviens simplement de *Iesus Hominum Salvator*, soit « Jésus sauveur des hommes ».

— Je suis épatée !

— Oui, tout ce matraquage des dogmes catholiques a laissé plus de traces que je ne voudrais bien l'admettre.

— Et les autres lettres ?

— Je dirais que c'est une alliance, avait répondu Dawson. Autrefois, la coutume voulait qu'un homme offre sa bague à la femme qu'il s'engageait à épouser. Les deux paires d'initiales et la date semblent confirmer cette hypothèse.

Si cette bague était effectivement une alliance et si elle appartenait bien à la jeune femme, où était passé son mari, celui qui était censé la protéger ? Était-il parti à la guerre ? Peut-être l'avait-on enterré avec elle dans la tourbière, auquel cas son cadavre serait retrouvé tôt ou tard par quelque fermier récoltant de la tourbe. Cette inscription était un sacré coup de pouce — avec une date et des initiales, Robbie serait peut-être en mesure de trouver quelque chose de précis.

Nora consulta le cadran du tapis de jogging pour voir quelle distance elle avait parcourue ; elle en était à presque cinq kilomètres mais n'avait pas encore envie de s'arrêter. Ses pensées se tournèrent vers le rituel du mariage, les alliances qu'on s'échangeait... Quelle était la formule, déjà ? « Je te donne cette alliance, signe de notre amour et de notre fidélité. » Comme si les promesses suffisaient... En parlant de Hugh et de Mina Osborne, Devaney avait employé l'expression « couple idéal » — des mots trompeurs, réducteurs, que les gens avaient aussi employés au sujet de Peter et de Tríona. Parmi tous les mystères de l'univers, que deux êtres puissent trouver durablement du plaisir et de l'épanouissement dans la compagnie l'un de l'autre était une des plus grandes énigmes. Même avec toute la sincérité du monde, se lier à un autre impliquait forcément de trouver un équilibre délicat entre des ego et des désirs conflictuels, une synthèse aussi complexe que chacune des individualités, si ce n'est plus. Qui saurait lui en apprendre davantage sur Hugh et Mina Osborne...

Une gouttelette de sueur tomba dans son œil, lui irritant la pupille, ce qui coupa court à ses pensées. Pourquoi fallait-il, chaque fois qu'elle essayait de réfléchir à la *cailín rua*, qu'elle en revienne à Tríona et à cette femme disparue qu'elle avait vue en photo ? Et pourquoi tenait-elle absolument à ce que Hugh Osborne soit coupable d'un meurtre ? Elle ne savait quasiment rien de cette affaire, juste ce que Devaney leur en avait dit, et elle n'en apprendrait sans doute pas davantage. Pas question de laisser une deuxième affaire non résolue la hanter le restant de ses jours.

Elle appuya sur les touches pour ralentir progressivement l'allure. Le crépuscule avait cédé la place à l'obscurité, et elle voyait son reflet dans la vitre. *Ne t'occupe pas de tout ça*, dit une petite voix dans sa tête. Elle observa ses épaules qui montaient et descendaient au rythme de sa respiration. *Laisse tomber*. Elle descendit de l'appareil avec cette sensation d'euphorie, de flotter dans l'air, qu'elle ressentait chaque fois qu'elle faisait du sport. Une réponse à la petite voix se fit entendre dans sa tête. *Je vais essayer. Je ne promets rien, mais je ferai de mon mieux.*

16

Devaney attendait dans sa voiture, devant le portail de Bracklyn House. Ce n'était pas vraiment une surveillance dans les règles de l'art, mais faute de mieux... Il était parvenu à convaincre Nuala de lui prêter sa voiture, à condition de la ramener à temps pour qu'elle aille à un rendez-vous avec des clients. Elle s'était choisi cette voiture toute seule et avait mis un point d'honneur à la payer elle-même. Il était en train de tapoter négligemment les touches du téléphone — il ne s'était jamais servi d'un téléphone de voiture — quand un break Volvo noir tout poussiéreux franchit le portail. Osborne était au volant. Devaney attendit quelques secondes avant de prendre la Volvo en chasse. Il pouvait se permettre de garder ses distances autour de Dunbeg, étant donné qu'il y avait peu d'embranchements dans la campagne environnante. Osborne semblait se diriger vers le nord, en direction de Loughrea. Devaney jeta un coup d'œil à sa montre — sept heures du soir. Il abandonnerait la partie le moment venu, pour être sûr de rentrer à Dunbeg avant neuf heures et demie.

À Loughrea, Osborne prit la N6 en direction de l'ouest. Une route plus fréquentée, où il risquait moins de se faire repérer... Devaney s'engagea sur la voie express derrière la Volvo, laissant deux voitures s'intercaler entre eux. Osborne sortit à Galway, et continua en direction du centre-ville. Devaney manqua de le perdre au premier rond-point, mais repéra la voiture au dernier moment, juste à temps pour prendre le bon embranchement. Il jeta un nouveau coup d'œil à sa montre. Presque huit heures et quart. Il ferait bien d'appeler Nuala, histoire de la prévenir qu'il aurait sans doute quelques minutes de retard. Elle pouvait toujours prendre sa voiture à lui, ce qu'il avait déjà suggéré au moment d'emprunter la sienne. *Pour aller chercher un client ?* s'était-elle récriée. Il avait cru comprendre que c'était hors de question.

Il décrocha le combiné mais raccrocha précipitamment quand il fut obligé de tourner pour garder la Volvo en ligne de mire. Inutile de tenter le coup avant d'être à l'arrêt, si l'occasion se présentait, à moins de vouloir bousiller la bagnole en plus d'être en retard. Il suivit Osborne sur Eyre Square, puis dans une petite rue aux abords des quais.

Hugh Osborne se gara, puis disparut derrière une porte anonyme qui donnait sur la rue. Devaney allait devoir se rapprocher, en voiture ou à pied, mais dans les deux cas il risquait d'être découvert. Il se gara à une trentaine de mètres et attendit. Il jeta un coup d'œil dans la rue, à gauche et à droite. Putain, pas une fichue cabine téléphonique quand on en avait besoin ! Son regard se posa sur le téléphone, qui semblait le narguer avec son superbe boîtier noir étincelant et ses voyants rouges et verts. Comment Nuala faisait-elle pour apprivoiser tous ces gadgets technologiques et larguer les amarres avec insouciance tandis que lui restait toujours en rade ? Il prit le combiné, le porta à son oreille. Aucune tonalité. Peut-être fallait-il appuyer sur une touche pour allumer ce maudit bigophone... Il en choisit timidement une où figurait l'inscription « parler », et une puissante tonalité résonna dans la voiture. Il raccrocha précipitamment et tapota frénétiquement sur tous les boutons pour couper le son qui devait retentir jusque dans la rue déserte. À ce moment-là, Osborne ressortit, l'air secoué. Il regagna sa voiture et ouvrit la portière, mais avant de monter il sembla pris d'une sorte de vertige, s'appuya contre la carrosserie et baissa la tête, comme pour vomir. *Et il ne se doute pas qu'on l'observe*, songea Devaney. *À moins que j'aie complètement raté mon coup.* Alors qu'il se remémorait leur trajet, pour voir à quel moment Osborne aurait pu le repérer, la Volvo démarra et fila. Devaney embraya et la prit en chasse, en espérant qu'Osborne ne prenne pas trop d'avance. Quand il tourna au coin de la rue, un camion était en train de manœuvrer pour décharger des fûts de Guinness vides. Devaney pila, évita de justesse l'homme qui indiquait au camion comment manœuvrer, et s'arrêta à cinquante centimètres de l'arrière du véhicule.

— Putain, faut faire gaffe, mon gars ! s'écria le type en frappant du poing sur le capot. T'aurais pu m'écrabouiller !

Devaney sortit de la rue en marche arrière. Osborne lui avait échappé. Aucun espoir de lui remettre la main dessus. Il était déjà huit heures et demie. En repartant immédiatement, il n'aurait que quelques minutes de retard. Mais que s'était-il passé à l'intérieur du bâtiment où Osborne était entré ? Il se gara à proximité de la porte, pour y regarder de plus près. Un type d'une trentaine d'années, aux cheveux blond-roux et vêtu d'un blouson de cuir, se tenait sur le pas de la porte, éprouvant manifestement quelques difficultés avec la serrure. Il essaya en vain une deuxième clé, et s'apprêtait à renouveler l'opération avec une troisième quand Devaney s'approcha derrière lui.

— On ferme pour la soirée ? lui demanda-t-il.

L'individu sursauta et releva la tête. Il avait le visage longiligne, légèrement rougeaud, et s'était coupé en se rasant, juste en dessous de l'oreille droite. Sur une plaque à côté de la porte, on pouvait lire : EDDIE DOLPHIN, DÉTECTIVE PRIVÉ. Devaney songea qu'il ne devait pas être installé depuis très longtemps, s'il ne savait toujours pas quelle était la bonne clé.

— Tu voudrais pas rouvrir, Eddie, pour qu'on discute un peu ?

L'air étonné du bonhomme vira à l'inquiétude, puis il affecta une nonchalance forcée, avec un piètre talent d'acteur. Pourtant, sa mâchoire volontaire trahissait autre chose — il ne voulait pas laisser filer un boulot, si Devaney était là pour ça.

— J'étais sur le point de rentrer chez moi. Je vais vous laisser ma carte, vous n'avez qu'à m'appeler ou repasser demain matin...

Quand Devaney sortit sa carte de police, il changea à nouveau d'attitude, gagné par une fébrilité nerveuse.

— Je préfère autant qu'on fasse ça maintenant, tant que je suis dans le coin.

Eddie Dolphin rouvrit la porte et s'engagea dans un escalier en bois, avec la mine de celui qui monte à l'échafaud. Arrivé dans son bureau, il se laissa tomber dans un fauteuil et contempla le désordre ambiant d'un air maussade. Devaney nota son attitude, puis s'accorda un moment pour observer les lieux plus en détail. Il prit son temps, en partie pour trouver ses marques, mais aussi pour laisser mijoter Dolphin avant de l'interroger. L'immeuble ressemblait à un ancien baraquement militaire : deux étages, des fenêtres à un seul battant disposées à intervalles réguliers. Le minuscule bureau de Dolphin comptait deux fenêtres, l'une donnant sur la rue, son carreau sale laissant tout juste passer le rayon d'un lampadaire, et l'autre sur l'arrière, une zone de déchargement d'entrepôts. L'endroit sentait la poussière et vaguement le moisi. Les murs et les encadrements de fenêtre venaient d'être repeints, mais sans trop de soin. Dans un angle, un placard avait visiblement été aménagé en chambre noire de fortune ; on apercevait un bidon de révélateur et du matériel informatique encore en carton. La corbeille à papier débordait de cannettes de Guinness et de papiers gras. *On travaille tard le soir*, songea Devaney en se tournant de nouveau vers Dolphin, qui s'était mis à tripoter nerveusement une des piles de paperasse qui s'entassaient sur son bureau au petit bonheur la chance.

— Ça fait longtemps qu'Osborne est ton client, Eddie ? demanda Devaney en croisant les bras et en s'adossant négligemment au chambranle.

— Écoutez, je ne suis pas obligé de répondre à vos questions. Le secret professionnel, ça existe, vous savez.

À sa façon de prononcer les mots, on aurait dit qu'il venait d'apprendre l'expression.

— À condition d'être prêtre, dit Devaney. Ou avocat, à la rigueur. T'es avocat, Eddie ? Parce que t'as pas franchement l'air d'un curé.

Il resta parfaitement immobile, fixant Dolphin d'un air attendri. Le silence devint pesant.

— Ça fait environ six mois, finit par répondre le privé.

L'appréhension se lisait sur son visage, comme s'il s'attendait à un barrage de questions. Il contractait nerveusement les mâchoires. Devaney garda le silence et attendit.

— Il est venu me voir cet hiver. Il m'a demandé de retrouver la trace de sa femme et de son gosse. Ils ont disparu. Je lui ai expliqué que ça paraissait mal engagé, mais.... (Il releva furtivement les yeux.) Ça faisait un client régulier, il payait rubis sur l'ongle, alors j'ai accepté le boulot. J'ai fait quelques vérifications, j'ai montré leurs photos dans plusieurs endroits. J'ai quatre gamins, un autre en route, dit-il d'un ton implorant. J'avais besoin de ce boulot. Et pour ce qui est de retrouver les gens, je suis imbattable. J'aurais fini par dégotter quelque chose.

— Pourquoi est-il passé ce soir ?

— Quelqu'un m'a adressé un paquet pour lui.

— Il contenait quoi, ce paquet ?

— Que voulez-vous que j'en sache ? dit Dolphin avec une indignation presque convaincante. Je n'ai pas l'habitude d'ouvrir le courrier adressé à mes clients.

— Chapeau pour un détective ! Maintenant, si je veux me renseigner sur toi, Eddie, j'ai qu'à contacter mon pote Michael Noonan, au commissariat de Mill Street. Je suis sûr qu'il a une petite fiche sur toi avec toutes sortes de renseignements.

— J'ai rien fait de mal ! Merde, vous avez pas le droit de débarquer ici comme ça... bafouilla-t-il en jetant un coup d'œil inquiet à la porte entrouverte du placard.

— J'avais justement l'intention de passer un coup de fil à Michael, dit Devaney. Ça fait un bail que je l'ai pas vu. Ce type a une mémoire incroyable, il n'oublie jamais rien. Il serait capable de nous décrire par le menu le moindre cambriolage commis dans la région depuis cinq ans. Étonnant, non ? On a jamais vu une mémoire pareille.

— Bon, ça va, dit Dolphin. Bon sang, c'était rien qu'une lettre, d'accord ? Deux feuilles manuscrites. Du genre *Je suis au courant, mon salaud, et tu vas pas t'en tirer comme ça.* Il y avait autre chose, une sorte de bijou en métal, je ne sais pas trop ce que c'était. Et Osborne s'est cassé dès qu'il a lu la lettre. Il a complètement oublié de me verser la provision qu'il me devait.

— On se fiche de ta provision, Eddie. Décris-moi ce bijou.

— Je ne sais pas... Ça ressemblait à une sorte de broche. Deux éléphants comme ça, dit-il en plaquant ses poings l'un contre l'autre. Genre, en train de se donner un coup de tête.

Devaney se figea. La barrette de Mina Osborne. C'était forcément la barrette.

— Comment a-t-on eu l'idée d'adresser le courrier ici ? demanda-t-il.

— La personne a dû voir une de mes annonces, répondit Dolphin. C'est pas donné, une annonce, et je n'ai toujours pas été remboursé.

La réaction d'Osborne face au cadavre de la tourbière se fraya un chemin dans l'esprit de Devaney. Il semblait délicat de passer toute une tourbière au crible, mais il devait bien y avoir un moyen de faire craquer Osborne. Pour commencer, il fallait mettre la pression à Bracklyn House. Lucy Osborne en savait plus qu'elle ne voulait bien le dire. Et le gamin... — il l'avait vu plus d'une fois chez Lynch —, il laisserait peut-être échapper quelque chose si on le travaillait un peu...

— Écoutez, dit Dolphin, je dois vraiment y aller. Ma moitié doit se demander ce que je fais.

Ma moitié... Merde ! Devaney jeta un coup d'œil à sa montre. Presque neuf heures, et il en avait pour une bonne heure de route.

— Je te recontacterai, dit-il à Dolphin.

Avec un peu de chance, il trouverait un téléphone et

arrangerait le coup avec Nuala. Il inséra précipitamment la clé dans le contact. Comment se pouvait-il qu'il soit si tard ? Il slalomait entre les voitures, cherchant en vain une cabine téléphonique. Il finit par en trouver une dans les faubourgs, isolée au bord de la route. Il s'arrêta et bondit de la voiture, fouillant dans ses poches pour trouver de la monnaie. Il décrocha le combiné et fut gratifié d'un silence en guise de tonalité — il remarqua seulement alors que le fil était arraché. Il raccrocha rageusement et retourna vers la voiture. Actionnant la poignée dans le vide, il mit un quart de seconde avant de comprendre ce qui était arrivé. Dans le genre gadget con, le verrouillage automatique des portes s'était actionné. Ça tournait au désastre complet. Il flanqua un coup de pied furieux dans la roue avant. Au même moment, une grosse goutte lui tomba sur l'œil gauche, puis une autre, et une autre, et en l'espace de quelques secondes il fut trempé jusqu'aux os par une pluie battante.

Peu avant minuit, il arriva enfin chez lui. Héler un couple qui avait un portable n'avait pas pris dix minutes, mais il avait attendu une heure et demie le serrurier qui avait déverrouillé la voiture. Il avait aussi appelé la maison avec le portable emprunté, mais personne n'avait décroché.

Toujours ruisselant et en piteux état, il poussa la porte de la cuisine. Nuala était assise à table, une tasse de thé devant elle. Elle le regarda avec un air de reproche qu'il ne connaissait que trop.

— J'ai dû annuler mon rendez-vous. Tu sais, Gar, dit-elle d'une voix lasse, je ne suis pas tellement fâchée pour ça. J'ai passé ce stade. Mais tu as complètement oublié que tu devais emmener Róisín voir un violon.

Merde ! ! C'était ça qui l'avait turlupiné toute la journée, cette sensation d'oublier quelque chose. Il s'assit pesamment sur la chaise en face de Nuala, mais celle-ci se leva et son expression valait une gifle.

— Elle est couchée, mais je ne crois pas qu'elle dort. Tu pourrais aller t'excuser.

Il resta silencieux, sachant qu'en cherchant à se justifier il ne ferait qu'aggraver son cas. Elle l'abandonna là, et chacun de ses pas qui s'éloignaient lui assena un coup au cœur. Aucune enquête ne justifiait d'en arriver là. À une époque, il avait eu le sentiment de former un tandem avec Nuala, dans tout ce qu'ils faisaient. Il se souvenait d'avoir bu son parfum comme pour s'en nourrir. Les sentiments étaient toujours intacts, mais ensevelis sous une avalanche de contraintes matérielles qui tenaient à leurs carrières, aux responsabilités de la vie adulte, à leurs trois enfants. Il avait envie de lui courir après, de la plaquer au sol si besoin, d'enfouir son visage dans la douceur de son corps. Mais il se contenta de prendre une serviette dans le placard à côté de la cuisinière et commença à s'essuyer les cheveux en montant à l'étage pour parler à Róisín. Elle se retourna quand la lumière du couloir s'engouffra dans sa chambre. Il s'assit au bord du lit, et fixa les yeux empreints de gravité de sa fille, aux pupilles élargies par la pénombre.

— Je suis vraiment désolé, Róisín. J'étais pris dans ce que je faisais, et le violon m'est complètement sorti de l'esprit.

— Ça ne fait rien, papa. Je t'ai pardonné tout de suite. (Elle se pencha et lui tapota le bras d'un geste réconfortant.) Je ne pense pas que maman t'ait déjà pardonné, mais ne t'inquiète pas, ça viendra.

Devaney fixait ses chaussures en essayant de se convaincre qu'elle avait raison.

17

Quand le téléphone se mit à sonner au milieu de la nuit, Nora crut d'abord qu'elle rêvait — elle faisait souvent des cauchemars qui se terminaient par la sonnerie lointaine d'un téléphone que personne ne décrochait. Mais elle finit par comprendre que cette fois elle ne rêvait pas et elle décrocha le combiné à côté du lit, se sentant désorientée et paniquée, presque assourdie par les battements de son cœur contre sa poitrine.

— Allô ?

N'obtenant aucune réponse, elle répéta :

— Allô ?

Elle jeta un coup d'œil au réveil. 0 h 47. Ce qui voulait dire qu'en Amérique il était presque sept heures du soir. Elle se souvint du coup de fil de son père, la nuit où l'on avait retrouvé le cadavre de Tríona, et en éprouva de l'appréhension. N'entendant toujours rien, elle demanda d'une voix hésitante :

— Papa ?

La voix qui s'exprima dans l'écouteur n'était pas celle de son père mais un murmure désincarné, ni masculin ni féminin.

— Oubliez cette histoire...

— Quelle histoire ? demanda vivement Nora. Qui êtes-vous ?

Pendant une fraction de seconde, ses pensées se tournèrent vers Tríona. Elle était certaine de n'avoir parlé du meurtre de sa sœur à personne en Irlande.

— Ils sont mieux là où ils sont...

— De quoi parlez-vous ? Qui ça ?

Plongé dans un état semi-conscient, le cerveau de Nora voltigeait furieusement, et elle envisagea soudain une autre signification possible.

— Vous voulez parler de Mina et de Christopher Osborne ? Vous savez quelque chose ?

Cette fois, l'unique réponse fut la tonalité.

Était-ce juste un plaisantin, un curieux hasard ? Si cela concernait vraiment Mina Osborne, pourquoi l'appellerait-on, elle ? Qui pouvait se douter qu'elle s'intéressait à l'affaire ? Elle fouilla dans sa mémoire, cherchant qui était au courant de son passage à Bracklyn House. Assise dans le noir sur les draps défaits, elle chercha pendant plusieurs minutes les réponses à un flot ininterrompu de questions. En premier lieu, elle devait se convaincre qu'elle n'avait pas imaginé ce coup de fil.

Inutile de chercher à se rendormir. Ses yeux parcoururent la chambre et s'arrêtèrent sur son ordinateur portable. Il existait un moyen très simple pour se renseigner sur la disparition de Mina Osborne. Se dirigeant vers le bureau, elle n'eut qu'à appuyer sur quelques touches pour se connecter à Internet. Elle se rendit sur le site du *Irish Times* et demanda à faire une recherche dans les archives. Elle tapa « Mina Osborne » mais hésita avant de valider. Était-elle vraiment prête à en savoir davantage ? Quelles seraient les conséquences ? Cormac et elle seraient peut-être placés dans une position délicate. Elle obéissait à une pulsion personnelle, avait-elle le droit de l'embarquer là-dedans ? Après tout, c'était lui qui avait choisi de retourner à Bracklyn House. Peut-être était-il tout aussi curieux qu'elle. Elle hésita encore une seconde, puis cliqua sur le bouton. Une liste d'articles s'afficha bientôt à l'écran. Elle parcourut les titres.

INQUIÉTUDE CROISSANTE AU SUJET D'UNE FEMME ET D'UN ENFANT DISPARUS

LES OPÉRATIONS DE RECHERCHES SONT ÉTENDUES POUR UNE MÈRE ET SON FILS

PORTÉS DISPARUS DEPUIS NEUF SEMAINES

REPRISE DES RECHERCHES SUR LA TOURBIÈRE

ABANDON DES RECHERCHES DANS L'AFFAIRE OSBORNE

UNE DOUBLE DISPARITION QUI LAISSE LES GARDAÍ PERPLEXES

OSBORNE CRITIQUE LE TRAVAIL DES GARDAÍ

DISPARITIONS EN SÉRIE

LA POLICE ROUVRE LES DOSSIERS DE PLUSIEURS DISPARITIONS LES GARDAÍ ÉTUDIENT LA PISTE DU TUEUR EN SÉRIE

Elle ouvrit le premier article, qui remontait à presque trois ans

L'inquiétude grandit au sujet d'une mère et de son enfant qui n'ont pas regagné leur domicile dans le comté de Galway depuis jeudi. Mme Mina Osborne et son fils Christopher ont été vus pour la dernière fois jeudi après-midi, en train de marcher sur la route de Loughrea aux abords de Dunbeg.

Des plongeurs de la Garda ont effectué des recherches dans le Lough Derg aux environs de leur domicile, et une soixantaine de personnes, notamment des voisins, des volontaires de la protection civile et de l'Ordre de Malte, ont participé aux recherches dans

un rayon de dix kilomètres, entre autres, dans les tourbières et les trous de marnière. Les Gardaí ont interrogé un certain nombre de personnes pour tenter de retrouver la mère et son enfant.

D'origine indienne, Mme Osborne est une femme menue, d'environ un mètre soixante-cinq, avec de longs cheveux noirs et des yeux marron. Elle portait un pull d'Aran couleur bordeaux, un foulard violet, un jean et des bottes en cuir marron. Christopher Osborne mesure quatre-vingts centimètres, il a des cheveux bouclés marron-noir et des yeux noisette. Il a été aperçu pour la dernière fois dans une poussette-canne, vêtu d'une salopette en velours côtelé vert, d'un pull à rayures blanc et jaune, d'un blouson bleu foncé et de bottes rouges en caoutchouc. Des témoins ont aperçu la mère et l'enfant qui quittaient le village à pied par la route de Drumcleggan.

Juste avant sa disparition, Mme Osborne s'est rendue à l'agence locale de l'AIB Bank, où une caméra de vidéosurveillance l'a filmée en train de retirer de l'argent au distributeur à 13 h 27. Elle s'est également arrêtée dans un magasin du village pour acheter des bottes à son fils.

Les Gardaí ne pensent pas que Mme Osborne aurait accepté de monter dans la voiture d'un inconnu, et ne disposent d'aucun élément indiquant que cela se soit produit.

« Ce n'est pas le genre de personne à disparaître comme ça », a déclaré le sergent Brian Boylan, du commissariat de Loughrea. Selon son mari, Mme Osborne ne s'absenterait jamais volontairement sans prévenir. La Garda n'a repéré aucun signe de lutte aux abords de la route, et personne n'a vu ou entendu quoi que ce soit de suspect.

Les personnes susceptibles de fournir des renseignements sont priées de contacter le commissariat de

Loughrea au (091) 841 333 ou d'appeler la ligne confidentielle de la Garda au 1-800-666 222.

Nora dévora chaque information, à l'affût de la moindre incohérence, d'une fissure qui puisse au moins lui offrir une prise temporaire. Parcourant à nouveau la liste, un titre lui sauta aux yeux.

LA GARDA ÉTUDIE LA PISTE DU TUEUR EN SÉRIE

M. Patrick Neary, directeur national de la Garda, a ordonné la constitution d'une cellule spéciale chargée d'enquêter sur plusieurs disparitions et meurtres de jeunes femmes, pour déterminer si on a affaire à un tueur en série. Cette décision intervient suite à la disparition le 12 août de Fidelma O'Connor (20 ans), une élève infirmière qui a été aperçue pour la dernière fois à proximité de son domicile à Abbeyleix, dans le comté de Laois. Ces disparitions présentent certaines similitudes. Toutes ces jeunes femmes ont été aperçues pour la dernière fois en train de marcher sur des routes de campagne très fréquentées, ou à proximité.

Quelle meilleure façon d'écarter les soupçons que de faire passer la disparition de sa femme pour le geste d'un tueur en série ? Ça pourrait marcher, surtout en l'absence de toute preuve matérielle. L'article fournissait ensuite la liste des sept disparitions dont on avait réouvert le dossier. Aucune des femmes n'avait jamais été retrouvée, mais ces cas présentaient une différence de taille avec Mina Osborne. Un détail qui chiffonnait Devaney, se souvint-elle. Seule Mina Osborne était accompagnée d'un enfant. Les autres femmes étaient seules au moment de leur disparition. Un autre élément ressortait de l'article. Elles étaient toutes beaucoup plus jeunes — dix-neuf ou vingt ans, alors que Mina Osborne en avait vingt-neuf.

Nora fixait pensivement les caractères lumineux de son écran. Il était presque deux heures du matin. Elle se souvint de l'expression de Jeremy Osborne quand elle lui avait demandé si c'était lui qui regardait la cassette. Il n'avait pas eu la possibilité de lui répondre. Avec un peu de doigté, elle arriverait sans doute à le faire parler.

18

Cormac repoussa les draps et s'assit sur le bord du grand lit. Le sommeil ne viendrait pas ; autant s'occuper. Il alluma la lampe de chevet et jeta un coup d'œil à sa montre : 2 h 20.

Il aurait peut-être mieux fait de ne pas retourner à Dungarvan. Cette visite n'avait fait que réveiller des sentiments confus qu'il croyait enfouis depuis longtemps. Il était rentré la veille au soir et s'était plongé toute la journée dans son travail en solitaire au prieuré. Il aurait dû être épuisé, mais son esprit refusait de se reposer. Il était resté allongé dans cet état de conscience exacerbée qui accompagne parfois l'insomnie, les yeux ouverts, s'efforçant d'identifier les silhouettes sombres dans cette obscurité étrangère. La pièce n'était pas assez aérée, malgré la fenêtre qu'il avait entrouverte.

Il espérait que tout se passait bien à Dublin pour Nora. Un bref instant, il se laissa aller à imaginer la blancheur de son cou et de ses épaules sur les draps vert foncé, à côté de lui dans le lit. Il posa la main sur l'emplacement encore chaud où il avait été allongé. *Ça suffit*, se dit-il. Non pas qu'il se sentît une vocation de moine. Il avait eu plusieurs liaisons avec des jeunes femmes intelligentes et attentionnées, éprouvant pour chacune d'elles de profonds sentiments ; chaque aventure lui avait beaucoup appris. Mais il s'était toujours senti plus observateur qu'acteur. C'est vrai, il aurait dû être moins passif. D'ailleurs, elles avaient toutes perçu la faille, puisqu'elles avaient rompu avant que lui-même ne comprenne ce qui clochait. Mais avec Nora Gavin, il était troublé comme jamais auparavant. Il se souvenait de l'expression de son visage pendant qu'elle chantait, de sa voix rauque qui se faufilait avec aisance d'une note à une autre, trouvant des intervalles inattendus qui l'avaient bouleversé. Mais ce n'était pas simplement la beauté de sa voix qui le frappait ; il était aussi épaté par son courage. Chanter a cappella devait être à peine moins embarrassant que de faire un strip-tease en public...

Avec un soupir, il chaussa ses lunettes et alla s'asseoir au bureau dans la tourelle en encorbellement. Il y avait disposé ses cartes, ses notes et toutes les photos qu'il avait prises du prieuré. Il alluma la lampe de bureau et ouvrit l'atlas à la page où figurait le village de Dunbeg. Du cent millième — dix centimètres représentaient un kilomètre. Ces cartes étaient destinées à une localisation fine des activités archéologiques ; y étaient représentés la moindre sinuosité des routes et des ruisseaux, des chemins de traverse ne figurant sur aucune carte routière, toutes sortes de ruines et de terrassements préhistoriques connus des seuls fermiers et de leur bétail. Il parcourut du regard les fins traits noirs figurant le relief, les constructions, et les espaces qui se trouvaient dans les intervalles vides. Les fouilles du prieuré étaient justement situées dans un de ces blancs. Il ne comptait plus le nombre de fois où ses collègues et lui avaient creusé quelque part pendant des jours, voire des semaines ou des mois, pour rédiger au bout du compte un rapport concluant qu'ils n'avaient découvert « aucun élément présentant un intérêt sur le plan archéologique »...

L'inspecteur Devaney leur demandait de fouiner dans la vie de ces gens, mais il n'y avait peut-être rien à trouver. Et si Mina Osborne avait simplement choisi de disparaître ? C'était tout à fait envisageable. L'autre hypothèse, c'était qu'un meurtre ait été commis à Bracklyn House. D'après Mme Pilkington, certains habitants de Dunbeg avaient eu vite fait de condamner Osborne. Brendan McGann avait peut-être raison en lui conseillant de plier bagage. Mais pourquoi McGann était-il si pressé de se débarrasser de lui ? Cormac se souvenait du visage plein de rancœur du fermier quand il était passé le voir au prieuré. Il pouvait avoir toutes sortes de raisons de lui en vouloir, mais de là à supposer que Brendan McGann déteste Osborne au point de s'en prendre à son entourage...

Écoute-toi en train de jouer les Sherlock ! Pas étonnant que tu n'arrives pas à dormir ! Sans compter qu'ils n'étaient pas plus avancés pour résoudre l'énigme de la *cailín rua*, la raison principale qui les avait poussés à revenir ici. Cormac retira ses lunettes et se frotta les yeux, puis ouvrit la fenêtre en grand et éteignit la lampe. La lune était couchée, les ténèbres étaient presque palpables. Fixant l'obscurité au-dehors, il tenta de vider son esprit du bourdonnement de ses pensées pour s'abandonner à une sorte de vacuité méditative. Il bouclerait les fouilles au plus vite, rentrerait chez lui et tirerait un trait sur ces histoires... Il écarta cette pensée, se concentrant de nouveau sur les ténèbres, tentant de s'imaginer en train de flotter en leur cœur, quand il aperçut soudain sur le côté, très brièvement, un minuscule point lumineux. Il remit précipitamment ses lunettes et plissa les yeux, mais ne distingua aucune lumière. Tout était calme dans la nuit. Cormac scruta encore une fois les ténèbres et attendit, sentant le rythme de sa respiration. Il était en train de se dire qu'il avait imaginé la chose quand le point lumineux réapparut, se rapprochant cette fois à vive allure. Il rebondissait de haut en bas, comme une torche qu'on aurait transportée sur un terrain accidenté. Puis les oscillations cessèrent et le point lumineux disparut par moments, sans cesser d'avancer pour autant. Il traversait sans doute les bois situés au sud-est de Bracklyn House, les arbres provoquant l'illusion d'un clignotement ; puis il redevint une balise fixe, contourna le bois et continua de se rapprocher de la maison. Atteignant ce que Cormac prit pour un mur en bordure du jardin, la lumière disparut pour de bon.

Quelle expression avait employée l'inspecteur Devaney ? « Quoi que ce soit d'anormal. » Il ne savait même pas qui il venait d'apercevoir, n'avait aucun moyen de dire s'il s'agissait d'un des habitants de Bracklyn House. *Laisse tomber !* lui conseilla avec insistance une petite voix dans sa tête. *Recouche-toi et essaye de dormir quelques heures*. Au lieu de quoi Cormac ralluma, enfila un pull et un jean, et se chaussa. Il prit la petite lampe de poche qu'il avait toujours dans son matériel de fouille et vérifia la force du faisceau contre la paume de sa main. *Je n'arrive pas à dormir*, dirait-il s'il croisait quelqu'un. *Je me suis dit que j'allais boire un verre d'eau, si ça ne dérange pas...* Il jeta un coup d'œil dans le couloir. Aucun bruit. Il descendit l'escalier. Le tapis étouffait ses pas. Il ne croisa personne dans le vestibule et continua jusqu'à la cuisine. Hugh leur avait préparé à dîner quelques heures auparavant, une vague odeur d'oignons rissolés était toujours perceptible. La cuisine elle aussi était silencieuse et plongée dans l'obscurité, et

Cormac commençait à se demander s'il n'avait pas tout imaginé. Sans bouger, il tendit l'oreille, puis braqua sa torche sur la porte qui donnait dehors. Le verrou était en place. Il l'ouvrit et sortit pour jeter un coup d'œil à l'arrière de la maison. Quelqu'un aurait pu entrer et emprunter un escalier de service ; il y en avait un juste devant sa chambre, et un second reliait à coup sûr les étages de l'autre côté de la maison. Sa curiosité lui apparut soudain ridicule, et il s'en voulut d'y avoir cédé aussi facilement. Il referma la porte et remit le verrou. Il venait de se retourner pour regagner le vestibule quand il entendit le bruit d'une chaise en bois raclant un sol en pierre. Cela provenait d'une porte sur la gauche, juste en face de la cuisine au pied de l'escalier. La porte étant légèrement entrouverte, il la poussa d'un geste hésitant et se retrouva dans un couloir aux murs blanchis à la chaux, sur lequel donnaient plusieurs portes ouvertes. L'une des embrasures était éclairée.

Installé à une table, Hugh Osborne était en train de passer un épais fil blanc dans le chas d'une grosse aiguille, un œil fermé pour mieux viser. Le seul éclairage venait d'une lampe posée sur l'établi, qui diffusait une chaleureuse lumière jaune. À côté du coude d'Osborne se trouvait un livre dépecé — des cahiers soigneusement empilés et une couverture en cuir. Des outils de toutes tailles, notamment des poinçons, des presses et des pinces, étaient disposés sur un râtelier à portée de main. La pièce était basse de plafond et des lambris d'un noir étincelant arrivaient à mi-hauteur des murs blanchis à la chaux, où étaient accrochées des cartes anciennes sobrement encadrées. À gauche de la porte se trouvaient des étagères encastrées, peintes en noir comme les lambris, avec un grand nombre de livres reliés qui conféraient à la pièce une odeur de bibliothèque.

Cormac s'éclaircit la gorge pour signaler sa présence.

— Bonsoir.

Osborne pivota sur son tabouret et le fixa par-dessus une paire de demi-lunes qui avait glissé sur son nez. Il avait l'air fatigué, l'éclairage de la lampe soulignant exagérément ses traits tirés. Il ne semblait ni surpris ni particulièrement mécontent de voir son invité arpenter la maison à une heure si tardive.

— Tiens, Cormac... Ne me dites pas que vous aussi vous êtcs insomniaque.

— Eh si. Je suis descendu pour boire un verre d'eau, et j'ai entendu du bruit. Je vous dérange peut-être...

— Pas du tout. Je refais la reliure de mon vieil exemplaire de *Tom Jones*. Il y a du single malt dans le placard juste à gauche. Si ça vous tente, je vous accompagne.

Cormac servit deux rasades de whiskey dans les verres qu'il trouva à côté de la bouteille. Si Osborne venait juste de faire un tour dans les bois, il n'avait pas perdu de temps pour se changer. Il portait un gilet bleu foncé et un élégant pantalon de laine grise, pas la tcnue habituelle pour une virée en forêt.

— Au fait, dit Osborne. Je voulais vous en parler ce soir mais ça m'est sorti de la tête, je dois me rendre demain à Londres pour régler quelques affaires. Juste pour deux jours. J'espère que le Dr Gavin et vous saurez vous débrouiller seuls.

— Pas de problème, je suis certain que tout se passera bien.

La bouteille toujours à la main, Cormac se surprit à vérifier ce qu'Osborne portait aux pieds, pour y repérer d'éventuelles traces de boue ou de rosée, mais celui-ci ne portait qu'une vieille paire de pantoufles en cuir. Il reboucha la bouteille et tendit un verre à son hôte.

— Aux livres qui ont du nerf !

— Même quand ils sont cousus de fil blanc !

Cormac s'assit sur la banquette et parcourut la pièce du regard. Trois filets à papillons, rangés du plus petit au plus grand, étaient posés contre le mur dans un coin. La banquette et un fauteuil recouvert d'une housse se faisaient face de part et d'autre d'une petite cheminée, devant laquelle un tapis d'Orient élimé dissimulait le sol en pierre. Un maigre feu de tourbe atténuait la fraîcheur de la nuit. Malgré les efforts pour la rendre confortable, la pièce était aussi dépouillée qu'une cellule de moine comparée à l'opulence un peu chargée des étages. Osborne nota son regard approbateur.

— Je me réfugie ici assez souvent, dit-il. Ça aide de s'occuper l'esprit.

Il avait dit cela simplement, sans s'apitoyer sur son sort. Il détourna le regard, et Cormac choisit de se taire. Que pouvait-on dire à un homme qui s'apprêtait à vivre le restant de ses jours dans la plus cruelle incertitude ? Assis sur la banquette, son verre à la main, il laissa le silence se prolonger entre eux. Curieusement, il avait beau se rendre compte en toute objectivité qu'Osborne avait pu jouer un rôle dans la disparition de sa femme, chaque fois qu'il se trouvait dans une pièce avec lui ses soupçons s'envolaient. Comme quoi il n'aurait pas fait un bon policier. Quand il s'exprima enfin, ce fut pour changer de sujet, et Osborne en parut soulagé.

— J'étais en train d'admirer vos cartes. Elles ont l'air authentiques.

Osborne opina du chef.

— Celle-ci, dit-il en indiquant celle qui était accrochée au-dessus de la cheminée, est la première carte détaillée de la région. Elle a été dessinée par Hugo Osborne, celui dont je vous ai montré le portrait en haut. Je crois vous avoir dit qu'il avait travaillé pour

William Petty. On raconte qu'il a fait tous les relevés lui-même.

Cormac se leva pour observer la carte de plus près. D'après le croquis, la propriété comprenait un vaste domaine autour de la maison, ainsi que d'autres parcelles disséminées à travers la paroisse. On y voyait une esquisse en trois dimensions de Bracklyn House, le prieuré et la tour, les zones boisées, des groupes de maisons, le lac et la tourbière environnante, et dans le coin en bas à droite un calcul de la surface arable du domaine.

— Le nom de Drumcleggan ne figure nulle part, fit-il remarquer.

— Moi aussi c'est la première chose qui m'a sauté aux yeux, renchérit Osborne. Ça en dit long sur l'attitude du conquérant, n'est-ce pas ? Heureusement que les détails visuels sont irréprochables. Tout bien réfléchi, nous avons, vous et moi, des vocations voisines. Quand vous faites des fouilles, vous déblayez les traces physiques que l'activité humaine a laissées quelque part. Quand j'étudie la toponymie, je dois aussi creuser à travers les couches, des couches de cartes et de vieux papiers où se trouve un méli-mélo de noms gaéliques, anglais, danois et normands, certains trop déformés pour être reconnus. Les mauvaises traductions sont mon plus grand défi.

Cormac venait de remarquer des boîtiers de cassettes audio alignés sur des étagères derrière la porte.

— C'est des cassettes ? demanda-t-il.

— Oui, répondit Osborne qui se livrait avec de plus en plus d'enthousiasme. C'est un projet personnel. Des entretiens avec des personnes âgées de la région, au sujet des noms de lieux. C'est étonnant les souvenirs qui leur reviennent dès qu'on les interroge, des choses qui remontent à très longtemps. On remarque en particulier que les noms de lieu ont la vie dure là où on cherche à les supprimer. Je dois reconnaître que j'ai un peu laissé tomber le projet récemment, mais il y a là une mine d'informations, et je m'y remettrai un jour. Vous n'imaginez pas les bêtises qu'on trouve sur les cartes ou sur les panneaux ! Quitte à reprendre d'anciens noms, autant qu'ils soient le plus authentiques possible et pas simplement la version en pseudo-gaélique de mauvaises traductions, non ? Je vous accorde qu'on tombe parfois dans des chicaneries d'universitaire, mais c'est une question de principe. (Il eut un sourire désabusé.) Alors, vous regrettez de m'avoir lancé sur le sujet ?

— J'allais justement vous demander comment vous est venu votre intérêt pour la reliure, dit Cormac en entrant dans le jeu d'Osborne.

Celui-ci vida son verre et se leva pour les resservir. Cormac fut ravi de voir que sa remarque avait été perçue avec bienveillance.

— À l'université, en fait. J'étudiais l'histoire et j'étais stupéfait qu'on nous laisse manipuler des documents et des manuscrits très rares. De temps en temps, le conservateur de la bibliothèque me permettait de lui donner un coup de main. J'ai installé cet atelier il y a quelques années. La reliure n'est qu'un passe-temps. Ma vraie spécialité, ce sont les cartes et les documents. Je fais quelques travaux pour des bibliothèques et des collectionneurs, en partie pour gagner quelques sous, mais surtout parce que j'aime ça. J'ai ici toutes sortes de vieux papiers de famille, des actes notariés et des actes de naissance, quelques lettres de personnages importants, et j'aime les conserver parce qu'ils racontent des histoires...

Sa voix s'adoucit et Cormac sentit qu'il allait recevoir une confidence qu'Osborne n'aurait sans doute pas faite à une autre heure, sans leur insomnie partagée.

— Des choses que j'espérais transmettre à mon fils, reprit Osborne, comme on me les a transmises.

Il releva légèrement la tête et tous deux se fixèrent un instant.

Cormac sentait qu'il aurait beau changer de sujet cent fois, la conversation en reviendrait sans cesse là. Il regretta d'avoir nourri des soupçons envers cet homme. Il s'imagina Osborne en capitaine au long cours agrippé à son gouvernail, maintenant le cap au mépris des tempêtes, de la mer déchaînée et des sorts funestes d'une nécromancienne. Au bout d'un moment, Osborne reprit son ouvrage et les yeux de Cormac se posèrent sur une paire de bottes noires qui se trouvaient dans l'ombre de l'établi. Était-ce le fruit de son imagination ou le jeu de la lumière, il eut l'impression que leur surface sombre projetait des reflets humides.

LIVRE TROIS

BÊTES ET OISEAUX DE PROIE

... une foule de miséreux qui grouille aux quatre coins du pays...
Nombreux sont ceux qui se nourrissent de charognes et de racines ou qui meurent de faim au bord des grand-routes, et de nombreux enfants pauvres, abandonnés ou séparés de leurs parents, se retrouvent à la merci et parfois dévorés par des loups affamés et autres bêtes ou oiseaux de proie...

Rapport du Gouverneur sur l'état de l'Irlande,
12 mai 1663

1

De nuit, les distances sont parfois trompeuses, mais en jetant un coup d'œil par la fenêtre de la cuisine dans la lumière matinale, Cormac aperçut la pelouse que le point lumineux avait semblé longer la veille au soir — ou plus exactement très tôt ce matin-là — et trouva qu'il avait plutôt bien jugé son parcours. Quelques moutons étaient en train de paître au bord du lac, certains debout et d'autres couchés comme si on avait coupé leurs frêles pattes. Il porta son regard encore plus loin, au-delà du pré, vers les bois de Bracklyn. La tour O'Flaherty s'élevait au-dessus des branches, à quelques centaines de mètres à peine du manoir, ses murs couverts de lierre n'étant pas tout à fait du même vert que le feuillage autour. Sous cet angle, il pouvait voir ce qui restait de la charpente — les ardoises avaient été pillées depuis longtemps pour boucher des trous ailleurs, probablement à Bracklyn House.

Après avoir petit-déjeuné, Cormac chargea dans la jeep les outils et les caisses dont il aurait besoin pour les fouilles du jour. Mais le déplacement furtif de ce point lumineux, sans parler des bottes mouillées de Hugh Osborne, avait piqué sa curiosité. Au lieu de monter dans la voiture, il tourna au coin de la maison, dépassa les anciennes écuries qui servaient désormais de garage et de remise, et longea le mur en pierre sèche qui formait la première ligne de défense autour de Bracklyn House. Il tenta de s'imaginer la vie méfiante qu'avaient dû mener en ces contrées des générations de propriétaires terriens, toujours aux aguets pour surprendre l'ennemi qui viendrait défoncer leurs portes. En fin de compte, il n'y avait pas grande différence avec les retraités qui se barricadaient dans leurs petits appartements de Dublin, derrière des fenêtres à barreaux et des portes garnies de verrous.

Il longea le mur. L'herbe drue lui arrivait aux chevilles. Cette partie du pré n'avait pas encore eu droit aux attentions des moutons. À une trentaine de mètres du lac, le mur s'interrompait en éboulis, vaincu par les outrages du temps et les grosses lianes qui serpentaient hors de la forêt pour le chevaucher. Cormac n'avait pas pris la peine de se dissimuler, mais si quelqu'un le surprenait, il pourrait toujours prétexter que cela avait un rapport avec son travail au prieuré.

Les bois étaient touffus, éclairés par une lumière froide que tamisait le feuillage. C'était sidérant la vitesse avec laquelle la végétation s'emparait d'un lieu laissé à l'abandon par l'homme. Ici, les sons du monde extérieur étaient étouffés, absorbés par la mousse, l'épaisse couche d'humus, le tapis de lierre et le toit de verdure. Quelle variété de formes et de textures dans un univers à ce point monochrome ! Il songea à Una et à Fintan en train de jouer par ici quand ils étaient petits, aux trésors qu'Aoife McGann rapportait de ses promenades, et il comprit l'attrait d'un tel lieu pour un enfant à l'imagination débordante. C'était tout à fait le genre d'endroit où l'on se mettait à croire aux esprits ancestraux. Souvent, quand il fouillait des sites préhistoriques, il s'imaginait l'Irlande d'avant la civilisation — une vaste étendue de forêts verdoyantes, de lacs et de tourbières, des habitants vêtus de peaux de bêtes et aux cheveux tressés, vénérant le soleil et les esprits de l'eau et des arbres.

Aucun chemin aménagé... Les ronces qui dépassaient des fourrés s'accrochaient à ses habits. Il continua malgré tout d'avancer et finit par tomber sur une sorte de chemin, tout du moins un passage où les fougères étaient moins denses. Il enjamba un tronc d'arbre dont l'écorce et le cœur étaient lentement gagnés par une mousse d'un vert pâle lumineux, et entendit au même moment une branche craquer. Il fit volte-face pour voir si quelqu'un le suivait, mais la forêt semblait s'être refermée derrière lui. Peut-être cédait-il à la paranoïa. Il se retourna vers la tour, tendant l'oreille pour surprendre tout autre bruit que celui de ses pas. Le chemin se mit à tournoyer dans tous les sens et Cormac ne tarda pas à comprendre pourquoi : il manqua de perdre l'équilibre quand son pied heurta une pierre saillante à moitié enterrée dans le sol. Il s'accroupit et écarta les broussailles, découvrant plusieurs pierres similaires à portée de main. Il pouvait s'agir de chevaux de frise, un ancien dispositif de défense utilisé autour des forts circulaires pour déjouer les attaques à cheval. La tour était là devant lui. Les pierres gris sombre de sa base étaient recouvertes de mousse et de lichen. Il navigua avec précaution entre les pierres puis franchit un fossé envahi par la végétation, peut-être les restes d'une douve médiévale. La tour mesurait une quinzaine de mètres, avec des meurtrières pour uniques fenêtres. Comme il devait être déprimant d'habiter dans un endroit pareil ! Une sorte de prison, à vrai dire. Juste au-dessus de lui, la garde-robe formait une saillie carrée dans un angle, et encore plus haut il apercevait des consoles de pierre destinées à supporter quelque structure en bois depuis longtemps détruite. Aujourd'hui les corbeaux n'étaient pas là. Cormac contourna la tour et découvrit la porte d'entrée de l'autre côté. Un simple porche gothique, surmonté d'une pierre sculptée trop abîmée pour être déchiffrée, sur laquelle avaient peut-être été représentées les armes de la famille. Il était assez étonnant de trouver là une porte en bois, vu l'état d'abandon de l'édifice. Plus curieux encore, un gros cadenas flambant neuf pendait d'un anneau fermement encastré dans le mur. Il releva le cadenas pour inspecter la serrure. Des éraflures de fraîche date brillaient là où quelqu'un avait voulu introduire la clé en visant mal. Une fois la porte cadenassée de la sorte, il était impossible de pénétrer dans la tour ou de la quitter, sauf à escalader les murs.

Quel besoin Osborne avait-il d'interdire l'accès à cet endroit ? La tour tombait en ruine. Vraisemblablement une histoire d'assurance — empêcher les voyous de traîner dans le coin et de se tuer. Mais pourquoi venir ici en pleine nuit ? Et s'il s'agissait d'un lieu de rendez-vous pour des amants ? Ça expliquerait le besoin de discrétion... Mais dans ce cas-là, quels amants ? Il se trompait peut-être au sujet de Hugh Osborne et d'Una McGann. À supposer qu'ils aient une liaison, ils avaient toutes les raisons de ne pas vouloir l'afficher en public. Quant à Lucy Osborne, il ne l'imaginait pas du tout dans un endroit pareil. Et Jeremy ? Ça pouvait aussi être quelqu'un qui n'avait rien à voir avec Bracklyn House, quelque Lothario local qui se serait adjugé cette forteresse abandonnée pour ses rendez-vous galants. Mais si tel était le cas, on pouvait penser que tout le village était au courant. Dolly Pilkington savait forcément qui avait acheté un cadenas aussi impressionnant, et avait même peut-être deviné son usage. Voilà qu'il se remettait à jouer les détectives.

Toujours planté devant la porte, il entendit le croassement d'un corbeau. Il se retourna et ne vit que de la verdure tout autour, n'entendit que le cri lointain d'un râle des genêts. Quelqu'un était-il en train de l'épier ? Le silence grouillant de la forêt ne lui fournit aucune réponse.

2

Le lendemain du mystérieux appel, Nora dormit tard. Elle était en train de faire rapidement sa valise pour retourner à Bracklyn House quand elle songea à vérifier les messages sur son portable. Seul Cormac avait appelé, demandant si elle pouvait éventuellement lui ramener quelques affaires. Robbie avait sa clé et se chargerait de passer chez lui ; elle devait simplement s'arranger pour récupérer le sac. Elle effaça le message et composa le numéro de Robbie McSweeney à son bureau. Ils décidèrent de se retrouver chez Cormac.

Venant du centre-ville, Nora traversa le Grand Canal au niveau de Charlemont Street et se trouva immédiatement au cœur du Ranelagh. La luminosité avait quelque chose d'agressif, sans doute parce que les feuilles des arbres étaient encore toutes jeunes, d'un vert pâle qui se détachait à peine sur le ciel. Highfield Crescent, la rue de Cormac, était une de ces avenues ondoyantes, bordées de marronniers, qui font le charme de Dublin dès qu'on s'éloigne du tohu-bohu des artères principales trop étroites. Robbie n'était pas encore arrivé, mais le campus de Belfield n'était pas tout près. Nora observa la façade du 43, une maison de brique rouge semblable à ses voisines mitoyennes, avec une entrée cintrée et bordée de petits carreaux — une porte d'entrée dans le goût victorien comme Dublin en comptait des milliers. Pourquoi trouvait-elle étonnant que la porte de Cormac soit peinte en jaune vif ? Le jardinet, un ruban de gazon aux contours rectilignes entouré d'une clôture, était si petit qu'une simple paire de ciseaux de couture aurait suffi à son entretien. Avant même de l'avoir vu, elle se doutait que l'intérieur était très différent de l'appartement moderne, aéré, qu'elle-même occupait de l'autre côté du canal. Elle se sentait vaguement mal à l'aise, c'était bizarre de venir ici sans que Cormac le sache. Peut-être qu'elle aurait mieux fait de retrouver Robbie à la fac... Elle n'eut pas le temps de ruminer davantage car il frappa à son carreau.

— Tu peux attendre ici si tu préfères, dit-il quand elle eut baissé sa vitre. Mais j'espérais te convaincre de rentrer une seconde. J'ai très envie d'une tasse de thé. En guise de récompense, je te ferai part de ma petite découverte.

Nora le suivit à contrecœur. Robbie ouvrit précautionneusement la porte d'entrée pour ne pas faire tomber le vieux vélo noir qui occupait une bonne partie de l'étroit vestibule.

— Je vais prendre les affaires qu'il a demandées et tu n'as qu'à t'occuper du thé.

Robbie pointa le doigt vers la cuisine, à l'arrière de la maison, et disparut à l'étage, fredonnant vaguement un air familier. Nora pénétra dans une cuisine très propre, au carrelage noir et blanc. Une petite véranda avec une table et deux chaises empiétait sur le jardin, ce qui donnait beaucoup de clarté à la pièce, même quand le temps était plutôt couvert comme ce jour-là. Elle remplit la bouilloire électrique, trouva du thé dans une boîte en fer à côté de la gazinière et prépara deux mugs, puis chercha du lait dans le frigo. Il en restait bien assez pour le thé ; elle le sentit pour s'assurer qu'il n'avait pas tourné. L'eau ne tarda pas à bouillir et, pendant que le thé infusait, elle s'aventura dans la salle à manger, du moins dans la pièce qui aurait dû servir de salle à manger mais qu'ici on avait aménagé en bureau. Les murs étaient entièrement recouverts de rayonnages remplis de livres et un grand bureau était placé devant la fenêtre, croulant sous les piles de livres et de dossiers qui dissimulaient presque complètement la vue sur le jardin. Une porte à double battant donnait sur le salon — un épais canapé en cuir devant une cheminée, deux fauteuils tapissés dont les motifs géométriques avaient quelque chose de turc. Les murs étaient d'un ocre tirant sur le rouge, et une banquette occupait le bow-window côté rue, flanquée de part et d'autre de bibliothèques remplies de livres jusqu'au plafond. Il régnait ici une ambiance ordonnée sans être maniaque, qui collait bien avec le maître de maison, et pourtant quelques détails clochaient, comme cette chaise longue et son coussin dans l'angle de la cheminée. Elle essaya de s'imaginer Cormac en ces lieux. Dans le meuble stéréo s'empilaient les cassettes. Nora parcourut les titres écrits à la main, reconnut quelques grands noms de la musique traditionnelle. Elle s'approcha ensuite des rayonnages du salon. L'archéologie y occupait une grande place, ce qui n'avait rien de surprenant, mais Cormac possédait également un grand nombre d'ouvrages sur l'histoire de l'art, les religions, l'architecture et le langage. Un rayon entier était consacré à la toponymie irlandaise. Qu'avait-il dit à Hugh Osborne, déjà ? *Je m'y intéresse mais malheureusement je n'y connais pas grand-chose.* C'est ça... Elle se dirigea vers une autre bibliothèque et laissa ses doigts courir sur les dos usés — des ouvrages en gaélique, des éditions reliées de Dickens, Shakespeare et

Jane Austen, ainsi que des traductions plus récentes de Dostoïevski et de Tolstoï, une pile de romans de Graham Greene, des recueils de poèmes de Seamus Heaney et de Patrick Kavanagh. Cormac avait-il lu tout ça ? Soudain, elle fut saisie de mélancolie en pensant à ses livres chéris, restés dans un garde-meuble à St. Paul à l'exception de quelques-uns dont elle n'avait vraiment pas pu se séparer. Contempler une si belle bibliothèque ne pouvait que lui rappeler à quel point sa vie avait été bouleversée. Elle se laissa tomber doucement sur la banquette du bow-window et ferma les yeux, saisie d'une pulsion terrible et familière. Et si son besoin de toujours creuser les faits pour leur faire dire quelque chose, n'importe quoi, ne parvenait jamais à combler ce vide en elle ? Elle rouvrit les yeux. À l'étage, Robbie fredonnait toujours.

Une photo encadrée, posée sur la cheminée, attira son regard. On y voyait Cormac et Gabriel McCrossan sur un chantier, exhibant toutes sortes d'objets qu'ils venaient de déterrer, l'air ravis malgré la fatigue et la saleté. Comment Cormac prenait-il la disparition de cet homme qui avait dû être un second père pour lui ? Robbie en savait peut-être quelque chose. Entendant des pas dans l'escalier, elle reposa le cadre sur la cheminée.

— Tu as trouvé ce que tu cherchais ? demanda Robbie. Pour le thé, je veux dire.

En voyant son air amusé, elle comprit qu'il la taquinait d'avoir fureté dans la maison.

— Tout était rangé de façon logique, répliqua-elle. Cormac est quelqu'un de très organisé.

— Ça, on peut le dire ! acquiesça Robbie. Tu promets de ne pas lui en tenir rigueur ?

— Robbie, je suis pressée de savoir ce que tu as découvert.

— Et je suis tout aussi pressé de te le dire. Attends un peu... Il n'y aurait pas des biscuits pour accompagner ce thé ?

Il fouilla dans un placard et en sortit un paquet non entamé de biscuits au chocolat.

— Cormac n'aime pas ça mais il en a toujours un ou deux paquets d'avance parce qu'il sait que ce sont mes préférés. Très chic de sa part, hein ?

— Très touchant, convint Nora. Alors, Robbie, dis-moi ce que tu as découvert.

— Tu comprends bien que j'ai simplement fait une recherche très générale ?

— Tout à fait. Vas-y.

— Eh bien, dit-il en croquant un premier biscuit, j'ai appris des choses fort intéressantes. La décapitation était en général réservée aux gens d'un certain rang. Pour la majorité des criminels, et la plupart des crimes, on estimait jusqu'à la fin du XIXe siècle que la bonne vieille pendaison suffisait parfaitement... (Il commençait à s'enflammer.) La pendaison signifiait le plus souvent une mort lente par strangulation. Je suis tombé sur plusieurs cas de personnes qu'on a ranimées après qu'elles avaient passé une demi-heure au bout de la corde. Tu te rends compte ! Heureusement, quelques médecins irlandais ont eu la bonne idée de rallonger la corde. Ils ont pris en compte le poids du condamné et la force requise pour lui rompre le cou. Une approche très scientifique. Ils ont même fait des tables avec la longueur prescrite. Mais le but recherché n'était pas tant d'abréger les souffrances que d'épargner au public de voir les condamnés se tortiller.

— Vraiment fascinant, dit Nora en s'efforçant de contenir son exaspération.

— Pour en revenir à la décapitation, il fallait être de très bonne famille pour avoir la tête tranchée. Mieux, il fallait avoir commis quelque chose de gravissime, une haute trahison, un régicide ou une félonie de cet acabit. Ce qui explique que très peu de femmes aient été décapitées. J'ai du mal à trouver des cas avérés. Toutefois, dit-il en se penchant vers elle, j'en viens au point le plus intéressant. À partir du Moyen Âge, la décapitation est la peine coutumière pour les infanticides. J'imagine qu'on a toujours trouvé que tuer un enfant était la pire des abominations...

Nora entendait au loin la voix de Robbie qui continuait de parler, mais le tumulte dans sa tête assourdissait tout — un bourdonnement aigu, comme si quelqu'un avait frappé deux couvercles de poubelle en fer juste contre son oreille. Elle sentit des picotements sur la nuque, sur ses bras.

— Robbie, dit-elle soudain, on dispose maintenant d'une date. En tout cas d'une fourchette plus ou moins précise. Tu te souviens du morceau de métal qui apparaissait sur les radios ?

— Oui.

— C'était une bague. Peut-être une alliance. Une date est gravée à l'intérieur. *1652*. Il ne doit pas y avoir tant de femmes que ça qui ont été décapitées dans le comté de Galway depuis 1652. Pour ce qui est de chercher une aiguille dans une botte de foin, j'ai l'impression que l'aiguille n'est plus si petite.

— Oui, mais tu oublies qu'une bonne partie de la botte est partie en fumée. Beaucoup de documents de cette époque ont disparu quand les services de l'état civil ont été bombardés en 1922 pendant la guerre civile.

— Tout n'a quand même pas brûlé ! On a d'autres sources, non ? Je n'arrive pas à croire que ce soit le seul endroit où on puisse chercher. Et les archives nationales ? Et les services de l'état civil à Londres ?

On a aussi les initiales gravées sur l'alliance qui pourraient nous donner une piste. Il y a peut-être quelque part des registres de mariage pour la région, des informations collectées à l'occasion de recensements... (Elle fut surprise du ton pressant de sa voix.) Tu ne vas pas me laisser tomber, hein, Robbie ?

3

L'église catholique de St. Colomba, un monstrueux édifice en pierre grise du XIXe siècle, regroupait les paroisses de Dunbeg et de quelques villages avoisinants. Le père Kinsella était en train d'en terminer avec ses femmes de ménage, un bataillon de ménagères d'allure quelconque, au teint vaguement terreux, armées de serpillières, de seaux et de cire. À voir leurs mines radieuses et leurs minauderies, Devaney comprit que le curé mesurait tout l'effet de ses charmes et de sa tignasse bouclée sur les paroissiennes d'un certain âge, et qu'il ne se privait pas d'en user — pour le service de l'Église, bien entendu. Il attendit que Kinsella en termine avec son fan-club et les dirige vers la sacristie. Comme dans toutes les églises, il régnait ici une odeur de cire, d'encens, de cierges et de fleurs.

Malgré son côté familier, ce lieu moderne procurait une sensation étrange à Devaney, très différente de celle qu'il éprouvait dans la vieille église mystérieuse de son enfance. Cela tenait peut-être aux changements qu'avait connus la messe ou au fait qu'il n'était plus du tout impressionné par tous les rites et l'apparat de la foi.

Le père Kinsella l'aperçut en se retournant.

— Ah, inspecteur ! dit-il en se frottant les mains à la manière d'un jeune cadre dynamique.

Il s'arrêta brièvement devant l'autel pour faire sa génuflexion et remonta l'allée centrale au pas de course pour venir lui serrer la main.

— Garrett, c'est bien ça ? Je connais votre famille, bien sûr, Nuala et les enfants. Mais nous n'avons pas encore eu le plaisir de votre compagnie.

Devaney ne réagissant pas, le prêtre eut le tact de ne pas insister.

— Y a-t-il un endroit où on pourrait parler au calme ? demanda l'inspecteur en sortant un calepin de la poche intérieure de son veston.

Kinsella le conduisit à la chapelle baptismale et l'invita à s'asseoir sur un des bancs.

— Bien. Que puis-je faire pour vous ?

— J'ai repris le dossier Osborne, je parle à certains témoins qu'on avait interrogés à l'époque, juste au cas où quelque chose de nouveau leur soit revenu.

La mine bienveillante du prêtre disparut au profit d'un air de résignation préoccupée.

— Je m'en doutais, fit-il. J'essaye de garder l'espoir. Ça devient de plus en plus difficile. Mais je prie pour eux chaque jour que Dieu fait.

— Dans votre déposition initiale, vous déclariez que Mina Osborne n'était pas une paroissienne assidue quand vous avez été nommé ici.

— Tout à fait, dit Kinsella. Elle s'est mise à venir à la messe après la naissance de Christopher.

— J'ai été surpris d'apprendre qu'elle était catholique, venant d'Inde...

— L'Inde compte en fait beaucoup de catholiques, inspecteur. Depuis les conversions de masse imposées par les Portugais au XVe siècle. Pas la période la plus honorable dans l'histoire de l'Église, je vous l'accorde.

C'est à cette époque que la famille de Mina a pris le nom de Gonsalves.

— C'est étrange qu'ils aient gardé la foi, si elle leur avait été imposée.

— Oui, ça paraît assez curieux. Je suppose que, au moment où ils ont eu leur mot à dire, c'était devenu une tradition familiale fortement ancrée.

— Vous avez déclaré, me semble-t-il, que Mina est passée vous voir la semaine de sa disparition, et d'ailleurs que vous avez reçu sa visite plus d'une fois au cours des semaines précédentes.

— En effet. Elle avait besoin de parler de sa vie spirituelle, et l'éducation de son fils la préoccupait aussi. Elle se demandait s'il devait être élevé dans la foi catholique.

— Vous dites « elle ». Mina Osborne et son mari étaient-ils en désaccord sur ce point ?

— Je ne parlerais pas de « désaccord ». Ils envisageaient plusieurs options. Christopher était encore très petit. Pour être franc, je ne pense pas que Hugh Osborne ait eu un avis très tranché. Le problème tenait plus à Mina qui se posait des questions sur sa propre foi.

— Elle ne vous a rien confié de précis, quelque chose qui puisse éclairer son état d'esprit ? Elle n'avait aucun souci particulier ce jour-là ?

— J'espère que vous n'insinuez pas que... Jamais elle ne se serait suicidée et n'aurait fait de mal à son fils, j'en suis convaincu.

— Je n'insinue rien du tout. Je cherche simplement à retrouver Mme Osborne. Dites-moi ce qu'elle vous a dit, je vous en prie.

La pointe d'exaspération dans sa voix surprit le père.

— La question de l'éducation religieuse s'est posée parce que Mina comptait emmener Christopher en Inde pour voir ses grands-parents. Elle voulait pouvoir leur dire, sincèrement, que son fils serait élevé dans la foi catholique. Et son mari avait de toute évidence quelques réserves. Il y a toujours des tensions dans un couple avec des traditions culturelles très différentes, comme vous le savez certainement, inspecteur. Ils n'avaient pas réglé certains points avant de se marier, notamment l'éducation des enfants, mais rien qui ne puisse s'arranger. Mina était brouillée avec ses parents depuis son mariage, en tout cas avec son père. Ils avaient choisi de ne pas se marier religieusement, voyez-vous, or son père y attachait beaucoup d'importance. Il venait d'une famille très pieuse, avec pas mal d'oncles et de tantes dans les ordres... Je crois qu'il y avait même un archevêque. Mais bon, Mina pensait que ce geste arrangerait les choses avec son père. Personnellement, je crois que sa démarche allait un peu plus loin. On voit ça tout le temps. Les gens prennent leurs distances en grandissant, mais dès qu'ils ont des enfants, quand ils ont besoin de se rattacher à quelque chose pour leur transmettre du profond et du sens, alors ils reviennent vers l'Église. La tradition exerce une attraction beaucoup plus forte qu'on ne l'imagine.

— Vous vous souvenez précisément de ce qu'elle vous a dit ?

Kinsella n'avait pas l'air décidé à livrer cette information.

— Je n'arrête pas de repenser à cette conversation. Elle n'a disparu que deux jours plus tard, mais je ne l'ai jamais revue. Juste avant de partir, elle m'a dit : « Hugh est contre pour le moment, mais il finira par changer d'avis. Il ne va pas nous garder ici enfermés à clé ! »

— Je vous demande pardon, mais je ne me souviens pas que vous ayez dit cela dans votre première déposition.

— C'était dit sur le ton de la plaisanterie, inspecteur. Sans aucune appréhension. Elle avait pris sa décision et en était très heureuse. Je savais que ça serait interprété de travers, ajouta-t-il comme pour se justifier de son péché par omission.

Devaney le regarda d'un air interrogateur.

— Rien d'autre qui vous revienne subitement ?

— Je jure que c'est la seule chose que j'ai omise dans ma première déposition.

— Elle aurait été capable de faire ce voyage sans l'accord de son mari ?

— Je crois qu'elle aurait patienté. Je ne la vois pas faire quoi que ce soit qui puisse le contrarier. Ce qui rend sa disparition d'autant plus troublante. Vous ne la connaissiez pas, inspecteur. Mina avait une âme lumineuse, comme je n'en ai jamais vu.

Devaney le dévisagea.

— Vous n'auriez pas eu un petit faible pour elle ? Vous ne seriez pas le premier.

— Contrairement à ce que vous lisez sans doute dans les journaux, inspecteur, il y a encore quelques prêtres qui prennent très au sérieux leur vœu de célibat. Je ne nie pas que Mina se soit confiée à moi. Je ne sais même pas pourquoi. Sans doute qu'elle avait peu d'amis dans le coin. Mais nos relations étaient strictement amicales.

— Vous parliez de quoi ?

— Je ne sais pas, de musique, de littérature, de l'âme. Je crois qu'elle était surtout en manque de conversation.

— Elle ne parlait pas avec son mari ? s'étonna Devaney.

— Bien sûr que si. Ne me faites pas dire ce que je n'ai pas dit. Mais quelqu'un d'aussi vif que Mina avait besoin de nourriture intellectuelle. Elle m'a confié une fois qu'en venant s'installer ici elle n'arrivait plus à se contenter de peindre jour et nuit comme avant. Elle cherchait des stimulations ailleurs.

— Leur couple vous faisait quelle impression ?

— Je crois que c'était du solide, même s'ils se sont mariés assez vite. En tout cas, Mina tenait beaucoup à son couple. Elle était au courant, bien évidemment, que son mari avait... avait connu d'autres femmes avant elle. Il est beaucoup plus âgé qu'elle, et elle n'était pas totalement naïve. Mais j'ai l'impression que...

— Que quoi ?

— Elle n'a jamais dit les choses comme ça, mais je pense qu'elle avait... mettons des craintes. Sans doute totalement infondées.

— Vous vous souvenez de ce qui vous a donné cette impression ?

— Au cours de notre dernière conversation, elle m'a interrogé avec insistance sur la miséricorde divine. Dieu qui condamne le péché mais pardonne le pécheur.

— Elle pensait peut-être à elle-même. Vous savez qu'elle était enceinte au moment de son mariage ?

— Oui, répondit le prêtre sans hésiter. Ne soyez pas inquiet, je ne trahis pas le secret de la confession. Elle n'a pas cherché à le cacher. Parfois, je me dis que c'était peut-être ça la vraie cause de ses doutes.

— Vous ne pensez pas qu'Osborne la trompait ?

— Je n'en sais rien, inspecteur. Je ne connais pas très bien Hugh Osborne. (Il fixa le policier sans sourciller.) On le voit parfois ici, vous savez. Il assiste à la messe tôt le matin, reste assis au fond de l'église. Une ou deux fois j'ai voulu le rejoindre après, mais il était déjà parti.

L'espace d'une fraction de seconde, Devaney eut l'impression de comprendre ce qu'était l'échec pour un prêtre.

— Merci pour votre temps, mon père. Je crois que c'est tout pour l'instant.

— Dites bien des choses à Nuala et aux enfants.

— Je n'y manquerai pas.

Devaney se retourna pour sortir et était sur le point de pousser la porte au fond de l'église quand il entendit le curé toussoter d'une façon hésitante.

— Vous savez, je me demandais... À partir du moment où vous êtes là... C'est à peine si ça mérite qu'on en parle...

— Quoi donc ? demanda Devaney.

— Eh bien, on a eu récemment une série de vols, rien de bien méchant, juste quelqu'un qui fauche des cierges dans une des chapelles latérales. Je sais bien que quelques cierges ça n'est pas le bout du monde, mais dans une petite paroisse chaque sou compte, et c'est tout de même mystérieux.

— Vous voulez me montrer où c'est arrivé ?

Kinsella l'emmena dans une petite chapelle sombre située à proximité de l'autel. Un vitrail dispensait un éclairage tamisé et blafard, et sur un autel trônait une statuette en plâtre de la Vierge Marie. Des étoiles en métal formaient une auréole au-dessus de sa tête, et une demi-douzaine de cierges éclairaient son visage par en dessous. Devaney se souvint soudain d'une statue similaire qui l'avait émerveillé dans son enfance. Avec ses bras écartés, enveloppés dans sa tunique bleu ciel, son visage irradiant la bonté, il avait eu le sentiment de ne jamais avoir vu plus belle créature. Il aurait volontiers économisé mille pennies pour allumer un seul cierge à ses pieds. Il tourna son attention vers le prêtre.

— Vous dites que ce vol n'est pas le premier ?

— Non, la première fois c'était il y a six mois. Puis un deuxième incident quelques mois plus tard. Et enfin le week-end dernier. D'habitude, on range les cierges ici en bas... (Il indiqua une étagère vide, sous la rangée de bougies votives.) J'aurais pu ne pas m'en rendre compte, sauf qu'on venait d'en mettre un lot vendredi et que dimanche matin la boîte était vide. Je n'ai pas jugé nécessaire d'en parler, mais ça devient une habitude. On ne portera sans doute pas plainte, mais j'aimerais bien savoir qui ressent le besoin de voler l'Église. C'est peut-être un appel à l'aide.

— Le bâtiment a combien d'entrées ? demanda Devaney.

— La porte principale, bien entendu, et deux portes latérales, celle de la sacristie et l'autre qui donne de ce côté... (Il montra une porte dans l'angle, juste à côté de la chapelle.) Mais celle-ci reste fermée la plupart du temps. Elle sert juste pour les enterrements, les occasions de ce genre.

— Il vous arrive de verrouiller toutes les portes ?

— Malheureusement, on n'a pas le choix. Ici, je ne célèbre que deux messes par semaine, étant donné que je m'occupe aussi de deux autres paroisses. Le reste du temps, l'église est fermée à double tour, sauf les jours de ménage comme aujourd'hui ou certains soirs, par exemple pour une préparation au mariage. Il y a aussi le samedi soir, bien sûr, où j'entends les confessions. Je suis presque certain que ça se passe à ce moment-là.

— Qu'est-ce qui vous fait dire ça ?

— Voyez-vous, en repensant à ces incidents, je me suis fait la remarque que les vols se produisaient toujours un soir où nous recevions la visite du fantôme pénitent. (Il montra un léger embarras.) Passez-moi le manque de respect.

— Qui est ce *fantôme pénitent* ?

— Je ne sais pas si c'est un homme ou une femme,

dit Kinsella. Il attend toujours que tout le monde soit passé avant d'entrer dans le confessionnal. Il ne dit pas un mot. Au début, j'attendais. Je comprends très bien qu'on ait besoin d'un peu de temps pour mettre ses idées en ordre. J'ai tenté de lui parler, mais je n'ai jamais obtenu de réponse. Au bout de cinq minutes, il se lève et s'en va. Je n'ai pas été jusqu'à ouvrir la porte pour voir qui c'était.

— C'est arrivé combien de fois ?

— Je ne sais pas, quatre ou cinq fois, je crois.

— Je peux jeter un coup d'œil au confessionnal ? demanda Devaney.

— Bien sûr. Par ici, dit Kinsella en l'emmenant à l'autre bout de l'église.

— Vous entendez les confessions toutes les semaines ?

— Tout à fait. À Noël ou à Pâques ça se bouscule, mais en temps normal il n'y a pas grand monde.

Le prêtre lui fit signe d'ouvrir la porte du confessionnal pour jeter un coup d'œil à l'intérieur, ce que fit Devaney, notant le coussin de velours rouge destiné au prêtre et les petites portes coulissantes. Celle de gauche était ouverte, et il vit l'ouverture à claire-voie recouverte d'un tissu noir par laquelle le confesseur écoutait les péchés.

— Ça vous dérangerait d'entrer une seconde ? demanda Devaney. Votre fantôme entre de quel côté ?

— Toujours à droite. Sur ma droite quand je suis à l'intérieur, je veux dire. Ça fait une différence ?

Devaney crut déceler une pointe d'excitation dans la voix de Kinsella — l'enthousiasme que ressent un quidam qui se retrouve impliqué pour une raison ou une autre dans une enquête policière, et dont la police se passerait volontiers dans la plupart des cas.

— Peut-être, dit-il en parcourant l'église du regard. Qui sont les habitués ?

— Je ne sais pas trop si je peux vous le dire.

— Quelqu'un a peut-être vu votre fantôme.

Kinsella soupesa cet argument.

— Il y a Mme Phelan, qui habite juste à côté dans l'impasse. Et Tom Dunne, qui vient chaque semaine depuis qu'il est en retraite, et aussi Margaret Conway. Plus quelques autres.

Une bande de pauvres bougres inoffensifs, songea Devaney. *Ça doit avoir des tonnes de choses à confesser !*

— Ils attendent où ?

— Sur les bancs juste en face, là-bas. Mais comme j'ai dit, le fantôme attend toujours que la dernière personne soit entrée dans l'isoloir avant de se glisser de l'autre côté. Je ne pense pas que quelqu'un l'ait vu.

Devaney ouvrit la porte et pénétra dans l'isoloir qu'utilisait le *fantôme pénitent*. La dernière fois qu'il avait mis les pieds dans un confessionnal, il avait l'âge de Pádraig et n'était encore qu'un enfant de chœur influençable, obnubilé par ses pensées impures. Il ferma la porte, pour que l'illusion soit complète. L'idée le fit sourire — il se souvenait très clairement du moment précis où il avait réfuté l'existence de Dieu, ce qui n'avait pas été plus compliqué que d'appuyer sur un bouton de lampe. Depuis, il ne s'en portait que mieux. Il s'agenouilla sur le prie-Dieu en cuir capitonné mais n'adopta pas la position prescrite du pénitent. Il inspecta le réduit, entendant dans sa tête les péchés murmurés par une multitude de gens, la litanie incessante des médisances, des coups de colère, des excès de boisson, comme si Dieu n'était qu'un comptable avaricieux notant la moindre faute. Mais on avait peut-être avoué ici quelques crimes plus sérieux. Que disait Houlihan, déjà ? Il entendait encore son ex-partenaire tailler ses sentences avec son accent nasal du comté de Clare. *La débauche. La magouille. La fornication. Le charlatanisme. Ça ne manque jamais, où que ce soit.*

Devaney sentait ses paumes moites, sa respiration qui se faisait plus courte, mais il resta dans l'isoloir où le seul éclairage provenait d'une ouverture grillagée en haut de la porte. Il avait beau inspirer très fort, l'air semblait s'arrêter à mi-chemin dans sa trachée. La tête commençait à lui tourner, il était temps de sortir. Il agrippa le prie-Dieu pour se relever et, malgré la panique qui le gagnait, sentit distinctement une curieuse aspérité sous le rebord. Au prix d'un gros effort, il parvint à se mettre debout et sortit précipitamment du confessionnal, tout suffocant. Kinsella était juste derrière lui.

— Ça ne va pas ?

Le prêtre paraissait sincèrement inquiet. Devaney s'assit au bout du banc le plus proche et essaya de reprendre son souffle.

— J'ai une petite grippe qui est en train de me tomber dessus... dit-il quand il fut capable de parler, s'essuyant le visage avec le mouchoir froissé qu'il avait sorti de la poche arrière de son pantalon.

— Vous êtes bien sûr ? Je peux appeler le médecin.

Devaney secoua vigoureusement la tête. Il n'était même pas censé être là, et se passait très bien que ses collègues apprennent sa petite mésaventure. Il se rapprocha de la porte ouverte de l'isoloir. Cette fois il n'y entra pas mais s'accroupit pour inspecter le dessous de l'accoudoir du prie-Dieu. Ce qu'il avait senti semblait être des lettres — peut-être bien des initiales — grossièrement gravées dans le bois, probablement au canif. Il dut se faufiler en partie dans l'isoloir pour mieux voir. Il sortit une petite lampe de poche et dirigea le faisceau. Il vit d'emblée qu'il ne s'agissait pas de simples initiales, mais mit quelques secondes à déchiffrer toutes les lettres. I-L-S-A-I-T-O-Ù-I-L-S-S-E-T-R-O-U-V-E-N-T. Et quelques secondes de plus pour former les mots. *Il... sait... où... ils... se... trouvent*. Devaney sentit son pouls s'accélérer à nouveau. Il se releva et rangea la lampe dans sa poche.

— C'est bon, mon père. Je vous demande une chose : ne laissez entrer personne. Faites sortir tout le monde et verrouillez les portes jusqu'à mon retour.

4

Il était presque deux heures et demie quand Nora se gara devant le prieuré de Drumcleggan. Elle entendit un air de flûte et des coups de pioche dans une terre grasse. Tout au long du trajet, elle n'avait cessé de se demander si elle devait parler du coup de téléphone à quelqu'un. Au bout du compte, elle avait décidé de taire l'incident sauf si autre chose survenait. Quant à savoir ce que cette « autre chose » pouvait être...

Elle prit le dossier avec les photos de la bague et rejoignit Cormac. Comme il lui tournait le dos, elle put s'approcher en admirant l'aisance avec laquelle il maniait la lourde pioche. Elle attendit que la pointe soit enfoncée dans le sol pour parler.

— Je suis de retour... Je t'ai apporté tes affaires.

En entendant sa voix, Cormac lâcha le manche en bois et se retourna, s'essuyant les paumes sur son pantalon poussiéreux.

— Ah... fit-il. Bonjour, Nora. Merci pour les affaires.

Ils se dévisagèrent un instant, mal à l'aise. Le temps était couvert mais il faisait doux, et Cormac avait le front légèrement en sueur.

— J'ai progressé, finit-il par dire en indiquant la

deuxième série de tranchées de sondage, qu'il avait déjà creusées à une profondeur de presque un mètre.

Il n'avait pas chômé pendant son absence.

— Je vois ça ! fit-elle. Tu as trouvé quelque chose ?

— Juste quelques fragments de poterie. Je viens d'attaquer cette zone.

Après un silence, tous deux se mirent à parler en même temps.

— Pardon, dit Nora. Vas-y en premier.

— Pas question, insista-t-il.

— D'accord. Tu ne devineras jamais ce qu'était ce morceau de métal que la *cailín rua* avait dans la bouche.

Il prit le dossier qu'elle lui tendait, l'ouvrit et découvrit la photo brillante d'un anneau en or grossi cinq fois, serti d'une pierre dont le rouge paraissait délavé sous l'éclat du flash.

— Il y a une inscription, dit Nora. Je crois qu'on la voit sur les deux clichés suivants...

Cormac s'assit au bord de la tranchée pour examiner les photos de plus près.

— C'est une sacrée découverte, mais ça nous apprend quoi ? Que la tête n'est sans doute pas arrivée dans la tourbière avant 1652, certes, mais ça a pu se produire n'importe quand après. Même si l'inscription date de 1652, la bague a pu être enterrée avec elle beaucoup plus tard.

Il paraissait déçu.

— Ça fait tout de même quelque chose, dit Nora.

Elle était perturbée par son manque d'enthousiasme.

— Robbie en dit quoi ? demanda-t-il. J'imagine que tu lui en as parlé...

— Il n'y croit pas trop, mais il veut bien poursuivre les recherches dans les registres de mariage et les archives judiciaires. Une idée m'est venue en route : *OF* pourrait signifier O'Flaherty.

— Tout à fait. Aussi bien que O'Farrell, O'Flynn ou O'Fallon. On ne le saura jamais de façon certaine, et on va finir par tourner en rond en s'arrachant les cheveux, tellement y a de possibilités.

— Je sais au fond de moi qu'on peut découvrir qui était cette jeune femme, dit Nora. Je ne sais pas pourquoi j'en suis persuadée, mais c'est comme ça. Moque-toi si tu veux, mais je crois que cette bague est une sorte de message. C'est le seul moyen qu'elle a trouvé pour nous dire qui elle était.

— N'importe qui a pu lui mettre cette bague dans la bouche, même après sa mort. Rien ne nous permet de trancher dans un sens ou dans l'autre. Tu vois, ça commence déjà : on va se prendre la tête à force d'en discuter ! Je te propose quand même une chose : parlons-en à Ned Raftery, l'instituteur.

Nora lui sut gré de cette proposition d'armistice.

— D'accord. Et toi, tu voulais me dire quoi ?

Elle l'écouta attentivement lui raconter ce qui était arrivé pendant son absence : la lumière aperçue dans les bois, sa conversation nocturne avec Hugh Osborne, son excursion le matin à la tour.

— Tu remarqueras que je ne suis pas du tout vexée que tu ne m'aies pas attendue, dit-elle. Tu es en train de devenir un sacré limier !

Il prit l'air penaud.

— Il ne manquerait plus que ça !

— Il est temps que je me salisse un peu les mains, dit-elle. À tout de suite.

Elle monta dans sa voiture et fila à Bracklyn House. Après avoir déposé les affaires de Cormac dans sa chambre, elle gagna la sienne au bout du couloir. La maison était silencieuse, et ce calme la mettait mal à l'aise. Cet endroit manquait trop de vie ; tout s'y faisait en silence, par des mains invisibles, et il y avait de quoi être déstabilisé. Elle se déchaussa et se dirigea vers la salle de bains. Au moment de franchir le seuil, quelque chose attira son regard et elle s'arrêta net. Des morceaux de verre étaient éparpillés par terre. Elle jeta un coup d'œil à la tablette au-dessus du lavabo — le verre à dents n'y était plus. Pourtant, il semblait y avoir trop de morceaux pour un seul verre. Elle fixa ses pieds dans leur collant ; on avait frôlé un petit drame. Était-ce un simple accident, ou une sorte d'avertissement ? Nora éprouva une pointe de peur en se rappelant la voix feutrée au bout du fil. *Oubliez cette histoire...* Décidément, cet endroit la rendait paranoïaque. Elle n'avait rien de mieux à faire que d'aller de l'avant, en ne voyant là qu'un simple incident — tant que rien d'autre ne se produisait... Elle avait vu où Hugh Osborne rangeait le balai, après que Jeremy avait renversé son verre à vin, et remit donc ses chaussures pour descendre à la cuisine.

Elle entendit du bruit venant de la porte sous l'escalier principal, et découvrit une femme à quatre pattes, en train de récurer le sol en pierre avec une brosse en chiendent. Elle était vêtue de fripes et avait noué un foulard sur ses cheveux noirs, mais quelques boucles restaient libres et s'agitaient tandis qu'elle décrivait de vigoureux cercles avec sa brosse.

— Excusez-moi... dit Nora.

La femme lança la brosse dans le seau, répandant des éclaboussures, et se releva prestement en retirant son foulard. C'était Lucy Osborne. Toutes deux demeurèrent silencieuses un instant. À voir son cou qui rougissait, Lucy était visiblement gênée, et Nora balbutia :

— Je suis désolée, je croyais que vous étiez...

— Oui, certes... (Lucy Osborne retrouva une contenance, mit de l'ordre dans ses cheveux.) Mme Hernan, ma femme de ménage, a la grippe, et cet escalier avait grandement besoin d'être nettoyé, avec tout le passage qu'on a.

— Excusez-moi de vous avoir fait peur. Je venais juste prendre un balai. Il y a un verre cassé dans ma salle de bains.

— Eh bien, dit Lucy, je vais monter m'en occuper tout de suite.

— Ce n'est pas la peine, je sais où se trouve le balai.

Nora abandonna Lucy Osborne devant l'escalier de la cuisine, serrant toujours son foulard dans son dos. Mais quand elle revint quelques secondes plus tard, celle-ci avait disparu avec son seau et sa brosse, ne laissant que des traces humides sur les dalles.

5

De retour à l'église, Devaney fit jurer au père Kinsella de garder pour lui cette découverte, puis photographia les lettres gravées sur le prie-Dieu et saupoudra de la poudre un peu partout dans l'isoloir. Ça regorgeait d'empreintes partielles, plus ou moins floues, mais rien de franchement exploitable.

Après en avoir terminé à l'église, Devaney se rendit à Bracklyn House, se gara non loin du portail et attendit. Il vit sortir la voiture du Dr Gavin, qui allait sans doute au prieuré. Une vingtaine de minutes plus tard, il aperçut la Volvo noire d'Osborne. Il attendit dix secondes avant de quitter sa cachette pour le prendre en filature. Ils atteignirent Shannon Airport après l'heure du dîner, mais Devaney n'avait pas du tout faim. Posté derrière la vitre de la salle des départs, il le vit monter à bord d'un vol pour Londres. Une fois le dernier passager embarqué, Devaney s'approcha d'un guichet où se tenait une hôtesse en uniforme.

— Ce vol arrive à Londres à quelle heure ? demanda-t-il.

— Il ne fait pas escale à Dublin, répondit la jeune femme, il doit donc atterrir à Gatwick à 21 h 50.

Dix heures moins dix... Ça valait peut-être le coup

d'appeler Le Furet. Il avait toujours connu Jimmy Deasey sous ce surnom — ça devait bien faire une vingtaine d'années, depuis ses débuts dans la police — mais personne n'avait jamais pu lui en expliquer l'origine. Deasey s'était expatrié cinq ans auparavant, acceptant un poste peinard de responsable de la sécurité dans une entreprise technologique de la banlieue de Londres, mais ils étaient restés en contact. Devaney se dirigea vers la cabine téléphonique la plus proche, trouva le numéro de Deasey dans le petit calepin qu'il avait toujours sur lui, et le composa.

— Allô ?

Une voix grave, qu'il crut reconnaître comme celle du Furet, malgré la musique assourdissante en arrière-fond.

— Jimmy ? C'est Garrett Devaney...

— Attendez, je crois que c'est mon père que vous voulez.

Une main plaquée contre l'appareil étouffa la voix du garçon appelant son père, mais Devaney entendit tout de même Deasey dire :

— Tu peux baisser le son, Ciaran ? Comment veux-tu qu'on entende les gens au téléphone...

Le niveau sonore baissa, et il entendit la voix du Furet, avec des accents professionnels auxquels il n'était pas du tout habitué.

— Seamus Deasey à l'appareil.

— Putain, Jimmy, ton gosse doit être plus grand que toi ! C'est Garrett Devaney.

La voix de Deasey perdit aussitôt sa préciosité anglaise, retrouvant son accent tourbé de Cork.

— Devaney, vieille canaille ! Comment va ? Ça fait un sacré bail !

— N'enfonce pas le clou...

Il y eut un silence.

— J'ai entendu parler de tes ennuis, Gar. Je suis vraiment désolé. Ça aurait pu arriver à n'importe lequel d'entre nous.

— Merci, Jimmy. En fait, reprit Devaney après un nouveau silence, j'appelle pour te demander un service. Ça m'ennuie de t'embêter, mais à part toi je ne vois pas qui pourrait me filer ce coup de main.

— T'as pas des ennuis avec un autre commissaire, dis ?

— Pas encore, dit Devaney. Mais si ce vautour me parle encore une fois de soigner ses statistiques... En fait, je viens de suivre un suspect jusqu'à Shannon Airport. Il a pris un vol pour Gatwick et devrait arriver là-bas à 21 h 50. Je me demandais si... Enfin, si tu n'as rien de mieux à faire... Si tu voudrais bien...

— Le prendre en filature ?

Devaney entendit le ton surpris de son copain, attendit pendant qu'il soupesait la proposition. C'était un fier service qu'il lui demandait.

— Tu veux juste savoir où il se rend après Gatwick ? demanda Deasey.

La proie était ferrée.

— C'est ça. Tu me dis où il va, qui il rencontre. Rien de bien méchant.

— T'as quoi comme charges contre lui ?

— Que dalle, c'est tout le problème ! Mais sa femme et son gosse ont disparu, et je n'arrive pas à me convaincre qu'il n'y est pour rien.

— Ça pourrait être intéressant. File-moi les infos.

Devaney lui fournit quelques renseignements utiles — la description d'Osborne, le numéro du vol — et entendit Deasey qui prenait des notes.

— Tu peux me rappeler à la maison, Jimmy ? Je vais rentrer et je ne serai pas couché très tôt.

Devaney profita du retour pour calculer le temps de

trajet entre Shannon et Dunbeg. À vol d'oiseau, ça faisait moins de cinquante kilomètres, mais il n'y avait pas de route directe, on devait emprunter une série de petites routes, d'abord vers le nord jusqu'à Sixmilebridge, puis la route d'Ennis vers l'est jusqu'à Scarriff et ensuite Mountshannon. Osborne n'avait pas pu mettre moins d'une heure trois quarts, à supposer qu'il ait conduit en prenant soin de ne pas attirer l'attention. En ajoutant le temps de descendre de l'avion et d'aller prendre sa voiture dans le parking, il ne pouvait pas être à Dunbeg avant deux heures et quart. Mettons qu'il ait retrouvé sa femme et son fils aux abords du village, qu'il les ait emmenés quelque part et soit tout de même rentré à Bracklyn House à six heures, conformément aux déclarations de Lucy Osborne. Dans ce cas, ils se trouvaient dans un rayon de deux heures... Merde — ça faisait la moitié des comtés de Clare et d'East Galway ! Il regarda la carte routière, traçant un cercle imaginaire autour de Dunbeg. Y était inclus le lac, mais aussi des zones montagneuses et boisées, difficiles d'accès. Pas de quoi s'étonner si on ne les avait pas retrouvés ! En fonction de ce que Le Furet lui dégotterait sur ce voyage londonien, il lui demanderait peut-être de mettre son nez dans ce congrès à Oxford. Si Osborne disait la vérité quand il prétendait s'être arrêté pour piquer un somme, pourquoi avait-il mal dormi la nuit d'avant ? Était-il en agréable compagnie ?

Deasey rappela peu après onze heures.

— Eh bien, dit-il, c'était super simple comme boulot. Ton client a pris un taxi à l'aéroport, il s'est fait déposer devant une maison à Christ Church. Je l'ai en ligne de mire au moment où je te parle. La baraque est du genre plutôt chic, vu le quartier. Il est sur le pas de la porte. Demain matin, je te trouverai qui habite à cette adresse. C'est génial les portables, hein ? Je me demande comment on faisait avant...

— Il a la clé ou bien il a sonné ? demanda Devaney.

— Attends, je prends les jumelles... Une jeune femme vient de lui ouvrir. Assez jeune, l'air pakistanaise, cheveux courts, petite trentaine. On dirait qu'il est attendu. Elle le sert dans ses bras, lui fait la bise...

Devaney sentit une poussée d'adrénaline, comme au bon vieux temps quand il coursait des hooligans. Mais il s'exprima d'une voix calme.

— Ils sont seuls ?

— Oui... dit Deasey. Ou plutôt non... Ton gars m'a l'air de parler à quelqu'un d'autre...

— Qu'est-ce qu'il fait, Jimmy ?

— Il vient de se pencher pour prendre un gamin dans ses bras.

6

Una McGann avait besoin de toutes ses forces pour malaxer l'énorme boule de pâte à pain posée sur la table. Le calme régnait dans la maison, où pénétrait de temps à autre un rayon de soleil matinal. La radio diffusait les programmes de *Radio na Gaeltachta* — des airs cadencés de musique traditionnelle entrecoupés çà et là par le doux murmure des bulletins d'information en gaélique. Mais cette tranquillité n'était qu'apparente. Depuis lundi soir, l'ambiance était empoisonnée. Brendan et Fintan se livraient à leurs travaux dans la ferme sans échanger le moindre mot. De retour à la maison, chacun se réfugiait dans sa chambre, ne s'aventurant dans la cuisine que s'il était sûr de ne pas y trouver l'autre. Et tous deux lui adressaient à peine la parole. Brendan était fâché contre elle autant que contre Fintan, qui pour sa part lui reprochait de ne pas avoir quitté la maison sur-le-champ — l'obligeant par la même occasion à rester, puisqu'il ne voulait pas les laisser seules, elle et Aoife, après ce qui s'était passé.

Elle jeta un coup d'œil à sa fille, qui était descendue de bonne heure mais qui s'était rendormie sur le canapé. Quelques rayons de soleil effleuraient les cheveux éclatants d'Aoife, et son visage était parfaitement détendu dans l'abandon du sommeil. Una songea qu'elle serait plus grande qu'elle. Ça ne faisait aucun doute. Elle sentit sa colère contre Brendan se raviver. Comment avait-il pu oser se procurer dans son dos un extrait de l'acte de naissance d'Aoife ? Elle le lui aurait montré elle-même, s'il s'était donné la peine de le lui demander ! Et de quel droit voulait-il savoir qui était le père ? C'est ça qu'il cherchait, Una en était certaine. Elle-même mise à part, cette question ne concernait qu'une personne : Aoife. Elle lui dirait la vérité, le moment venu. Jusqu'à maintenant, cela n'avait pas posé de problème, mais Aoife arrivait à un âge où ces choses comptaient. Dans un patelin comme Dunbeg, être étiquetée comme une « bâtarde » avait toujours un certain poids, beaucoup plus qu'à Dublin où la moitié des gamins de leur rue vivaient sans leur père. Elle avait intérêt à préparer ce qu'elle comptait dire à sa fille, et au reste du monde. À une époque, Una avait vaguement envisagé d'inventer un étudiant étranger — allemand, ou peut-être suédois — qu'elle aurait connu à l'université, une brève histoire d'amour avec quelqu'un qui aurait totalement disparu de la circulation. Aucun risque de voir cet homme réapparaître, puisqu'il serait sorti de son imagination. Cette solution aurait été la plus simple vis-à-vis du monde extérieur, mais il y avait Aoife... Elle se voyait mal dire un tel mensonge à sa fille. En revanche, lui dire la vérité revenait à mettre tout le monde au courant, parce qu'on ne pouvait pas demander à une enfant de garder un tel secret sous la pression extérieure. Et la pression serait forte — personne ne savait mieux jouer des faiblesses de son prochain qu'un gamin de huit ans dans une cour de récréation.

Le coup de colère de Brendan l'avait convaincue qu'elle et sa fille ne devaient plus être dépendantes de quiconque. D'où ce débordement d'activité, en vue du marché. Deux pulls tricotés main, autant de pains aux céréales et de gâteaux au carvi qu'elle avait pu confectionner en trois jours — pas grand-chose, mais Una savait qu'elle devait commencer à mettre de l'argent de côté pour qu'elles puissent prendre leur indépendance un jour. Les ateliers du prieuré ne seraient pas terminés avant un an, et ce ne serait là qu'un lieu de travail, pas un logement jusqu'à preuve du contraire. Elle trouverait peut-être une maisonnette ou une chambre en échange de quelques heures de ménage ou de cuisine. Elle avait refusé de suivre Fintan en Amérique, sachant qu'il ne le souhaitait pas vraiment, pas plus qu'elle et Aoife. Les quelques années passées à Dublin lui avaient fait entrevoir une misère qu'elle souhaitait ne jamais connaître de nouveau. Ici, on pouvait au moins faire pousser ses propres légumes, et les commerçants du village — du moins certains d'entre eux — vous faisaient crédit en vous laissant rembourser quand vous pouviez. On se montrait ici un peu plus charitable qu'en ville — pour certaines choses, pas pour tout. Una savait que les habitants du coin n'oubliaient pas qu'elle était partie contre l'avis de sa famille, et qu'elle leur avait fait honte une seconde fois en revenant avec un enfant. Certains s'offusquaient toujours qu'elle ne soit rentrée que pour l'enterrement de sa mère, alors que ça remontait à trois ans. Impossible de se soustraire au qu'en-dira-t-on. Les habitants de Dunbeg n'avaient rien de mieux à faire pour s'occuper l'esprit. Elle le voyait sur les visages quand elle entrait dans un magasin, le sentait quand on lui demandait poliment des nouvelles d'Aoife ou qu'on s'émerveillait de la voir grandir à ce point. Ces gens-là semblaient se faire une idée très claire de la vie d'Una McGann, et ça la démangeait parfois de les interroger, elle-même se sentant tellement dans le flou.

Deux grosses miches rondes de pain aux céréales et quatre pains demi-portion étaient prêts à enfourner. Una prit un couteau et dessina adroitement une croix sur chaque pain, comme sa mère le lui avait appris, puis glissa rapidement la plaque dans le four. Elle se retourna et contempla la cuisine en désordre, le grand saladier sale et la table toute collante de pâte et de babeurre, les paquets ouverts de farine de blé et de froment, et s'assit avec lassitude, reposant sa tête sur ses bras. Quelques larmes tièdes coulèrent le long de son nez et tombèrent dans la farine qu'elle avait renversée là en malaxant la pâte. Son univers partait à vau-l'eau, et elle ne voyait pas comment le rattraper.

7

La sonnerie du téléphone, à quelques centimètres de son oreille, tira Devaney d'un profond sommeil. Il se retourna et empoigna le combiné.

— Devaney à l'appareil.

— Toujours au pieu ? s'étonna Deasey. Nom d'un chien, je donnerais cher pour être encore en Irlande ! J'ai du neuf. Tu pourrais au moins faire semblant d'avoir l'air surpris, si t'arrives pas à être aimable à une heure aussi matinale.

— Tu peux pas savoir ce que je suis content, dit Devaney en s'asseyant et en clignant des yeux. Tu voudrais pas me dire quelle heure il est, Jimmy ?

— Presque neuf heures et demie, vieille feignasse !

Putain de merde ! songea Devaney. Presque neuf heures et demie et personne ne s'était donné la peine de le réveiller. Il avait déjà loupé le briefing du matin au commissariat.

— Merci d'appeler, Jimmy. T'as dégotté quoi ?

— Ton gars s'est rendu dans une banque. Coup de bol, la standardiste est originaire du Cavan. J'ai réussi à lui tirer les vers du nez en jouant sur la fibre patriotique. Ton suspect a été en classe avec un des dirigeants de la banque, en général ça crée des liens. Aucune indication sur la raison du rendez-vous, mais quand on met les pieds dans une banque c'est qu'on a du fric, t'es d'accord ?

— Ou qu'on a besoin de fric, fit remarquer Devaney.

Il était parfaitement réveillé et essayait tant bien que mal d'enfiler les manches de sa chemise en gardant le combiné calé contre son oreille.

— T'as trouvé quelque chose sur l'adresse d'hier soir ?

— Ouais. Rien de bon, malheureusement. Je devrais plutôt dire que ça ne cache aucun mystère. Tout compte fait, ton type n'est pas bigame. La maison appartient à un certain Dr DeSouza. Un type respecté, avec une belle clientèle. La femme et l'enfant sont de toute évidence sa fille, une amie de l'épouse d'Osborne, et sa petite-fille. Ils hébergent Osborne chaque fois qu'il passe à Londres. Ça s'arrête là.

Au moment même où il raccrochait, Devaney regretta de ne pas avoir demandé au Furet de s'intéresser à l'emploi du temps d'Osborne au cours des jours qui avaient précédé la disparition. Pourquoi s'en être privé ? L'image des lettres gravées sur le prie-Dieu flottait dans son esprit encore endormi. *Il sait où ils se trouvent*... Si quelqu'un savait quelque chose, pourquoi ne pas se présenter à la police ? La raison habituelle : ne pas se mettre, soi-même ou quelqu'un d'autre, dans une situation compromettante. Qui dans l'entourage d'Osborne, parmi ses amis, sa famille ou ses relations d'affaires, pouvait avoir quelque chose à cacher ? Il connaissait déjà la réponse : tout le monde.

8

La maison de Ned Raftery était disposée à angle droit par rapport à la route, avec une façade en pignon sur l'arrière et un jardin clos sur le devant. Nora se gara dans l'allée gravillonnée et Cormac franchit après elle le portillon noir en fer forgé. Le jardin était délimité par une haie de buis à hauteur de poitrine ; contre les petites feuilles vert sombre poussaient des centaines de rosiers. La plupart étaient en boutons mais un rosier grimpant saumon et plusieurs rosiers nains blancs étaient en fleur et dégageaient une odeur merveilleuse. Nora se pencha et huma leur parfum capiteux et entêtant, soupirant de ravissement.

— Je suis content qu'elles vous plaisent, déclara une voix masculine.

Elle se retourna et aperçut celui qui devait être Ned Raftery. Il se releva, ferma son sécateur et vint vers elle en se guidant d'après sa voix. Ses yeux vitreux étaient fixés droit devant lui.

— Elles sont superbes, dit Nora. Ce parfum est vraiment enivrant !

— Et les gens se demandent pourquoi un aveugle se donne la peine de faire pousser des fleurs, dit Raftery avec un sourire.

— Ravie de faire votre connaissance, dit-elle. Je suis Nora Gavin.

Elle ne savait pas trop si elle devait lui serrer la main, mais il tendit sa paume qu'elle prit dans la sienne. Il lui présenta un bouton de rose fraîchement coupé qu'il tenait caché dans son dos.

— Soyez la bienvenue, docteur Gavin. J'imagine que le professeur Maguire vous accompagne. Bienvenue également.

— Merci de nous accorder votre temps, dit Cormac.

— Tout le plaisir est pour moi. Je ne sais pas si j'aurai quelque chose d'utile à vous apprendre, mais je partagerai volontiers avec vous ce que j'ai accumulé là-dedans... dit-il en se tapotant le front. Entrez, je vous en prie. Je vais faire du thé.

Ils le laissèrent s'engager le premier dans l'allée et le suivirent. La porte d'entrée donnait directement sur une pièce tout en longueur divisée en deux parties égales. D'un côté se trouvait une grande cheminée qu'entouraient quatre vieux fauteuils en tissu ; les murs étaient occupés par des bibliothèques remplies de livres anciens et récents. Une longue table en chêne à tréteaux et ses huit chaises séparaient le coin salon de la cuisine, où une énorme cuisinière avait remplacé la seconde cheminée. Raftery se dirigea vers la cuisine, un parcours manifestement familier, mit la bouilloire sur le feu et coupa quelques tranches de brioche aux raisins, se servant de sa main gauche pour guider la lame du couteau et jauger l'épaisseur de chaque tranche. Nora et Cormac prirent place autour de la table.

— Fintan McGann m'a dit qu'il vous avait eu comme instituteur, dit Cormac.

— Un garçon intelligent, ce Fintan. J'ai essayé de lui enseigner un peu d'histoire, mais à l'époque il n'y en avait déjà que pour la musique. Il commence à jouer joliment de la cornemuse, vous ne trouvez pas ?

— C'est un très bon musicien, acquiesça Cormac. Il a joué des passages superbes la semaine dernière au pub.

— Une soirée fabuleuse, hein ? Bien. Vous êtes ici parce que vous avez quelques questions à propos de l'histoire locale...

Il apporta une assiette avec les tranches de brioche, une coupelle avec du beurre et deux couteaux. Il tira la chaise en bout de table et s'assit. Âgé d'une soixantaine d'années, il était rasé de près et ses cheveux gris étaient légèrement en bataille sur son front. C'était un homme trapu, avec de petites jambes et un long torse en forme de tonneau. Il portait une chemise et un pull troué à un coude, et était chaussé d'une paire de godillots. Il avait plus l'allure d'un manœuvre que d'un instituteur, songea Nora.

— Nous cherchons des pistes pour identifier la jeune femme qui a été retrouvée dans la tourbière, dit-elle. Comme tout le monde en a entendu parler, j'imagine que vous aussi. Ce n'est pas gagné d'avance, mais on a découvert quelque chose qui pourrait être un indice important.

Raftery était impassible. Son regard aveugle restait fixé de l'autre côté de la table.

— Continuez, dit-il.

— On n'a pas retrouvé le corps. Juste la tête. Nous avons pu pratiquer des examens assez approfondis. C'est une jeune femme d'environ vingt, vingt-cinq ans, avec de longs cheveux roux. La lésion de la vertèbre nous porte à croire qu'elle a été décapitée, sans doute d'un seul coup d'épée ou de hache. Le nouvel élément, c'est une bague d'homme, ornée d'une pierre rouge, qu'on a retrouvée dans sa bouche. Avec une inscription gravée à l'intérieur. Deux séries d'initiales, *COF* et *AOF*, une date, *1652*, avec les lettres *HIS* intercalées au milieu.

— On n'a pas encore les résultats de la datation au carbone 14, intervint Cormac. En attendant, on a lancé quelques recherches historiques sur la décapitation. Et puis Nora a trouvé cette bague, ce qui nous donne une date éventuelle, du moins un point de départ.

— Notre raisonnement est le suivant, expliqua Nora. La tête n'a pas pu se trouver dans la tourbière avant 1652, puisque cette date figure sur la bague, mais elle a pu arriver là n'importe quand après.

Elle adressa un regard à Cormac en haussant les épaules. Même si cela l'agaçait, elle reconnaissait qu'il avait raison.

— Vous cherchez donc la trace d'un procès ou d'une exécution, voire d'un mariage, dit Raftery qui réfléchit un instant. Vous vous rendez compte que 1652 tombe au beau milieu de la conquête de Cromwell ? Une période de grande agitation en Irlande. Les registres paroissiaux de l'époque sont très fragmentaires. Pour ce qui est des procès, surtout pour une chose aussi grave qu'une condamnation à mort, ça pourrait être plus simple, mais c'est difficile à dire comme ça. Vous avez fait des recherches à la Bibliothèque nationale et aux Archives ?

— Un ami de Dublin s'en occupe, dit Cormac. On nous a dit que vous seriez peut-être en mesure de nous éclairer sur l'histoire locale.

— Comme je disais toujours à mes élèves, dit Raftery, la seule histoire est l'histoire locale. Et cette histoire est en partie écrite, en partie perdue, et pour une bonne part conservée dans ce qu'on peut appeler la mémoire collective des petites gens, que ceux-ci en soient conscients ou non.

— Que s'est-il passé dans la région en 1652 ? demanda Nora. Je n'ai que des connaissances très générales sur la déportation des catholiques. Comment les gens du coin ont-ils vécu cette période ?

— Vous connaissez l'expression « en Connacht ou en enfer » ? demanda Raftery.

L'eau se mettant à bouillir, il se leva et se dirigea lentement vers la cuisinière, versa le liquide dans une théière en fer-blanc toute cabossée et la posa sur la table en attendant que le thé infuse.

— Beaucoup de gens n'avaient que ce choix-là, reprit-il, alors ils ont déménagé. Si vous voulez un équivalent contemporain, prenez la purification ethnique en Bosnie au début des années quatre-vingt-dix, ou les camps de rééducation en Asie du Sud-Est. Les propriétaires terriens catholiques ont été chassés de leurs terres et condamnés à s'exiler vers l'ouest. Voyant qu'ils rechignaient, Cromwell leur a fixé une date limite. Ils avaient jusqu'au 1er mai 1654 pour rejoindre les terres qu'on leur avait attribuées dans la province de Connacht. Les Anglais ont commencé à bâtir des fortifications et à implanter des garnisons le long de la Shannon, pour s'assurer que les catholiques ne chercheraient pas à revenir... (Il s'exprimait d'une voix calme, mais son sujet le passionnait.) Les troupes anglaises ont dévasté et brûlé les champs de maïs, ce qui a provoqué une grande famine, les gens n'ayant plus que des pommes de terre pour subsister. Des bandes de réfugiés, en fait des familles entières, sillonnaient les routes, et on a donc ordonné la déportation aux colonies d'Amérique de tous les orphelins et des femmes capables de travailler. Entre les combats, la famine, les déportations et la peste, l'Irlande a perdu plus de cinq cent mille habitants en deux ans. Les loups pullulaient tellement qu'en 1652 le gouvernement a interdit de faire sortir du territoire le moindre chien-loup, et une rançon de cinq livres était versée pour la tête d'un loup mâle, dix livres pour celle d'une louve. La tête d'un prêtre ou d'un *Tory*, le terme gaélique désignant un hors-la-loi, rapportait aussi un bon prix. On est ici dans une zone frontalière, et les Anglais ont donc décidé de déloger certains propriétaires dans des parties jugées stratégiques, le long de la côte et des rivières, alors même que le Connacht était normalement réservé aux catholiques.

— Notamment les O'Flaherty ? demanda Nora en jetant un regard en coin à Cormac. Ceux qui ont construit Bracklyn House ?

Raftery réfléchit avant de répondre.

— Oui, ils en faisaient partie. La plupart des terres de la région appartenaient à diverses branches des Clanricarde, une famille d'origine normande également connue sous le nom de Burgo ou de Burke. Ils ont réussi à conserver leurs propriétés, malgré le fait qu'ils étaient catholiques. Mais il y avait aussi des petits propriétaires, dont faisaient partie les O'Flaherty de Drumcleggan. On trouve beaucoup de O'Flaherty plus à l'ouest, mais une branche de la famille était restée dans la région. Un certain Eamonn O'Flaherty a fait construire le manoir de Drumcleggan vers 1630, pour en être expulsé vingt ans plus tard. Il s'est vu accorder des terres plus à l'ouest, mais il est mort peu de temps après.

— Et les Osborne ont récupéré ses terres, dit Nora.

— C'est ça, confirma Raftery en servant le thé. Hugo Osborne, l'aïeul de Hugh Osborne, a reçu toute la propriété de Drumcleggan, considérée comme un poste stratégique sur la frontière. Il l'a rebaptisée Bracklyn House. Le fils O'Flaherty est devenu un illustre brigand. Lui et sa bande se cachaient dans les monts

Slieve Aughty, et ils ont attaqué plusieurs postes de garnison de la région. Il a même livré un assaut peu judicieux sur Bracklyn House, à un moment où les Osborne étaient absents. Le jeune O'Flaherty a fini par se faire prendre, et on l'a condamné à être pendu. Mais comme lui et ses hommes n'avaient rien commis de trop ignoble, il a été gracié et déporté, ou *barbadé* comme on disait à l'époque.

— Vous ne vous souvenez pas de la date à laquelle il a été déporté ? demanda Nora.

Raftery se leva et se dirigea précautionneusement vers une des bibliothèques où étaient rangées des boîtes.

— Je dois avoir quelque part une photocopie du *Registre de déportation*, si j'arrive à mettre la main dessus...

Il effleura le devant de chaque boîte à tour de rôle.

—... Je crois que ça pourrait se trouver dans celle-ci, si vous voulez bien y jeter un coup d'œil.

Il posa la boîte d'archives sur la table et Nora l'ouvrit avec impatience. Elle se mit à feuilleter les photocopies et s'arrêta sur une épaisse liasse, une sorte de registre manuscrit. Elle tendit la moitié des pages à Cormac et commença à parcourir les listes où pour chaque individu figuraient le nom, l'âge et ce qui semblait être le métier. Au bord de l'hallucination, elle s'imagina la main qui avait écrit ces noms, et perçut soudain, avec une acuité bouleversante, que ces traits griffonnés à la plume représentaient une multitude de vies arrachées, brisées.

— Il y a une date en haut de ces documents ? demanda Raftery.

— Novembre 1653, répondit Nora.

Elle parcourut quelques feuilles et se tourna soudain vers les deux autres.

— Attendez, dit-elle, en voilà un qui pourrait être notre homme. O'Flaherty. Vingt-sept ans. Hors-la-loi et brigand. Déporté à vie. Vous ne savez rien d'autre à son sujet ? demanda-t-elle à Raftery. Avait-il une femme ? Y a-t-il un moyen de le savoir ?

L'air un peu déconcerté par ce flot de questions, Raftery sourit.

— Je ne suis pas certain qu'on trouve la moindre trace écrite. J'ai toujours entendu dire qu'il avait terminé comme mercenaire quelque part en Amérique du Nord. Une triste histoire, mais qui n'a rien d'exceptionnel. Je ne sais plus trop s'il était marié.

— C'est tout ? dit Nora. Quel était son prénom ?

— Excusez-moi, j'ai oublié de vous le dire. Cathal... Il était surnommé Cathal Mór, à cause de sa grande taille.

— Cathal O'Flaherty. COF... Tu ne vas pas me dire que c'est juste une coïncidence, lança Nora à Cormac, ravie de cette victoire. La date correspond. Le lieu et les initiales correspondent. Notre *cailín rua* serait-elle son épouse, et si oui pourquoi son nom à elle ne figure-t-il pas dans les registres de déportation ? Pourquoi l'aurait-on exécutée alors que lui a été simplement déporté ?

Elle eut un soupir de découragement.

— Quelqu'un a-t-il collecté les chansons traditionnelles du coin ? demanda Cormac. Un célèbre hors-la-loi comme lui a sans doute eu droit à une ou deux complaintes.

— Je ne crois pas qu'il existe un recueil en tant que tel, mais vous savez, sur ce sujet...

Raftery plissa le front et marqua une hésitation.

— Oui ? dit Nora, dont la curiosité était vaguement piquée.

— Personne n'en sait davantage que ma tante. Maggie Cleary. Elle habite à Tullymore, un petit patelin au pied des montagnes. Mais je dois vous prévenir, elle a un fichu caractère. Elle a ses bons et ses mauvais jours, et les bons se font de plus en plus rares. Mais quand elle est bien lunée, vous ne trouverez personne qui puisse vous en dire plus sur les familles du coin. Et elle connaît des tas de chansons, des centaines. Qui sait... en prenant le temps de bavarder un peu avec elle... Elle adore qu'on s'intéresse à elle. Si en plus vous avez la bonne idée d'apporter un peu de whiskey...

9

À onze heures et demie le lendemain matin, Cormac et Nora travaillaient aux fouilles avec acharnement. De gros cumulus gris balayaient le ciel d'ouest en est, et une brise océane chargée d'humidité parvenait jusque-là après avoir franchi les montagnes. S'appuyant un instant sur le manche de sa pelle, Cormac se prit à méditer — quelles traces subsisteraient de son existence dans trois cents, huit cents ou mille ans ? Des objets perdus sous une latte de parquet, ou dissimulés pour que personne ne les trouve, et que lui-même aurait fini par oublier. Il s'identifiait à ces êtres d'un lointain passé qui enfouissaient leurs biens les plus précieux sans jamais les récupérer, par la faute de l'oubli, des migrations, ou de la mort.

Il regarda Nora à l'autre bout de la tranchée. Son travail consistait à passer les déblais au grand tamis pour y repérer les objets fabriqués par l'homme : des éclats de poteries, du verre, des scories métalliques, ou le vert caractéristique du bronze corrodé. Sur un site chrétien primitif tel que celui-ci, il était rare de retrouver autre chose que des os d'animaux sacrifiés ou des tessons de poterie. Une communauté de ce genre utilisait surtout des objets de nature organique, depuis longtemps décomposés. Malgré tout, on ne savait jamais d'avance sur quoi on allait tomber. Même si aucune ruine n'avait résisté en surface, on était presque certain de retrouver sous terre quelques indications sur les techniques de construction ou sur les activités industrielles qui s'étaient pratiquées à cet endroit. Et il y avait toujours les fosses à ordures, dont chaque couche recelait de précieux renseignements. Pour Cormac, là résidaient toute la beauté et tout le mystère de l'archéologie. Chaque site devait être traité comme un trésor potentiel, chaque étape d'une excavation entreprise avec le même soin, pour ne laisser échapper aucun objet important, aucun détail significatif. Il travaillait certes pour le présent mais aussi pour les générations futures, qui seraient peut-être en mesure d'interpréter ses découvertes et celles de ses collègues dans une perspective plus large, une analyse qui ne serait pas mise en lumière avant cinquante ou deux cents ans, et ne serait peut-être rendue possible que si les recherches antérieures avaient été méticuleuses et approfondies. Les échantillons de terre qu'il prélevait seraient tamisés en laboratoire pour en prélever les microfossiles, les restes d'insectes, les graines et autres substances végétales. On utilisait toujours de bonnes vieilles techniques quand on creusait à la main, comme de repérer à l'œil nu les couches et les strates, mais on avait fait des progrès considérables dans les analyses chimiques ou microscopiques, ce qui multipliait les échantillons à prélever, sans compter les méthodes modernes de radiographie et une foule d'instruments dont Gabriel n'aurait jamais soupçonné l'invention à l'époque où il s'était emparé d'une truelle pour la première fois. Nora était agenouillée dans la terre, les manches retroussées. La poussière grise s'accrochait à ses sourcils sombres comme de la brume. Elle était plongée dans son travail, à moins d'un mètre cinquante de lui, creusant la terre humide avec une truelle, écartant les débris sans intérêt dans une pile de plus en plus haute. Cormac se dit que, tout compte fait, il n'était pas malheureux de se trouver là, avec comme seuls bruits le crissement de leurs outils, le claquement sourd de chaque pelletée, le croassement occasionnel d'un corbeau mécontent.

— Tu ne te lasses jamais, à force d'être bredouille ? demanda Nora. Tout ce boulot pour se retrouver avec un bon mètre de sable et de gravier ! Qu'est-ce qui te donne la force de continuer ce travail de fourmi ?

On aurait dit qu'elle lisait dans ses pensées...

— L'espoir de trouver quelque chose, j'imagine. L'éventualité me suffit. Ton travail doit aussi avoir ses côtés ingrats, ces milliers de cas d'école que tu te tapes avant de tomber sur une anomalie intéressante. Est-ce que ce ne sont pas ces longues heures rébarbatives qui font tout le prix des moments de grande découverte ?

— Tu as raison, évidemment. Tu veux bien me rappeler ce qu'on cherche au juste ?

— Des objets de n'importe quelle période, bien entendu, mais aussi des traces de construction, des couches de cendres ou de charbon qui pourraient nous permettre de dater l'occupation du site. Un dépotoir, un terril, tout déchet lié spécifiquement à l'activité humaine. La plupart du temps, les communautés de ce genre pourvoyaient aussi bien aux exigences matérielles que spirituelles. On va voir ce que ce bout de terrain peut nous apprendre des événements qui se sont déroulés ici, et de leur chronologie...

Sans cesser de parler, il arracha une feuille à son bloc-notes, inscrivit un numéro dessus et l'accrocha à la paroi de la tranchée à l'aide d'un long clou.

—... Je veux bien admettre qu'il est parfois décourageant de chercher à comprendre une civilisation par ce qui n'est jamais qu'un trou de serrure. Mais en réunissant ton trou de serrure et le mien, et tous les autres dont on dispose à travers le pays, alors on commence à avoir une vue d'ensemble. Et puis d'abord, qu'est-ce qui dit qu'on est bredouilles ? (Il indiqua la paroi argileuse devant lui.) Tu vois comme le sol change ici de couleur ? Et cette fine couche noire entre les deux strates ? C'est du charbon. Le signe d'une présence humaine sédentaire. Avec une analyse un peu plus fine, on saura même quelles espèces d'arbres ils faisaient brûler. Il faut apprendre à regarder.

Il posa sa pelle et vint s'asseoir à côté de Nora.

— Regarde là-bas, dit-il en indiquant le paysage de l'autre côté de la route, et dis-moi ce que tu vois.

Elle releva la tête et contempla l'horizon où s'étendaient les pâturages et les champs.

— Du bétail, de l'herbe, beaucoup de fleurs jaunes. Pourquoi ? Toi, tu vois quoi ?

— Regarde mieux, insista Cormac. Droit devant.

— Je vois une colline, dit Nora. C'est une blague ?

Il ne dit rien mais observa qu'elle se mettait à regarder d'un œil différent ce tertre surplombant une mer de dents-de-lion, qu'elle avait d'abord pris pour une variation naturelle du relief. Elle voyait maintenant que l'arrondi était trop régulier pour être celui d'une simple colline, qu'un des côtés était découpé, presque comme l'entrée d'une galerie de mine. Ravi, il la vit ouvrir la bouche de stupéfaction et se tourner vers lui.

— C'est quoi ? demanda-t-elle.

— Il pourrait s'agir des vestiges d'un fort circulaire ou d'un cairn.

Il était ravi qu'elle soit à ce point impressionnée par cette découverte.

— J'en ai la chair de poule, dit-elle.

— Je te jure que ce n'était pas dans mes intentions.

Ils se remirent au travail en silence.

— J'étais en train de penser, dit soudain Nora. Raftery dit qu'il lui faudra un ou deux jours pour convaincre sa tante de nous recevoir. Mais on devrait bien trouver quelque chose pour s'occuper en attendant.

— Tu suggères quoi ?

— Eh bien, on pourrait faire un tour à ce Centre du patrimoine dont tu m'as parlé, pour voir ce qu'ils ont comme archives. On pourrait aussi promettre quelques paquets de biscuits à Robbie pour qu'il nous fasse des recherches sur Cathal Mór O'Flaherty...

Il sentit qu'elle avait une autre idée derrière la tête.

— Et quoi d'autre ?

— Ce qui me tenterait vraiment, ce serait de jeter un coup d'œil de plus près à cette tour. Tu saurais fracturer une serrure ?

— Je t'arrête tout de suite, dit Cormac. Je n'ai pas l'intention d'entrer dans cette tour par effraction.

— Et comment veux-tu qu'on y entre ? dit Nora en vidant le tamis puis en le tapant contre le sol pour faire partir les derniers cailloux et morceaux de terre. T'as vu un paillasson avec « bienvenue » marqué dessus ? Si tu attends de recevoir un carton !

— Si tu t'entêtes, je vais être obligé de te suivre, pour t'éviter de te retrouver dans le pétrin.

— Ça ne me gênerait pas du tout d'y aller seule. Ce qui me pend au nez d'ailleurs, puisque Monsieur a des scrupules...

Cormac porta un doigt à ses lèvres pour lui faire signe de se taire, et Nora ferma aussitôt la bouche pour tendre l'oreille. Elle n'entendit que le cri rauque d'un râle des genêts.

— Il y a quelqu'un... chuchota Cormac. Dans le cloître... Continue à travailler. Le loup finira peut-être par sortir du bois.

Ils reprirent leur besogne, jetant de temps à autre des regards furtifs en direction du mur du cloître, sans surprendre le moindre mouvement.

— On va retourner à la jeep, dit Cormac à voix basse. Lentement. Vas-y en premier. Pour faire diversion. Traverse le cloître de ce côté, moi je vais passer à l'autre bout. Sauf à se sauver par la fenêtre, l'oiseau va être pris au piège...

Tout en parlant, Cormac se demanda s'il aurait la force de résister à Brendan McGann, le cas échéant. Nora opina du chef puis se leva, époussetant son jean, et déclara à voix haute, pour être entendue par le mystérieux espion :

— Il est grand temps d'aller déjeuner, je meurs de faim...

Elle se dirigea en diagonale vers l'angle du prieuré où était garée la jeep.

—... Aujourd'hui, on a des sandwichs au fromage, avec ou sans tomate...

Arrivée à hauteur du cloître, elle se retourna et découvrit Jeremy Osborne tapi contre le mur, à l'autre bout de la galerie. La voyant, il se retourna pour fuir mais Cormac était déjà derrière lui et l'intercepta sans peine, l'agrippant par les épaules.

— Du calme, lui dit-il tranquillement. Pas besoin de détaler comme ça.

Jeremy se débattait toujours quand Nora les rejoignit.

— Bonjour, Jeremy.

Il se retourna pour la regarder. À la lumière du jour, elle lui trouva l'air très vulnérable, avec des yeux aussi larges que ceux de sa mère, les mêmes pommettes saillantes et la même peau diaphane. Toutefois, ses traits étaient plus gracieux, et ses joues conservaient un teint de jeunesse qu'avaient perdu celles de Lucy. Quelque chose dans sa façon de se déplacer lui rappelait un cheval rétif, et autant qu'elle avait pu en juger en le voyant avec sa mère, il était habitué au mors et à la bride.

— Qu'est-ce que tu fais là ?

En évitant les gestes brusques et en lui parlant doucement, elle espérait ranimer l'étincelle de sympathie qu'elle avait cru déceler l'autre jour dans son regard.

— J'voulais pas vous espionner, dit-il. Je veux juste aider.

Nora jeta un coup d'œil à Cormac, dressant les sourcils avec étonnement.

— C'est super, dit-elle. Je suis sûre qu'on va te trouver plein de choses à faire. Ta mère est bien gentille de se passer de toi.

Le regard de Jeremy croisa celui de Nora un instant.

— J'ai décidé tout seul de venir ici.

— En tout cas, dit Cormac, y a largement de quoi t'occuper. On n'est jamais de trop sur des fouilles. Tu veux bien jouer l'homme de peine ? Sur ce chantier, on n'a pas mieux à t'offrir.

— Ça ne me gêne pas.

— Je vais te montrer comment t'y prendre...

Cormac emmena le garçon vers la tranchée tandis que Nora allait chercher le pique-nique dans la jeep ; elle avait vraiment l'estomac dans les talons. Quand elle revint, elle les observa un instant : d'une voix calme et confiante, Cormac expliquait le but de ces fouilles, ce que Jeremy devait chercher, comment tout était noté... Elle découvrait une facette de lui qu'elle ne soupçonnait pas, Cormac le pédagogue, appuyé sur un genou pour montrer la bonne façon de manier le tamis, puis laissant Jeremy s'y essayer, et le félicitant d'avoir pris le coup de main si vite. Accroupi comme un enfant, Jeremy se mit à remplir son tamis, passant ses doigts dans la terre, écartant méthodiquement les cailloux pour les ajouter à la pile commencée par Nora.

— Maintenant que tu es parfaitement initié, lui dit-elle, que dirais-tu d'un casse-croûte ? On a largement assez.

Elle le vit hésiter avant d'accepter. Ils s'installèrent sur un carré d'herbe rase, non loin de la tranchée, puis Nora distribua des sandwichs et servit le thé encore bien chaud dans une thermos. Cormac sortit son canif et éplucha deux pommes qu'ils partagèrent. Le ciel était couvert mais derrière la couche nuageuse on devinait le soleil à son zénith ; la luminosité s'intensifiait. Jusqu'à présent ils n'avaient pas eu trop chaud grâce à une brise douce mais régulière qui semblait dévaler vers eux des montagnes situées à l'ouest.

— Tu as déjà participé à des fouilles ? demanda Cormac à Jeremy.

Ce dernier fit non de la tête, et Nora apprécia qu'il ne réponde pas la bouche pleine.

— J'aimais bien venir voir les travaux au prieuré, mais la plupart du temps on me chassait. Ils avaient peut-être peur que je fasse des bêtises. J'étais encore un gamin.

— T'as passé ton bac ? lui demanda Cormac. (Jeremy acquiesça d'un hochement de tête.) Tu comptes aller à l'université ?

Une question posée sans arrière-pensée, mais qui parut mettre le garçon mal à l'aise. Il se mit à arracher des touffes d'herbe.

— Je ne sais pas encore trop ce que je veux faire. Maman dit que je devrais apprendre à gérer une propriété.

Son ton indiquait à quel point cette perspective l'enchantait peu.

— Quels sont tes centres d'intérêt, Jeremy ? lui demanda Nora.

Encore une fois il croisa son regard, et l'espace d'un instant elle crut y déceler quelque chose de vaguement accusateur. Puis il fixa de nouveau le sol autour de lui, où l'herbe se faisait de plus en plus rare.

— Je... je ne sais pas, balbutia-t-il, les oreilles rougissantes.

Pas de quoi avoir honte, à son âge... songea Nora.

Après le déjeuner, ils travaillèrent pendant trois heures et demie, jusqu'à l'heure du thé. Cormac abandonna un instant sa pelle pour prendre des photos montrant l'avancement des fouilles. Jeremy lui prêta main-forte, tenant le mètre pour indiquer la profondeur des tranchées ou le nuancier mettant en valeur les différentes strates. La brise s'estompa au fil de l'après-midi. À un moment, Nora s'arrêta pour boire un coup et se versa sur la nuque ce qui restait d'eau tiède dans la thermos. Alors qu'elle se redressait, essuyant quelques gouttes avec son bandana, elle s'aperçut que Jeremy la regardait. Cette fois il ne détourna pas le regard, et elle-même se sentit particulièrement gênée. Elle se retourna et se pencha pour rassembler ses outils. Songeant à leur première rencontre, quand il était ivre et qu'elle l'avait aidé à se relever, elle se demanda s'il avait eu la mauvaise idée de s'amouracher d'elle. Si c'était le cas, elle n'avait fait qu'attiser la chose en lui parlant d'un ton badin l'après-midi où elle l'avait surpris dans la nursery... Et inutile d'attendre qu'il vienne se confier à elle ! Ça lui apprendrait à attiser les fantasmes d'un adolescent. Tout à coup, elle se rappela la voix étouffée au téléphone. Se pouvait-il que Jeremy Osborne fût l'auteur de cette mise en garde ?

10

Le vendredi, Una McGann et sa fille étaient passées au prieuré pour demander à Nora de les conduire au marché le samedi matin. Quoiqu'un peu surprise, elle avait accepté, en partie par curiosité. Ce n'était pas encore la pleine saison des marchés, lui avait expliqué Una, mais on trouvait des cageots de pommes de terre nouvelles, quelques produits de serre comme des fraises, des fleurs, des petits pois ou des laitues, des œufs de poule marron ou blancs, des œufs de canard. Personne ne fabriquait plus de fromage, mais on pouvait se procurer de la charcuterie artisanale, des saucisses, du boudin blanc et noir, et des articles de vannerie tels que des paniers ou des balais. Le samedi matin, il pleuvait mais le fond de l'air était doux. Neuf heures paraissait une heure tardive pour se rendre au marché, songea Nora en arrivant devant chez les McGann. Elle espérait ne pas être trop en retard. Par la fenêtre entrouverte, elle aperçut Aoife qui sautillait autour de la table dans la cuisine, tandis que sa mère faisait des additions à voix haute, calculant sans doute combien elle espérait gagner. La voix de la petite fille vint l'interrompre.

— Maman ! Maman ! J'aurais le droit d'acheter un gâteau à la pâtisserie ? Hein, maman ?

Una lui répondit un peu vivement.

— Tais-toi, Aoife. Je suis en train de compter...

La petite fille se mit à la tirer par la main.

— Maman ! Maman ! Je crois qu'elle est là ! Je crois qu'elle est là...

Agacée, Una retira sa main et l'enfant, qui tirait de toutes ses forces, partit à la renverse. Après un moment de silence, elle se mit à pleurer et Una s'agenouilla à côté d'elle.

— Je suis désolée, vraiment désolée, mais je suis épuisée, Aoife. Je ne suis pas fâchée contre toi.

S'approchant de la porte entrouverte, Nora la vit qui embrassait sa fille sur la tête, la berçant pour les apaiser toutes les deux.

— Bonjour... Y a quelqu'un ?

Una aida Aoife à se relever et lui essuya ses larmes.

— Ça va ? demanda Nora.

Una paraissait sur les nerfs mais elle tapota la main de sa fille et dit :

— Maintenant ça va beaucoup mieux, pas vrai *a chroí* ? Nora, ça vous dérangerait de porter ces sacs ? Toi aussi prends-en deux, Aoife.

Una prit la caisse remplie de petits gâteaux et sortit après elles.

Quand elles arrivèrent à Dunbeg, les autres vendeurs étaient encore en train de s'installer : des forains déballant leurs téléphones portables bas de gamme ou leurs tapis criards à côté de fermiers vendant des œufs de poule et du miel de bruyère sauvage. Una partageait un emplacement avec d'autres artisans, certains vendant leur production, d'autres, comme elle, un peu tout et n'importe quoi. Aoife ne laissait pas échapper un mot des conversations de sa mère avec les autres exposants mais elle gênait manifestement, vu le nombre de fois où on lui répétait de ne pas toucher ou de faire attention à ne pas faire tomber les articles.

Nora tira Una à l'écart.

— Je pourrais emmener Aoife faire un tour, si vous voulez, suggéra-t-elle. Au salon de thé, par exemple. Au moins le temps que vous vous installiez.

Le visage d'Una trahit à la fois de la reconnaissance et du soulagement.

— Génial ! Attendez, je vais vous donner de l'argent.

Elle tendit la main vers la petite bourse qu'elle portait à la ceinture.

— Pas question, dit Nora. C'est moi qui l'invite. Mais on ferait peut-être bien de demander son avis à Aoife.

Una rejoignit la petite fille qui s'amusait à passer les doigts dans les franges d'une rangée de foulards indiens. Nora observa leur conversation, puis vit Aoife courir vers elle, le visage radieux à l'idée de leur escapade.

— Maman dit qu'on a le droit d'aller se promener toutes seules !

Aoife lui prit la main. Elle qui craignait que l'enfant ne refuse de l'accompagner ! Un rapide salut de la main et elles s'en allèrent, Aoife l'entraînant à travers les rues à petites foulées précipitées, comme un remorqueur tirant un paquebot, avec un arrêt de temps à autre pour échanger une confidence ou un potin.

— Lui, là-bas, c'est Declan Connelly, lui confia Aoife à un coin de rue. Il m'a couru après, une fois, avec son chien tout moche.

Au pas de charge, elles passèrent devant un pub sans enseigne, le garage Hickey's, avec ses deux pompes sur le trottoir et sa devanture pleine de roues de bicyclette, un marchand de journaux dont la vitrine était ornée de cartes postales jaunies et d'affiches vantant les glaces HB. Arrivant en vue de sa destination, Aoife ralentit le pas, ce qui lui permit d'admirer pleinement les rideaux colorés et l'enseigne artisanale représentant des pâtisseries à la crème et une tarte aux pommes. Une pancarte posée devant la porte annonçait : THÉ. CAFÉ. PÂTISSERIES.

— On entre ici ? demanda Nora.

Aoife hocha la tête en silence, comme hypnotisée, et fila droit au présentoir où étaient exposées toutes sortes de gâteaux à la crème, tandis que Nora s'adressait à la vendeuse.

— On va prendre un café au lait, un *scone* au cassis, un verre de lait, et... (Elle jeta un coup d'œil à Aoife.)... et ce que choisira ma jeune amie.

La petite fille parcourut longuement la vitrine, et arrêta enfin son choix sur un gâteau reluisant de beurre, surmonté de crème Chantilly et d'une cerise d'un rouge artificiel. Nora réprima un frisson. Elle laissa Aoife choisir une table près de la vitre, où elles prirent place en attendant d'être servies. Nora sentait sur elle le regard très inquisiteur de la petite fille.

— T'es amoureuse de Cormac ? lui demanda Aoife en se calant contre le dossier de sa chaise.

Nora resta sans voix.

— J'ai demandé à maman, poursuivit la petite fille, et elle a répondu qu'elle ne savait pas, que je devais te le demander à toi.

— Eh bien, c'est quelqu'un de très sympathique...

Nora vit que cette réponse ne satisfaisait pas son interlocutrice.

— T'as envie de te marier avec lui ?

Fort heureusement pour Nora, la serveuse arriva avec le plateau. Posé sur la table, l'atroce gâteau à la crème avait l'air encore plus énorme que dans la vitrine. Délaissant sa fourchette, Aoife ne put résister à la tentation de tremper son doigt dans la couronne de crème, sans toucher à la cerise. En l'observant, Nora se sentit soudain gagnée par une profonde mélancolie, se rappelant des moments semblables qu'elle avait partagés avec sa nièce. Elle n'avait pas revu Elizabeth depuis presque quatre ans — le prix qu'elle payait pour avoir accusé Peter Hallett d'être un assassin.

— Moi, je vais me marier avec quelqu'un, déclara Aoife comme si cet aveu pouvait aider Nora à dévoiler ses vrais sentiments.

— Ah oui, vraiment ?

— Oui. Il s'appelle Tomás Ó Flick, des fois il joue avec moi. On prend le thé... (Elle baissa la voix et prit des airs de conspiratrice.) Pas du vrai, du thé pour faire semblant.

— Il est comment ce Tomás ? demanda Nora.

Elizabeth elle aussi s'était inventé toutes sortes d'amis imaginaires quand elle était petite, et Nora s'amusait souvent à l'interroger à leur sujet. Elle était toujours épatée de voir à quel point les enfants semblaient instinctivement doués pour se prémunir de la solitude.

— Eh bien, il a des brindilles plein les cheveux, et des fois il sent pas très bon. C'est parce qu'il se lave jamais et qu'il habite sous un arbre dans la forêt.

— Et vous parlez de quoi, tous les deux ?

— Il ne me dit jamais rien, répondit Aoife. Mais des fois il me donne des cadeaux. Comme ça...

Après avoir léché expertement ses doigts pleins de crème, elle plongea la main dans une de ses poches et en sortit une pierre pâle et plate, d'environ la taille d'une pièce de dix pence.

— Elle est magnifique, dit Nora. Je peux voir ?

Aoife hésita.

— Tu promets de me la rendre tout de suite ?

— Promis, dit Nora.

Elle retourna la pierre dans sa paume. C'était du quartz rose parfaitement poli, pas du tout le genre de caillou qu'on trouve tel quel dans la nature. Elle la rendit à Aoife, saisie d'un vague malaise, ne sachant si elle devait questionner l'enfant.

Après avoir rangé son trésor dans sa poche, Aoife s'intéressa brièvement à l'énorme portion de gâteau qui restait dans son assiette, puis s'adossa contre sa chaise en fronçant le nez.

— J'ai quelque chose à te dire, Nora. J'ai plus faim. Et y a autre chose...

— Quoi donc ? demanda Nora.

— Tu ne m'as pas répondu pour Cormac.

11

Raftery avait rappelé pendant que Nora était au marché, pour dire que sa tante voulait bien les voir dans l'après-midi, et Cormac avait noté des indications plutôt compliquées pour se rendre chez elle, alors que la vieille femme habitait à moins de dix kilomètres de Dunbeg.

La route de Tullymore s'ouvrait maintenant devant eux, une sorte de tunnel vert avec, en guise de parois, des talus feuillus, étranglés par le lierre, et pour voûte les branches ployées des arbres.

— Tu ne crois pas que Jeremy a été déçu qu'on ne l'emmène pas ? demanda Nora tout en s'engageant dans un étroit chemin au sortir du tunnel.

— Il n'avait pas l'air ravi, confirma Cormac, mais on ne peut pas l'avoir tout le temps avec nous.

Nora partageait ce point de vue ; depuis deux jours, elle avait l'impression que Jeremy ne les avait pas quittés une seconde.

— Tu vas devoir encore tourner, dit Cormac. À gauche au croisement.

Ils commencèrent à gravir une colline, un foisonnement de mûriers en fleur poussant à leur gauche sur une pente escarpée.

— Je serai épatée si on ne se perd pas au retour,

soupira-t-elle. Et j'essaye de me convaincre que cette Mme Cleary va se souvenir d'une histoire vieille de trois siècles...

— C'est peu probable, mais ce n'est pas complètement impossible. Je joue parfois des airs qui sont encore plus vieux que ça. N'oublie pas que notre *cailín rua* a vraiment existé et qu'elle habitait peut-être à moins de cinq kilomètres d'ici. Tu serais surprise de voir à quel point les choses restent là où elles tombent. C'est aussi vrai pour les chansons et les histoires, qui se transmettent d'une personne à une autre. Une attaque bravache contre des colons anglais, ou une belle jeune femme qu'on décapite, quelle qu'en soit la raison, c'est exactement le genre d'histoires dont quelqu'un aurait pu s'inspirer pour écrire une chanson.

— On aurait peut-être mieux fait de prendre la jeep... dit Nora en voyant la route qui rétrécissait de plus en plus.

Elle fut obligée de passer en première. Au sommet de la colline, la route n'était plus qu'un étroit chemin de terre avec une bande d'herbe en son centre. De part et d'autre s'étendaient des prés spongieux parsemés de grosses pierres, où mieux valait ne pas s'aventurer.

Ils redescendirent de l'autre côté de la colline, tournèrent une nouvelle fois, et Cormac déclara :

— D'après mes indications, on devrait être arrivés.

Nora coupa le contact et ils jetèrent un coup d'œil à la ronde. De l'autre côté de la route, à trois cents mètres environ, se dressait une maisonnette aux petites fenêtres. Ses murs blanchis à la chaux et son toit jaune, dont le chaume venait d'être refait, étincelaient sous le soleil de l'après-midi. S'approchant davantage, Nora remarqua la porte entrouverte.

— On dirait que nous sommes attendus... dit Cormac alors qu'ils descendaient de voiture. Y a quelqu'un ?... dit-il en frappant sur le battant entrouvert. Nous cherchons Mme Cleary...

Une voix enrouée de vieille femme leur parvint de l'intérieur mal éclairé où il faisait plus frais.

— *Tar isteach*. Entrez.

Cormac entra le premier, suivi par Nora. Après la clarté de l'extérieur, leurs yeux mirent quelques instants pour s'acclimater à l'obscurité. Nora distingua tout juste une vieille femme assise dans un imposant fauteuil d'allure peu confortable, devant une cheminée à l'autre bout de la pièce. Petite et frêle, elle portait une jupe en laine, un chemisier blanc impeccable et un cardigan. Son nez crochu ressemblait à un bec de faucon, et ses mains squelettiques, déformées par l'arthrose, agrippées aux bras en bois du fauteuil, ne faisaient que renforcer cette impression. Malgré la température agréable, un feu de tourbe dispensait dans l'âtre une lueur orangée.

— Vous m'excuserez de ne pas me lever, dit-elle. Ma fille doit être dans l'arrière-cuisine en train de préparer le thé. Rita ? Rita ! Que fais-tu ?

— Ne vous dérangez pas, dit Cormac en sortant un flacon de la poche de son blouson. J'espère que vous étiez prévenue de notre visite. Je suis Cormac Maguire, et voici Nora Gavin. On vous a apporté un peu de whiskey.

Il s'approcha doucement, s'accroupit devant le fauteuil et plaça son présent dans une des mains atrophiées. Les doigts caressèrent la bouteille et le visage ridé s'illumina. Nora remarqua qu'elle avait le même regard laiteux que son neveu.

— Je suis contente de faire votre connaissance, madame Cleary, dit-elle.

Reconnaissant un accent américain, la vieille femme redressa la tête.

— Les Irlandaises ne sont pas assez bien pour vous, Maguire ? demanda-t-elle brusquement.

Nora se mit à rougir.

— Le Dr Gavin est une collègue, madame Cleary. Nous travaillons ensemble.

La vieille femme ne lui prêta pas attention.

— Vous n'avez qu'à vous asseoir, tous les deux. Que fait cette gamine paresseuse ? Elle devait mettre l'eau à chauffer pour le thé, dit-elle en indiquant vaguement une table sur laquelle des tasses étaient disposées. Moi, je goûterais bien à ce petit whiskey.

Cormac lui reprit la bouteille et la tendit à Nora qui trouva un verre sur la table et en servit une bonne rasade. Cormac se risqua à s'asseoir sur une chaise en face de Mme Cleary.

— Nous vous sommes très reconnaissants de prendre le temps de nous recevoir... commença-t-il à dire.

— Ça, une vieille gâteuse comme moi n'a guère que son temps à offrir !

Dans l'arrière-cuisine se fit entendre la voix de la « gamine » dont avait parlé Mme Cleary — elle devait avoir soixante-dix ans au bas mot.

— Veux-tu arrêter de dire des bêtises, maman ? Tu n'es pas du tout gâteuse, tu profites d'une retraite bien méritée.

Rita Cleary les rejoignit et devina quel accueil sa mère leur avait réservé durant sa courte absence.

— Tu n'as rien dit de désobligeant à nos invités, j'espère ? (Elle se tourna vers Cormac et Nora.) Maman n'est pas toujours facile à vivre. En général, elle adore avoir de la visite, mais cet après-midi elle est d'humeur imprévisible. Asseyez-vous. Tant que je reste ici pour la surveiller, ça devrait bien se passer.

Ils se rassirent en face de Mme Cleary. Cormac prit le verre et le mit dans la main de la vieille femme.

— Voici votre whiskey, madame Cleary. Ça vous dérange si j'enregistre notre conversation ?

— Faites comme il vous plaira.

Il fouilla dans sa poche et en sortit un tout petit magnétophone.

— Je ne sais pas si Ned a été très précis, madame Cleary. Nous cherchons une chanson ou une histoire racontant les aventures d'un brigand célèbre dans la région ou d'une jeune femme qu'on aurait décapitée. Le récit d'un meurtre célèbre, d'une exécution capitale.

Mme Cleary sourit et but une petite gorgée de liquide ambré.

— Ça faisait bien longtemps qu'on s'était pas autant intéressé à moi ! dit-elle. Vous voilà, et la semaine dernière y a eu ces gens de Radio Éireann qui sont venus m'enregistrer. Je devrais me faire payer à l'heure !

Elle avait l'air ravie, mais Rita s'accroupit à côté d'elle, lui prit la main pour la caresser et lui parla doucement.

— Voyons, maman, tu sais bien que les gens de la radio sont passés il y a très longtemps. Ça fait plus de trente ans. Tu t'en souviens bien, dis, maman ?

Avec son air absent, la vieille femme faisait peine à voir, et sa fille s'adressa à eux en baissant la voix, s'excusant presque, sans relâcher la main de sa mère.

— D'habitude, elle n'est comme ça que le soir. Elle doit être un peu fatiguée.

Nora commençait à se demander s'ils ne faisaient pas fausse route, mais Raftery ne les aurait tout de même pas envoyés ici en sachant qu'ils perdraient leur temps.

— Cette fille, qu'est-ce que vous lui voulez ? demanda Mme Cleary d'un ton sec.

— Ça n'a rien de personnel, répondit Cormac. On a déterré sa tête il y a quelques jours dans la tourbière de Drumcleggan.

— La rouquine ?

— Vous êtes au courant ? s'étonna Nora.

Mme Cleary fit la moue.

— Les nouvelles circulent vite. Par ici, rien ne reste secret.

— Vous avez beaucoup de rouquins, dans la région ? s'enquit Cormac.

— Ça, certaines familles en comptent plus que leur nombre ! Les Cleary, la famille de mon mari, les Kelly et les McGann ont toujours eu beaucoup de rouquins. Ils le sont pas tous, entendez, mais chez eux on en trouve toujours quelques-uns.

— Les cheveux roux ont-ils une signification particulière ? demanda Nora.

Elle savait qu'on prêtait à ces gens-là d'avoir le sang chaud mais se disait qu'il y avait peut-être autre chose.

— Mon père disait toujours que ça portait malchance de croiser une rousse en franchissant un portail. On ne sait jamais, soupira la vieille femme, ils ont peut-être des pouvoirs pour guérir ou jeter des sorts, vous savez le mauvais œil et des choses de ce genre.

Nora se promit de demander à Robbie quelle peine aurait encourue une femme accusée de sorcellerie.

— On a aussi trouvé une bague, dit Cormac. Les initiales *COF* et *AOF* sont gravées dessus, ainsi que la date *1652*. On espère que ça va nous aider à découvrir qui était cette jeune femme. Est-ce que ces initiales vous...

— Mettons que vous appreniez qui c'était. Ça changera quoi ?

Cormac prit la tasse de thé fumant et le biscuit que lui tendait Rita.

— À l'échelle de l'univers, dit-il, sans doute pas grand-chose.

— Je crois qu'on se sent... en quelque sorte responsables, dit Nora. En tout cas je parle pour moi. Je me sens le devoir de découvrir qui était cette jeune femme, pourquoi sa dépouille s'est retrouvée là. Vous partageriez ce sentiment, si vous l'aviez vue.

Elle se rendit compte de son impair mais ne s'cxcusa pas. Son ton défiant ne laissa pas Mme Cleary indifférente. Elle plissa les yeux, pinça les lèvres d'un air agacé, et sembla réfléchir. Ils patientèrent.

— Je ne connais rien qui parle d'une rouquine, finit-elle par bougonner.

— Nora pense que les initiales *OF* pourraient vouloir dire O'Flaherty, dit Cormac. Ned nous a parlé du dernier O'Flaherty à avoir vécu dans la région, un jeune aventurier du nom de Cathal Mór, qui a été déporté à la Barbade. Vous ne connaîtriez rien à son sujet ?

Mme Cleary plongea une nouvelle fois dans ses pensées, sa main droite agrippant l'accoudoir du fauteuil. Son regard était baissé, comme fixé sur une scène du passé. Sa main gauche, qui tenait toujours le whiskey, était posée sur ses genoux. Pour la première fois, elle paraissait un peu soucieuse, presque inquiète de quelque chose.

— Avant, dit-elle, je me souvenais de tout. J'écoutais parler les anciens, je gardais tout ça dans ma tête. Les gens venaient me voir. Maintenant, tout s'est envolé.

Sa voix n'était plus qu'un filet.

— On pourrait peut-être repasser une autre fois, suggéra Cormac.

La vieille femmc nc répondit pas mais sa fille fit oui de la tête et il éteignit le magnétophone. Que pouvaient-ils faire d'autre ? Il prit doucement son verre de whiskey à Mme Cleary et le posa sur la table. Toute trace d'irascibilité avait disparu, remplacée par une confusion désolante.

— Rita ? Rita ! Où es-tu ?

Nora était sur le point de tourner la clé de contact quand une voix les appela précipitamment par la porte entrouverte.

— Monsieur Maguire ! Attendez ! Revenez !

Rita les ramena dans la pièce mal éclairée et tous deux reprirent leur place face à la vieille femme. Cette fois, sa fille resta assise à côté de Mme Cleary, lui caressant la main.

— Maman, t'étais en train de me chanter un air, tu te souviens ? Un passage d'une chanson que tu connaissais avant...

Elle se mit à fredonner une mélodie, battant doucement la mesure sur la main de sa mère, Cormac appuya silencieusement sur la touche d'enregistrement, et Mme Cleary se concentra en fermant les yeux très fort. Puis elle ouvrit la bouche et il en sortit une voix aussi rêche qu'un vieux cuir. Cette voix n'était pas belle au sens conventionnel, mais elle accrochait le tympan et vous étreignait la poitrine comme aucune voix jeune et cristalline ne pouvait le faire.

Un soir que je me promenais,
À la saison du printemps ;
J'ai entendu un fier soldat,
Se languir de sa belle.

Quatorze années d'exil,
Aux Indes j'ai passé ;
Mais pour revoir le visage de ma mie,
M'en suis évadé.

Je lui ai dit n'aie crainte

La voix de la vieille femme flancha, mais sa fille lui serra fort la main et la tira doucement vers elle, lui imprimant un mouvement circulaire au rythme de la chanson, presque comme le piston d'une locomotive. Nora observa, fascinée, tandis que Rita se mettait à fredonner sans cesser de faire aller et venir le bras de sa mère.

—... Mais dis-moi le nom de ta mie... dit-elle d'un ton encourageant.

Un déclic se produisit dans l'esprit de la vieille femme qui se remit à chanter.

Je lui ai dit n'aie crainte,
Sois tranquille et sans peur ;
Mais dis-moi le nom de ta mie,
Et tu trouveras sa demeure.

Il m'a dit le nom de sa mie,
Folle flamme si ardente ;
Mais si je révélais son triste sort,
Nuit noire se ferait en plein jour.

Ta belle est à jamais endormie,
La terre est sa demeure...

Encore une fois, sa voix trébucha et sa fille continua à fredonner la mélodie, jusqu'à ce que la vieille femme ait épousseté suffisamment de toiles d'araignée dans sa mémoire pour lui arracher quelques vers supplémentaires.

Elle a payé de sa vie,
Le meurtre de son nouveau-né.

Il a baissé la tête, terrassé de douleur,
Et s'est arraché les cheveux ;
S'écriant ô ma mie, ils t'ont assassinée...

Cette fois, elle s'arrêta brusquement de chanter.

— *Sin é*, dit-elle. C'est tout. Ça, y en a davantage, mais ça ne reviendra pas. Je n'y arrive plus...

— C'est pas grave, maman. Repose-toi, tu t'en es très bien sortie, très bien.

— Vous vous êtes presque souvenue de tout, dit Cormac. Ne vous en faites pas.

— C'était vraiment merveilleux, madame Cleary, renchérit Nora.

Le son de sa propre voix lui agressa les oreilles, et elle se sentit soudain triste de ne pouvoir partager pleinement ce qui venait de se dérouler dans cette pièce. Ce n'était pas la première fois qu'elle éprouvait cette sensation. Un échange très intime venait de se produire, un partage dont elle était exclue par le fossé de la culture et des traditions. La voix intemporelle de Mme Cleary, l'image du soldat accablé de douleur de cette vieille chanson, tout cela venait se mêler aux traits de la *cailín rua* et au souvenir du visage souriant de Tríona, et Nora se sentit de nouveau envahie par une profonde et douloureuse tristesse, comme lorsqu'elle s'était trouvée seule dans le labo avec la tête aux cheveux roux.

— On ne voudrait pas trop vous fatiguer, madame Cleary, finit par dire Cormac. Nous repasserons peut-être vous rendre visite un autre jour. Merci infiniment de nous avoir reçus.

La vieille femme s'était visiblement prise de sympathie pour Cormac et n'avait pas du tout envie de le voir partir. En un clin d'œil elle retrouva son fichu caractère.

— Faites comme vous voulez ! dit-elle en agitant la main avec indifférence. Ça m'est bien égal !

Remarquant l'air soucieux de Nora après avoir quitté Mme Cleary, Cormac attendit qu'ils aient roulé un peu avant de parler.

— Désolé, ce n'était pas franchement gai. Ça va ?

— Pas trop, dit Nora. Je n'arrête pas de penser à cette vieille femme qui passe toutes ses journées assise là, avec tout ce savoir qu'elle porte en elle. Ça ne te démoralise jamais, Cormac, de penser à tout ce gâchis, toutes ces connaissances qui se perdent ?

— Mais tout ne disparaît pas vraiment. J'y réfléchissais justement pendant qu'on fouillait au prieuré. Certaines choses perdurent. Les gens perpétuent les traditions sans s'en rendre compte. Tu auras beau faire, tu ne peux pas détruire ça. C'est presque comme si on avait ça dans notre inconscient, une sorte de virus qui ne se manifeste que dans certaines conditions. Je sais bien que ça paraît simplet, mais réfléchis-y un instant : quand on songe à tout ce qui a survécu au fil du temps, est-ce que ça n'a pas l'air raisonnable comme hypothèse ? Partout j'entends le passé, Nora. Je l'entends dans ta voix.

Il observa une larme solitaire lui couler sur la joue.

— Tu parles d'une foutaise ! maugréa-t-elle en s'escrimant avec le levier de vitesses, rétrogradant pour monter une côte de plus en plus raidc. Ricn que des foutaises !

Ils faillirent ne pas voir le mouton à temps.

— Attention ! s'écria Cormac.

Nora eut le réflexe de braquer pour éviter l'animal. Elle fit de son mieux pour garder le contrôle de la voiture qui partit dans une embardée et atterrit violemment quand la roue avant gauche roula par-dessus le petit talus.

— Tu n'as rien ? demanda Cormac.

Nora fit non de la tête et expira longuement. Cormac jeta un coup d'œil par sa vitre, bougea légèrement pour voir si la voiture menaçait de basculer. Rassuré, il ouvrit sa portière, descendit de voiture et en fit le tour pour évaluer la situation.

— Ça n'a pas l'air trop grave, dit-il. Je vais peut-être arriver à nous remettre sur la route en poussant. Mets au point mort, veux-tu...

Adossé à la portière du côté passager, il trouva une prise avec ses mains, planta fermement les pieds et poussa de toutes ses forces. Sentant la voiture qui vacillait légèrement, il tenta un nouvel essai avec plus de vigueur, mais en vain.

— Ça ne marche pas, dit Nora. Tu n'y arriveras pas tout seul. Je vais te filer un coup de main.

— Le sol est trop détrempé, dit Cormac en contemplant les hautes herbes qui lui arrivaient jusqu'aux cuisses. Même à deux, je ne suis pas certain qu'on ait plus de succès. Viens tout de même...

Ils se placèrent de part et d'autre de la roue avant, le dos contre la carrosserie, et se mirent à pousser.

— Si seulement j'avais fait attention à la route... soupira Nora.

Poussant trop vigoureusement, elle sentit ses pieds se dérober sous elle et disparut dans l'herbe trempée.

Cormac se mit à genoux, écarta les hautes herbes, et la retrouva à mi-pente du talus. Son visage ruisselait de larmes, son corps était secoué de sanglots, mais lorsqu'elle ouvrit la bouche, le son qui s'en échappa fut un prodigieux éclat de rire. Cormac ne pouvait que la comprendre — la situation était franchement cocasse. Elle tendit les bras, s'aperçut qu'ils étaient couverts de boue et fut prise d'un nouveau fou rire. Cormac s'accroupit.

— J'ai comme l'impression que c'est raté, hein ? Viens, on devrait pouvoir rentrer à pied...

Elle prit la main qu'il lui tendait. Cormac l'attira contre lui et l'embrassa, tenant délicatement sa tête entre ses mains, n'ayant plus conscience que de ce corps palpitant de vitalité, de ces lèvres douces et tièdes. Puis il se dégagea brusquement.

— Je suis vraiment désolé, s'excusa-t-il. Je n'avais pas le droit.

— Non, dit-elle.

Tous deux avaient le souffle court. Il voulut se relever mais Nora le retint par la chemise. Elle l'obligea à rester là et lentement, très lentement, ils se rapprochèrent l'un de l'autre. Cormac sentit le regard de Nora parcourir son visage, avec toute l'intimité d'une caresse, et cette fois il goûta ses larmes salées, la terre collée sur son menton, le léger parfum de son cou laiteux. Mais le tableau qu'ils formaient, à genoux dans le fossé, était trop comique — Nora ne put faire autrement que de s'écarter pour laisser fuser un nouveau fou rire.

— Mon Dieu, je suis vraiment désolée !

— Heureusement que je ne suis pas du genre à me vexer ! Mais j'ai l'impression que tu fais peur aux moutons...

12

Devaney frappa à la porte de la cuisine de Bracklyn House. À travers les petits carreaux de verre cathédrale, il aperçut quelqu'un qui approchait. Une femme svelte, aux cheveux noirs, lui ouvrit.

— Madame Osborne ? J'espère que je ne vous dérange pas. J'ai essayé en haut mais personne ne répondait. Je suis l'inspecteur Garrett Devaney.

Il lui présenta une pièce d'identité qu'elle examina soigneusement.

— Malheureusement, inspecteur, mon cousin Hugh n'est pas là en ce moment. J'imagine que c'est lui que vous voulez voir ?

— En fait, répondit-il, c'est vous que j'espérais trouver ici.

Lucy Osborne ne cilla pas.

— Je suis à la maison tous les jours, inspecteur.

— Je souhaite vous poser quelques questions. Mais je vous en prie, continuez ce que vous étiez en train de faire. Je ne vais pas vous importuner trop longtemps.

Il la suivit dans le couloir, jusqu'à une pièce où elle arrangeait des bouquets de fleurs, et prit place sur un tabouret de l'autre côté de la table d'où il la regarda travailler derrière une grosse gerbe de roses. Lucy Osborne fut la première à rompre le silence.

— Que puis-je faire pour vous, inspecteur ?

— J'ai simplement quelques questions à propos de la disparition de Mina Osborne.

— Hugh m'a pourtant dit que le dossier avait été transmis à une sorte de cellule nationale à Dublin...

Elle était donc au courant du dessaisissement. Il allait devoir jouer prudemment.

— Ça ne veut pas dire que la police locale ait abandonné la partie. En plus, la cellule se trouve à Dublin, ce qui n'est pas la porte à côté. Nous sommes censés mettre nos yeux et nos oreilles à leur service.

— Je sais bien que la police ne pouvait pas contrôler ce qu'ont dit les gens quand... (Elle chercha une formulation adéquate.)... quand on a retrouvé cette personne dans la tourbière, mais je vous le dis tout net, rien ne sert de ressasser cette histoire.

— L'enquête est encore en cours.

— Mais aucun crime n'a été commis : la femme de Hugh l'a quitté, inspecteur. C'est très malheureux, mais en quoi cela regarde-t-il la police ?

— C'est pour ça que je viens vous voir. Par le passé, M. Osborne a été notre principal suspect, et je me demande si on n'a pas négligé d'autres pistes moins tragiques.

— Et comment voulez-vous que je vous aide ? Je n'ai rien à ajouter à mes déclarations précédentes. Je suis certaine qu'elles se trouvent dans vos dossiers.

— J'essaye d'en apprendre davantage sur Mina. Ses habitudes, ses routines quotidiennes, ses amis et ses relations. Je voudrais mieux cerner qui elle était, pour voir si ça apporte un nouvel éclairage à l'affaire.

— Je doute fort de pouvoir vous aider. Nous n'étions pas du tout proches.

— Malgré tout, vous avez vécu sous le même toit pendant plusieurs années.

— C'est une très grande maison, inspecteur, dit Lucy Osborne en se faisant plus aimable. J'aimerais pouvoir vous être utile, mais nous vivions de manière tout à fait indépendante.

— Vous avez bien quelques détails à me donner sur la vie qu'elle menait ici.

— Eh bien, j'ai tout de suite compris que tenir un intérieur n'était pas du tout sa tasse de thé, et je n'ose imaginer...

Visiblement, Lucy Osborne n'imaginait que trop le désastre qui leur serait tombé dessus si Mina Osborne avait manifesté le moindre intérêt pour la chose, et elle en eut un léger frisson.

— Hugh et elle n'étaient pas très doués pour ces questions, reprit-elle. Mais elle avait un certain talent pour la peinture, me semble-t-il, même si ses tableaux ne sont pas vraiment à mon goût. Hugh lui avait fait installer un atelier au dernier étage, mais elle ne supportait pas l'odeur de peinture. Après la naissance de l'enfant, elle n'y a presque plus mis les pieds. La pièce est pleine de toiles à moitié commencées.

— Elle s'occupait comment, si elle ne peignait plus ?

— Je crois qu'elle lisait beaucoup. Elle laissait toujours traîner des piles de livres partout dans la maison.

— Elle avait des amis ? Des habitants du village qu'elle fréquentait ?

— Je n'ai pas l'impression qu'elle ait eu des amis par ici. Elle avait des attaches en Angleterre, bien sûr, des copains de fac, mais... (Elle marqua une hésitation.) Je me souviens juste qu'elle voyait le prêtre régulièrement, mais j'ai oublié son nom.

— Le père Kinsella ?

— Oui, c'est ça. Elle a dû me parler de lui de temps à autre.

Devaney pensa aussitôt aux lettres gravées sur le prie-Dieu : *Il sait où ils se trouvent*. Peut-être avait-il été trop vite en besogne en concluant que « Il » désignait forcément Hugh Osborne. Et s'il s'agissait en fait de celui qui se trouvait de l'autre côté de la paroi du confessionnal ?

— Mina était-elle heureuse ici ?

— Je n'étais pas dans sa confidence, inspecteur.

— Mais vous avez peut-être une idée de comment s'entendait le couple au moment de sa disparition.

— Vous m'excuserez, mais je n'ai pas pour habitude de mettre mon nez dans la vie privée des gens. Je crois qu'ils étaient plutôt heureux... (Elle hésita.) En tout cas, c'est l'impression qu'ils donnaient, malgré les difficultés évidentes que rencontrent des gens d'origines si différentes qui décident de se marier.

— Quel genre de difficultés ?

— Rien de très grave. Mais la venue d'un enfant complique toujours les choses, inspecteur. Surtout quand les parents sont de cultures à ce point opposées.

— Un enfant peut tout de même profiter des deux traditions, non ?

— Mais le tragique, c'est qu'il n'appartiendra jamais ni à l'une ni à l'autre. Partout, cet enfant aura le sentiment d'être un étranger. Mon point de vue peut paraître dur, inspecteur, mais je me fonde sur la réalité. Le monde est parfois cruel.

Devaney considéra cette étrange réflexion, et se vit rappeler qu'il ne savait pas grand-chose de cette femme.

— Ils n'étaient pas d'accord sur la façon d'élever leur fils ?

— Je ne les ai jamais entendus se disputer.

Une réponse qui laissait la question en suspens, à reformuler, même si l'indiscrétion se trouvait implicitement condamnée.

— Mais vous aviez le sentiment que ce sujet était une source de tension ?

— Je ne saurais dire.

— J'en reviens à l'époque de la disparition. Vous voyez quelque chose, même un point de détail, sur lequel ils auraient été en désaccord ?

Lucy Osborne s'interrompit dans sa besogne.

— Inspecteur, je n'ai pas l'intention d'alimenter l'impression parfaitement infondée que mon cousin n'était pas très attaché à son épouse. C'est parfaitement faux.

Elle venait de terminer un premier bouquet et en commença un second, coupant la tige de chaque fleur, retirant les épines et enroulant du fil de fer autour.

— Maintenant, reprit-elle, je ne suis pas certaine de pouvoir en dire autant d'elle.

— Continuez, dit Devaney.

— La veille de son départ, je l'ai entendue par hasard qui parlait au téléphone. J'ai cru qu'elle parlait à Hugh. J'ai senti qu'elle était contrariée, mais c'était quelqu'un de très émotif. Je n'ai pas entendu ce qu'elle disait, mais ça n'avait pas vraiment l'air d'une dispute.

— Vous en diriez quoi, alors ?

— J'ai cru déceler une note de déception dans sa voix. Je ne peux pas en dire davantage.

— Décririez-vous votre cousin comme quelqu'un de possessif, madame Osborne ?

Elle le gratifia d'un regard ironique qui signifiait qu'on ne la bernait pas aussi facilement.

— Je vois que vous n'êtes pas encore entièrement convaincu de son innocence, inspecteur. Pour répondre à votre question, non, je ne le décrirais pas comme quelqu'un de possessif. Au contraire, Hugh a toujours été trop enclin à transiger pour faire plaisir à sa femme.

— Et Mina ? Vous pensez qu'elle aurait réagi comment si elle avait découvert que son mari la trompait ?

— Je ne suis pas sotte, inspecteur. Je connais les ragots qui circulent au sujet de Hugh et de cette Una McGann. Ça n'a rien de vrai.

— Comment pouvez-vous en être sûre ?

— Hugh était épris de sa femme. Assez naïvement, s'est-il avéré.

Quelque chose frappa soudain Devaney : Lucy Osborne n'avait pas prononcé le nom de « Mina » une seule fois au cours de leur conversation. Elle disait toujours « elle » ou « la femme de mon cousin », et « l'enfant » pour Christopher. Il ne savait pas en quoi cela le chiffonnait, mais il en prit note.

— Avez-vous une idée de la situation financière de M. Osborne ? demanda-t-il. Par exemple, qui hériterait de la propriété s'il lui arrivait quelque chose ? Nous savons qu'il avait pris des dispositions en faveur de son épouse et de son fils, mais si celle-ci est effectivement partie, comme vous l'affirmez, il a peut-être changé d'avis.

— Il n'a pas jugé nécessaire de me mettre dans la confidence, inspecteur, et cela ne me regarde franchement pas. Mon fils et moi-même ne sommes que ses hôtes à Bracklyn House.

Elle déplaça une tige pour que la fleur soit tournée vers l'extérieur, puis prit un rameau de verdure pour ajouter une touche finale, le découpa en petits morceaux qu'elle plaça ici ou là dans le bouquet, réarrangeant l'ensemble avec des petits gestes rapides, d'une main experte.

— Tant que j'y suis, dit Devaney, j'aimerais aussi parler à votre fils, s'il est là.

Lucy Osborne se raidit, et il en comprit tout de suite la raison. Dans sa précipitation, elle venait de se piquer le doigt sur une épine cachée. Une gouttelette de sang rouge vif tomba sur la table en bois.

— Ça va ? demanda-t-il. Je peux faire quelque chose ?

— Ce n'est rien du tout, inspecteur.

Elle comprima son doigt pour qu'il arrête de saigner. Tandis qu'elle cherchait un pansement dans le tiroir, Devaney remarqua le gros solitaire qu'elle portait à la main gauche. Elle avait tout ce qu'il fallait pour faire face à ce genre d'incident et eut tôt fait de panser son doigt.

— Vous voulez voir mon fils. Je crois que Jeremy est au prieuré, où il participe aux fouilles. Maintenant, si vous voulez bien m'excuser, inspecteur, je dois apporter ces fleurs à l'église.

De son poste d'observation dans la sacristie de l'église St. Colomba, Garrett Devaney apercevait sept ou huit personnes assises sur les bancs en face du confessionnal, assez isolées les unes des autres. Le père Kinsella était entré dans le compartiment central quelques minutes auparavant, et venait d'entamer la première confession. Devaney connaissait les visages présents — essentiellement des femmes d'un certain âge. Il y avait Mme Phelan, l'une des habituées dont Kinsella lui avait parlé, Mary Hickey et Helen Rourke, trois piliers du fan-club du père Kinsella, qui se seraient volontiers inventé des péchés pour pouvoir les confesser au séduisant jeune prêtre.

Devaney pensa à Kinsella, assis dans la pénombre du confessionnal. Comme il devait être étrange d'écouter les jalousies mesquines, les petits affronts qui constituaient la majeure partie des péchés, de prescrire des neuvaines et des « Je vous salue Marie » comme un médecin de campagne soignant les grippes à la chaîne. Même si ce sentiment lui était étranger, Devaney savait que le besoin de se confesser était quelque chose de très puissant. À ses débuts dans la police il était surpris, chaque fois que la presse rapportait un crime particulièrement horrible — de ces actes sordides qui révulsent les lecteurs, même si ceux-ci se repaissent de chaque détail —, par l'afflux de faux aveux qui leur parvenaient. La plupart étaient le fait de personnes en manque d'attention ou à moitié folles, le genre qui pense mériter une punition simplement pour avoir imaginé de commettre un crime semblable. Une fois encore, les mots gravés sur le prie-Dieu surgirent dans son esprit. *Il sait où ils se trouvent*. Se pouvait-il que Kinsella ait succombé aux tentations de la chair ? Si Mina Osborne et lui avaient tant de points communs, il n'était pas inconcevable que le prêtre l'ait aidée à disparaître. Ce qui expliquerait qu'elle n'ait pas prévenu sa mère. Cela dit, Kinsella n'avait pas paru décontenancé quand il avait trouvé l'inscription ; tout au contraire, il s'était montré intrigué. Malgré tout, cela méritait qu'on y regarde de plus près.

Mme Rourke venait d'entrer dans le confessionnal quand il remarqua quelqu'un d'autre dans la chapelle latérale, tête baissée et mains jointes. Quand l'individu redressa la tête, Devaney reconnut Brendan McGann. Brendan n'avait jamais été un joyeux drille, mais là il semblait d'une humeur particulièrement sombre. Qu'avait-il à confesser ? Les McGann étaient les voisins les plus proches d'Osborne. Devaney se souvenait vaguement d'avoir entendu dire que Brendan était opposé au projet de mise en valeur du prieuré de Drumcleggan. Les querelles de voisinage, quelle qu'en soit la cause, avaient souvent tendance à dégénérer en violentes disputes. Il regarda une nouvelle fois la mine sombre de McGann et se dit que cela aussi méritait qu'on y regarde de plus près.

13

Le vestibule de Bracklyn House était désert quand Nora et Cormac rentrèrent après leur mésaventure sur la route de Tullymore. Nora n'était pas encore pleinement remise de ses émotions.

— Tu ne crois pas qu'on devrait retirer nos chaussures ? demanda-t-elle à Cormac qui semblait prêt à s'engager dans l'escalier. On m'a déjà fait des remarques au sujet des va-et-vient incessants qui salissent le sol, chuchota-t-elle.

— Ouais, autant ne pas s'attirer les foudres de la direction.

— Zut, mes lacets sont trop serrés, se lamenta-t-elle. Je n'arriverai jamais à défaire les nœuds.

— Laisse-moi essayer...

Au moment précis où Cormac s'agenouillait pour tenter de dénouer les lacets trempés, Nora s'appuyant contre son épaule, Jeremy franchit la porte de l'escalier en provenance de la cuisine.

— Salut, Jeremy... lui lança Nora.

Elle vit son expression se figer, la joie de les savoir de retour cédant à la stupéfaction devant leur mine dépenaillée.

— Quand tu vois dans quel état on est, je suis sûre que tu ne regrettes pas d'être resté ici...

Il garda le silence.

— On a failli se prendre un mouton, poursuivit-elle. La voiture a quitté la route.

Devant la mine de Jeremy, elle se sentit soudain mal à l'aise dans ses habits maculés de boue, et elle prit conscience que le désordre de leurs vêtements pouvait prêter à confusion. Sentant une bouffée de chaleur lui monter aux joues, elle comprit qu'elle rougissait mais ne put rien y faire. Le silence de Jeremy ne faisait qu'aggraver la chose. Elle lui raconta qu'un trio de fermiers était venu à leur rescousse.

— Les trois frères Farrell. Ils nous ont désembourbés avec une chaîne. Michael a eu la gentillesse de me donner un vieux sac à patates qu'ils avaient dans leur coffre, pour éviter que je ne salisse les sièges.

— Pour le siège de madame c'était un peu tard, mais ça a permis de protéger la voiture...

Cormac n'avait visiblement rien perçu de la scène qui se jouait. Peut-être n'avait-il pas remarqué le regard jaloux que lui avait lancé Jeremy en le voyant s'affairer avec les lacets de Nora. Pourquoi fallait-il qu'il fasse étalage de son sens de l'humour maintenant ?

— On descendra pour dîner dès qu'on se sera changés, poursuivit-il. Si tu veux te joindre à nous...

Nora observa le garçon ciller, les regarder tour à tour, et eut le cœur fendu de voir la douleur s'intensifier dans ses yeux, sa mâchoire se contractant sous ses joues légèrement concaves. Ce n'était qu'un gamin, et tout prenait de telles proportions quand on était jeune ! Cormac regarda Jeremy comme si de rien n'était. Se pouvait-il vraiment qu'il n'ait rien remarqué ? Battre en retraite semblait la meilleure option ; ils auraient tout loisir d'en parler plus tard.

— J'aimerais bien rester avec vous pour bavarder,

les garçons, mais il faut absolument que j'aille me décrasser. À plus tard.

Elle passa entre eux, tenant ses chaussures crottées du bout des doigts.

— Alors, ça te dit de dîner avec nous ? demanda une nouvelle fois Cormac.

Cette fois le garçon fournit une réponse à peine audible qui parut satisfaire Cormac car il suivit Nora de quelques pas. Tournant à mi-palier, elle aperçut Jeremy dans le vestibule, les mains dans les poches, qui les suivait du regard, affichant une expression glaciale comme elle ne lui en avait jamais vu.

Jeremy ne se joignit pas à eux pour dîner dans la cuisine. Ils traînèrent à table, Nora oscillant entre la culpabilité, à cause de Jeremy qu'elle avait peut-être blessé, et le plaisir d'un tête-à-tête avec Cormac. Il ne l'avait pas même effleurée pendant qu'ils préparaient le dîner, et ni l'un ni l'autre n'avait fait la moindre allusion à leur moment d'égarement sur la route de Tullymore. Chacun évitait soigneusement le sujet, mais la question qui planait avec insistance, en tout cas dans son esprit à elle, n'était pas tant de savoir si cela se reproduirait mais quand. Pourtant, elle ne savait pas très bien quoi en penser. Il ne fallait pas que ça devienne plus sérieux, elle ne se sentait pas prête. Cormac ignorait trop de choses sur elle.

— Tu ne m'as jamais raconté comment t'est venu ton intérêt pour les cadavres de tourbière, dit-il en lui prenant une assiette mouillée alors qu'ils faisaient la vaisselle.

— Ça a dû commencer au cours des étés que je passais dans le Clare chez mes grands-parents. Mon grand-père récoltait un peu de tourbe, et j'étais fascinée par tout ce qu'il retrouvait dedans. Rien d'extraordinaire, surtout des bouts de bois gorgés d'eau et noircis.

Une fois, il m'a montré les contours d'un arbre. L'arbre avait complètement disparu mais il avait laissé comme un spectre de lui-même. Quand j'avais environ quatorze ans, j'ai décidé de faire un exposé sur les tourbières. À la bibliothèque de l'école, je suis tombée sur un bouquin avec des photos en noir et blanc de l'Homme de Tollund... Tu connais l'Homme de Tollund, le célèbre cadavre qu'on a retrouvé dans une tourbière au Danemark ?

Cormac fit oui de la tête.

— J'en ai entendu parler, mais nous n'avons pas été présentés.

— C'est un spécimen étonnant, n'est-ce pas ? La finesse des traits du visage, avec les rides et les cils, la barbe naissante sur le menton, tout ça parfaitement conservé après deux mille ans. Pour moi, ça a été un vrai déclic. Et plus j'en apprenais, plus j'étais captivée. Pourquoi était-il nu ? Pourquoi lui avait-on tranché la gorge ? Que faisait ce garrot autour de son cou ? Je me suis mise à lire tout ce qui me tombait sous la main concernant les tourbières, en archéologie, en biologie et en chimie. Même quand on comprend les mécanismes de conservation, ça reste assez mystérieux, la façon dont les acides gras non saturés perdent deux de leurs atomes de carbone. De telle sorte que les tissus organiques ne se décomposent pas comme d'habitude mais subissent une altération chimique.

Elle retira le bouchon de l'évier et observa l'eau savonneuse qui s'évacuait.

— Ça va, Nora ?

— Je réfléchissais juste, dit-elle avec un hochement de tête.

Elle gravit l'escalier de la cuisine, suivie par Cormac. Dans le vestibule, le seul bruit était le tic-tac régulier et puissant de l'horloge.

— Quel silence de mort ! fit remarquer Cormac.

— Un peu trop silencieux à mon goût, reconnut Nora. Je crois que je vais monter me coucher.

Il ne fit pas de commentaire mais lui emboîta le pas dans le grand escalier. Une fois sur le palier, il lui proposa :

— Osborne m'a offert une très bonne bouteille de single malt, et j'ai bien envie de l'ouvrir. Ça te dit de te joindre à moi ?

Elle se figea et se retourna à moitié vers lui.

— Je ne sais pas, Cormac...

Il s'exprima d'une voix calme.

— Il n'est que dix heures et demie. Viens me tenir un peu compagnie. Qui sait, le feu follet de l'autre soir fera peut-être une nouvelle apparition...

Nora hésitait toujours, étonnée de l'air pensif qu'il affichait. Une question des plus surprenantes lui traversa l'esprit : le dessin prononcé et plutôt séduisant de ses lèvres, ce muscle qu'elle connaissait sous le nom d'*orbicularis auris*, était-il dû à sa pratique de la flûte ?

— Un single malt, tu dis ? (Il sourit.) On pourrait en profiter pour écouter l'enregistrement de Mme Cleary...

Quelques minutes plus tard, Nora était lovée dans un gros fauteuil en cuir et regardait Cormac allumer un feu dans la cheminée de sa chambre.

— Tu sais, dit-elle alors qu'il lui tendait un verre avec une larme de liquide ambré, on aurait peut-être mieux fait d'aller chercher Jeremy.

Elle porta le verre à ses narines et se régala du parfum tourbé que dégageait le whiskey.

— À mon avis, dit Cormac en prenant place dans le fauteuil en face d'elle, il doit préférer qu'on le laisse tranquille. Ça lui passera. Tu verras.

— Et d'où tires-tu ta grande connaissance de la psychologie adolescente, si ce n'est pas trop indiscret ?

— Je comprends très bien un gamin paumé comme Jeremy, parce que j'étais comme lui à une époque.

— Et pourquoi te sentais-tu paumé ?

Il tapota le bras de son fauteuil, puis se leva et revint devant la cheminée, fixant les flammes.

— Oh, tu sais, l'histoire banale du jeune homme qui quitte la maison et découvre avec stupeur qu'il est moins intelligent qu'il ne se l'imaginait. Et puis, ma mère était très malade. Elle est morte l'hiver d'après. Je n'avais pas vraiment d'autre famille qu'elle, j'ai eu l'impression de me retrouver en perdition.

— Mon Dieu, Cormac, c'est affreux... Tu avais quel âge ?

— Dix-neuf ans. Sans la bouée que m'a lancée Gabriel, je ne sais pas ce que je serais devenu.

— Je ne savais pas que Gabriel et toi, vous vous connaissiez depuis si longtemps. J'ai vu la photo sur la che... (Elle se rappela soudain qu'elle n'avait pas dit à Cormac qu'elle était entrée chez lui.) Il doit beaucoup te manquer.

— Oui.

Il lui tournait toujours le dos, mais la douleur transparaissait dans sa voix.

— Le plus surprenant chez Gabriel, poursuivit-il, c'est qu'il n'a pas eu d'enfants. Je ne sais pas si c'était un choix, mais en tout cas il avait la fibre paternelle.

— Et ton père, que lui est-il arrivé ?

Nora sentit que cette question mettait Cormac dans l'embarras et regretta de l'avoir posée.

— On ferait mieux de parler d'autre chose, dit-il.

Mais quand il la regarda, elle sentit qu'il luttait avec lui-même, hésitait à s'aventurer sur un terrain inconnu et dangereux.

— J'ai toujours dit à tout le monde qu'il était mort.

Sa réponse prit Nora de court.

— Et c'est faux ?

— Oui, dit Cormac qui semblait chercher ses mots. Quand j'avais neuf ans, il est parti travailler quelques semaines comme bénévole dans un dispensaire que dirigeait un vieux copain en Amérique latine, et il s'est impliqué dans leur combat pour les droits de l'homme. Il y est retourné et faisait partie d'une délégation qui se trouvait au Chili au moment du coup d'État. Les six semaines qu'il était censé passer sur place se sont transformées en six mois, et après ça je crois que ma mère a compris qu'il ne reviendrait jamais. Ça a été dur pour nous deux, mais surtout pour elle, j'imagine. Elle ne pouvait pas lui en vouloir, ce type était un héros de la cause humanitaire. (Il s'accroupit et prit le tisonnier pour remuer les braises.) Il est revenu quand ma mère était malade, mais il est rentré au Chili après sa mort. J'ai essayé de me mettre à la place de tous ces gens qui ont perdu un être proche. Ça doit être très dur.

— Et maintenant, il habite où ?

— Il est rentré en Irlande depuis deux ans, pour reprendre la maison de famille dans le Donegal. Il m'a écrit mais je n'ai pas... Je ne l'ai pas revu depuis l'enterrement.

Elle comprit que c'était la première fois qu'il livrait toute la vérité à quelqu'un.

— Cormac, c'est vraiment très triste.

— C'est moi qui ai fait ce choix. Et si on écoutait cette cassette ? proposa-t-il pour changer de sujet.

— D'accord.

Elle ne voulait pas insister. Regrettait-il de lui avoir confié son secret ?

— On pourrait peut-être guetter ton feu follet tout en écoutant, suggéra-t-elle. Tu étais où quand tu l'as aperçu ? Là dans l'alcôve ?

— C'est ça. Mais si tu t'éloignes du feu, tu ferais mieux de te couvrir.

Il prit un plaid sur le lit et le lui passa autour des épaules.

— Merci. Et toi, tu ne vas pas avoir froid ?

— J'ai très chaud, dit-il en posant ses doigts contre ses joues pour le prouver.

— Je vois ça.

Elle s'installa sur la banquette moelleuse de l'alcôve, ramenant ses genoux contre sa poitrine, et Cormac enclencha le magnétophone. Les yeux fixés sur la pénombre au-dehors, ils entendirent en bruit de fond des voix et des chaises qu'on déplaçait. La voix éraillée de Mme Cleary émut Nora quasiment autant que la première fois. Quand la vieille femme s'arrêta de chanter, elle demanda :

— Pourquoi le nom de la jeune femme n'est-il pas dit dans la chanson ?

Cormac arrêta la cassette.

— Trop dangereux. De toute façon, à l'époque tout le monde dans le patelin savait très bien de qui il était question. Beaucoup de chansons étaient codées. Comme c'est souvent le cas dans les périodes troubles.

— Oui, tu as sans doute raison, comme toutes ces chansons allégoriques avec des allusions voilées à Napoléon qui viendrait libérer l'Irlande. Robbie m'a parlé d'une chanson sur une jeune femme dont le nom est donné sous forme d'anagramme. Je n'ai toujours pas réussi à la résoudre. Pour en revenir à la chanson de Mme Cleary, il y a un ou deux détails qui ne collent pas. On nous parle d'un soldat qui aurait été déporté quatorze ans, mais Cathal Mór n'était pas soldat. C'était un hors-la-loi, et il a été déporté à vie. La chanson dit aussi *Ô ma mie, ils t'ont assassinée*, alors qu'on a de bonnes raisons de penser que la *cailín rua* a été exécutée. C'est soit l'un soit l'autre.

Nora, qui était vautrée sur la banquette, se redressa subitement pour regarder par la fenêtre.

— Qu'est-ce qui se passe ? demanda Cormac. Tu as vu quelque chose ?

Il s'approcha derrière elle.

— C'est juste la nouvelle lune. Tu la vois ? Je vois la lune et la lune me voit, murmura-t-elle.

Elle fut surprise d'entendre Cormac compléter la comptine :

— Dieu bénisse la lune et Dieu me bénisse.

Il se tenait tout près d'elle, elle sentait sa respiration tiède dans ses cheveux. Leurs deux voix mêlées dans la pénombre avaient quelque chose d'étrange, comme si cette petite prière anodine était une sorte d'incantation ou de sort. D'ailleurs, les anciens avaient peut-être cela en tête, dompter les pouvoirs maléfiques de la lune pour en faire un usage bénéfique. Nora frissonna, soudain angoissée de sentir Cormac si près d'elle. Si elle ne se tenait pas sur ses gardes, la voix de la raison et de la sagesse pouvait facilement être balayée par son cœur qui battait la chamade. Pourtant, elle était incapable de bouger.

— Nora ? Je peux te demander quelque chose ?

Elle ne répondit pas mais sentit qu'il était mal à l'aise quand il s'assit à côté d'elle sur la banquette.

— L'autre jour sur la tourbière, Devaney a dit quelque chose qui t'a contrariée. C'est l'impression que j'ai eue...

Le silence se prolongea, mais Cormac ne bougea pas. Il venait de lui confier un secret qu'il n'avait jamais partagé avec personne d'autre. Que pouvait-elle faire sinon lui répondre ?

— Ce n'est pas ce que Devaney a dit, se lança-t-elle. En tout cas, pas au début. C'est la *cailín rua*. Ma sœur Tríona avait de superbes cheveux roux, très épais et ondulés. Je l'ai toujours enviée. Quand j'avais douze ans et Tríona sept, je devais la coiffer tous les matins avant d'aller à l'école, ça faisait partie de mes corvées. Je ronchonnais beaucoup, mais en secret j'adorais ça. Tu n'as pas de frère et sœur ?

— Non.

— Ces cinq ans d'écart paraissaient un gouffre à l'époque. Maintenant, ça semble tout à fait insignifiant. Quand j'ai vu ces cheveux roux dans la tourbe... chaque fois que je pense à Tríona, je me rappelle que je suis responsable de sa mort, au moins en partie.

— Qu'est-ce qui te fait dire ça ?

— C'est moi qui l'ai convaincue de quitter son mari, et le lendemain elle a disparu. Ce n'est pas une simple coïncidence, Cormac. Quand j'ai dû identifier son cadavre, j'ai su que c'était elle grâce à sa superbe chevelure rousse. Je n'ai pas pu regarder son visage, vois-tu, parce qu'elle n'en avait plus.

— Mon Dieu, Nora...

— Et j'étais la seule à savoir que l'assassin était son mari, poursuivit-elle. Je l'ai su tout de suite. Maintenant, la police en est aussi convaincue, mais ils ne peuvent rien faire. On l'a interrogé, mais on n'a jamais eu de preuves suffisantes pour l'arrêter. J'étais la seule à qui Tríona s'était confiée. Peter prenait un plaisir sadique à lui faire mal, mais elle avait trop honte pour en parler. Et il était suffisamment intelligent pour ne pas la frapper en public. Pourquoi l'aurait-on soupçonné ? Il est beau et riche, il siège au conseil d'administration de toutes sortes d'œuvres charitables. Il a même réussi à se faire plaindre, en soutenant que ma sœur avait été victime d'un maniaque. Il a juré qu'elle n'avait jamais envisagé de le quitter, c'était ma parole contre la sienne, et beaucoup de gens ont commencé à me prendre pour une folle. Il a raconté qu'ils avaient passé la soirée ensemble, que le lendemain matin Tríona s'était rendue à l'institut de beauté pour se faire masser, et n'était jamais revenue. On a retrouvé sa voiture quatre jours plus tard dans un parking. Le cadavre était dans le coffre.

— Et on n'a rien trouvé contre son mari, aucun indice matériel ?

— Rien, alors qu'il n'avait pas d'alibi solide. À l'époque, j'ai essayé de me convaincre que je n'agissais pas par vengeance, que je voulais avant tout obtenir justice, mais aujourd'hui je n'en sais plus rien. Quand le dossier a été classé sans suites, Peter a réclamé de toucher l'assurance-vie. La compagnie d'assurances a bien évidemment refusé, vu qu'il était le principal suspect, mais il leur a fait un procès et ils ont fini par transiger. Il a empoché l'argent, a pris ma nièce et a déménagé le plus loin possible. Je n'ai pas vu Elizabeth depuis presque quatre ans. Elle a douze ans... (Elle s'interrompit et regarda Cormac.) Elle a perdu sa mère et je lui aurais bien arraché son père aussi. Si la chance avait bien voulu être de mon côté, ce qui n'a pas été le cas.

— Et c'est pour ça que tu es venue en Irlande ?

— J'essaye désespérément de rafistoler ce qui reste de ma vie et de mon équilibre mental.

— C'est vraiment bouleversant, Nora.

— J'aurais peut-être pu encaisser le coup de la *cailín rua*, si Hugh Osborne n'avait pas débarqué, à la recherche de sa femme disparue. Un mari sans alibi, et contre lequel ne pèse aucune preuve.

Voyant son expression, elle sentit qu'il venait de faire le rapprochement. Il hésita avant de parler.

— Ça paraît injuste d'accuser Osborne alors qu'on ne connaît pas tous les éléments.

— Aide-moi à en rassembler davantage. Ça pourrait tout aussi bien le disculper.

— Nora, on ne peut pas s'immiscer comme ça dans

la vie des gens... Bon, d'accord, cette lumière que j'ai aperçue pourrait avoir un lien avec la disparition de Mina Osborne, mais il est plus probable que non. Ça doit être horrible de perdre quelqu'un de cette façon, je ne peux même pas m'imaginer... Mais les deux situations sont parfaitement différentes. Tu ne peux pas te permettre, sous le coup de la colère et du dépit, de juger les gens à l'emporte-pièce. Tu dois bien le comprendre, non ?

— J'ai senti quelque chose dans son regard, Cormac, le soir où je suis arrivée ici. Je ne peux pas te le décrire, sauf que c'était une sorte de provocation. Comme s'il m'avait lancé à la figure : « Prouvez-le ! » Tu n'étais pas là, tu ne l'as pas vu.

— Je me demande simplement dans quelle mesure tu ne te laisses pas influencer parce que tu voudrais qu'il soit coupable.

— Et après tu vas me dire que je perds les pédales !

Nora fut surprise par le ton suraigu de sa voix, qui la rendait presque méconnaissable.

— Pas du tout, dit Cormac d'une voix plus douce. Je te jure que je ne pense pas du tout ça. C'est juste...

Il tendit la main vers elle, mais elle se leva et balança le plaid sur le lit. Elle posa sa main sur la poignée de la porte, et celle de Cormac vint la recouvrir.

— Je t'en supplie, Nora, tu n'as aucune raison de t'en aller...

— Si, dit-elle d'un ton égal. Laisse-moi partir.

Il retira sa main et recula d'un pas.

Quand elle se retrouva seule dans le couloir, Nora s'appuya contre le mur et inspira profondément. Quelle mouche l'avait piquée ? Tout ce qu'il lui avait dit était parfaitement sensé. Elle-même ne se faisait-elle pas les mêmes réflexions depuis quelques jours ? Mais non, il avait fallu qu'elle monte sur ses grands chevaux, et avec Cormac qui le méritait moins que quiconque ! Se rappelant ses gestes tendres, elle éprouva soudain une bouffée de désir. Au même moment, elle entendit un bruit dans l'escalier, à quelques mètres d'elle. Elle ouvrit la porte donnant sur la cage d'escalier.

— Qui est là ? Y a quelqu'un ?

Personne ne répondit, mais elle n'avait pas rêvé, quelqu'un se trouvait là, en train de l'épier, peut-être même de les épier tous les deux. Quand elle se retourna pour revenir dans le couloir, son pied heurta quelque chose qui alla se cogner bruyamment contre le mur. Elle se baissa pour ramasser l'objet — c'était une bouteille de whiskey vide. Regagnant sa chambre, elle huma brièvement la bouteille, ce qui lui rappela sa première rencontre avec Jeremy Osborne et l'odeur puissante et doucereuse de son haleine. Au lieu de s'assurer leur aide, elle venait de froisser Cormac et Jeremy en l'espace d'une journée. Dans le cas de Cormac, ça la désolait particulièrement. Pourquoi fallait-il que tout soit si compliqué ? L'estomac noué, elle alluma la lumière de sa chambre et mit la bouteille dans la corbeille. Elle s'attarda quelques secondes près de la porte. Quelque chose clochait. Elle parcourut la chambre du regard, cherchant un détail anormal. Ses yeux se posèrent sur le lit — les draps étaient défaits. Jeremy avait-il dormi dans sa chambre, cette fois ? Elle s'approcha du lit, rabattit les draps et dut se retenir de hurler.

La carcasse à moitié décomposée d'un gros corbeau reposait sur une couche de terre et de feuilles mortes. Les yeux inertes du volatile étaient enfoncés dans leurs orbites. Les grosses serres étaient refermées dans le vide. Le verre cassé pouvait n'être qu'un accident, mais cette fois l'avertissement ne faisait plus aucun doute.

Sa première réaction fut d'appeler Devaney. Mais alors qu'elle parcourait les poches de son jean à la recherche de sa carte de visite, elle songea que, en alertant la police, Cormac et elle devraient peut-être quitter Bracklyn House avant d'avoir découvert quoi que ce soit. C'était sans doute le but que recherchait la personne qui avait fait ça, et elle n'allait pas se laisser manipuler aussi bêtement. Donc, pas question d'appeler Devaney.

Qui avait pu faire une chose pareille ? Plus exactement, pourquoi cherchait-on à la faire fuir ? Hugh Osborne s'était soi-disant rendu à Londres, et elle se demanda si c'était vrai. Elle se souvint aussi du regard glacial de Jeremy — avait-il été vexé au point de lui jouer cette plaisanterie de mauvais goût ?

Elle revint près du lit et contempla le corbeau. La charogne grouillait de vers. Pas question de la laisser là, pas si elle voulait passer la nuit dans sa chambre. Elle prit soigneusement les quatre coins du drap et roula le tout en serrant bien fort. Puis elle ouvrit la croisée au maximum et balança le ballot sur la pelouse en contrebas, après quoi elle contempla de nouveau la chambre. Inutile de s'imaginer qu'elle arriverait à dormir, d'autant qu'il faisait froid. Elle s'emmitoufla dans son imperméable, se blottit dans un des fauteuils à côté de la cheminée et s'interrogea sur la marche à suivre.

14

Una McGann se réveilla en sursaut quand quelqu'un tambourina contre la porte d'entrée. Elle dévala l'escalier, pieds nus et en chemise de nuit, et s'arrêta devant la porte, se demandant qui pouvait bien faire un tel vacarme. Puis elle reconnut la voix de Brendan.

— Una ! Ouvre-moi, bon sang ! J'ai perdu ma clé... Una ! Elle resta pétrifiée, ne sachant comment réagir. Il se mit de nouveau à marteler la porte du plat de la main.

— Una ! Laisse-moi entrer ! Je sais que tu m'entends. Allez, ouvre cette putain de porte !

— Chut, Brendan, tu vas réveiller Aoife.

Elle comprit soudain pourquoi il était agressif comme ça.

— T'as bu, Brendan ?

— Qu'est-ce que ça peut te foutre ? Ouvre-moi, j'te dis ! (Il flanqua un méchant coup de pied dans la porte, puis un autre.) C'est moi qu'ai monté cette fichue porte de mes deux mains, t'es gonflée de me la laisser fermée au nez !

— Je ne vais pas te laisser entrer dans cet état. Tu me fais peur. Et pas la peine d'essayer la porte de derrière. Elle est aussi verrouillée.

Elle tressaillit en entendant Brendan qui s'en prenait

de plus belle à la porte, mais le bois robuste encaissa une volée de coups de pied et de coups de poing sans trembler. Il y eut un répit, et elle entendit Brendan qui s'éloignait. Mais son soulagement fut de courte durée. Un fracas de verre volant en éclats retentit contre la porte et le mur. Il avait dû rapporter quelques bouteilles du pub. Elle se recroquevilla, serrant ses genoux contre elle comme pour se protéger, et sursauta chaque fois qu'une bouteille de bière venait se fracasser contre la maison, même si elle savait que la porte ne craignait rien. Fintan apparut à ses côtés, en caleçon.

— Qu'est-ce qui se passe ? C'est Brendan ? Qu'est-ce qu'il fout ?

Ils tendirent l'oreille mais n'entendirent qu'un vague grommellement. Fintan écarta le rideau de la cuisine pour jeter un coup d'œil dehors.

— C'est bon, il s'en va.

— Brendan est saoul, dit Una. Lui qui ne boit jamais...

— On va le laisser dessaouler. Il n'a qu'à dormir dans la remise.

— Fintan, qu'est-ce qu'on va faire ?

— Il est juste fâché parce qu'on veut toucher notre part de la ferme. Ça lui passera. On ne va pas remettre en cause nos projets.

— Tu ne sais pas tout, Fintan.

Elle le regarda droit dans les yeux, mais ne trouva pas la force de parler.

— Tu en as trop dit. Allez, Una, maintenant tu dois me le dire.

— Suis-moi, dit-elle.

Elle le conduisit au bout du couloir, dans la chambre de Brendan, où elle poussa le lit et lui montra la cachette qu'elle avait découverte dans le mur. Elle plongea la main à l'intérieur, en sortit des papiers et chercha la barrette de Mina Osborne. Elle n'était plus là.

— Pourtant, je suis sûre qu'elle était là... dit-elle. Je l'ai tenue dans ma main.

— Quoi donc ?

— Une barrette. Qui appartenait à Mina Osborne. Je le sais parce que je l'ai vue qui la portait le jour de sa disparition. Et il y a aussi toutes sortes de coupures de presse sur elle. On va faire quoi, Fintan ?

Il mit un temps avant de comprendre les implications de ce qu'elle venait de lui confier. Elle vit qu'il ne voulait pas accepter cette idée, comme elle auparavant, même s'il se souvenait de la rage de Brendan quand il avait planté sa faucille dans la table, à quelques centimètres de sa tête.

— Non, c'est impossible, dit-il en secouant la tête. C'est notre frère. T'es folle.

Malgré ses dénégations, elle vit que l'idée faisait son chemin. Mais ce terrifiant secret ne pesait pas moins sur son cœur maintenant qu'elle le partageait avec Fintan.

15

Nora se réveilla quand on frappa à sa porte. Après un instant de flottement, le souvenir du corbeau lui revint.

— Ça va, Nora ? Il est presque dix heures et demie. Nora ?

C'était la voix de Cormac.

La poignée se mit à bouger et elle n'eut pas le temps de réagir avant qu'il ouvre la porte. Il comprit tout de suite que quelque chose n'allait pas et se précipita vers elle.

— Qu'est-ce qu'il y a, Nora ? Ça va ?

Elle hésita. Toute cette histoire lui semblait maintenant si bizarre.

— Tout va très bien, Cormac.

— Alors, qu'est-ce...

Il indiqua le lit défait.

— Quand je suis revenue ici hier soir, j'ai trouvé quelque chose dans mon lit...

— Quoi donc ? Je t'en prie, dis-le-moi.

— Un corbeau mort.

— Mon Dieu, Nora...

— Je n'ai pas voulu donner l'alarme. À quoi bon ? Alors j'ai...

Son geste lui paraissait tellement bizarre, maintenant qu'il faisait grand jour.

— J'ai tout balancé par la fenêtre, avec les draps et les couvertures, dit-elle en se levant et en se dirigeant vers la fenêtre. Je sais bien qu'il était mort, qu'il ne pouvait pas me faire de mal, mais...

Elle s'arrêta net — dehors, il n'y avait aucun signe du cadavre de l'oiseau, des draps ou des feuilles mortes. Cormac lui aussi venait de le constater. Elle se tourna vers lui.

— J'te jure que c'est vraiment arrivé.

— Je te crois, Nora. Mais pourquoi tu n'es pas venue me chercher ?

Elle ne sut quoi lui répondre, se contentant de le fixer. Il la prit dans ses bras et tous deux restèrent silencieux quelques instants. Puis il lui demanda :

— Tu as gardé la carte de visite de Devaney ?

— Que veux-tu qu'il fasse ? Je n'ai plus rien à lui montrer.

— Il a demandé qu'on lui signale quoi que ce soit de bizarre, et on peut dire que là c'est le cas. Je t'assure, Nora.

— Je préfère l'appeler sur mon portable. Je l'ai laissé dans la voiture.

Cormac l'escorta au rez-de-chaussée. Ils ne croisèrent personne avant de tomber sur Hugh Osborne devant le perron. Il les regarda d'un air bizarre et dit :

— Je suis sincèrement navré.

Nora se demanda comment il pouvait être au courant pour le corbeau, mais son regard se posa alors sur les voitures garées dans l'allée. La plus amochée était la jeep de Cormac, avec le pare-brise et la lunette arrière brisés, et les quatre pneus à plat. Le vandale avait badigeonné de boue la carrosserie, de longues traînées qui avaient eu le temps de sécher. L'affront ultime se trouvait sur le capot : un tas de fumier pris d'assaut par les mouches, qui avait tout juste commencé de sécher sous le soleil matinal. Sa propre voiture s'en sortait un peu mieux ; elle aussi était couverte de boue, un des pneus était lacéré et un phare défoncé, mais les vitres étaient intactes.

Un grand calme régnait autour d'eux, le silence du champ de bataille après le vacarme de la guerre. C'était comme si cette matinée de printemps rejetait la violence qui s'était déchaînée en ces lieux. Seul le spectacle muet des deux véhicules endommagés était là pour en témoigner.

16

Devaney arriva à Bracklyn House moins de cinq minutes après avoir été prévenu par le commissariat de Dunbeg. Osborne, Maguire et Gavin l'attendaient dans l'allée gravillonnée, à côté des véhicules endommagés. La Volvo d'Osborne était aussi garée là, sans la moindre éraflure.

— Merci de vous être déplacé aussi rapidement, inspecteur, dit Osborne. Je suis arrivé de Londres ce matin pour découvrir ça. Je n'ai touché à rien.

Devaney jeta un coup d'œil à la jeep. L'intérieur était parsemé d'éclats de verre. Du matériel de fouille était stocké à l'arrière, mais il faudrait vérifier que rien ne manquait. Un véhicule bleu et blanc se gara à côté de lui ; c'était Declan Mullins, du poste de Dunbeg.

Les inspecteurs de la police scientifique venant de Galway, ils ne seraient pas là tout de suite.

— Je vais m'installer dans la maison pour commencer les interrogatoires, dit Devaney.

— Bien, inspecteur. Vous voulez que je fasse quoi ?

Devaney se prit à envier le zèle qui se lisait sur les traits pimpants de son jeune collègue.

— Tu vas me boucler toute cette zone et veiller à ce que personne ne touche à quoi que ce soit. Si je suis occupé quand ils arrivent, aide les gars du labo à se mettre au boulot. Demande aux propriétaires des véhicules de te fournir une liste détaillée de ce qui se trouvait à l'intérieur, pour vérifier s'il manque quelque chose.

Il soupçonnait Maguire et Gavin d'en savoir plus sur les occupants de Bracklyn House qu'ils ne voulaient bien l'admettre. Cet incident les inciterait peut-être à se montrer plus loquaces.

Il parla d'abord à Osborne, dans la bibliothèque, pendant que les deux autres attendaient dehors. Hugh Osborne lui expliqua qu'il avait pris un vol tôt ce matin-là, était rentré en voiture de Shannon pour arriver vers dix heures dix. Devaney lui demanda quelles mesures de sécurité étaient en vigueur à Bracklyn House. Le portail n'était jamais fermé à clé, et restait d'ailleurs toujours ouvert. La maison n'avait que deux entrées, la grande porte principale et la porte de la cuisine sur l'arrière. Lucy s'assurait toujours, avant d'aller se coucher, que les deux portes étaient bien fermées à clé et verrouillées. Les deux invités n'avaient pas la clé, parce que Lucy se trouvait en général à la maison dans la journée, quand ils sortaient ou rentraient.

— Je ne veux pas vous alarmer sans raison, dit Devaney, mais ce n'est pas simplement la dégradation matérielle qui me préoccupe, même si on n'y a pas été de main morte... J'ai peur que ce ne soit une sorte de menace personnelle. Voyez-vous un incident récent, même anodin, qui aurait pu provoquer la colère de quelqu'un contre vos hôtes ou vous-même ?

— Rien, inspecteur. Je ne me suis fâché avec personne. Maguire s'occupe d'un travail que je lui ai confié, des fouilles au prieuré, et le Dr Gavin lui donne un coup de main. Ça fait à peine une semaine qu'ils sont ici, et ils en auront terminé d'ici à quelques jours. Le travail qu'ils font est tout à fait habituel avant d'entreprendre un chantier.

— Personne ne s'oppose à votre projet ?

— Pas de façon explicite.

— Qu'entendez-vous par « explicite » ?

— Eh bien, personne n'est venu me dire qu'il s'y opposait. Mais on a tous vu ces pancartes qui sont affichées un peu partout, ces bêtises sur les restrictions d'exploitation des tourbières, avec ces slogans haineux pour échauffer les esprits. Connaissant certains de mes voisins, j'ai du mal à ne pas me sentir visé. Je sais bien qu'on ne me croira jamais, inspecteur, mais je n'y suis pour rien si la tourbière de Drumcleggan a été retenue parmi les sites protégés. J'étais favorable à cette décision mais elle n'était pas de mon ressort.

— Vous affirmez donc qu'il n'y a pas le moindre lien entre votre projet et le fait qu'on ait classé Drumcleggan comme site protégé ?

— En fait, inspecteur, ce n'est pas si simple. La tourbière jouxte le terrain sur lequel je vais construire mon centre. Cela ne fait pas partie des plans immédiats, et je n'en ai discuté avec personne pour l'instant, mais j'envisage à terme de monter un projet de sensibilisation à l'environnement. On aurait tort de s'en priver. La tourbière de Drumcleggan représente un patrimoine si riche.

Sans parler que c'est un endroit vachement pratique pour se débarrasser de deux cadavres, songea Devaney. Il changea de sujet.

— Vous étiez en voyage... Où ça ?

— À Londres. J'avais rendez-vous avec mon avocat et avec la banque qui doit financer mon projet.

Devaney visualisa le nom du copain banquier que Le Furet lui avait communiqué, écrit en lettres capitales quelques pages en arrière dans son calepin, et se dit qu'il appellerait Londres pour vérifier. Il demanderait aussi à Mullins de s'assurer auprès de British Airways qu'Osborne avait bien pris un vol en début de matinée.

— Et pour autant que vous sachiez, cet incident n'a rien à voir avec la disparition de votre épouse et de votre fils ?

— Je me suis moi-même posé la question, inspecteur. Je ne vois aucun lien.

Il se cala dans son fauteuil en poussant un soupir.

— Vous me tiendrez au courant si vous pensez à autre chose ?

— Bien entendu, acquiesça Osborne. Mais à mon avis, ça doit être une bande de voyous. Certains d'entre eux ne peuvent pas s'empêcher de faire des conneries quand ils ont trop bu. C'est déjà arrivé. Mais pas récemment.

Devaney fixa Osborne, ses yeux étaient injectés de sang.

— Vous avez peut-être raison. J'espère que ce n'est rien de plus. Dites au professeur qu'il peut entrer.

Cormac Maguire n'avait rien entendu pendant la nuit.

— Le Dr Gavin et moi avons été absents tout l'après-midi. Nous sommes rentrés entre cinq et six heures. Après un brin de toilette, nous avons dîné et ensuite nous avons discuté dans ma chambre jusqu'à minuit environ...

Il s'interrompit.

— Et ensuite ?

— Le Dr Gavin a regagné sa chambre.

Maguire ne lui disait pas tout. Bizarre... Devaney décida de changer de tactique.

— Et les autres occupants de Bracklyn House ? Où étaient-ils hier soir ?

— Hugh vous a sans doute expliqué qu'il était à Londres. Il est rentré ce matin. Lucy Osborne passe la plupart de son temps dans ses appartements. Je ne l'ai pas vue depuis l'après-midi de mon arrivée. Quant à

Jeremy Osborne, je l'ai croisé deux fois hier, très brièvement.

— Je suis passé ici hier après-midi, dit Devaney. La mère du garçon m'a raconté qu'il vous filait un coup de main.

— Il nous aide sur le chantier, mais hier il n'était pas avec nous. On a interrompu les fouilles un après-midi pour rendre visite à Mme Cleary...

— La tante de Ned Raftery ?

— C'est ça. Ned pensait qu'elle pourrait peut-être nous apprendre quelque chose sur cette rouquine qu'on a retrouvée dans la tourbière. Nous n'avons pas proposé à Jeremy de nous accompagner. On ne pensait pas que ça l'intéresserait. Ça fait quelques jours qu'il participe aux fouilles. Apparemment, il n'a pas beaucoup d'amis de son âge. Il a peut-être été vexé qu'on ne l'emmène pas, mais de là à provoquer un tel débordement de violence.

— Vous dites que vous l'avez vu quand pour la dernière fois ?

— En fin d'après-midi, quand on est rentrés de notre visite chez Mme Cleary. Je lui ai proposé de dîner avec nous, il a accepté mais n'est pas venu.

— Vous ne vous êtes pas étonné qu'il ait disparu ?

— Il était peut-être avec sa mère. Je ne connais pas son comportement habituel.

— Vous ne voyez aucune raison qui pourrait pousser quelqu'un à faire ça ? Ça ne pourrait pas être une sorte d'avertissement ?

Devaney sentit qu'il venait de mettre le doigt sur quelque chose.

— Un avertissement à quel sujet, inspecteur ?

— Certaines personnes ne sont peut-être pas ravies de vous voir ici, vous et le Dr Gavin. Ceux, par exemple, qui ne souhaitent pas voir ce projet aboutir.

Connaissez-vous quelqu'un qui serait opposé au projet de M. Osborne ?

— Dans ce cas, pourquoi s'en prendre à moi et au Dr Gavin ? Ce n'est pas nous qui allons décider si le projet se fait ou pas. Et aucun matériel n'a disparu. Si quelqu'un voulait retarder nos travaux au prieuré, le plus simple était de voler ou d'endommager notre matériel, ou de saboter le chantier, non ?

— Un simple retard ne suffisait peut-être pas. On voulait peut-être que ça capote pour de bon. Vous savez que le terrain du prieuré touche la tourbière de Drumcleggan, qui est en ce moment au cœur d'une vive polémique ?

— Hugh nous en a touché un mot, répondit Maguire. Juste après notre arrivée. J'avais remarqué les pancartes au bord de la route, vous voyez celles dont je veux parler ? Il m'a expliqué de quoi il s'agissait quand je lui ai posé la question, mais ça n'avait pas l'air de l'inquiéter outre mesure. Le lendemain, je me suis rendu sur le site des fouilles. J'ai eu quelques mots avec Brendan McGann. Visiblement, le projet du prieuré ne l'enchante pas. Il m'a conseillé de plier bagage, de rentrer à Dublin et de me mêler de mes affaires.

— Vous auriez pu m'en parler...

— J'ai pris ça pour des paroles en l'air. Du vent.

— Que pensez-vous de Brendan McGann ?

— Je ne l'ai croisé que deux ou trois fois. Il m'a l'air du genre taciturne. Une chose est certaine, il n'apprécie guère Hugh Osborne. Mais vous êtes du coin, inspecteur, vous êtes mieux placé pour savoir ce qu'il en est.

— J'apprécie votre franchise, dit Devaney. Comme je l'ai dit à Osborne, cette histoire n'a sans doute rien à voir avec la disparition de sa femme, mais on ne peut écarter aucune piste avant de progresser dans l'enquête. Si je peux me permettre de vous donner un conseil, à vous et au Dr Gavin, soyez sur vos gardes, il n'est pas dit que ça s'arrête là.

— En effet, dit Maguire.

— Vous n'avez rien à ajouter ?

— Quand je suis allé réveiller le Dr Gavin ce matin, elle m'a appris que quelqu'un avait mis le cadavre d'un corbeau dans son lit. Nous étions sur le point de vous appeler quand on a découvert les voitures. J'hésitais à vous le signaler parce que je n'ai pas vu la chose, vous feriez mieux de lui en parler à elle directement.

— Tout à fait, acquiesça Devaney.

Le Dr Gavin ne demandait pas mieux que de se confier. Devaney lui fit signe de s'asseoir dans un des fauteuils mastoc.

— On va commencer par hier soir, si vous voulez bien. Décrivez-moi ce qui s'est passé... mettons à partir de la fin de l'après-midi.

— Cormac et moi sommes rentrés de chez Mme Cleary vers cinq heures et demie, je crois. On a eu une petite mésaventure sur la route, alors on était tous les deux couverts de boue. J'ai pris un bain, et Cormac s'est lavé lui aussi. Après on a dîné dans la cuisine, puis on a discuté dans la chambre de Cormac... J'ai dû retourner dans ma chambre vers minuit.

Devaney avait le sentiment qu'elle et Maguire ne lui disaient pas tout au sujet de leur conversation.

— Où étaient Lucy et Jeremy Osborne ?

— Je ne sais pas, je n'ai vu personne... (Elle s'arrêta soudain.) En fait, j'ai entendu du bruit dans l'escalier en sortant de la chambre de Cormac. Mais quand j'ai regardé, il n'y avait personne, juste une bouteille vide posée par terre.

— Quel genre de bouteille ?

— Une bouteille de whiskey. Je l'ai mise dans la corbeille de ma chambre...

Devaney attendit qu'elle poursuive.

— J'ai tout de suite senti que quelque chose clochait. Les draps étaient froissés. Quand je les ai rabattus, j'ai découvert qu'on m'avait laissé un message. Un corbeau mort. J'ai d'abord été tentée de vous appeler...

— Vous auriez dû le faire.

— Oui, je sais. Mais on cherchait justement à me faire peur, et je ne voulais pas donner ce plaisir à la personne qui a fait ça. J'ai jeté l'oiseau par la fenêtre.

— Je vous demande pardon ?

— Je l'ai enroulé dans le drap et jeté dehors. Mais ce matin, quand j'ai regardé par la fenêtre, il avait disparu.

Devaney sentit un élancement, juste en dessous de ses sourcils.

— Qui voudrait vous faire peur ?

— Je ne sais pas trop, mais je pense que ce n'était pas la première fois. Lundi, quand je suis rentrée à Dublin, j'ai reçu un coup de fil bizarre. En pleine nuit. La personne... je ne l'ai pas reconnue, je ne sais même pas si c'était un homme ou une femme... m'a dit : « Oubliez cette histoire. Ils sont mieux là où ils sont. »

— Vous êtes certaine qu'elle a employé ces mots-là ?

— Oui, j'en suis sûre. J'ai essayé de la faire parler davantage, mais elle a raccroché.

— Vous est-il arrivé autre chose ces derniers jours, quoi que ce soit de bizarre ou d'anormal ?

— En rentrant de Dublin il y a quelques jours, j'ai retrouvé des éclats de verre sur le sol de ma salle de bains. Sur le moment, j'ai cru à un accident. Maintenant, je n'en suis plus si certaine. Je suis descendue prendre un balai pour nettoyer tout ça, et j'ai croisé Lucy Osborne à genoux dans le vestibule, en train de récurer le sol. Elle était habillée comme une femme de ménage, ses cheveux protégés par un foulard... Je ne sais pas pourquoi, mais ça m'a fait bizarre. Elle m'a expliqué que sa femme de ménage, Mme Hernan, avait la grippe. C'est curieux, mais je ne l'ai pas crue. C'était peut-être sa façon de manier la serpillière et le seau, comme si c'était une habitude.

— Revenons un instant au corbeau. Celui ou celle qui l'a mis dans votre lit a accès à cette maison. Hugh Osborne dit qu'il se trouvait à Londres hier soir, qu'il n'est rentré que ce matin. Si cela se confirme, ça ne laisse que Lucy et Jeremy Osborne, et quelle raison auraient-ils de vous menacer ? Vous avez dû faire quelque chose depuis que vous êtes ici.

— Je n'ai rien fait. Rien qui puisse être perçu comme une provocation. À moins que...

Le Dr Gavin se mit à effleurer négligemment les gros clous qui décoraient son fauteuil.

— Un jour, je faisais un tour à l'étage... au fait, vous savez qu'il y a un atelier de peintre au dernier étage ?

— C'est l'atelier de Mina Osborne, dit Devaney en hochant la tête.

— Je suis redescendue parce que j'ai entendu une voix d'enfant... En fait, c'était une cassette vidéo avec Mina et Christopher Osborne. Et j'ai trouvé Jeremy endormi sur un lit d'enfant dans la pièce voisine, une nursery. Lucy est arrivée à ce moment-là. Elle n'avait pas l'air ravie de nous trouver là...

Elle s'interrompit une nouvelle fois, et Devaney comprit qu'elle hésitait à lui en dire davantage.

— Cormac vous a sans doute dit que Jeremy nous aide pour les fouilles. Une ou deux fois, je l'ai surpris en train de me regarder... (Elle soupira.) Il est peut-être vexé s'il s'imagine que Cormac et moi voulons le tenir à l'écart.

— Est-ce le cas ?

Gênée par cette question, elle rougit.

— Je ne cherche pas à être indiscret, mais c'est important que j'aie toutes les cartes en main.

— Non, on ne cherchait pas à se débarrasser de lui. Je n'arrive pas à m'imaginer Lucy Osborne en train de mettre une charogne dans le lit de quelqu'un, ça ne colle pas du tout avec le personnage. J'aimerais en être aussi convaincue pour Jeremy. Malgré tout, je ne le vois pas comme le genre de gamin qui casse tout sur un coup de tête. Autre chose : si on a abîmé nos voitures pour nous faire fuir, c'est assez mal choisi, puisqu'on ne peut pas repartir sans !

Sur ce point, Devaney était d'accord avec elle. Il semblait peu judicieux de penser que tous les incidents de la nuit étaient obligatoirement liés d'une manière ou d'une autre.

Quand Devaney ouvrit la porte au Dr Gavin, il découvrit Lucy Osborne qui était assise dans le couloir, attendant de faire sa déposition.

Les fenêtres de sa chambre donnaient sur l'allée où étaient garées les voitures, mais elle ne lui apprit pas grand-chose de plus.

— J'ai le sommeil très léger, déclara-t-elle. D'habitude, le moindre bruit me réveille, mais ça faisait deux nuits que je dormais mal, alors j'ai pris un cachet pour essayer de me reposer un peu. Je suis navrée de ne pas pouvoir vous aider plus que ça. Qui pourrait faire une chose pareille, vous avez une idée ?

— Et vous ?

— Les villageois du coin ne sont qu'une bande de brutes ! Je n'en vois pas un seul qui n'en serait pas capable.

Elle se leva pour quitter la pièce.

— Vous jardinez beaucoup, madame Osborne ?

— J'ai une passion pour les fleurs, comme vous avez pu le remarquer.

— J'imagine que vous avez quelques animaux qui s'en prennent à vos parterres, des taupes, des oiseaux, ce genre de bestioles...

— Quelques-uns. On arrive à s'en débarrasser. Les corbeaux sont une vraie nuisance. J'ai dû employer du poison, et ça semble avoir réglé le problème.

— Du poison ? Vous faites quoi, quand vous retrouvez un corbeau mort ?

Il scruta ses traits.

— C'est Jeremy qui s'en occupe... (Elle s'interrompit soudain, surprise du tour que prenait l'interrogatoire.) Pourquoi toutes ces questions ?

— La routine, répondit-il. Je tiens à parler à tous les témoins potentiels. Si votre fils est là, vous pouvez lui dire de me rejoindre.

— Je crains qu'il ne soit pas là, inspecteur. Il devait faire une course pour moi ce matin et n'est pas encore revenu. Il devrait rentrer d'un instant à l'autre. Je lui dirai que vous l'attendez, d'accord ?

Devaney comprit tout à coup pourquoi Lucy Osborne s'était présentée sans être convoquée : elle n'avait pas la moindre idée de l'endroit où se trouvait son fils. À cet instant, la porte de la bibliothèque s'ouvrit lentement et la tête sombre de Jeremy Osborne parut dans l'entrebâillement.

— Hugh m'a dit que vous voulez me voir...

Apercevant sa mère, il recula aussitôt la tête, mais elle avait eu le temps de remarquer sa lèvre fendue et l'ecchymose sur sa joue. À son tour, Lucy Osborne réagit instinctivement, s'interposant entre Devaney et son fils comme pour défendre ce dernier.

— Mon Dieu, Jeremy, que t'est-il arrivé ? Quelqu'un t'a frappé ?

Devaney la vit qui inspectait le visage et le torse de son fils pour s'assurer qu'il n'avait pas d'autres blessures. Son visage et ses vêtements étaient propres, ainsi que ses mains, malgré ses poings enflés et égratignés.

— Ça va, dit Jeremy. J'ai glissé dans un fossé.

Scrutant les traits de Lucy qui dévisageait son fils, Devaney y perçut de la sollicitude maternelle, mais aussi autre chose : une supplique silencieuse. C'était la première fois qu'il voyait Lucy Osborne en position de vulnérabilité.

— Merci pour votre déposition, madame Osborne. J'en termine avec Jeremy et je m'en vais.

— Si vous devez interroger mon fils, je préfère rester.

Jeremy parut contrarié.

— Ce n'est pas nécessaire, dit Devaney. Ça n'a rien d'un interrogatoire formel, juste quelques questions de routine.

— Néanmoins...

— Ça ira, maman. Ne t'inquiète pas.

Alors que Devaney s'attendait à devoir batailler davantage, Lucy Osborne se retira sans ajouter un mot. Il fit signe au garçon de s'asseoir dans le canapé et prit place sur le fauteuil en face. Tandis qu'il griffonnait quelques notes dans son calepin, il vit Jeremy jeter deux ou trois coups d'œil anxieux vers la porte.

— Mal au crâne ?

Le gamin sursauta et le regarda.

— Pardon ?

— Je demandais si t'avais mal au crâne.

Jeremy le dévisagea d'un air intrigué.

— Faut y aller mollo, avec le whiskey, poursuivit Devaney. Quelques verres suffisent pour perdre la boule. À ton âge, tu ferais mieux de t'en tenir à la bière.

Jeremy accueillit d'un air un rien soupçonneux ces conseils paternels, mais Devaney sentit que, sous ses airs renfrognés, il ne demandait pas mieux que ce genre d'attentions.

— Pourquoi tu me racontes pas ce que t'as fait hier soir, Jeremy ? T'en fais pas, à ce stade ça reste entre nous.

— Mais vous allez tout écrire là-dedans, objecta Jeremy en indiquant le calepin.

— Ouais, mais pour les dossiers on ne conserve que les dépositions en bonne et due forme, si ça en arrive là. Tu peux être sûr que je ne ferai pas lire ça à ta mère. Tu étais encore chez Lynch, hier soir ?

Jeremy fit non de la tête, sans dire un mot, et Devaney vit sur son visage, où se succédèrent la honte, la colère et la déception, que le souvenir brumeux de la soirée lui revenait peu à peu. Il se pencha en avant et parla le plus doucement possible.

— Où étais-tu, Jeremy ?

Le garçon gardait les yeux rivés sur les motifs du tapis. Ses longs doigts jouaient avec un fil qui dépassait de la couture de son jean noir ; ses ongles étaient rongés jusqu'au sang. Il s'exprima d'une voix à peine audible.

— J'ai fauché une bouteille que Hugh garde dans son atelier. Je me souviens d'avoir bu quelques verres, mais je ne sais plus ce qui s'est passé après. Je me suis réveillé ce matin, dans les bois.

— Donc, quand t'as dit à ta mère que t'avais glissé dans un fossé...

— Je ne pouvais pas lui dire que j'avais passé la nuit dehors...

Son ton avait quelque chose de vraiment poignant.

— ... Elle se fait bien assez de souci.

— Tu ne te souviens donc pas comment tu t'es fait tes... blessures de guerre ?

— Non.

Il effleura sa lèvre fendue et grimaça.

Je veux bien me faire moine s'il ne dit pas la vérité, songea Devaney. De toute manière, s'il était coupable le labo en aurait vite la preuve ; un ivrogne ne faisait en général pas attention aux empreintes digitales.

— Et tu ne sais rien au sujet d'un corbeau mort qu'on a retrouvé hier soir dans une chambre à l'étage ?

— Non ! s'exclama-t-il.

Il paraissait sincèrement surpris, et même horrifié de cette nouvelle.

Devaney n'en resta pas là.

— Maguire m'a dit que tu l'aidais pour les fouilles du prieuré.

— C'est fini, j'en ai ma claque.

Son regard fut parcouru par un éclair de colère qui ne masqua pas toutefois l'humiliation qu'on pouvait y lire.

— Pourquoi ça ? s'étonna Devaney.

Jeremy Osborne baissa les yeux, s'efforçant vaillamment de reprendre le contrôle de ses émotions. Quand il y fut parvenu, il releva la tête et fixa Devaney.

— Plutôt chiant comme boulot, non ?

17

Devaney ne savait pas trop ce qu'il espérait découvrir en parlant à Brendan McGann. Il n'avait pas été surpris quand Maguire lui avait parlé des menaces voilées que le fermier lui avait faites au prieuré. Tout le monde savait que Brendan s'emportait pour un rien ; il se disputait sans cesse avec ses voisins, pour des barrières à bétail laissées ouvertes, des histoires de bornes ou de haies délimitant un champ, les habituelles broutilles entre fermiers. Devaney était prêt à parier que McGann, au fil des ans, avait ruminé chaque affront subi comme les braises d'un feu de tourbe qu'on entretient. À la longue, tout ça vous bouffait de l'intérieur, comme il avait pu l'observer chez son père. Ou finissait par péter — il en avait vu trop souvent les conséquences, au cours de ses années à la brigade des homicides.

Dans l'affaire Osborne, Brendan avait livré une déposition fidèle au bonhomme : peu de mots, marmonnés à contrecœur. Il n'avait fourni aucun alibi, s'était contenté de dire qu'au moment de la disparition il était en train de rentrer le bétail des pâturages.

Devaney s'engagea dans le chemin. La Toyota tressauta de façon inquiétante en franchissant la grille à bétail. Cette fichue bagnole allait tôt ou tard lui rester entre les mains... Personne ne répondit quand il frappa à la porte ; il actionna la poignée, mais c'était fermé à clé. Entendant un craquement sous sa semelle, il baissa les yeux et constata que l'allée était jonchée d'éclats de verre fumé. On aurait dit les tessons d'une bouteille de Guinness. Il les poussa à l'écart et commençait à s'éloigner de la porte quand il aperçut Brendan McGann qui tournait le coin de la maison, s'essuyant les mains avec un chiffon.

— Devaney, dit-il sèchement.

Il faudrait s'en contenter comme formule d'accueil.

— Comment ça va, Brendan ? Je suis passé pour discuter de ce qui est arrivé hier soir à Bracklyn House.

— Quoi donc ? Je n'ai pas été en ville aujourd'hui.

Devaney trouva ça étonnant. Malgré son fichu caractère, McGann était un pratiquant assidu ; il avait même été à confesse la veille.

— On a amoché deux voitures.

— Et je suis censé savoir quelque chose, c'est ça ? Je vous le dis une fois pour toutes, j'ai rien à voir avec ce qui peut se passer dans cette satanée bicoque ! (Il pointa le pouce en direction de la remise.) Si ça vous gêne pas, j'étais en plein boulot.

— Je peux peut-être vous filer un coup de main, proposa Devaney.

Brendan resta impassible. Sans un mot, il pivota sur ses talons et retourna à la remise. Arrivé devant la porte, Devaney vit que Brendan cherchait à monter un pneu de tracteur neuf sur sa jante, et qu'à deux ils ne seraient pas de trop.

— Vous avez une sacrée collection de vieux outils, dit-il en se penchant pour tenir la jante en place.

Il jeta un coup d'œil admiratif à l'étonnante panoplie de fourches, de faux, de fauchons et de *sleâns* qui étaient accrochés aux murs et le long des poutres.

— Ça alors ! Ça fait des années que j'ai pas vu une serpe comme ça ! Mon père avait la même. Vous vous servez toujours de ces outils ?

— Ouais. Soulevez.

Tandis qu'ils redressaient la roue puis qu'ils la reposaient, une odeur de moisi et d'humidité vint chatouiller les narines de Devaney. Pourtant, les outils de Brendan semblaient miraculeusement épargnés par la rouille. Avec suffisamment de provocation, songea l'inspecteur, ces lames étincelantes auraient pu trancher un cou humain aussi proprement qu'elles coupaient les frêles épis d'avoine ou les foins. Brendan s'escrimait avec le pneu pour le faire passer autour de la jante. Devaney sentait l'odeur âcre de sa transpiration et sa mauvaise haleine aux relents de bière. Bizarre. Tout le monde en ville savait que McGann ne buvait quasiment pas. Les rares fois où il mettait les pieds au pub, on le voyait descendre une ou deux pintes dans son coin, puis il rentrait chez lui. Ce n'était pas avec deux misérables pintes qu'on empestait comme un dessous de bock le lendemain. Tenant toujours la roue en place, Devaney jeta un nouveau coup d'œil à la ronde. Ses yeux s'accoutumant à la faible lumière que laissait passer l'unique soupirail, il distingua un lit de fortune dans un angle, constitué d'une vieille paillasse. Son regard revint sur Brendan, s'arrêtant sur ses habits froissés et sur les quelques brins de paille sales accrochés à sa chemise.

— Vous auriez pas entendu ou vu quelque chose de bizarre cette nuit ?

— Non, répondit Brendan.

Il se rendit compte que cette réponse trop sèche ne satisfaisait pas Devaney.

— Je suis passé boire un verre chez Lynch, ajouta-t-il. Je suis reparti vers les neuf heures. J'ai vu personne, pas plus à l'aller qu'au retour, et en rentrant je me suis couché direct.

— Y a quelqu'un qui peut confirmer ça ? Votre sœur Una serait pas à la maison ?

— Non.

— Tant pis, je lui parlerai plus tard. Elle est assez impliquée dans le projet d'ateliers de M. Osborne, n'est-ce pas ? Mais vous, j'ai cru comprendre que vous n'étiez pas franchement chaud.

Brendan se contenta de le fixer, et Devaney eut le regard attiré par une pile de grands couvercles en plastique blanc qui étaient empilés sur l'établi derrière lui. Des cercles blancs fort semblables à ceux dont on s'était servi pour fabriquer les panneaux qui avaient fleuri au bord de la route dans les environs de Dunbeg.

— Y a des gens qui disent que vous avez de bonnes raisons d'en vouloir à Hugh Osborne, dit-il. On prétend que...

— Je peux pas piffrer ce salaud, c'est pas un secret ! le coupa Brendan en haussant légèrement le ton. C'est pas contre la loi, et mes raisons ne regardent que moi. Mais hier soir, j'étais chez moi et dans mon lit, inspecteur.

Il donna un coup violent sur le métal et l'énorme pneu se positionna enfin autour de la jante.

— Et vous ne prouverez jamais le contraire. Merci du coup de main, mais je n'ai rien à ajouter.

18

Après que la dépanneuse avait emmené les voitures, Hugh Osborne proposa d'aller faire un tour au chantier.

— J'ai été très pris, dit-il tout en conduisant. J'espère que vous n'avez pas l'impression que je me désintéresse de votre travail. Je suis vraiment très curieux de voir comment progressent les fouilles, si ça ne vous dérange pas trop de me les montrer.

— Pas du tout, dit Cormac.

Ils se répartirent le matériel et Nora commença à tout installer pendant que Cormac entraînait Hugh dans une visite guidée des tranchées qu'ils avaient creusées jusque-là.

— En ce moment, nous travaillons sur une zone qui semble avoir été une sorte de décharge ou de fosse à fumier. Pour l'archéologue, les ordures sont une vraie caverne d'Ali Baba. C'est une mine d'informations, pas seulement pour dater un site, mais sur l'alimentation des gens, les outils et la vaisselle qu'ils utilisaient, toutes sortes de détails sur leur vie quotidienne.

Cormac sauta dans une tranchée, presque trop loin de Nora pour qu'elle puisse suivre leur conversation, et Hugh s'accroupit pour observer. Le temps était couvert, le vent poussant vers l'est de gros nuages cotonneux chargés de pluie. Entre les rafales, Nora entendait les indications murmurées par Cormac, et elle le vit qui signalait à Hugh une couche sombre de charbon, ainsi qu'une tache marron, signe qu'un montant en bois avait été enfoncé dans le sol à cet endroit. Il lui montra aussi les feuilles sur lesquelles ils notaient ce qu'on récoltait dans chaque tranchée de sondage.

— Ce qu'on est en train de faire, dit-il, s'apparente en fait à de l'archéologie par le trou de la serrure. C'est comme de faire un puzzle géant en 3D sans modèle.

Hugh se tenait maintenant debout, les bras croisés, posant de temps à autre une question et opinant du chef. Nora sentait que les deux hommes sympathisaient, et elle se demanda ce qu'il adviendrait si Osborne était finalement mis en cause dans la disparition de sa femme.

La veille, elle n'avait pas tout dit à Cormac. Comme si le meurtre de Tríona n'était pas assez horrible, il avait fallu que ses parents refusent de l'aider à faire condamner Peter Hallett, malgré les soupçons et l'enquête approfondie de la police, malgré ce qu'elle leur avait raconté des violences que ce type avait fait subir à leur propre fille. Son père avait tout bonnement refusé de l'écouter, décrétant une fois pour toutes que son gendre était innocent. Nora avait compris que sa mère était prise de doute mais qu'elle ne s'autoriserait pas à faire quoi que ce soit tant que Peter aurait la garde de leur unique petite-fille.

Essaye de comprendre, Nora, avait-elle tenté de lui expliquer. *On a déjà perdu Tríona. Si on agit contre lui, il pourrait nous enlever Elizabeth aussi. Pour toujours. Qu'est-ce qu'on y gagnerait ?*

Cela ne l'avait pas empêché de partir avec Elizabeth. Que leur restait-il ?

Nora regarda les deux hommes, en pleine conversation à l'autre bout du chantier. Cormac avait raison. Ils ne savaient pas grand-chose de Hugh Osborne, et encore moins des circonstances de son mariage ou de sa vie de famille. En apparence, il avait l'air d'un type bien. Tout comme un certain nombre de cinglés. Comment disait sa grand-mère, déjà ? Elle revit la vieille femme au regard futé, qui disait du bout des lèvres : *ange à la ville, diable au foyer*. La première fois qu'elle avait entendu l'expression, Nora avait compris que les adultes cachaient certaines choses aux enfants. Comment être certain que ce n'était pas Hugh Osborne qui avait pété les plombs et saccagé leurs voitures ? Il affirmait être rentré ce matin, mais il avait une mine de déterré, comme quelqu'un qui n'a pas fermé l'œil de la nuit. C'était très bien de se consacrer aux fouilles, de se dire qu'on n'était pas impliqué, mais ils l'étaient de toute façon, qu'ils le veuillent ou non. Et de plus en plus, apparemment, d'abord avec ce coup de fil anonyme, puis avec les incidents de la veille.

Hugh repartit et Cormac la rejoignit bientôt dans la tranchée qu'ils avaient entamée au niveau de la décharge, maniant la pioche avec une hargne que Nora ne lui avait jamais vue auparavant.

— Cormac, t'as parlé à Devaney de la lumière que tu as aperçue vers la tour ? Ce n'était pas à moi de lui en parler, c'est toi qui l'as vue...

— Non. Enfin, pas encore. Je ne suis pas certain que ce soit important.

— C'est à lui de décider ce qui est significatif. C'est son boulot.

Cormac resta silencieux un instant.

— Je retournerais bien à la tour. (Il s'arrêta de creuser et la regarda.) J'y retournerais bien. Juste pour y jeter un nouveau coup d'œil.

— Cette fois je t'accompagne.

Il pinça les lèvres et hocha brièvement la tête. L'expression de Cormac trahissait des sentiments contradictoires ; le doute et la curiosité bataillaient avec sa loyauté et sa nature intègre. Il avait manifestement réfléchi depuis la veille au soir. Elle se sentait vaguement coupable d'avoir terni l'image qu'il se faisait de Hugh Osborne, mais tandis qu'elle scrutait ses traits tiraillés, elle fut prise d'une exaltation qui balaya tous ses remords.

19

Delia Hernan habitait sur une petite route, environ deux kilomètres après la tourbière de Drumcleggan. Arrivant en vue de la maison, Devaney nota un certain laisser-aller. Les pierres blanches bordant l'allée n'étaient plus alignées, la haie touffue avait besoin d'être taillée, et une mousse épaisse poussait sur les tuiles du toit. Mme Hernan avait perdu son mari pendant l'hiver, mais ça faisait plusieurs années que la maison était négligée. Devaney avait entendu parler de deux fils qui vivaient en Angleterre et qui ne rentraient que rarement.

Mme Hernan ne parut pas du tout surprise de le trouver sur le pas de sa porte. Elle le fit asseoir à la table de la cuisine et s'occupa de préparer le thé, il en profita alors pour jeter un coup d'œil aux lieux. L'intérieur avait des airs de meublé miteux : un papier peint criard, des chaises branlantes, une toile cirée craquelée sur la table devant lui, des souvenirs moches et poussiéreux des grands lieux touristiques d'Irlande, un papier tue-mouches qui pendait du plafond noirci par la fumée, à côté d'une ampoule nue. Le linoléum à motifs était complètement usé par endroits, et les rideaux de dentelle n'étaient plus blancs depuis belle lurette. Dans un angle, une cuisinière en émail jaune était vaguement briquée mais tachée de graisse noire sur les bords. Trois pots de fleurs étaient alignés sur le rebord de la fenêtre, leurs impatiens tournées vers la lumière, les pétales fanés s'amoncelant par terre. La pièce sentait le renfermé, son air tiède et moite à jamais imprégné par des années de fumée de cigarette et de chou bouilli.

Devaney s'exprima par-dessus le bruit du robinet, Mme Hernan étant en train de laver la théière dans le réduit qui tenait lieu d'arrière-cuisine.

— Je voudrais vous poser quelques questions sur votre travail à Bracklyn House. Comment avez-vous été embauchée là-bas ?

Elle revint, la théière à la main, y flanqua une généreuse rasade de thé en vrac provenant d'une boîte en fer, et prit la grosse bouilloire posée dans un angle de la cuisinière pour verser l'eau. C'était une femme d'environ soixante ans, rondelette et gironde, au visage encadré d'une frise de cheveux teints, d'une couleur marronnasse. Les doigts de sa main droite étaient tannés par la nicotine et des cendres de cigarette étaient accrochées à sa jupe en laine défraîchie. Tout en parlant, elle coupa des tranches de pain brun qu'elle beurra généreusement.

— Mon Johnny, paix à son âme, s'est toujours occupé de couper leur bois de chauffage. Quand Mme Osborne... c'est-à-dire, la cousine, pas l'épouse... est arrivée d'Angleterre avec son fils, M. Osborne a demandé à Johnny s'il connaissait pas quelqu'un pour faire le ménage une ou deux fois par semaine. Je me suis présentée dès le lendemain. Bien sûr, la cousine s'est donné des grands airs, elle a voulu jouer les dames, mais je lui ai bien fait comprendre que j'étais payée par M. Hugh et que c'était lui qui donnait les ordres. J'aime autant vous dire que ça lui a pas plu !

— Et quand Mina Osborne est arrivée à Bracklyn ?

— Celle-là, c'était une crème. Toujours gaie. Et une vraie dame, pour sûr. Et ça l'empêchait pas de mettre la main à la pâte, croyez-moi. Et le petit Christopher... un vrai p'tit ange, ce gosse ! Il adorait me suivre pendant que je faisais le ménage. Je lui donnais un chiffon...

Elle eut un trémolo dans la voix et ses yeux s'embuèrent.

— Je sais bien que c'est atroce d'envisager le pire, mais j'peux pas m'en empêcher, dit-elle en hochant la tête et en poussant un soupir. Et ce pauvre M. Hugh, il a sacrément accusé le coup !

— À votre avis, Hugh Osborne et son épouse s'entendaient comment ?

— Une vraie paire de tourtereaux, ces deux-là ! Toujours collés l'un à l'autre, si vous voyez c'que je veux dire. Vous êtes marié, inspecteur ? (Il fit oui de la tête.) Alors vous savez c'que c'est. C'est vrai qu'ils étaient pas mariés depuis si longtemps que ça quand l'marmot est arrivé. Ils en étaient toujours à faire connaissance. Ça, tout le monde a ses hauts et ses bas. Ils ont bien dû avoir leurs petits désaccords, mais ils en sont jamais arrivés à se balancer la faïence de Delft ou ce genre de chose. Comme ça nous arrivait à moi et à mon Johnny... croyez-moi, je serais au courant. Comme je dis toujours, on en apprend beaucoup sur les gens en vidant leurs poubelles. Attendez, j'essaye de me souvenir si je les ai jamais entendus se chamailler. Oui, une fois je l'ai entendue, elle, qui lui reprochait de trop travailler, de la laisser toute seule à la maison. Il a répondu qu'il comprenait très bien mais qu'ils avaient besoin d'argent.

Mme Hernan touilla le thé, puis le servit. Devaney prit le sien avec deux cuillerées de sucre et beaucoup de lait.

— Vous faisiez donc le ménage à Bracklyn quand Mina Osborne et son fils ont disparu ?

— Pas le jour même. Voyez-vous, mon Johnny et moi on avait pris le car pour aller voir le médecin à Portumna.

— À propos, dit Devaney. Comment va votre grippe ?

— Ma grippe ?

— Mme Osborne a expliqué à quelqu'un que vous n'étiez pas venue faire le ménage la semaine dernière parce que vous aviez la grippe.

Mme Hernan n'en revenait pas.

— Ça alors ! Moi qu'ai jamais eu la grippe de toute ma vie ! Comme si elle savait pas pourquoi j'étais pas là-bas la semaine dernière, ça fait trois mois qu'on m'a remerciée !

— Qui ça ?

— Elle-même, qui voulez-vous ! Lucy Osborne, la grande dame de Bracklyn ! Cette fieffée salope, qu'a eu le toupet de me traiter de voleuse ! On m'a jamais insultée comme ça.

— Elle vous a accusée d'avoir volé quoi ?

— Un foulard qu'appartenait à l'épouse de M. Hugh. Moi, je n'ai rien fauché. Ça, je n'vous dis pas qu'il m'est pas arrivé d'ouvrir un tiroir pendant que je faisais le ménage, mais je n'suis pas une voleuse. Je le jure sur la tombe de ma pauvre mère !

— Qu'est-ce qui lui faisait croire que vous l'aviez volé ?

— J'aimerais bien le savoir ! Je le lui montre et voilà qu'elle me traite de tous les noms, m'accuse et me chasse comme une malpropre, sans me laisser le temps de lui dire où j'ai trouvé ce maudit foulard !

— Vous l'avez trouvé dans un endroit bizarre ?

— Justement. Dans la chambre de Jeremy, en passant l'aspirateur sous le lit. Coincé sous le matelas, comme s'il voulait le cacher.

— Mais vous n'en avez pas parlé à sa mère ?

Cette histoire l'intriguait.

— Comment vouliez-vous que je fasse ? J'ai été mise dehors avec un coup de pied aux fesses avant de pouvoir dire quoi que ce soit !

— Et vous n'avez retrouvé aucun autre vêtement ?

— Non, rien d'autre. Et croyez bien que j'me suis mise à quatre pattes pour regarder sous le lit. Que faisait ce gamin avec un foulard de dame ? Ça, j'aimerais bien le savoir.

— Vous n'avez dit à personne qu'on vous avait renvoyée ?

— Pour qu'elle aille répandre des mensonges sur mon compte ? Merci bien ! Mieux vaut ne rien dire, tendre l'autre joue comme demande le Bon Dieu. On me payerait que j'y remettrais jamais les pieds !

Devaney passa à un autre sujet.

— Madame Hernan, diriez-vous que les Osborne s'entendent bien avec leurs voisins ?

— Pas franchement, non. Mais Brendan McGann a toujours eu un grain, si vous voulez mon avis. Et puis sa sœur, avec ses airs d'innocente, qu'a cherché à mettre le grappin sur M. Hugh dès que sa femme a disparu. Elle est sacrément gonflée, cette Una McGann ! C'est pas la honte qui l'étouffe. Franchement, y a de quoi vous écœurer.

— Qu'est-ce qui vous fait dire qu'elle a des visées sur Hugh Osborne ?

— Je vous les ai vus plus d'une fois ensemble, quand j'étais à bicyclette... Elle lui demandait de la déposer quelque part ou lui parlait par la vitre de sa voiture. Ça n'arrêtait pas, je vous prie de savoir, même après le mariage de M. Hugh. Mais elle aura beau pleurer et lui faire ses jolis sourires, elle n'est pas près de l'avoir !

En repartant, tandis qu'il emplissait ses poumons d'air frais devant chez Mme Hernan, Devaney eut la vision oppressante de cette femme assise dans sa cuisine jour après jour, buvant son thé et fumant cigarette sur cigarette, faisant bouillir du chou et du bacon pour son dîner, décomptant les heures avant le prochain épisode de *Coronation Street* à la télé, remontant son réveil chaque soir pour que son tic-tac continue d'égrener les minutes qui lui restaient à vivre.

20

— T'as une torche ? demanda Cormac. Nora tapota la poche de son blouson. On était lundi. Après avoir travaillé une bonne partie de la journée sur le chantier, ils profitaient de ce que Hugh Osborne n'était pas encore rentré de Galway pour faire leur expédition à la tour. Le temps en cette fin d'après-midi était couvert et doux, comme il avait été toute la journée, et on sentait vaguement dans l'air l'odeur du lac. Ils longeaient le mur du domaine en direction du bois, seuls quelques cris d'oiseau venant rompre le silence par moments. Nora marchait devant, Cormac suivant juste derrière.

— Quand on approchera, lui dit-il, fais attention où tu mets les pieds. Si tu n'y prends pas garde, tu pourrais te fouler la cheville.

Depuis la matinée de la veille, il se montrait très prévenant, avait insisté pour qu'elle ne passe pas la nuit seule. Elle avait réussi à le convaincre qu'elle n'avait rien à craindre, mais elle ne se sentait pas gênée de sa sollicitude.

Ils avaient parcouru environ cent cinquante mètres quand elle s'arrêta. À travers les branches et l'épais feuillage, on distinguait à présent la silhouette de la tour. Cormac commença à lui en décrire quelques éléments mais se tut soudain.

— Qu'est-ce qu'il y a ? demanda-t-elle.

Il porta un doigt à ses lèvres, puis le pointa en silence vers la porte de la tour. Le moraillon était détaché et le cadenas pendait à son anneau.

— On fait quoi ? chuchota-t-elle.

D'un geste de la main, il lui fit signe de se plaquer contre le mur et lui fit comprendre, toujours en silence, qu'il allait s'approcher de la porte. Arrivé à la clairière, il ramassa une grosse branche, la fit tourner dans sa main pour trouver la meilleure prise, et fit signe à Nora de le rejoindre. Se servant de son gourdin, il poussa la lourde porte en bois. Nora fut très surprise de la voir s'ouvrir sans encombre, comme si les gonds venaient d'être huilés. Aucune réaction ne leur parvint de l'intérieur, aucun mouvement. Échangeant un regard, ils franchirent lentement le seuil. L'intérieur était sombre et humide. Les meurtrières qui perçaient les épais murs ne laissaient entrer que parcimonieusement l'air et la lumière. La torche de Cormac balaya un escalier de pierre qui faisait le tour de la pièce et disparaissait dans les poutres du plafond. Nora plongea la main dans sa poche et alluma sa propre torche, le faisceau éclairant de gros livres et des couvertures en laine empilées à même le sol en terre. Tâtant les couvertures du pied, elle s'aperçut que l'une d'entre elles était en fait une sorte de grand châle en brocart. Le sol était balayé. À côté des couvertures, elle aperçut une caisse recouverte de taches de cire et de restes de bougies. D'ailleurs, il y avait un peu partout des bougies à moitié consumées — quelques flambeaux et chandelles, mais surtout des petits cierges votifs. D'autres cierges encore intacts étaient posés en vrac sur une caisse à côté d'un lit de fortune. Se retournant, Cormac éclaira des caisses empilées contre le mur opposé, et dirigea le faisceau de sa torche pour mieux distinguer de quoi il s'agissait.

— Nora, regarde un peu ça...

À son tour, elle braqua sa lampe dans cette direction et découvrit de petits os d'animaux soigneusement alignés : elle y reconnut notamment des crânes de lapins, avec leurs longues incisives, des blaireaux au museau allongé, de frêles squelettes d'hermines et d'oiseaux. Une caisse voisine contenait la dépouille d'un renard écrasé par une voiture, sa queue en panache intacte, et l'aile arrachée d'un corbeau aux plumes de jais déployées.

— Tu y comprends quelque chose ? lui demanda Cormac.

— Pas vraiment... Hé ! qu'est-ce que c'est que ça ?

Elle braqua sa lampe sur de grandes feuilles de papier enroulées qui traînaient par terre aux pieds de Cormac. Il s'accroupit pour y jeter un coup d'œil.

— Des croquis, dit-il.

Elle s'accroupit à son tour et chacun prit quelques-uns des rouleaux tachés d'humidité pour les examiner. Elle reconnut vaguement des crânes et des os d'animaux, dessinés avec un crayon à mine grasse, mais le trait était très expressif, comme si l'artiste avait voulu mémoriser la forme de chaque os et la reproduire les yeux fermés. Il y avait des dizaines de croquis, chaque sujet reproduit plusieurs fois avec entêtement. Nora prit l'un des innombrables croquis figurant une aile de corbeau déformée.

— Qui a bien pu dessiner tout ça ?

— C'est exactement ce que... Ça alors, regarde un peu !

Lentement, il promena le faisceau de sa torche sur le mur. Nora en fit de même et tous deux pivotèrent lentement sur place, découvrant qu'une bonne partie des murs était recouverte par d'énormes fresques semi-abstraites figurant des os et des crânes, sur un arrière-plan de formes contorsionnées — des lignes brisées, des contours sinueux, des spirales violettes et bleu nuit, entrelacés de longues traînées dorées. L'humidité avait craquelé la peinture par endroits, laissant entrevoir plusieurs couches. Visiblement, les murs avaient servi de support à une activité acharnée qui s'était prolongée dans le temps. Au pied de l'escalier s'entassaient des pots vides, des chiffons et des pinceaux aux poils durcis. Quelques bombes de peinture, apparemment vides, étaient posées sur une caisse. Avant d'ouvrir la porte de la tour, ils s'étaient imaginé trouver là bien des choses, mais en aucun cas un atelier de peintre. Pourtant, c'était bien ce qu'ils avaient sous les yeux.

— Comme c'est étrange... murmura Nora. Tout de même, ça a quelque chose de merveilleux.

Elle jeta un coup d'œil aux livres empilés à côté du matelas.

— Des ouvrages d'ornithologie, pas mal sur l'histoire de l'art, dit-elle à l'intention de Cormac.

Elle alla refermer la porte de la tour. Le dos en était peint comme les murs, mais au centre se trouvait une reproduction en couleurs d'une icône de la Vierge Noire et de l'Enfant-Jésus.

— Cormac, viens voir ça...

En guise de réponse, elle entendit un cri surpris, une bousculade et un battement répété. Elle se retourna à temps pour comprendre qu'elle était attaquée. Se protégeant la tête avec les bras, elle sentit quelque chose de pointu contre son visage et ses mains, le courant d'air d'un battement d'ailes, et elle se débattit avec sa torche pour se dégager. Cormac l'empoigna par le pull et la plaqua au sol.

— Reste allongée ! lui intima-t-il.

Les battements d'ailes continuaient au-dessus de leurs têtes.

— C'est quoi, cette saloperie ? demanda-t-elle.

— Juste un oiseau. J'ai fait tomber ma torche. Où est la porte ?

— Par ici, derrière moi, dit Nora.

Ils parvinrent tant bien que mal à sortir au grand air, et restèrent un instant assis contre la base inclinée de la tour, pour reprendre leur souffle.

— J'aurais dû te prévenir, dit Cormac. Cette tour est une sorte de roquerie. Toute une colonie de corbeaux loge dans le toit et dans les arbres autour.

Nora frotta ses doigts que l'oiseau avait pincés, puis effleura l'égratignure sur son front.

— Laisse-moi regarder ça, dit Cormac qui s'agenouilla à côté d'elle et lui inclina la tête en arrière pour examiner sa blessure. Ça n'a pas l'air très profond, ça devrait cicatriser sans problème. (Il se rassit sur ses talons et croisa les bras.) Bon, on a vu l'intérieur de la tour et on n'est guère plus avancés. Mais je veux bien appeler Devaney, si tu crois que c'est préférable.

— Réfléchissons un instant, dit-elle. Quelqu'un se sert de cet endroit pour peindre. C'est bizarre... je reconnais que ça me donne un peu la chair de poule... mais ce n'est pas illégal. Et si c'est Hugh...

— Il a déjà un atelier à la maison, fit remarquer Cormac. Pourquoi viendrait-il jusqu'ici ? Et en pleine nuit ? Ça ne colle pas.

— Ça pourrait être qui d'autre ? C'est lui qui a mis ce cadenas. Je suppose que c'est lui qui a la clé, même si ce genre de serrure ne doit pas être difficile à crocheter.

— C'est simple comme bonjour. Et Jeremy ?

— Je ne sais pas, dit Nora. Ça pourrait être beaucoup de gens, tous ceux qui connaissent la tour.

— Alors, on appelle Devaney ?

L'image de la Madone et de l'Enfant surgit dans l'esprit de Nora. Elle n'avait pas eu l'occasion de l'observer de très près. Outre quelques traits de peinture rajoutés par-dessus, l'icône avait quelque chose d'étrange, mais quoi ? Avec un peu d'effort, elle arriverait peut-être à se rappeler plus en détail l'image qui ne s'était imprimée que brièvement sur sa rétine, avant le mouvement de panique. Elle fouilla dans sa mémoire. Sauf erreur, on avait découpé au couteau, grossièrement, les yeux de la mère et de l'enfant.

— Tu sais, dit-elle, je crois que ça vaut mieux.

Quand ils rentrèrent de leur expédition à la tour, Cormac trouva un billet glissé sous la porte de sa chambre. Il le parcourut rapidement et se précipita au bout du couloir jusqu'à la chambre de Nora. Elle était en train de désinfecter la plaie sur son front.

— Y a un message de Ned Raftery. Il demande juste qu'on le rappelle. Il a peut-être déniché quelque chose sur notre *cailín rua*.

— J'aurais pu vous en parler quand on s'est vus, dit Raftery quand Cormac le rappela, mais je préférais d'abord demander à quelqu'un de me lire de vieilles archives que j'ai dans des cartons. Je ne sais pas si je vous en ai parlé, mais j'ai fait une étude généalogique sur les Clanricarde, il y a de cela bon nombre d'années. En y repensant, j'ai décidé d'aller vérifier quelques petites choses. Je me suis souvenu qu'Ulick, marquis de Clanricarde et également fils de Richard de Burgo, le bâtisseur du château de Portumna, a écrit ses Mémoires qui ont été publiés un siècle après sa mort. Il a vécu entre 1604 et 1657, soit à peu près à la même époque que votre rouquine, si celle-ci s'est effectivement mariée en 1652.

Cormac plaqua sa main sur le portable et appela Nora.

— Viens vite ! Je pense que tu devrais entendre ça...

Elle vint à ses côtés et il tint le téléphone de manière que tous les deux puissent entendre.

— Les Mémoires d'Ulick ne contenaient rien d'intéressant, poursuivit Raftery. Mais j'ai trouvé une lettre adressée à Clanricarde par un de ses voisins, un certain Charles Symner, au printemps 1654. Symner mentionne qu'il a assisté à l'exécution d'une jeune femme, une certaine Annie McCann, condamnée pour le meurtre de son nouveau-né. La lettre est datée du 23 mai. Ce n'est pas grand-chose, toutefois Symner parle de la superbe chevelure rousse de la jeune femme.

21

Au téléphone, la voix de son jeune collègue avait ramené Devaney vingt ans en arrière, et il avait distinctement entendu les cris d'un nourrisson. Ils s'étaient donné rendez-vous dans un pub aux abords de Ballinasloe. Donal Barry était l'agent qu'on avait posté à Bracklyn House juste après la disparition de Mina et de Christopher Osborne. Devaney avait bien conscience de tâtonner, mais il pensait être sur la bonne voie. Tôt ou tard, quelque chose allait basculer. C'était toujours comme ça, avec ce genre d'affaire. Il ne fallait pas s'arrêter de gratter, comme une lime sur du métal, et l'alibi de quelqu'un finirait par se fissurer et voler en éclats. Toute la difficulté était de repérer les points vulnérables.

Il se commanda une bière et se planta au bout du bar. Un grand type rasé de près, qui devait avoir dans les vingt-cinq ans, ne tarda pas à pénétrer dans le pub. Avec son mètre quatre-vingts et ses boucles blondes, il avait la carrure d'un trois-quarts de rugby. Il portait un jean et un gros pull bleu.

— Devaney ? demanda le jeune homme.

– Vous devez être monsieur Barry, dit Devaney en lui tendant la main. Merci d'être venu. Vous prenez quoi ?

— La même chose que vous.

Devaney leva sa pinte, presque terminée, et fit signe au barman qu'il en voulait deux autres.

— Vous étiez en faction à Bracklyn House pendant les opérations de recherche et les premiers interrogatoires, dit Devaney, et j'aimerais savoir quelle impression vous avez ressentie pendant votre séjour sur place.

— Je croyais que le dossier avait été transmis à la cellule spéciale de Dublin.

Devaney plissa le front.

— Effectivement. Le problème, c'est que mon patron n'arrive pas à piger que cette affaire-là ne colle pas avec les autres.

— Ne me dites pas... Brian Boylan ? dit Barry d'un ton dégoûté. Vous parlez d'un faux-cul !

— Franchement, je ne peux pas dire que je sois d'un avis contraire, dit Devaney qui trouvait ce jeune homme de plus en plus sympathique. Voyons... Verriez-vous un angle qu'on n'a pas creusé mais qui mériterait de l'être ?

— J'ai compris dès le départ que le scénario de l'enlèvement était une putain de perte de temps, répondit Barry. J'veux dire, les gars sont en général au courant quand quelque chose se trame, pas vrai ?

Il faisait référence aux *provos*, les membres de l'IRA provisoire, et il n'avait pas tort. Ils étaient parfois les premiers à fournir des renseignements sur des affaires criminelles — quand ils n'étaient pas eux-mêmes impliqués. Faire preuve de sens civique était bon pour la propagande.

— Mais là on n'a rien eu par le téléphone arabe. Ce qui n'a pas empêché Boylan de perdre un temps fou là-dessus.

Devaney était impressionné par le sens de l'observation de ce jeune policier, sans compter son bon sens.

Apparemment, Barry n'avait pas participé aux interrogatoires ; un grand dommage, car Devaney était convaincu qu'il aurait tiré plus des témoins que ses supérieurs ne l'avaient fait.

— Avez-vous vu ou entendu quelque chose qui ne figure pas dans le dossier officiel ?

— Avec cette affaire, dit Barry, le problème a toujours été le manque d'un mobile sérieux. Le suspect principal, le mari, a bien un mobile, l'argent de l'assurance, mais dans ce cas pourquoi s'embarrasser de faire disparaître les corps ? Ça ne tient que si on retrouve le cadavre tout de suite. Je n'ai jamais été chaud pour la piste du mari.

— Il y a aussi un voisin qui pourrait avoir un mobile, dit Devaney. Brendan McGann. Il croit qu'Osborne a fricoté avec sa sœur.

— Alors là, ça fait des années que ces rumeurs circulent. Je connais Brendan. Il est mauvais comme une teigne, mais rusé. Il n'a pas pu le faire, c'est évident. Il a sale caractère, ça oui. Mais Brendan serait plutôt du genre à monter les gens pour qu'ils s'entre-tuent plutôt que de faire le coup lui-même. Je n'ai jamais compris pourquoi on ne s'est pas intéressé de plus près à la cousine.

Devaney dressa l'oreille.

— Lucy Osborne ?

— C'est ça. Je passe sur le fils, qu'est aussi plutôt givré, dans son genre. Celle-là, elle a un truc bizarre. Elle est un peu... un peu pimbêche, si vous voyez ce que je veux dire. Je me suis toujours demandé pourquoi on ne lui avait pas secoué le prunier un peu plus.

— Parlez-moi d'elle.

Barry réfléchit quelques instants.

— Au bout d'un ou deux jours, à force d'être planté sur ma chaise dans ce vestibule, je suis devenu comme invisible. Je faisais partie des meubles, comme qui dirait. Lucy Osborne préparait du thé et des sandwichs pour les inspecteurs qui conduisaient les interrogatoires, leur montait des plateaux chargés de nourriture et entrait directement dans la bibliothèque, comme si... (il hésita)... presque comme si elle participait elle-même à l'enquête. Je ne sais pas, je ne l'exprime pas très bien, mais j'avais l'impression que ça l'excitait un peu d'être là, au cœur de l'action, et de devoir s'occuper d'Osborne qui était dans un triste état.

— Vous avez eu l'impression qu'il y avait quelque chose entre elle et Osborne ? demanda Devaney.

— Je n'ai pas de certitude, répondit Barry. Ça ne sautait pas aux yeux. Malgré tout, elle trouvait qu'on était trop dur avec lui, qu'on lui posait trop de questions. Un jour, elle est montée sur ses grands chevaux, et elle a chassé les inspecteurs de la maison, pour ainsi dire.

— Et vous, vous n'aviez pas droit au thé et aux petits sandwichs ? s'enquit Devaney avec un regard en biais.

— Si. Mais je mangeais en bas, à la cuisine, jamais en haut avec ces messieurs. J'vais vous dire autre chose qui me chiffonnait : c'est elle qui n'arrêtait pas de soutenir que l'épouse s'était tirée. D'accord, certaines affaires avaient disparu, des fringues et deux valises, c'est bien ça ? Mais n'importe qui avait accès à ces trucs, et aurait eu largement le temps de les chourer avant qu'on fouille la baraque. Putain, y a eu tout de même trois jours qui se sont écoulés !

Devaney se sentit bête ; il n'avait jamais envisagé cette hypothèse. D'abord cette histoire de foulard et maintenant ça...

— Je dois filer, annonça Barry en terminant sa bière. Désolé, mais j'ai promis à ma femme de ne pas rentrer tard. On vient d'avoir un gamin.

— Vous m'avez bien aidé, dit Devaney. Tenez-moi au courant si vous pensez à autre chose.

Il observa le jeune flic baraqué pousser la porte battante comme si c'était du carton, et l'imagina penché au-dessus d'un bébé, en train de lui changer sa couche. Voilà un père qui, à coup sûr, n'avait pas raté la naissance de son enfant, songea-t-il. Il but une gorgée de bière. Grâce à Barry, il voyait désormais Lucy Osborne sous un jour auquel il n'avait même pas songé. Trop obnubilé par le seul mobile de l'argent, il avait négligé une autre des puissantes pulsions de l'âme humaine : la jalousie. Il se souvint de Lucy en train de confectionner ses bouquets, portant un jugement sévère sur Mina Osborne, la dénigrant presque. À supposer qu'elle ait eu des visées sur Osborne, aurait-elle été jusqu'à supprimer son épouse ? Elle passe toutes ces années à Bracklyn avec son fils, elle se fait à l'idée que ce petit arrangement pourrait durer *ad vitam aeternam*, et que fait Osborne ? Il part donner des cours d'été et ramène une épouse enceinte. Pour le moins un sacré choc. Lucy et Jeremy se retrouvent mis à l'écart, tandis que Hugh fonde une nouvelle famille. De quoi déclencher une pulsion meurtrière ? D'après l'expérience de Devaney, la jalousie nécessitait un détonateur, comme l'alcool ou le fait de surprendre la personne en agréable compagnie. Il repensa au bouquet de fleurs, se focalisant cette fois sur le doigt bandé de Lucy Osborne. Était-ce une simple coïncidence qu'elle se soit blessée au moment précis où il avait mentionné son fils ?

La porte du pub s'ouvrit et Donal Barry réapparut.

— J'ai oublié de vous parler d'une chose, dit-il en s'approchant de Devaney et en s'accoudant au bar. C'est peut-être sans importance, mais on ne sait jamais. Un jour, alors que je me trouvais dans la cuisine... c'était au tout début... Lucy Osborne pose une assiette de gâteaux devant moi, vous voyez ? Et tout à coup, la pierre de sa bague se détache. Un diamant vachement gros. Et en même temps, y a un peu de terre sèche qui tombe sur la table. Je n'y attache aucune importance et elle nettoie ça de la main en disant qu'elle ferait mieux d'arrêter le jardinage.

— Qu'est-ce que ça a de bizarre ? demanda Devaney.

— Ma mère est une jardinière hors pair. Une vraie passionnée. Elle n'arrive jamais à retirer la terre qu'elle a sous les ongles. Tout le temps que j'ai passé à Bracklyn House, j'ai souvent vu Lucy Osborne en train de jardiner. Elle portait toujours des gants. Toujours. Voilà une femme qui ne se salit pas les mains sans raison.

Après le départ de Barry, Devaney jeta un coup d'œil à sa montre — 5 h 10. S'il voulait arriver à Dunbeg avant la fermeture de Pilkington, il avait intérêt à filer. En se renseignant, il avait appris que Dolly Pilkington avait un petit violon qui pourrait convenir à Róisín, et il avait promis de passer le voir en fin de journée.

Mullins avait pris le temps de le rappeler dans la matinée pour lui transmettre les informations souhaitées. Les techniciens n'avaient relevé aucune empreinte complète sur les voitures, et aucun objet n'avait disparu de celles-ci. Encore une de ces affaires où le coupable ne serait jamais coincé — malgré tout, on devait faire mine d'essayer. Mullins lui avait aussi confirmé qu'Osborne avait bien pris le vol British Airways qui avait quitté Londres à sept heures, comme il l'avait affirmé. Soit. De toute manière, Osborne n'avait aucune raison de faire capoter son propre projet.

Maguire avait soulevé un point intéressant : si le but visé était de mettre fin à l'opération du prieuré, pourquoi ne pas saboter plutôt les fouilles elles-mêmes ? En plus, les voitures avaient été saccagées avec une rage indéniable. Cet incident n'avait rien d'un geste calculé, pour protester contre la restriction des droits des fermiers sur les tourbières ; c'était quelque chose de personnel. Dans ce cas, pourquoi s'en prendre à deux étrangers ? Se trouvaient-ils simplement au mauvais endroit, trop près de la vraie cible ? Qu'avait dit Osborne, déjà ? Que sa voiture aussi aurait pu être vandalisée, s'il s'était trouvé chez lui... Et le mystérieux corbeau du Dr Gavin... Il n'avait aucune raison de mettre sa parole en doute, mais il avait inspecté tout autour de la maison sans rien trouver pour confirmer ses allégations. Il partageait son point de vue sur Jeremy Osborne. Les tendances destructrices du gamin semblaient plus dirigées vers lui-même que vers le monde extérieur. Pourtant, sa mère avait paru redouter que ce ne soit lui le coupable. Ça se voyait dans son regard. Pouvait-on en déduire quelque chose sur leurs rapports ? Affirmer que Lucy Osborne était excessivement protectrice était peu dire. Et que penser de Brendan McGann avec de la paille sur ses vêtements, ces tessons de Guinness devant chez lui, et qui prétendait être rentré se coucher après une virée au pub... Devaney veillerait à interroger Dermot Lynch le lendemain, à la séance musicale du mardi soir, pour voir s'il avait noté quoi que ce soit de bizarre dans le comportement de McGann au cours de la soirée de samedi.

Devaney se gara devant la boutique de Dolly Pilkington alors que celle-ci était en train de fermer. Elle rouvrit la vieille porte à double battant pour l'accueillir.

— Comment allez-vous, inspecteur ? Je me disais que vous ne passeriez plus.

— Désolé, Dolly. La journée a été chargée.

— J'ai entendu parler de ce qui est arrivé au manoir hier, dit-elle en faisant claquer sa langue et en secouant la tête. C'est épouvantable ! Moi, je serais terrifiée rien qu'à l'idée d'habiter dans une vieille baraque de cette taille. Vous avez une idée de qui a pu faire ça ?

— On a quelques pistes, répondit Devaney.

La réponse qu'il faisait toujours, même quand le coupable avait été pris la main dans le sac. En plus, s'il disait quoi que ce soit à Dolly Pilkington, il pouvait être certain que tout le village serait mis au courant, de façon plus ou moins fidèle, en l'espace de quelques minutes.

La tête d'Oliver Pilkington apparut dans l'embrasure de la porte de l'arrière-boutique ; le garçon était curieux de voir à qui sa mère parlait. Il passa devant eux et se mit à balayer le magasin, restant assez près pour écouter leur conversation.

— C'est bon, inspecteur, je vois qu'on n'arrivera pas à vous soutirer la moindre miette d'information... dit Dolly Pilkington en ouvrant un petit étui à violon posé sur le comptoir. Tenez, voici. Ce pauvre Oliver n'a pas trois notes dans le crâne. Autant vouloir apprendre la musique à un bloc de granit ! Vous pouvez l'essayer, si vous voulez.

Devaney prit le violon miniature et l'appuya contre son épaule, penchant l'oreille par-dessus la caisse pour mieux en entendre la voix quand il fit glisser l'archet sur les cordes.

— Le timbre est juste...

Il pinça les cordes, puis tendit l'instrument à la lumière pour inspecter le vernis et la ligne du manche et de l'âme.

— Je pourrais le faire essayer à Róisín ? Pour voir s'il lui convient ?

— Bien sûr. Vous pouvez le garder aussi longtemps que vous voulez, inspecteur.

Devaney reposa le violon dans son étui et se mit à inspecter les crins de l'archet.

— Ça fait longtemps que vous habitez à Dunbeg, Dolly...

— J'y suis née et j'y ai passé toute ma vie.

— J'imagine que, dans une querelle, vous avez toujours droit à la version de chaque camp. Que vous le souhaitiez ou non.

— Y a un peu de ça, c'est vrai. Tout le secret, quand on est commerçant, dit-elle en hochant la tête d'un air entendu, c'est d'écouter les gens mais de tout garder pour soi.

— Alors vous avez peut-être une petite idée de ce qui se dit en ville, au sujet des incidents d'hier soir à Bracklyn House.

Le visage de Dolly Pilkington s'illumina et Devaney comprit qu'elle n'allait pas tenir compte de son propre conseil.

— Vous n'aurez pas à chercher bien loin pour trouver le coupable.

— Ah bon ?

— Peut-être pas plus loin que de l'autre côté de la route, à ce qu'on dit.

— J'ai cru comprendre que Brendan McGann est farouchement opposé au projet de rénovation du prieuré. Ça ne doit pas être facile quand sa propre sœur s'entend bien avec celui qui en est l'instigateur.

— *S'entend bien*, comme vous dites ! se gaussa Dolly qui jeta un coup d'œil en coin à son fils et se pencha vers Devaney. Y en a qui prétendent qu'il va lui faire un procès.

Elle dut voir la mine interloquée de Devaney.

— Pour obtenir une pension, ajouta-t-elle en haussant les sourcils. Pour la gamine.

— La fille de sa sœur ?

Il entendit un gloussement et vit la tête rouquine d'Oliver se redresser légèrement.

— Pardi, s'exclama le garçon. C'est bien connu qu'Aoife McGann est la bâtarde d'Osborne.

Les mots n'avaient pas sitôt quitté ses lèvres que Dolly Pilkington se retourna et lui balança une taloche sur l'arrière du crâne. Oliver lâcha son balai et bondit en arrière pour éviter un second coup, puis resta un peu à l'écart, l'air boudeur et se frottant la nuque.

— Je ne veux pas t'entendre dire des choses pareilles, mauvais sujet ! s'indigna-t-elle. Pas dans mon magasin.

Oliver avait manifestement entendu sa mère prononcer les mots en question, et ne comprenait pas qu'il soit puni aussi sévèrement pour les avoir simplement répétés. Devaney était désolé qu'il ait subi ce châtiment à cause de lui.

— Ça remonte à quelques années, reprit Mme Pilkington, mais vous savez comment sont les gens, ils n'arrêtent pas de jaser...

Elle s'autorisa un reniflement désapprobateur.

Devaney retourna cette nouvelle information dans son esprit. Bien entendu, il connaissait les rumeurs qui circulaient en ville sur les relations actuelles entre Osborne et Una McGann, mais il était sidéré de n'avoir jamais entendu l'histoire complète. Même pour les enfants de Dunbeg cela allait de soi. À commencer, peut-être bien, par les siens. Il repensa à Brendan McGann prostré sur son banc d'église, les mains jointes, et aux lettres grossièrement gravées sur le prie-Dieu. Si Una McGann avait eu un enfant de Hugh Osborne, voilà qui pouvait éclairer la disparition de Mina Osborne sous un tout autre jour.

22

Rentrant chez lui avec le violon, Devaney trouva sa fille Orla qui avait pris possession de la cuisine, ceinte d'un tablier qui faisait presque deux fois le tour de sa taille fine. Ça faisait quinze jours qu'elle s'était prise de passion pour la cuisine française, à la suite d'un voyage en Normandie avec sa classe, et la famille commençait à prendre du poids avec toutes ces sauces à la crème, sauf elle. Elle était en train de montrer à Róisín comment découper une tomate en forme de rose, une tâche à laquelle la benjamine s'adonnait avec beaucoup de concentration, comme dans tout ce qu'elle entreprenait. Les arômes d'oignon et de viande grillée rappelèrent à Devaney qu'il avait oublié de déjeuner.

— Dis donc, Orla, ça sent sacrément bon ! dit-il en soulevant le couvercle de la cocotte pour en humer le fumet. C'est quoi ?

— Arrête, papa, on ne doit pas soulever le couvercle pendant la cuisson, dit-elle d'un ton qui rappelait sa mère. C'est un *Suprême de volaille Véronique avec riz à l'indienne*[1].

Avant qu'il ne fasse la grimace, elle traduisit :

— Du poulet aux raisins et à la crème avec du riz au curry.

---

1. En français dans le texte. *(N.d.T.)*

— Avec la faim que je tiens, je serais capable d'engloutir l'Agneau de Dieu ! Maman est rentrée ?

— Elle est en route.

— Orla, je n'y arrive pas ! s'énerva Róisín.

Devaney fut comblé devant son air ravi quand elle aperçut l'étui coincé sous son bras.

— Papa ! Tu t'en es souvenu ! Je savais que tu n'oublierais pas !

Elle abandonna aussitôt sa tomate mutilée et se mit à tournoyer autour de lui, pressée de voir le nouvel instrument. Il posa l'étui sur la table et remarqua alors un paquet, affranchi d'un certain nombre de timbres étrangers.

— C'est arrivé pour toi au courrier, papa, dit Róisín. Ça vient d'où ?

— D'Inde, répondit-il.

— C'est quoi ?

— Quelque chose pour mon travail, Róisín.

Satisfaite de cette réponse, sa fille tourna son attention vers le nouveau violon, et il eut le plaisir de la voir passer un doigt le long du contour incurvé, comme lui-même l'avait fait chez Pilkington.

Quand Nuala arriva, le festin d'Orla était prêt. Les filles avaient mis le couvert. Ils allumèrent des bougies, débouchèrent une bouteille de vin et dînèrent tous ensemble — *comme une vraie famille*, songea Devaney — pour la première fois depuis des mois. Même Pádraig s'arracha à sa PlayStation pour venir s'asseoir avec eux, le temps d'engloutir le contenu de son assiette et d'échanger quelques piques amicales avec ses sœurs. À un moment, le téléphone sonna et Devaney fit mine de se lever pour répondre, mais Nuala lui lança un regard qui voulait dire *Tu veux pas laisser sonner, pour une fois ?* Ce qu'il fit. De toute manière, c'était sans doute pour un des enfants.

Plusieurs fois, il surprit Nuala en train de le regarder d'un air bizarre. Pourquoi fallait-il qu'il se mette la pression, alors qu'il était si simple, si naturel de se trouver là en famille ? Comme le vin, cette sensation le réchauffa à la manière d'une bougie brûlant en lui. Cela dura tout le dîner et pendant le cours de violon qu'il donna à Róisin, où il observa ses doigts se positionner pour un nouvel air. Il en sentait encore l'effet quand Nuala et lui allèrent se coucher, et tandis qu'il la contemplait en train de se déshabiller, il imagina un instant d'intercepter la main qu'elle tendait vers la fermeture Éclair de sa jupe, pour la baisser lui-même. Mais même en imagination, il était maladroit, hésitant, peu sûr de sa réaction. S'asseyant au bord du lit pour se déchausser, il la regarda enlever sa jupe et la pendre. Alors qu'elle retirait par la tête son chemisier soyeux, il imagina de l'attirer contre lui, pour se délecter de son parfum subtil, sentir contre son visage la chaleur de ses seins et de son ventre, la douceur de sa peau diaphane. Rien ne lui interdisait de le faire, si ce n'était l'inertie de l'habitude et sa peur. Nuala le rejoignit dans le lit, tapota son oreiller et ramena la couette par-dessus elle, comme elle faisait tous les soirs ; le fossé entre eux ne lui avait jamais paru si grand. Il éteignit la lumière.

Quand il l'attira enfin contre lui, au milieu de la nuit, il fut surpris de la facilité avec laquelle tout se déroula. Pourquoi avait-il hésité si longtemps ? Pour la première fois, ils firent l'amour sans aucune frénésie. À la place, Devaney ressentait une tendresse inédite dans leurs caresses. Il avait de nouveau l'impression que leurs deux corps réagissaient à l'unisson en entendant Nuala murmurer ardemment à son oreille... Soudain, il fut tiré de son rêve et la découvrit endormie, qui respirait régulièrement à ses côtés. Il s'était trouvé dans cette situation des milliers de fois, suspendu à son indécision, et se demanda ce qui arriverait s'il la caressait comme dans son rêve. Déconcerté par cette pensée, il se glissa doucement hors du lit et descendit au rez-de-chaussée. Il était deux heures et des poussières, la maison était parfaitement silencieuse.

Quand il alluma, il vit le paquet de Mme Gonsalves qui l'attendait sur la table de la cuisine. C'était une enveloppe en papier kraft, scellée avec du scotch, sur laquelle son nom et son adresse étaient libellés avec application, d'une écriture un rien démodée. Il hésita un moment, puis prit une paire de ciseaux dans le tiroir et découpa l'extrémité du paquet. Une liasse d'enveloppes en papier pelure, portant l'inscription « par avion » et bordées d'un liseré vert et jaune, se répandit sur la table. Il devait y en avoir près d'une centaine. Le plus logique était de lire les lettres par ordre chronologique, en commençant par la plus ancienne. Il les classa donc en se fondant sur le cachet de la poste.

Le dossier de police ne lui avait pas appris grand-chose sur Mina Osborne. Malgré les photos, le signalement physique, les dépositions des témoins décrivant sa personnalité, il n'avait d'elle qu'une image très imparfaite. Comme souvent dans les disparitions, les vagues descriptions fournies par les témoins ne rendaient absolument pas compte de la complexité d'un individu. Même son mari, qui avait tenté de brosser un portrait détaillé, tombait loin du compte. En dépliant la première des lettres qu'elle avait adressées à sa mère, Devaney sentit qu'il allait enfin se faire une idée plus juste du personnage de Mina Osborne.

Très chère Mama... Il se souvint de la voix de la mère au téléphone, et arrivait presque à imaginer celle de Mina à partir de ses tournures de phrase.

Fais un bisou de plus à papa ce soir. Un jour, tu pourras peut-être lui dire que c'était de ma part.

C'était la seule allusion qu'elle faisait à la brouille avec son père. Elle promettait d'écrire une fois par semaine et, à en juger d'après la pile de lettres, elle n'avait pas été très loin de tenir sa promesse. Il remit soigneusement la lettre dans son enveloppe et passa à la suivante. Mina décrivait chaque pièce de Bracklyn House avec un luxe de détails, craignant peut-être que sa mère n'ait jamais l'occasion de lui rendre visite. Elle s'extasiait devant cette vieille demeure, son confort, sa bibliothèque pleine de livres, la douceur des roses du jardin. Récemment mariée, Mina campait un portrait de plus en plus amoureux de Hugh Osborne, et confiait timidement à sa mère toute la surprise et le plaisir que lui procurait la vie conjugale. Devaney rougit en comprenant qu'elle confiait là, de façon indirecte, combien elle aimait le sexe.

Je me félicite tout compte fait que tu m'aies persuadée de ne pas rentrer aux Sœurs de la Miséricorde. Dire que j'y tenais tant ! Comment savais-tu que ce n'était pas le bon choix ?

Alors qu'avec Hugh Osborne son jugement était biaisé par l'amour, elle savait observer les autres d'un regard moins voilé.

Lucy n'est pas très chaleureuse, malheureusement, mais elle fait contre mauvaise fortune bon cœur et essaye de s'habituer à ma présence. Je la surprends parfois en train de m'observer, quand elle croit que je ne fais pas attention. Je comprends que mon arrivée a changé bien des choses pour elle, mais j'espère qu'un jour elle et moi serons amies.

À propos de Jeremy, elle écrivait :

Ce garçon est si beau et si triste que j'ai envie de pleurer quand je le vois. Des fois, il n'a plus l'air du tout d'un enfant, il devient tout sérieux et pensif. Mais parfois j'ai aussi l'impression qu'il ne demanderait pas mieux que d'être cajolé et réconforté comme un bébé.

Les lettres suivantes parlaient du travail de Hugh, des toiles qu'elle peignait dans son atelier, des herbes qu'elle avait plantées dans le potager, du peu de choix de fruits et de légumes qu'on trouvait au modeste marché de Dunbeg. Elle mentionnait toujours ses lectures du moment, avec beaucoup d'esprit. Devaney s'amusa de la description pleine de tendresse qu'elle faisait du père Kinsella. Elle lui était sincèrement attachée, aimait échanger des idées avec lui, surtout sur les questions spirituelles, et se rendait bien compte des effets que le séduisant curé produisait sur la plupart de ses paroissiennes. Il se dégageait de ses lettres le portrait d'une jeune femme très intelligente, dotée d'un sens aigu de l'observation, et qui demeurait pourtant d'une parfaite candeur. Elle comprenait tant de choses, mais conservait une innocence presque douloureuse à l'égard des motivations de son entourage, interprétant leurs actes comme si tous partageaient sa franchise.

Les premières lettres ne faisaient que très peu allusion à l'enfant qu'elle portait. Une seule fois elle exprimait son appréhension d'avoir un enfant si tôt dans leur vie de couple, avant qu'elle et Hugh aient vraiment pu apprendre à se connaître. Mais au fil de la grossesse, Mina se mettait à donner des nouvelles plus régulières des visites chez le médecin, et notait qu'elle se sentait de moins en moins d'énergie et d'enthousiasme pour la peinture ou la correspondance.

Je me sens parfois déprimée quand je n'ai pas l'énergie ou l'envie de travailler, écrivait-elle, *mais quand je songe à ces millions de cellules qui se divisent en moi, je me dis que porter la vie est un des actes suprêmes de la créativité humaine.*

Devaney essaya de ne pas perdre de vue qu'il était

en train d'observer la vie de Mina Osborne d'une manière radicalement amplifiée et condensée, et par le biais de lettres, ce qui pouvait grossir le trait. Il remarqua une interruption dans la correspondance, qui s'arrêtait juste avant la naissance de Christopher et reprenait six semaines plus tard. Apprendre à s'occuper d'un nouveau-né ne vous laissait plus le temps d'écrire de longues lettres détaillées comme Mina en avait l'habitude. Il demanderait à sa mère si elles s'étaient parlé au téléphone pendant cette période ou si toute communication avait cessé.

La lettre suivante contenait des photos, des portraits flous du bébé, avec ses fines bouclettes, ses bonnes joues et ses petits yeux sombres et brillants. Mina s'excusait de son long silence et promettait de ne plus négliger sa correspondance. Elle décrivait les jours et les nuits éprouvantes qui avaient suivi la naissance de son fils, l'allaitement dans un état brumeux, le va-et-vient incessant entre sommeil épuisé et fatigue, le côté très physique de la maternité. Au fil des semaines, les lettres de Mina retrouvaient leur sérénité, elle et son bébé s'habituant l'un à l'autre. Le mari se voyait un rien relégué à l'arrière-plan, les détails sur sa carrière universitaire remplacés par les exploits de Christopher, les promenades qu'elle lui faisait faire en poussette. Hugh restait parfois tard le soir à Galway pour son travail, ce qui semblait la contrarier. Chacun avait besoin de s'ajuster, songea Devaney. Jeremy était aussi de plus en plus présent dans ses lettres, il était très curieux du bébé et aimait s'en occuper.

Il est très doux, écrivait Mina, *et c'est tellement touchant de le voir porter Christopher en couche sur son épaule.*

Devaney avait du mal à imaginer la scène. Jeremy devait avoir quel âge à l'époque ? Environ quatorze ans. Christopher apprenant à se tenir assis, faisant ses premières dents ou ses premiers pas, tout cela était rapporté dans les lettres et agrémenté de photos où l'on voyait l'enfant endormi dans son lit à barreaux, ses longs cils sombres formant des ombres sur son petit visage. Jusque-là, rien de troublant, aucun détail curieux. Hugh Osborne était toujours évoqué dans les termes les plus affectueux. Une lettre faisait allusion à un incident, lorsque Jeremy s'était mis à accompagner Mina à la messe. D'après ce qu'elle en disait, Devaney comprit que la mère du garçon n'était pas d'accord et y avait mis un terme. Les lettres ultérieures confirmaient ce que Kinsella lui avait confié, que Mina tenait beaucoup à se réconcilier avec son père. Être coupée de sa famille et de son pays semblait lui peser davantage à mesure que Christopher grandissait.

Il était quasiment quatre heures du matin quand Devaney arriva aux ultimes lettres. Un mot était accroché aux deux dernières avec un trombone. « Reçues après le 3 octobre ». Ce qui voulait dire que Mina les avait postées juste avant sa disparition. Devaney déplia la première et déchiffra l'écriture qui lui était maintenant familière, à la recherche de quelque indice, une bribe d'information dans les mots ou entre les lignes, mais il ne trouva que des remarques étonnées sur la vitesse à laquelle Christopher grandissait, l'annonce d'un voyage de Hugh à Oxford pour un colloque, et l'optimisme réitéré de Mina quant à une éventuelle réconciliation avec son père.

La question de notre visite n'est pas encore tranchée. Hugh continue de penser que ce n'est pas une bonne idée, mais il ne connaît pas papa. Toi et moi, nous connaissons la vraie nature de papa, nous savions qu'il n'est pas aussi dur qu'il s'en donne l'air. En embrassant notre bel enfant, si innocent, il sera forcément attendri.

Devaney remit la dernière lettre dans son enveloppe. Ne soupçonnait-elle pas ce qui se murmurait en ville sur les relations de son mari avec Una McGann ? On pouvait concevoir qu'elle n'ait pas été au courant de ces ragots. Ou tout simplement qu'elle n'ait pas voulu évoquer ce genre de sujet avec sa mère. Rien dans ces lettres ne justifiait de soupçonner Osborne, ni n'indiquait que Mina ait décidé de le quitter.

Soudain, Devaney se souvint du coup de fil pendant le dîner. Il décrocha et entendit la tonalité intermittente indiquant qu'on avait laissé un message sur le répondeur. L'appel n'était pas destiné aux enfants mais à lui : le Dr Gavin le prévenait qu'elle et Maguire avaient découvert quelque chose qui pouvait l'intéresser, et lui demandait de les rappeler. *Merde !* Il leur avait dit de le contacter à n'importe quelle heure... Il contempla les lettres empilées devant lui. Les remettant dans l'enveloppe en papier kraft et montant se recoucher, il se prit à songer à la légèreté de ce paquet, à l'insignifiance apparente des seules traces qui restaient du passage sur terre de Mina Osborne.

La sonnerie du téléphone le réveilla en sursaut. Il faisait encore nuit, et Nuala décrocha.

— Oui, je vous le passe... dit-elle.

Il pensait que c'était le Dr Gavin mais entendit la voix de Brian Boylan au bout du fil.

— On vient d'avoir un coup de chance pour cet incendie criminel sur lequel vous enquêtez, si ça vous intéresse...

Vu le ton du commissaire, Devaney se demanda si quelqu'un ne lui avait pas soufflé qu'il se mêlait du dossier Osborne.

— Dites-moi.

— Un veilleur de nuit a pincé votre incendiaire à Killimor, avec de l'essence plein les bras.

Génial, songea Devaney. Exactement ce dont il avait besoin. Le premier couillon venu surprenait l'incendiaire en pleine action, faisant du même coup passer l'enquêteur chargé du dossier — lui-même en l'occurrence — pour un incompétent notoire. De toute façon, Boylan n'avait pas besoin de ça pour en arriver à cette conclusion. Il comprit que le commissaire attendait une réaction.

— Eh bien, l'essentiel est d'appréhender le suspect, n'est-ce pas, commissaire ?

— On a besoin de vous à Killimor dès que possible.

— J'y serai d'ici vingt minutes.

Devaney enlaça sa femme et l'embrassa doucement sur la tempe. Dieu, ce qu'elle était tiède, et comme elle sentait bon !

— Je dois filer, Nuala...

Elle lui parla d'une voix chargée de sommeil.

— Tu m'as manqué, Gar... Je me suis réveillée et tu n'étais plus là.

— J'étais en bas. Je n'arrivais pas à dormir, j'ai lu.

— Hum...

Elle se blottit davantage contre lui. Devaney se dégagea doucement de son étreinte, maudissant Brian Boylan et l'incendiaire de Killimor.

23

Hugh Osborne insista pour les conduire à la séance musicale du mardi soir. Observant la grande silhouette installée au volant, Cormac sentit que quelque chose avait changé dans l'attitude de leur hôte. Les avait-il aperçus en train de revenir de la tour ou avait-il entendu Nora appeler Devaney ? À moins que ce ne soit lui, influencé par ses sentiments pour Nora, qui ne voyait plus la situation très objectivement... Puis il se souvint de la violence avec laquelle on avait saccagé leurs voitures, une violence qui se retrouvait dans les coups de crayon des croquis de la tour. Non, ils avaient bien fait d'alerter Devaney.

— Comment avancent les fouilles ? demanda Osborne.

— On devrait avoir terminé d'ici la fin de la semaine, je pense, répondit Cormac.

— Bien, bien, c'est très bien. On va pouvoir lancer le projet ?

— Oui. Je ne vois rien qui justifie de suspendre l'opération. Nora, qui s'en était tenue jusque-là à un silence pesant, s'exprima enfin à l'arrière.

— Je suis certaine que vous serez content de retrouver un peu de calme quand on ne sera plus dans vos pattes.

Le reste du trajet se fit en silence. Arrivés à Dunbeg, Nora et Cormac descendirent et Osborne leur lança :

— Appelez-moi quand vous voudrez, je passerai vous prendre.

Chez Lynch, la cohue était telle qu'il était difficile d'atteindre le bar. Certains clients étaient vêtus de noir, et Cormac en déduisit qu'un enterrement avait eu lieu dans le coin. D'autres arboraient des pulls d'Aran tout neufs et des casquettes en tweed — un car d'Américains, qui s'étaient arrêtés là pour boire une pinte et s'imprégner de couleur locale... La soirée promettait ! L'air était déjà chargé de fumée et les conversations émaillées de rires éméchés. Les musiciens étaient installés dans leur coin, devant des verres pleins, mais les instruments étaient encore dans leurs étuis ; on attendait une accalmie dans le vacarme. Cormac parcourut les visages en partie familiers, adressa un salut de la tête à Fintan McGann qui leva son verre et haussa les épaules. Aucun signe de Devaney.

Cormac se tourna vers Nora et dut crier pour se faire entendre.

— Tu prends quoi ?

— Un whiskey et un verre d'eau.

— Nora ! s'écria une voix à quelques mètres. Par ici !

Elle se retourna, scruta la foule et y reconnut le visage radieux d'un géant blond et barbu qui venait vers elle.

— Gerry !

— Comment vas-tu, ma jolie ?

L'individu dévora Nora de ses yeux bleus pétillants. Cormac remarqua seulement alors qu'elle avait mis du rouge à lèvres sombre, et il sentit le parfum de son shampoing qui flottait dans l'air devant lui. Malgré la cohue, le colosse souleva Nora en l'air et lui planta un baiser sonore dans le cou, qu'elle essuya en feignant une mine dégoûtée.

— Mon Dieu, Gerry, t'es pas sortable ! Tu connais Cormac Maguire ? Cormac, je te présente Gerry Conover.

— Ravi de faire votre connaissance, dit Conover en se redressant et en lui serrant la main. Nora ne m'a pas parlé de vous, mais j'ai comme l'impression que c'est pas plus mal. Faut bien qu'elle me fasse des cachotteries, j'imagine.

— Ne me fais pas regretter d'être passée, Ger. Qu'est-ce que tu fabriques ici ?

— Ah, triste histoire...

— Vous êtes là pour l'enterrement ? demanda Cormac.

— Ouais. On a enterré mon oncle Paddy cet après-midi. Quatre-vingt-quatorze printemps, paix à son âme. On fête dignement son départ.

Leurs boissons arrivèrent et Cormac tendit ses verres à Nora par-dessus la tête d'un client.

— Ça vous dérange si je vous l'enlève un instant ? demanda Conover. Je meurs d'envie de la présenter à la famille.

— Je vous en prie, dit Cormac.

— Je reviens vite ! cria Nora à son oreille. Tu vas peut-être trouver Devaney...

Conover lui prit son verre de whiskey et l'entraîna par la main à travers la foule.

Cormac but une longue gorgée de bière et se demanda combien de temps il supporterait le niveau sonore. Il se faufila jusqu'à Fintan McGann qui se poussa pour lui faire une place sur le banc.

— Bienvenue au Far West ! lui dit Fintan.

— Vous croyez qu'on va jouer ? demanda Cormac.

— En tout cas, moi j'y compte bien, et c'est pas un

enterrement ou une bande d'Amerloques qui vont m'en empêcher ! Et vous, vous êtes équipé ?

Cormac tapota l'étui de sa flûte qu'il avait glissé dans la poche de son manteau. Il aperçut Ned Raftery. La femme assise à côté de lui agita la main pour attirer le regard de Cormac, puis demanda à sa voisine de lui faire passer une feuille de papier pliée. Sans doute la photocopie de la lettre que Raftery leur avait promise. Il la salua à son tour, et la femme glissa quelque chose à l'oreille de Raftery. L'aveugle leva son verre. Cormac parcourut de nouveau la pièce du regard, mais Nora avait disparu.

Devaney n'arriva que vers dix heures et demie. Cormac leva son verre vide pour montrer à l'inspecteur qu'il allait le rejoindre au bar pour se commander une nouvelle bière et bavarder avec lui. Une fois qu'ils se retrouvèrent accoudés au comptoir, Cormac aperçut Nora, au cœur du groupe de Conover. Tandis qu'il rapportait à Devaney ce qu'ils avaient découvert dans la tour, son regard ne cessait d'aller vers le bras de Conover, négligemment passé autour des épaules de Nora. Il entendit que Devaney lui disait quelque chose, mais son attention était ailleurs.

— Pardon ? Vous m'avez posé une question ?

— Aucun indice pour identifier celui ou celle qui se rend dans la tour ? répéta Devaney.

— Nous n'avons rien trouvé sur place. Mais un corbeau agressif nous a obligés à quitter les lieux.

Devaney se caressa le menton.

— J'ai besoin d'y réfléchir. C'est une chose pour vous de vous rendre là-bas, mais pour que je puisse y mettre mon nez, il faudrait... mettons qu'il faudrait faire les choses d'une manière un peu plus officielle. Mais, je vous remercie de m'avoir mis au courant. Je m'en occuperai dès que possible. Bon, à plus tard.

L'inspecteur prit son verre et son étui à violon, et s'enfonça dans la foule. Cormac comprit que Devaney craignait qu'on les observe et qu'il préférait s'en tenir à une brève conversation.

— *Ciúnas*, mesdames et messieurs ! *Ciúnas !* tonna une voix par-dessus le tumulte. Un peu de silence, je vous prie. On va écouter une chanson.

Le silence se fit, perturbé seulement par quelques rires éméchés, et la chanteuse entama son air, Cormac reconnaissant aussitôt la voix de Nora. Il se fraya un passage dans la foule pour mieux la voir.

À travers lande et bruyère,
Je m'en suis allée,
Pour entendre le chant des oiseaux,
Et jouer avec les agneaux.

J'ai entendu mon amour,
Sa voix était si claire :
« Longtemps j'ai attendu
Le retour de ma mie. »

Cormac observait le visage de Nora qui inclinait légèrement la tête en arrière, tandis que Conover tenait une de ses mains dans ses grosses paluches. Autour d'eux, chacun écoutait, la tête baissée et les yeux fermés, le son limpide de sa voix.

Parfois j'hésite,
Et mon cœur flanche,
Parfois j'aimerais
Me confier à mon amour.

Mais si je lui confie mon amour,
Peut-être me repoussera-t-il,

Et si je me montre trop hardie,
Il ne m'aimera point.

À travers lande et bruyère,
Je m'en suis allée,
Pour entendre le chant des oiseaux,
Et jouer avec les agneaux.

Un bref silence suivit la fin de la chanson. Puis Conover porta la main de Nora à ses lèvres et l'embrassa.

— Nom de Dieu, voilà qu'était fabuleux !

Le charme était rompu. Chacun se remit à boire et à raconter des histoires à tue-tête.

Nora se fraya un passage entre deux personnes vêtues de noir, et vint rejoindre Cormac. Le visage rouge et en sueur à cause de l'ambiance surchauffée, elle s'éventa des deux mains.

— T'as pu voir Devaney ?

— Il dit qu'il y jettera un coup d'œil dès que possible. Écoute, je pense que je vais rentrer. Tu n'as qu'à rester, si tu veux. Je suis sûr que Gerry se fera un plaisir de te raccompagner.

— Je n'en doute pas une seconde, mais j'ai eu ma dose.

— Je vais rentrer à pied. Ne te sens pas obligée de venir avec moi.

— Mais j'en ai envie.

La fraîcheur de la nuit contrastait avec l'atmosphère du pub où on étouffait. Ils se turent jusqu'à la sortie du village.

— Ned Raftery t'a donné la lettre ?

Cormac tapota sa poche intérieure.

— Et tu l'as lue ?

— Je t'attendais, dit-il.

— Il fait vraiment très noir. Je n'ai pas pensé à prendre ma torche.

— J'ai laissé la mienne dans la tour.

Nora sentit quelque chose effleurer son mollet et trébucha contre une grosse branche qui traînait au bord de la route. Cormac la rattrapa.

— Ça va, dit-elle. Ça doit être une branche...

— Donne-moi ta main, dit-il.

Elle hésita, puis la lui tendit. Sentant ses doigts tièdes qui se refermaient autour des siens, elle se demanda si Cormac se rendait compte du progrès que c'était pour elle de se sentir en confiance avec quelqu'un. Ils passèrent à proximité de la tour, dont elle distingua à peine la silhouette enveloppée de lierre contre le ciel d'encre.

— Ça doit faire un bon bout de temps que tu connais Gerry Conover, dit Cormac.

— Seulement trois mois. On s'est rencontrés à Dublin, quand je me suis mise à fréquenter le club de chanteurs du Trinity Inn. C'est aussi là que j'ai connu Robbie, avant de me rendre compte que vous vous connaissiez tous, lui, Gabriel et toi. Quelquefois, je m'étonne encore de la toute petite taille de ce pays.

Elle savait bien que ce n'était pas le sens véritable de sa question.

— Gerry est un type très sympa, poursuivit-elle, mais c'est un chanteur, et je m'aperçois que j'ai surtout un faible pour les flûtistes. Je ne sais même pas pourquoi. Ça doit être les jolies embouchures qui me font craquer...

Elle ne put en dire davantage car Cormac l'attira contre lui et posa ses lèvres sur les siennes, l'embrassant d'abord légèrement puis avec plus de fougue. Nora se sentait étourdie, presque au bord du vertige.

— Laisse-moi rester avec toi cette nuit, dit-il. Je ne

peux pas supporter de te laisser seule dans cette chambre. Je dormirai sur le canapé.

— Pas besoin de dormir sur le canapé, Cormac.

— Je ne veux pas profiter de la situation.

— Tu ne seras pas en train de profiter de moi. Je te le propose.

Elle lui prit à nouveau la main, puis ils franchirent le portail de Bracklyn House. Ils remontèrent la longue allée, leurs pieds foulant le gravier en rythme.

Cormac essaya d'ouvrir la porte d'entrée.

— C'est fermé à clé. On va devoir sonner.

Maintenant que le bruit de leurs pas avait cessé, Nora entendait un vague grondement au loin, comme le bruit d'une hélice de bateau tournant au ralenti sous l'eau.

— Cormac, tu entends ?

Il éloigna sa main de la sonnette.

— Oui, on dirait que ça vient du garage.

L'ancienne écurie où Hugh Osborne garait sa voiture était perpendiculaire à la maison, à une trentaine de mètres de la porte d'entrée, mais ils ne mirent qu'une poignée de secondes pour l'atteindre. Par la fenêtre d'une porte latérale, ils aperçurent la Volvo noire, enveloppée dans un nuage de gaz d'échappement. Cormac actionna la poignée.

— C'est fermé.

Fracturant le carreau d'un coup de coude, il passa la main à l'intérieur pour déverrouiller la porte. Ils se dirigèrent vers la voiture, toussant dans l'épaisse fumée.

— Va voir si t'arrives à ouvrir la porte du garage ! cria-t-il en essayant d'ouvrir la portière. Merde, c'est fermé à clé...

Il parcourut le sol du regard, à la recherche d'un objet assez lourd pour casser la vitre, et repéra enfin une masse dans un coin. Nora ne le vit pas porter le coup, mais entendit un fracas et le bruit du verre qui volait en éclats. Cormac ouvrit la portière et dégagea tant bien que mal l'individu qui était affalé sur le siège avant. C'était Hugh Osborne.

— Éteins le moteur, dit-il à Nora, puis viens m'aider.

Nora coupa le contact et entendit quelque chose rouler par terre. Elle chercha à tâtons sur le tapis de sol et sentit un tube en plastique. Retenant son souffle, elle en lut l'étiquette, et se précipita vers Cormac qui était penché au-dessus du corps inerte d'Osborne.

— Laisse-moi regarder, Cormac. Il a peut-être pris des somnifères.

Elle brandit le tube qui était vide.

24

Deux heures plus tard, après le départ de l'ambulance qui emmenait Hugh Osborne, toujours sans connaissance, à l'hôpital, le calme revint à Bracklyn House. Lucy s'était chargée d'appeler les secours et avait tenu à accompagner Hugh à l'hôpital. Malgré tout ce remue-ménage, Jeremy n'avait pas paru de la soirée. Incapable de dormir, Cormac était installé sur le sofa dans la chambre de Nora, ressassant les incidents troublants de la soirée et des jours précédents. Il jeta un coup d'œil à Nora, qui était allongée sur son lit, et vit qu'elle dormait. Elle était convaincue que l'affaire était bouclée, qu'Osborne passerait aux aveux, à supposer qu'il reprenne jamais connaissance. Pour sa part, il ne savait pas trop quoi penser. Il n'était pas loin de déplorer cette aventure, tout ce qui s'était produit depuis qu'il avait reçu ce coup de fil à Dublin et accepté de venir à Dunbeg. Enfin, presque tout. Il ne pouvait pas regretter d'avoir eu l'occasion de mieux connaître Nora. Il continuait à éprouver une sorte d'affinité pour Osborne, malgré les soupçons de celle-ci. Il se sentait aussi très lié à Jeremy Osborne, en qui il retrouvait à bien des égards l'adolescent qu'il avait été. Mais était-ce à juste titre ou une simple illusion ?

Être responsable. Son père se l'était montré envers

de parfaits étrangers plus qu'envers les siens. Cormac s'était toujours dit qu'il ne voulait rien avoir à faire avec la vision abstraite que son père se faisait des responsabilités. Mais n'était-ce pas précisément ce qui l'avait poussé à venir ici ? Qu'avait dit Nora, déjà, au sujet de la *cailín rua* ? Qu'elle se sentait « un devoir ». Il avait parfaitement compris ce qu'elle voulait dire, et avait lui-même ressenti la chose de façon très intense en découvrant l'oreille si délicate dans la tourbe au fond de la tranchée. Cette pensée le transperça, de même que le souvenir de l'expression fiévreuse d'Osborne sur la tourbière ou de Nora en train de rire aux larmes sur la route de Tullymore. Il se sentait épuisé, n'avait plus la force de bouger.

L'instant d'après, il fut réveillé par la voix de Nora.

— Cormac ! Cormac ! Il y a quelqu'un là-bas... J'ai vu la lumière...

De quoi parlait-elle ? De la tour, elle parlait de la tour. Elle fila aussitôt par la porte. Cormac rabattit sa couverture et enfila vivement ses chaussures, désormais tout à fait réveillé. Il ne pouvait pas la laisser sortir seule. Il ne s'aperçut qu'il avait oublié ses lunettes qu'après avoir franchi la porte de la cuisine.

Nora avait une cinquantaine de mètres d'avance. Il la perdit de vue à l'endroit où le mur du domaine s'interrompait et la suivit, ne sachant s'il devait l'appeler ou rester silencieux. Il s'engagea dans les fourrés à l'endroit où il l'avait vue disparaître, ne songeant qu'au danger qu'elle courait et se moquant des branches qui lui fouettaient le visage et les bras. Il traversait le bois quand il trébucha et chuta violemment, ses côtes heurtant de plein fouet une pierre pointue. La douleur lui coupa le souffle mais il se releva et trouva la force de traverser les *chevaux de frise* jusqu'à la tour. Nora se tenait devant la porte et quand elle l'ouvrit, une lumière dorée en jaillit et parut l'envelopper. Il s'arrêta net mais comprit vite que la clarté provenait de centaines de bougies qui brûlaient dans la tour. Chaque flamme projetait une lumière vacillante, et les formes ondoyantes peintes sur les murs paraissaient prendre vie et s'animer — un effet accentué par son astigmatisme. Cormac resta un instant figé de ravissement avant de pénétrer à l'intérieur. Jeremy Osborne était assis au pied de l'escalier en pierre, serrant ses genoux contre sa poitrine, se balançant d'avant en arrière comme dans une transe.

— Ça va, Jeremy ? demanda Cormac.

Le garçon releva la tête. La lumière tremblotante exagérait sa maigreur et ses contusions récentes, ainsi que la panique animale de son regard. Il s'empara de la première arme qui lui tomba sous la main, un tournevis qui traînait par terre à ses pieds.

— Sortez ! Foutez-moi le camp ! cria-t-il en gravissant les deux premières marches à reculons. Vous n'avez rien à faire ici. Personne n'a le droit de venir ici !

Nora était sur le point de parler quand Jeremy lança le tournevis qui rata Cormac pour atterrir sur la porte derrière sa tête. Jeremy fit volte-face et se précipita dans l'escalier croulant. Cormac partit à sa poursuite, grimpant deux ou trois marches à la fois, et se retrouva bientôt happé par les ténèbres.

— Jeremy ! s'écria-t-il. Attends, Jeremy !

Il continua à suivre à l'aveuglette le bruit de pas qui résonnait devant lui, entendant aussi les cris de Nora, et finit par déboucher sur le chemin de ronde, à bout de souffle et la gorge sèche. Le ciel était dégagé, mais il arrivait tout juste à distinguer le contour du toit et la silhouette des lianes qui poussaient dans les fissures. Il se faufila de biais contre le mur, précautionneusement

— pourris et laissés à l'abandon depuis des siècles, le sol et les murs menaçaient de s'effondrer à tout moment.

— Qu'est-ce que vous aviez besoin de venir ici ?

La voix angoissée de Jeremy lui parvenait depuis l'autre côté du toit pointu.

— Jeremy, je suis désolé si on t'a fait peur. Tu n'as aucune raison de paniquer.

L'étroit chemin de ronde faisait le tour de l'édifice, sans aucune autre issue, aussi Cormac resta-t-il où il se trouvait, ne voulant pas abandonner l'accès à l'escalier.

La voix de Nora se fit de nouveau entendre, gagnée par la panique.

— Cormac, il faut redescendre !

Au même moment, il sentit la fumée.

— Y a le feu ! cria-t-elle. Je n'arrive pas à l'éteindre ! Cormac !

— T'as entendu, Jeremy ? On est en danger si on reste ici.

Il se faufila le long du mur, s'aidant d'un seul bras, espérant qu'il pourrait ramener Jeremy s'il l'atteignait. Il n'y avait pas de temps à perdre. En bas, la fumée se faisait de plus en plus épaisse. Il entendait gronder et crépiter les flammes. Un cri étranglé lui parvint.

— Nora ! Ça va ? Nora ?

Il tenta de l'apercevoir à travers l'épais nuage de fumée âcre qui s'échappait de l'escalier, lui emplissant les poumons et lui piquant les yeux.

— Je suis là ! cria-t-elle.

Il comprit qu'elle était dehors, tirée d'affaire.

— Je n'ai rien, dit-elle. Descends, Jeremy, je t'en supplie ! Vous avez encore le temps.

Cormac avançait sur le chemin de ronde, se dirigeant vers l'endroit où il avait entendu l'adolescent pour la dernière fois.

— Viens, le pressa-t-il. On n'a plus de temps à perdre.

Cormac s'imaginait les bougies qui se consumaient sur les caisses, les dizaines de boîtes de peinture, les piles de livres et de dessins et les poutres pourries qui s'embraseraient d'un instant à l'autre. Comme il le savait, l'incendie transformerait la tour en une sorte de grande cheminée, ses murs sans fenêtres entretenant les flammes et leur donnant la force d'atteindre le toit. Ce n'était plus qu'une affaire de secondes. Qu'attendait le gamin ?

— Laissez-moi ! cria Jeremy. Je fais que des conneries ! Rien que des conneries ! Laissez-moi, j'vous dis !

Se prenant la tête entre les mains, il se mit à se balancer contre le rempart, terrorisé et désespéré.

— Je ne peux pas faire ça.

La chaleur du brasier devenait de plus en plus intense. Plus question de redescendre par l'escalier. Cormac s'adossa au rempart, et à cet instant précis les vestiges du toit cédèrent, ne laissant à leurs pieds qu'un trou embrasé. Gémissant sans desserrer les dents, Jeremy s'écarta du parapet et s'approcha du trou, comme pour s'y jeter à son tour. Sans réfléchir, Cormac bondit et attrapa le garçon par la chemise, manquant de perdre l'équilibre, puis le tira de toutes ses forces jusqu'à ce que Jeremy s'écrase contre lui, lui coupant le souffle. Sous la force de l'impact, le temps parut se distendre. Les secondes se succédaient au ralenti, Cormac éprouvant avec une acuité extrême la moindre sensation. Il eut conscience du craquement des pierres et du mortier qui cédaient sous leur poids, d'une vive douleur, du craquement des branches, puis d'une chute infinie dans le noir, le sol se présentant trop tôt dans un bruit étourdissant. Puis le silence, un silence pur et tout à fait sublime qui rugissait dans ses oreilles alors qu'il peinait à respirer.

Puis Nora arriva à ses côtés, lui toucha le visage en balbutiant :

— Cormac ! Cormac !

Son visage paniqué était à l'envers et il aurait voulu piquer un fou rire, mais ce furent des larmes qui lui vinrent.

— Est-ce que tu arrives à respirer ? Respire, je t'en supplie !

Il inspira une bouffée et se mit à tousser. Nora tourna alors son attention vers la forme inerte à côté de lui.

— Il est vivant, dit-elle. Je dois aller chercher des secours. N'essaye pas de bouger.

Elle n'hésita qu'une seconde avant de disparaître dans les bois.

Cormac vit que les paupières de Jeremy bougeaient. Le garçon avait l'air de vouloir lui parler.

— Chut... dit Cormac. Reste bien immobile.

Jeremy émit un son qui tenait du toussotement et du gargouillement. Cormac ne savait pas ce qu'il devait faire, n'ayant pas lui-même les idées très claires. Il parvint à se redresser sur un coude, grimaçant de douleur, et approcha son oreille des lèvres du garçon, espérant ne pas s'évanouir sous l'effort. Il l'entendit chuchoter.

— Ils sont ici... Dans un souterrain... dit Jeremy en s'interrompant pour trouver des forces. Elle sait... bafouilla-t-il d'un ton urgent. Elle sait. Elle ne dira jamais...

Il perdit connaissance. Cormac sentit que lui aussi perdait pied. Ployant la tête, il la laissa reposer contre la poitrine de Jeremy.

LIVRE QUATRE

OSSEMENTS

L'Irlande connaît un sort bien malheureux
Criblée de coups par des vauriens
Sa noblesse mise à terre, incapable de se relever
Ses héros réduits à des ossements.

Dáibhí Cundún, poète irlandais, 1651

1

Quand Cormac se réveilla, il faisait jour. Nora était assoupie sur une chaise à côté de son lit d'hôpital. Il aurait voulu parler, lui dire qu'il était réveillé, mais il avait la sensation d'avoir la tête énorme et très lourde. Nora se réveilla, jeta un coup d'œil autour d'elle comme si elle ne se souvenait plus d'où elle était, puis rapprocha sa chaise du lit et pencha son visage vers lui. La griffure du corbeau était en voie de cicatrisation, mais les ronces lui avaient fait de nouvelles égratignures et Cormac commença à se rappeler vaguement ce qui était arrivé. Tout ça paraissait si loin.

— Tu veux que j'appelle l'infirmière ? demanda-t-elle.

Il essaya de faire non de la tête mais en fut incapable. Il se contenta d'une grimace, puis s'humecta les lèvres et bafouilla :

— J'aurais jamais dû m'enfiler quinze pintes...

Elle lui prit la main et sourit, mais avec un léger tremblement au menton.

— Chut... dit-elle. Tout ça est ma faute.

— Pas du tout, protesta-t-il en cherchant une nouvelle fois à secouer la tête.

— Tu ne dois surtout pas bouger, Cormac.

Il aimait le son de sa voix, la façon dont elle prononçait son nom.

— Le médecin a diagnostiqué une légère commotion cérébrale et quelques bleus, mais aucune fracture, poursuivit-elle. C'est un miracle. Ta chute a dû être amortie par les branches. Et tes brûlures sont superficielles.

Cormac regarda ses mains et ses bras entourés de pansements.

— Et Jeremy ? demanda-t-il.

Nora baissa les yeux.

— Il est grièvement blessé. De multiples fractures, une hémorragie interne. Il a peut-être été touché à la tête, c'est encore trop tôt pour se prononcer.

— Il n'a rien dit ?

— Il n'a pas repris connaissance.

Cormac ferma les yeux pour réfléchir à ce qu'il devait faire. Quand il les rouvrit, il dit :

— Nora, tu peux me trouver Devaney ?

La tension des douze dernières heures se lisait dans le regard de Nora, et Cormac eut l'impression que pour la première fois elle comprenait sa répugnance à se laisser entraîner dans cette histoire, comme s'il avait pressenti dès le départ quelle responsabilité cela lui vaudrait. Il tomba dans un vague sommeil et, au bout de ce qui lui parut simplement une poignée de secondes, Nora fut de retour, escortée de l'inspecteur.

— Vous parlez d'une nuit ! dit Devaney. Vous avez de la chance d'en être sortis vivants, le gosse et vous. Osborne aussi, d'ailleurs. Vous vouliez me voir ?

— Oui... dit Cormac, à qui sa propre voix parut lointaine et étrangère. Jeremy m'a dit quelque chose hier soir. Sur le coup je n'ai pas saisi, mais je crois que maintenant je comprends de quoi il parlait.

Devaney s'exprima d'une voix plus calme que d'ordinaire.

— Je vous écoute.

— Il m'a dit : « Ils sont ici. Dans un souterrain. »

Cormac vit le sens de ces mots frapper Nora et Devaney de plein fouet.

— Mon Dieu, Cormac... murmura Nora en s'asseyant pesamment sur la chaise à côté du lit.

Devaney ferma les yeux, affichant une moue déçue et résignée. Cormac se sentait épuisé et ne put que fermer les yeux à son tour. Mais il y avait autre chose. Il essaya de s'en souvenir, malgré son crâne qui tambourinait.

— J'ai l'impression qu'il m'a dit autre chose... Quelque chose du genre « Elle sait. Elle ne le dira jamais. »

— Vous êtes sûr ? demanda vivement Devaney. *Elle* est au courant ? *Elle* ne le dira jamais ?

La stupeur de l'inspecteur était manifeste.

2

Devaney n'avait pas sitôt passé son coup de fil pour demander qu'une équipe complète le rejoigne à Bracklyn House qu'il imagina le manège des jours à venir : le crépitement des flashs, les bâches tendues pour se protéger de la pluie, les barrages pour tenir à l'écart les journalistes indiscrets qui ne manqueraient pas de rappliquer. Avant de quitter l'hôpital, il serait peut-être prudent de passer voir Jeremy et Hugh Osborne, et de poster deux agents devant leur chambre. Les déclarations du gamin leur fournissaient enfin une piste, mais ça ne leur donnait pas le coupable.

Qu'est-ce qui avait poussé Hugh Osborne à choisir la plus radicale des fuites ? Un suicide ne collait pas avec l'idée que Devaney se faisait de l'affaire. En admettant qu'Osborne soit tout compte fait innocent, peut-être était-il simplement au bout du rouleau. Et s'il était coupable, il avait peut-être senti que la vérité était sur le point d'éclater. Devaney s'arrêta dans l'embrasure de la porte de la chambre d'Osborne ; celui-ci était allongé sur le côté, le dos tourné à la porte. Une légère couverture en coton le couvrait jusqu'aux épaules, mais aucun fil ou tube ne limitait ses mouvements. Devaney songea qu'il était libre de filer — ou de s'en prendre une nouvelle fois à lui-même.

— Il dort, chuchota une jeune infirmière qui s'approcha derrière lui. Ça vaut mieux pour lui. Quand il se réveillera, je vous dis pas le mal de crâne qu'il aura !

— Il va s'en remettre ?

— Vous êtes un ami ?

La jeune femme avait une peau de porcelaine, parsemée de taches de rousseur, et ses yeux verts fixaient Devaney avec compassion. Il détourna le regard.

— Disons plutôt une connaissance.

— Ce matin, il va mieux. Les médecins vont le garder encore un jour ou deux en observation. Le monoxyde de carbone peut avoir des effets très nocifs, ils préfèrent ne pas le renvoyer chez lui trop tôt.

— Bien. Merci.

Il attendrait de voir ce que donnaient les recherches à la tour avant de parler à Osborne. Deux jeunes policiers vinrent à sa rencontre et il les entraîna à l'écart.

— Vous vous appelez comment ?

— Molloy, répondit le premier.

— O'Byrne, inspecteur, répondit l'autre.

— Je veux que vous restiez ici et que vous soyez mes yeux et mes oreilles. Molloy, vous vous chargerez de Hugh Osborne. Soyez le plus circonspect possible... Fondez-vous dans le décor, ajouta-t-il en voyant la mine interloquée du jeune homme. O'Byrne, vous n'avez qu'à me suivre.

Jeremy Osborne était toujours dans un état critique. Devaney entra dans la chambre où le jeune homme était alité, le bras et la jambe gauches plâtrés, le crâne entièrement bandé. Son visage était tuméfié et un tube à oxygène était fixé à sa bouche avec du sparadrap. Sa mère était assise à son chevet, parfaitement droite, comme si en adoptant cette posture elle pouvait arracher son fils à la mort par la simple force de sa volonté. Lucy Osborne se tourna vers Devaney au moment où il pénétra dans la pièce. Ses yeux secs débordaient de douleur mais le reste de son visage était un masque figé en une sorte de calme stoïque.

— Je m'en veux, dit-elle. Si je l'avais gardé près de moi, ça ne lui serait peut-être pas arrivé... (Elle cilla en apercevant l'agent qui attendait dans le couloir.) Que se passe-t-il ?

— C'est la routine. En attendant de savoir exactement ce qui est arrivé hier soir, expliqua Devaney. Je vous promets qu'il se fera discret.

Se rendant à la tour en voiture, Devaney repensa aux lettres de Mina, à sa mère qui attendait patiemment des nouvelles en Inde. Les gens se doutaient bien que Mina était morte, mais ils cherchaient à entretenir l'illusion, à se persuader que leur intuition n'était pas la bonne.

La seconde partie de ce que Maguire venait de lui dire avait de quoi intriguer. *Elle ne le dira jamais*. Ça pouvait vouloir dire qu'elle était coupable ou qu'ils avaient fait le coup ensemble. Ou qu'elle et son gamin avaient découvert la vérité par hasard et choisi, pour une raison ou une autre, de ne rien dire. Il aurait dû se rendre compte que Jeremy savait quelque chose, le cuisiner davantage quand il l'avait interrogé à propos des voitures. Mais pour l'heure le problème n'était pas de trancher entre tous ces cas de figure — il fallait d'abord découvrir si Jeremy disait la vérité.

Au moment où Devaney se garait au bord de la route à proximité de la tour, le dossier posé sur le siège passager tomba par terre. Se baissant pour ramasser les documents éparpillés, il reconnut une des photos qu'il avait prises dans le confessionnal à St. Colomba. Il mit au point mort et contempla le cliché un instant. Les lettres étaient grossièrement gravées mais clairement lisibles. *Il sait où ils se trouvent*. Jusque-là, il était intimement persuadé que Brendan était l'auteur de cette accusation silencieuse pour dénoncer Hugh Osborne. Fixant la photo, son regard s'attarda sur le début de l'inscription — ce n'était pas une lettre mais un rectangle évidé, plus profond que le reste. Sur le coup, il n'y avait pas attaché d'importance, mais se pouvait-il que le vandale se soit ravisé, ait voulu effacer ce qu'il avait commencé par écrire... Rien ne permettait de dire que « elle » avait été gravé là où se trouvait maintenant le rectangle évidé. Elle *sait où ils se trouvent*. La personne qui avait gravé ces mots éprouvait désespérément le besoin de se confier, à n'importe qui, pour se décharger en partie de sa culpabilité, mais sans trouver la force de le faire de vive voix. Une autre idée frappa soudain Devaney : Jeremy Osborne était forcément le voleur de cierges du père Kinsella. Le Dr Gavin avait rapporté que la tour était remplie de bougies. Si Jeremy était l'auteur de ce message, qui en était l'objet, et pourquoi avait-il éprouvé le besoin de le corriger ? À moins que quelqu'un d'autre n'ait découvert le message, ne l'ait modifié pour servir ses propres fins. Il se souvint de Brendan McGann, dans la chapelle latérale, la tête appuyée contre ses mains jointes. *Chaque chose en son temps*, se dit-il en rassemblant son courage pour la tâche qui l'attendait.

L'équipe de police scientifique n'arriva qu'en fin d'après-midi. Le temps était de plus en plus couvert et il s'était mis à crachiner. Les opérations sur les lieux d'un crime avaient toujours un côté mécanique, ce que Devaney vivait comme le mince réconfort de la routine. On s'affairait beaucoup autour de lui, dans les bois à proximité de la tour O'Flaherty : des gars du labo, en combinaisons blanches, et des policiers en cirés jaunes. La veille, les pompiers avaient réussi à maîtriser l'incendie, mais la tour n'était plus qu'une coquille vide calcinée, surmontée des restes de quelques poutres qui avaient survécu au feu. Malgré la pluie, un filet de fumée s'échappait encore des ruines, là où les pierres et les poutres consumées s'entassaient dangereusement. À la lumière du jour, on distinguait clairement les endroits où les pompiers avaient piétiné les épais fourrés. Le feuillage vert, étincelant sous la pluie, tranchait avec la masse sombre de la tour.

Ils sont ici, avait dit le garçon. Mais si la tour disposait d'une chambre souterraine, l'entrée de celle-ci était fort bien dissimulée, et Devaney n'était pas surpris qu'on ne l'ait pas repérée au cours des fouilles précédentes. Une fois dégagé des gravats, le sol de la tour fut inspecté, mais la terre ne paraissait pas avoir été retournée récemment. Les recherches ne furent pas plus fructueuses autour du périmètre de l'édifice. *Pourquoi s'imaginer que ça serait simple ?* songea Devaney. Dans cette affaire, chaque avancée avait été compliquée — pourquoi diable cela changerait-il, même si on en était apparemment à la dernière étape ? Le manque de sommeil commençait à se faire sentir ; il était sur les nerfs, mais n'arrivait pas à quitter les lieux. À la tombée de la nuit, on n'avait toujours rien trouvé, mais il resta sur place, suivant les recherches qui se poursuivaient à la lumière des projecteurs. On les éteignit à l'aube. Le ciel était plus dégagé que la veille, mais on n'avait toujours rien déniché. En milieu de matinée, une voiture de police se gara au bord de la route, non loin de la tour. Molloy, le jeune agent qu'il avait posté devant la chambre d'Osborne, vint vers lui.

— Je n'y suis pour rien, inspecteur. Il a insisté...

— Qui ça, Molloy ?

— Hugh Osborne, inspecteur. Gavin et Maguire sont avec lui.

Devaney observa les trois passagers qui descendaient de voiture. Maguire se déplaçait avec difficulté après sa chute, mais il essayait de faire bonne figure. À ses côtés, Osborne avançait lui aussi lentement, mais pas du fait de quelque blessure, plutôt comme un somnambule. Il ne regardait que les hommes en combinaisons blanches qui s'affairaient autour de lui. Le Dr Gavin suivait derrière ; à voir son air dubitatif, Devaney comprit ce qu'elle pensait de cette expédition impromptue. Il s'avança vers eux.

— Je dois vous demander de ne pas aller plus loin, dit-il.

Hugh Osborne le fixa d'un air impassible.

— Ça vous va si on reste ici ? demanda Cormac.

Devaney fit oui de la tête, puis attira le Dr Gavin à l'écart.

— Ils sont déjà remis ? chuchota-t-il en pointant le menton dans la direction d'Osborne.

— Ils n'ont rien à faire debout ni l'un ni l'autre, répondit Nora, mais ils ont refusé de rester à l'hôpital. Cormac a tenu à mettre Hugh au courant de ce que Jeremy lui a dit. J'ai essayé de lui expliquer que ce n'était pas une bonne idée. Hugh Osborne est toujours votre principal suspect, non ?

— Jusqu'à preuve du contraire. Mais pour l'instant, on tourne en rond.

Maguire s'approcha et parla à voix basse.

— Je peux vous faire une suggestion ?

— Avec plaisir.

— Eh bien, on dirait que votre équipe pense que la pièce souterraine et le passage sont forcément reliés à la tour. Mais de tout temps, les hommes ont eu tendance à reconstruire par-dessus d'anciennes structures. Il se pourrait très bien que cette chambre ait fait partie d'une construction antérieure à la tour. Vous avez de quoi écrire ?

On lui trouva un bout de papier sur lequel il dessina grossièrement la tour, puis les diverses levées de terre.

— Nous sommes ici... dit-il en pointant sur sa carte de fortune l'endroit où Devaney et lui se trouvaient, à une vingtaine de mètres de la tour. Vous voyez cette zone surélevée, tout autour de nous ? C'est là que je commencerais à chercher. Dans ce cercle. L'entrée risque d'être très bien dissimulée. On pourrait gagner du temps en se servant d'un géoradar, si vous pouvez vous en procurer un.

Osborne refusa de quitter les lieux. Il attendit, parfois assis et parfaitement immobile, à d'autres moments debout devant le ruban jaune qui barrait l'accès à la zone de fouilles, mais sa présence silencieuse ne semblait pas déranger les policiers qui poursuivaient leur travail méthodique. Il fallut attendre le milieu d'après-midi, quand un radar fut prêté par un arpenteur de Ballinasloe, pour que les recherches progressent. Le radar détecta une masse de pierre, à environ un mètre cinquante de profondeur, dans le cercle que Maguire leur avait indiqué. On fit venir une pelleteuse, une miniexcavatrice qui écrasa la végétation sur son passage à la manière d'un reptile préhistorique. Fort heureusement, l'homme aux commandes était un véritable artiste qui maniait sa pelle articulée comme s'il mesurait des pincées de thé pour une théière et non une demi-tonne de terre. Un bruit de métal crissant contre de la pierre se fit entendre au fond de la tranchée et quelqu'un cria :

— J'ai l'impression qu'on vient de toucher quelque chose, inspecteur...

Devaney regarda au fond du trou où il aperçut plusieurs dalles. L'une d'entre elles s'enfonça soudain, tombant dans la chambre en dessous, emportant avec elle une partie des parois.

— C'est bon ! cria Devaney. Vous pouvez arrêter !

Il envoya un de ses agents chercher Maguire.

— Vous avez plus d'expérience que nous pour explorer ce genre de site, déclara Devaney à l'archéologue quand celui-ci arriva. Vous voulez bien nous conseiller sur la marche à suivre ?

3

Vêtu de la combinaison blanche réglementaire et soucieux de ménager ses côtes endolories, Cormac descendit en douceur dans la chambre tandis que Devaney et le reste de l'équipe attendaient au bord de la tranchée. Arrivé au bas de l'échelle, il alluma sa torche et scruta la pénombre. Les murs étaient un chef-d'œuvre de construction, des pierres sèches imbriquées les unes dans les autres pour supporter les lourds linteaux. Du côté le plus proche de la tour, un gros bloc de grès taillé en arche soutenait le toit. Admirant le savoir-faire des bâtisseurs qui avaient construit ces murs plus de mille ans auparavant, Cormac songea soudain que ce serait une cruelle ironie de retrouver les corps de Mina et de Christopher cachés ici. Les forts circulaires disposaient souvent de cachettes souterraines, qui servaient de réserve mais remplissaient aussi une mission bien précise : protéger les membres les plus vulnérables d'une communauté, les femmes et les enfants. On prévoyait souvent à dessein des boyaux d'accès très étroits, pour qu'un homme adulte ne puisse pas s'y faufiler.

Tout était recouvert d'une fine pellicule de poussière. Une odeur de putréfaction était perceptible. Promenant lentement le faisceau de sa lampe autour de la petite pièce, Cormac ne distingua que des ombres et des formes grises. Tiens... Il ramena sa torche en arrière et fixa des contours qui se dessinaient progressivement. L'œil a vite fait dc détecter la trace d'une présence humaine dans le chaos apparent de la nature. Sous la poussière, à moitié recouverts de gravats et de terre, il avait deviné les motifs triangulaires, à grosses côtes, d'un pull d'Aran. Braquant le faisceau à cet endroit, ses yeux et son esprit commencèrent à décrypter l'amas de formes. Il distinguait un cadavre allongé sur le flanc droit, lui tournant le dos. À proximité de la hanche gauche de la silhouette, ses yeux perçurent les contours d'une autre forme. La semelle d'une petite botte d'enfant. Il se retourna, leva les yeux vers les autres qui attendaient en haut, et n'eut pas besoin de dire quoi que ce soit. Son expression trahissait ce qu'il venait de découvrir.

Personne n'avait remarqué que Hugh Osborne s'était peu à peu approché, finissant par se joindre aux policiers regroupés au bord de la tranchée. Avant qu'on puisse l'arrêter, il sauta dans le trou et prit sa torche à Cormac. Devaney fit un signe à ses collègues pour les retenir un instant.

Arrivé devant l'entrée de la chambre secrète, Osborne tomba à genoux et inspira longuement. Puis il porta son regard à l'intérieur et ce qu'il vit lui fit pousser un long soupir gémissant, en même temps qu'il paraissait se vider de tous les espoirs, les craintes et les appréhensions qu'il contenait depuis si longtemps. Et quand cette vision cauchemardesque persista, refusa de s'évaporer, il s'affaissa lentement, sa main relâchant la torche toujours allumée. Personne ne bougea ou ne dit quoi que ce soit, et ce fut lui qui rompit le silence.

— Merci... dit-il d'une voix rauque, le regard fixé dans le vide. Merci de les avoir retrouvés.

Puis il se releva fébrilement et jeta un vague coup d'œil autour de lui, comme s'il ne savait plus comment sortir du souterrain.

— J'y vais, dit-il. Vous savez où me trouver.

Deux agents s'approchèrent pour l'aider à remonter et Devaney leur fit signe de le raccompagner à Bracklyn House.

Cormac gravit l'échelle après Hugh et chercha le visage de Nora dans l'assistance. Elle essuya ses larmes tandis qu'il approchait.

4

Cormac venait de poser une mug de thé devant Hugh quand quelqu'un frappa à la porte de la cuisine. C'était Una McGann. Elle avait dû apprendre la nouvelle au village où le bouche-à-oreille allait bon train. Hugh ne se leva pas pour l'accueillir mais se prit le visage entre les mains et se prostra contre la table, un geste déchirant de désespoir. Voyant Una qui posait doucement la main sur l'épaule de Hugh, Cormac se rendit compte qu'elle était la première à lui témoigner de la sympathie, et en éprouva un peu de honte. Soudain, la porte s'ouvrit violemment, heurtant le mur.

— Salopard ! beugla Brendan McGann en se précipitant vers Hugh et Una, le visage rouge de colère. Ta femme est pas encore enterrée que tu pousses ma sœur à se conduire comme une traînée ! Laisse-moi passer, Una ! Pousse-toi, j'te dis !

Il attrapa sa sœur par les épaules et la poussa brutalement à l'écart, puis tourna son attention vers Hugh Osborne, qui avait commencé à se lever, l'air hébété. Brendan lui assena un coup de poing à la mâchoire et Hugh partit à la renverse, atterrissant sur la table et projetant les mugs et le sucrier par terre.

— Allez, sale maquereau ! Viens te battre !

Piqué, Osborne tituba vers lui mais avant que Brendan puisse le frapper une nouvelle fois, Cormac lui empoigna les bras par-derrière et le retint.

— Alors ? fulmina Brendan. Qu'est-ce que t'as à dire, salaud d'Anglais ?

La salive lui dégoulinait à la commissure des lèvres.

Una aida Hugh à se relever, puis se tourna vivement vers son frère.

— De quel droit oses-tu débarquer ici pour balancer tes accusations ? Tu ne sais rien de ce qui est arrivé entre nous. Rien. J'ai trouvé ta cachette, Brendan, toutes les coupures de journaux, le certificat de naissance d'Aoife, et la barrette. La barrette de Mina, Brendan ! Moi, je n'ai rien dit. Je ne croyais pas que tu étais capable de faire du mal à quelqu'un, mais je ne sais plus trop, Brendan. Je ne sais pas qui tu es.

Écoutant sa sœur, Brendan perdit toute son agressivité, et Cormac le relâcha. Brendan s'exprima doucement.

— Tu crois que j'ai... Moi ? Mon Dieu... Tu crois vraiment que je serais capable de faire mal à une femme ? Et à un gamin ? Je l'ai trouvée... dit-il d'une voix tremblante. J'ai trouvé cette barrette dans un putain de nid de choucas, juré ! Pour le reste, tu peux pas m'en vouloir d'avoir des soupçons... Les gens voient bien qu'il te prend dans sa voiture tous les jours, et puis tu tombes enceinte, tu veux qu'on pense quoi ? Et pour couronner le tout, il se marie et te laisse te démerder avec Aoife ! Ça me rend dingue de te voir bosser si dur, pendant que lui se la coule douce dans sa grande baraque, donne des ordres à tout le monde, sans même filer un petit quelque chose à sa propre gamine ! C'est de lui que tu devrais te méfier, Una, pas de moi, dit-il en brandissant l'index vers Osborne. Demande-lui comment sa femme et son fils sont morts. Demande-lui.

L'air toujours sonné, Osborne essuya ses lèvres qui saignaient. Il semblait totalement stupéfait, mais une lueur de compréhension transparut dans son regard alors qu'il fixait la mine défiante de Brendan.

— C'est donc toi qui as envoyé la barrette et la lettre d'accusation au détective privé de Galway... Et tu as aussi adressé une lettre à Mina ? (Brendan cligna des yeux, l'air coupable.) C'est toi, hein ? Juste avant qu'elle disparaisse. Lucy me l'a donnée l'autre soir. Elle est tombée dessus en feuilletant un livre de Mina. La veille de la disparition, quand j'ai appelé Mina de mon hôtel, elle avait l'air très contrariée, mais elle n'a pas voulu me dire pourquoi. C'était cette lettre infâme et lâche ! Tu lui as fait croire que je la trompais, mais je n'en ai jamais eu l'occasion, pauvre malade !

Cette fois, ce fut Hugh qui se laissa emporter par sa colère et il bondit férocement à la gorge de Brendan.

— Arrêtez ! cria Una. Arrêtez !

Elle usa de toutes ses forces pour s'interposer entre les deux hommes et les séparer. Tremblant d'indignation, elle se tourna vers son frère et s'exprima à quelques centimètres de son visage.

— Hugh n'est pas le père d'Aoife. Tu veux que je le répète ? Des fois, je regrette amèrement qu'il ne le soit pas, mais non, ce n'est pas lui. Mais il est le seul à m'avoir soutenue quand je suis tombée enceinte, le seul qui a remarqué à quel point j'étais déboussolée et angoissée, et qui s'en est préoccupé. Autant que tu le saches, le père d'Aoife est un de mes profs de fac. J'aurais dû avoir plus de jugeote et si je suis partie, Brendan, c'est que j'avais trop honte d'avoir été conne à ce point ! Ça fait des années que Hugh est au courant des ragots qui circulent sur nous. C'est moi qui lui ai demandé de ne pas réagir, d'ignorer les regards en coin et les chuchotements. T'es content, Brendan ? C'est bon, monsieur est satisfait ?

— Pourquoi tu ne t'es pas confiée à nous, Una ? À maman et à moi ? Pourquoi t'as choisi un étranger ? On se serait occupés de toi. On ne demandait pas mieux que de t'aider.

Son frère paraissait sincèrement blessé, mais Una resta impassible.

— Tu sais très bien que les choses ne se seraient pas passées comme ça, Brendan. Je suis désolée mais je n'avais pas d'autre choix. Je sais que ça n'a pas été facile de s'occuper de maman, j'aurais voulu être là pour t'aider. Mais je ne regrette pas d'avoir eu Aoife. Je ne le regretterai jamais, tu comprends ? J'ai tout de même décidé de revenir ici, malgré les soupçons et les esprits étriqués, parce que je tenais à ce qu'Aoife connaisse ses origines. Je voulais qu'elle ait une famille, Brendan. Mon Dieu, nous n'avons que toi et Fintan.

Brendan se tortillait nerveusement les mains.

— Una...

— Personne ne veut de tes excuses, Brendan. Rentre à la maison, veux-tu ?

Il se retourna pour partir, mais s'arrêta sur le pas de la porte et s'adressa à Cormac avant de sortir.

— Je payerai les réparations pour vos voitures. J'ai trop bu et j'ai perdu la tête.

Sa confession s'arrêta là. Il referma la porte et s'en alla.

Una s'agenouilla pour ramasser les morceaux de vaisselle cassée. Ce fut au tour de Hugh Osborne de la réconforter. Il se pencha et prit les morceaux qu'elle avait dans la main, les posa sur la table, puis aida Una à se relever et la serra dans ses bras. Elle fit mine de résister mais ne put retenir un sanglot étranglé quand Hugh l'obligea à s'asseoir sur le banc à côté de lui, sous la fenêtre. Sans parler, Nora et Cormac prirent le relais d'Una, essuyant le lait et le thé, le sucre répandu, jetant les morceaux de vaisselle à la poubelle. Quand ils eurent terminé, Una avait repris le dessus. Elle et Hugh étaient toujours assis sur le banc, se tenant par la main, chacun contemplant l'abîme du passé.

5

Alors qu'il se rendait en voiture à Ballinasloe où devait être pratiquée l'autopsie, Devaney repensa à l'après-midi de la veille. Comme il l'avait prévu, les journalistes indiscrets n'avaient pas tardé à rappliquer. Le premier avait été un jeune et ambitieux reporter du *Sunday World*, qu'on avait dû reconduire manu militari au-delà des barrages installés sur la route. Ensuite avait débarqué une équipe télé de la RTÉ. Fort heureusement, il n'avait pas eu à leur parler. En sa qualité de commissaire chargé de l'enquête, Brian Boylan s'était fait un plaisir d'être cité dans la presse et d'apparaître au journal télévisé du soir. Bien entendu, Boylan n'avait rien à dire, à part ce que tout le monde savait déjà, c'est-à-dire qu'on avait effectivement retrouvé des corps sur place, mais qu'aucun lien n'avait encore été établi avec l'affaire Osborne ni avec aucune autre disparition. Il s'était gardé de révéler qu'on avait également retrouvé une poussette-canne, une paire de petites chaussures bleues et le sac à main de Mina Osborne, ni qu'une carabine 22 long rifle se trouvait également dans le souterrain. Devaney n'était pas dupe : loin de se contenter de parader devant les caméras, Boylan s'adjugerait en toute modestie le mérite d'avoir élucidé l'affaire.

Arrivé à Ballinasloe, il se dirigea vers la morgue située derrière l'hôpital. Il détestait les autopsies, et cette fois il commença à se sentir mal avant même de s'être garé. On lui indiqua où était la salle et il trouva Malachy Drummond devant la porte. Dégarni et plutôt svelte, le légiste portait une barbe blanche et des lunettes et arborait son habituel nœud papillon, une coquetterie bien connue de ses collègues, tout comme son goût pour la bonne chère. Son visage était familier du public qui le voyait à la télévision quand il se déplaçait sur les lieux d'un crime, mais lui-même ne se laissait pas abuser par cette célébrité illusoire, qui ne devait rien à ses qualités professionnelles. Les policiers trouvaient son art plutôt répugnant, mais l'individu avait gagné leur estime par une rigueur dans son travail qui n'excluait pas un authentique respect pour les victimes. Malgré les circonstances souvent sordides de leur mort, il leur donnait toujours du « madame » et du « monsieur ».

Son accueil fut laconique.

— Inspecteur. Triste affaire. Une jeune mère et son enfant. Très triste.

Devaney le connaissait suffisamment pour savoir qu'il était sincère.

— J'ai quelque chose à vous montrer, dit Drummond en le faisant entrer dans la salle.

Devaney fut soulagé de voir que les corps étaient recouverts.

— L'examen dentaire a permis de confirmer l'identité de la jeune femme. C'est bien Mina Osborne, sans le moindre doute. La cause du décès paraît assez claire.

Il prit une longue pince posée sur un plateau et lui montra un plomb de carabine légèrement déformé.

— J'ai trouvé ça dans la boîte crânienne, mais aucun impact d'entrée ou de sortie sur le crâne lui-même. Ce qui indique deux choses. Primo, que le coup n'a pas été tiré à bout portant, ce qui semble écarter l'hypothèse du suicide. Deuxio, que la balle est entrée par un organe mou, comme l'œil ou peut-être la bouche. C'est difficile à dire à un stade de décomposition aussi avancé.

— Et l'enfant ? demanda Devaney.

— Il ne reste quasiment que le squelette, ce qui rend les choses compliquées. Il n'y a aucune trace d'impact de balle, de coup de couteau, aucune blessure qu'on puisse attribuer à un objet contondant. Le seul traumatisme est une fêlure au crâne. Mais elle ne semble pas assez grave pour avoir entraîné la mort. Toutefois, comme je vous le laissais entendre hier, la position des corps suggère qu'ils ont été déplacés post mortem. Pour l'un comme pour l'autre, je vais conclure à un homicide.

Il dut entendre le léger soupir que laissa échapper Devaney, car il ajouta :

— À en juger d'après sa blessure, inspecteur, je dirais que le petit garçon avait perdu connaissance, avant de connaître son triste sort.

Devaney ne comprenait pas trop pourquoi il réagissait de façon aussi émotive pour Christopher Osborne. Il avait travaillé sur des dizaines de meurtres en sachant parfaitement garder ses distances. Ça devait être le manque de sommeil.

— Merci, Malachy. J'attends votre rapport.

Parcourant le couloir qui reliait la morgue à l'hôpital, Devaney tenta d'imaginer un scénario plausible au regard des causes probables du décès. Il n'avait aucune idée préconçue de ce qui était arrivé ; alors pourquoi ces informations, mises bout à bout, lui semblaient-elles bizarres ? Après la découverte des cadavres, il avait même envisagé la possibilité d'un meurtre suivi d'un suicide. Le cas s'était déjà produit. Mais, Malachy avait établi que Mina Osborne ne s'était pas donné la mort. Une expertise balistique permettrait de déterminer si le coup fatal avait été tiré avec la carabine retrouvée dans le souterrain. Quant à Jeremy, comment pouvait-il savoir où se trouvaient les corps sans être impliqué ? On imaginait mal ce gamin en train de préméditer deux meurtres seul dans son coin. Peut-être avait-il simplement été témoin de quelque chose. Devaney sentait pointer un mal de crâne, à cause de l'odeur de désinfectant et des pensées qui se bousculaient dans sa tête. Ce qu'il aurait donné pour griller une cigarette...

Il s'engagea dans le couloir où se trouvait la chambre de Jeremy et accosta une infirmière.

— Y a du neuf pour le gamin Osborne ?

— Désolée. Aucun changement.

Par la vitre, il vit que Lucy Osborne veillait toujours sur son fils. Elle n'était pas rentrée à Bracklyn House depuis que Jeremy était hospitalisé, restant silencieusement à son chevet. Jamais à aucun de ses passages, il ne l'avait vue endormie. Comment se débrouillait-elle pour rester aussi élégante, alors qu'elle n'avait que les toilettes au bout du couloir pour se pomponner ? Il n'avait révélé à personne, pas même à ses collègues des Gardaí, d'où lui était venu le coup de pouce. Avec tout le battage médiatique, Lucy Osborne devait forcément être au courant de la découverte des cadavres. Elle faisait très certainement tout son possible pour ne pas y penser, réservant toute son énergie à son fils.

6

Le lendemain du départ des techniciens de la police scientifique, rentrés à Dublin une fois le boulot terminé, il ne restait plus que le ruban jaune délimitant le périmètre, accroché à de jeunes arbres dans les bois désormais saccagés de Bracklyn House. Cormac était venu là à la recherche de Nora. Il ne l'avait pas trouvée dans la maison et voulait lui dire qu'il se rendait aux fouilles du prieuré. Il s'approcha de la tranchée du souterrain, songeant que cette cachette n'avait que trop bien rempli son office. Nora était assise contre la paroi de la chambre, les genoux ramenés contre sa poitrine. Une torche était posée à côté d'elle, sur la terre qu'on avait passée au peigne fin. Elle ne releva pas la tête.

— J'avais besoin de voir l'endroit de mes propres yeux, expliqua-t-elle.

Il descendit dans le trou et s'assit à un mètre d'elle.

Nora tenait un caillou pointu dans la main, et ne paraissait pas trop savoir quoi en faire. Au lieu de le jeter à l'écart, comme Cormac s'attendait à la voir faire, elle se mit à gratter le sol devant elle, sans même y prêter attention.

— Je n'arrête pas de penser à Mina Osborne, soupira-t-elle. À force de tourner en rond dans cette bicoque, avec tous ces va-et-vient. Je me demande si elle était consciente du danger qui la menaçait.

Cormac resta silencieux, observant la petite cuvette qu'elle creusait devant elle.

— Le soir où ma sœur a été assassinée, finit-elle par reprendre, je me disais qu'elle serait en sécurité avec moi. Je pensais l'avoir enfin convaincue qu'il n'était pas normal que Peter la traite de cette façon, qu'elle ne le méritait pas. Elizabeth passait le week-end avec mes parents. Tríona m'a appelée pour me dire qu'elle avait fait sa valise, qu'elle s'était enfin décidée à le quitter. Elle allait s'en sortir. J'étais prête à les héberger, Elizabeth et elle, aussi longtemps qu'il le faudrait. Mais tu sais ce qu'elle a ajouté, juste avant de raccrocher ? Qu'au fond d'elle, même si elle ne pouvait plus continuer à vivre comme ça, elle l'aimait toujours. Je pense qu'elle a dû dire la même chose à Peter, et qu'il a perdu les pédales. Personne ne peut le prouver, mais je sais, je sais que ça s'est passé comme ça. Comme il ne pouvait pas la garder pour lui, il s'est assuré qu'elle n'aurait jamais une existence à elle, qu'elle resterait à jamais sa pauvre victime.

Le sol se désagrégeait de plus en plus sous les coups répétés du caillou, et Nora sentit soudain que ses doigts effleuraient un vieux bout de tissu qui pointait entre les mottes de terre. Sous le regard de Cormac, elle dégagea ce qui ressemblait à une grossière étoffe de laine, de fabrication artisanale. Soulevant délicatement la première couche de tissu mité qui partait en lambeaux, elle dévoila un tout petit crâne, d'allure très fragile, posé à même la terre, ses orbites vides tournées vers le haut.

— Cormac... murmura-t-elle. C'est un nourrisson.

Il sentit l'horreur monter en lui — Mina et Christopher Osborne n'étaient pas les seules victimes innocentes inhumées ici, simplement les plus récentes.

— Aide-moi, dit-elle en se remettant à creuser avec son caillou.

— On devrait prévenir la police, suggéra-t-il.

Elle ne s'interrompit qu'un instant, pour le dévisager.

— Je ne vais pas m'arrêter maintenant.

— Laisse-moi au moins prendre des outils, dit-il. Vas-y doucement, Nora. Je vais te montrer comment faire.

Il tendit rapidement la main en hauteur, cherchant à tâtons les poignées de sa mallette qu'il avait laissée au bord de la tranchée. Il lui passa un déplantoir et se servit d'un autre pour retirer quelques os d'animaux et des mottes de terre, mettant entièrement au jour le squelette du bébé. Juste à côté, ce qui était manifestement un coude adulte sortait de terre.

En l'espace de quelques minutes, ils parvinrent à dégager la moitié droite d'un squelette humain de taille adulte, replié autour du ballot contenant celui du nourrisson. Arrivés à ce point, ils auraient vraiment dû s'arrêter ; la procédure habituelle voulait que la police soit prévenue immédiatement quand on découvrait des restes humains. Mais Cormac se doutait qu'il aurait toutes les peines du monde à convaincre Nora. En plus, il était persuadé que ces os étaient trop anciens pour intéresser la justice. Chaque année, on découvrait une douzaine de cadavres semblables en creusant sous les fondations des immeubles pour y installer des canalisations ou le tout-à-l'égout, ce qui n'avait rien de surprenant pour une terre aussi densément peuplée, depuis si longtemps.

— Tu as remarqué comme la terre autour est saturée de bouts d'os et de coquilles ? dit Cormac. Cet endroit a sans doute servi de décharge. En cas de siège prolongé, les gens devaient rester cachés ici un certain temps, et ils avaient donc besoin non seulement de vivres, mais d'un endroit où se débarrasser des déchets. On dirait que ces deux corps n'ont pas été simplement abandonnés, mais vraiment enterrés ici. Mais je suis incapable de t'expliquer pourquoi.

À cinq centimètres du genou replié de l'adulte, l'outil de Cormac heurta ce qui semblait être du métal, tout juste recouvert par la terre. Grattant rapidement, il dégagea un des côtés d'une sorte de boîte métallique allongée, de la taille d'une petite huche à pain et d'une allure quelconque. En creusant davantage, Cormac vit qu'il s'agissait d'un petit coffre, très rouillé après son séjour dans la terre humide. Il était orné de clous et consolidé par deux bandeaux de fer. Quand il l'eut entièrement déterré, Cormac vit deux poignées en cuir de chaque côté, complètement pourries, et un cadenas rouillé qui fermait le couvercle.

— On va peut-être trouver une explication là-dedans, dit-il.

Nora entendait qu'il lui parlait, mais sans distinguer les mots. Elle avait vu des centaines de squelettes humains au cours de sa carrière, mais chaque fois elle était frappée par la beauté et l'ingéniosité de leur conception, par la force et la flexibilité des os triangulaires de la colonne vertébrale. Elle observa la terre qui s'était infiltrée dans la cage thoracique de l'enfant, engloutissant le sternum, les côtes et les clavicules. Il était très difficile de déterminer le sexe d'un squelette adulte sans mesurer la taille du bassin, mais la présence du nouveau-né à ses côtés rendait plus probable l'hypothèse d'une femme. Nora se pencha par-dessus les restes, le second couple mère-enfant qu'on retrouvait en ces lieux. La position des os blanchis, désormais exposés à la lumière, lui fit comprendre que cette inhumation s'était faite elle aussi en secret, sans cérémonie ni le moindre souci du repos éternel de l'âme. Soudain, elle fut saisie du même tressaillement que le jour où elle s'était trouvée seule avec la *cailín rua* dans le laboratoire.

— Cormac, tu ne vois pas qu'il nous manque quelque chose ?

Elle se mit à creuser vigoureusement, et il fut bientôt évident qu'aucun crâne ne prolongeait la colonne vertébrale du squelette adulte. Elle compta rapidement les vertèbres, en prenant soin de ne pas toucher les os pour éviter de les érafler ou de les endommager. Le squelette humain compte normalement sept vertèbres cervicales — sur ce spécimen, les trois dernières manquaient.

— Mon Dieu, Cormac ! Et si c'était notre *cailín rua* ?

Elle se reprit aussitôt.

— Non, ce serait trop incroyable...

— C'est vrai, dit Cormac. Mais tout bien réfléchi, ce ne serait pas si extraordinaire que ça. La jeune femme dont Raftery nous a parlé, Annie McCann, celle qui a été exécutée, était de la région. Tu penses qu'on a fait quoi de son cadavre après l'exécution ? Je les vois mal enterrer une mère infanticide dans le cimetière avec les bons chrétiens.

S'il s'agissait, par le plus grand des hasards, de la *cailín rua*, pourquoi quelqu'un se serait-il donné le mal de dissimuler son cadavre dans un souterrain, avec celui de l'enfant qu'elle était censée avoir assassiné ? Ça ne tenait pas debout. Nora avait mal à la tête, et elle sentait tout à coup peser sur ses épaules le poids des événements tragiques des derniers jours. Elle fixa le minuscule crâne de l'enfant, et essaya d'imaginer le peu de force nécessaire pour faire cesser la respiration d'une créature aussi vulnérable. Tout serait terminé en une poignée de secondes. Ce nourrisson était-il mort de cette manière, les gestes maternels devenant ceux d'une infanticide ? Les orbites vides la fixaient sans fournir de réponse, et Nora eut soudain froid, à genoux dans le recoin humide et mal éclairé de cette cachette souterraine.

7

Malachy Drummond s'était de nouveau déplacé et avait confirmé l'avis de Cormac, à savoir que les cadavres retrouvés dans le souterrain étaient effectivement enterrés là depuis plusieurs siècles. Cormac et Nora se trouvaient maintenant dans la salle des archives au commissariat de Loughrea. Ils attendaient Niall Dawson, du Muséum, qui venait inspecter le coffre avant de le remporter à Dublin, ainsi que les deux squelettes.

— Tu es bien silencieuse ce matin, dit Cormac.

— Je me disais que la frontière était très ténue entre songer à faire quelque chose et le faire. Mais une fois que c'est fait, rien n'est plus comme avant.

— Nous n'avons aucun regret à avoir, Nora. Si toi et moi n'étions pas venus ici, Mina et Christopher Osborne seraient toujours portés disparus. On a simplement contribué à découvrir ce qui avait déjà été commis.

— Je sais, je sais. Je n'arrête pas de me le répéter. Mais je m'en veux de mon attitude, y compris envers toi. C'est tout de même ironique qu'on soit revenus ici pour la *cailín rua* et d'en savoir toujours aussi peu sur son compte !

— Arrête un peu, protesta Cormac. On a trouvé un

fragment de chanson. Raftery nous a déniché une exécution dont la date colle. Et d'ici quelques jours, on devrait savoir si le squelette du souterrain est bien celui de notre rouquine. Je trouve que c'est pas si mal, Nora. Tu voudrais savoir quoi de plus ?

Elle le transperça du regard.

— Qu'elle n'était pas coupable. Qu'elle n'a pas assassiné son propre enfant.

La dévisageant, Cormac comprit qu'elle pensait aussi à Hugh Osborne. L'atroce incertitude sur le sort de Mina et Christopher avait été remplacée par une éventualité encore plus abominable : qu'une ou plusieurs personnes qu'ils côtoyaient depuis quelques jours à Bracklyn House soient impliquées dans un double meurtre. Lui-même était travaillé par cette idée.

Devaney n'avait rien révélé des résultats de l'autopsie, mais la police menait des interrogatoires approfondis, notamment de Hugh et Lucy Osborne. On avait lancé un nouvel appel à témoin concernant le jour de la disparition, mais pour l'heure personne n'était mis en examen. Cormac avait la nette impression que rien ne serait résolu tant que Jeremy n'aurait pas repris connaissance, ses paroles conservant pour l'instant tout leur mystère. Chacun attendait que le garçon sorte de son coma — à supposer qu'il se réveille jamais.

Quelques minutes plus tard, Cormac, Nora et Devaney observaient Niall Dawson qui entamait l'examen du coffre. Il commença par le prendre en photo. Se servant d'un petit outil, il essaya délicatement d'ouvrir le vieux cadenas, faisant tomber de la rouille sur la table. Au bout de quelques secondes, le cadenas tomba en morceaux et lui resta dans la main.

— Ça devait être très résistant quand on l'a installé, fit remarquer Dawson en rabattant le couvercle. Voyons ça... Ce que je vois ici devrait nous permettre de dater le coffre avec une certaine précision.

Après avoir pris quelques photos du contenu en l'état, il sortit une patène légèrement concave et un calice, qui semblaient être en étain. Le calice était incrusté de pierres non taillées. L'objet suivant était un crucifix en bois mesurant environ vingt centimètres, dont le Christ en métal avait un aspect grossier.

— Vous voyez comme les bras sont courts ? Ce qui permet de le cacher plus facilement dans sa manche. Pratique quand on célèbre une messe clandestine. Il ne faisait pas bon de se faire pincer avec des objets de ce genre, sauf si vous aviez une folle envie de risquer votre peau. Un sacré dilemme : impossible de les détruire, ce qui serait sacrilège, mais mieux valait que ça ne tombe pas entre toutes les mains. Alors vous les enterriez, en attendant des jours meilleurs.

Au fond du coffre se trouvait un livre qui avait subi les outrages du temps ; sa couverture en vélin, ornée de motifs rouges et dorés en relief, était gondolée. Les doigts gantés de Dawson feuilletèrent les pages au hasard. On aurait dit une bible en latin, illustrée de gravures et d'enluminures. À voir le coup d'œil distrait que Dawson accorda à l'ouvrage, Cormac se dit qu'il avait déjà dû avoir quelques exemplaires similaires entre les mains.

— Une édition italienne, imprimée en 1588, dit-il en consultant la garde volante. La Bibliothèque nationale voudra sans doute y jeter un coup d'œil. Je ne sais pas trop ce que vous cherchiez, inspecteur. Ces articles présentent un intérêt historique, mais ils n'ont rien de rare. Rien de grande valeur monétaire, si vous vous posiez la question. La bible vaut mille ou deux mille euros. Vous trouverez des objets semblables dans pas mal de musées d'histoire locale à travers le pays.

— Je vous remercie d'être venu de Dublin aussi rapidement, dit Devaney. Je préférais savoir à quoi m'en tenir.

— C'est bien normal.

— Vous avez du nouveau pour la bague, Niall ? lui demanda Nora.

— Malheureusement, ce n'est plus de mon ressort. Le département des arts décoratifs l'a récupérée. Ils pourront peut-être vous en dire davantage.

— Qu'ont-ils à faire d'un bijou ? Je croyais que les arts décoratifs c'était la vaisselle et le mobilier.

— Eh bien, confia Dawson avec un sourire ironique, la règle générale c'est que le service des antiquités récupère tout objet en mauvais état. Sinon, c'est pour les arts déco. Ce n'est pas moi qui vous l'ai dit.

Un jeune policier glissa la tête par la porte.

— Excusez-moi... Inspecteur Devaney ? O'Byrne vient d'appeler de l'hôpital. Jeremy Osborne a repris connaissance, et il refuse de parler à quelqu'un d'autre que vous.

8

Quand Devaney arriva à l'hôpital, une équipe de médecins s'affairait autour du lit de Jeremy Osborne. O'Byrne, le jeune agent de faction, se fit un plaisir de le mettre au courant.

— Je n'étais pas dans la chambre, inspecteur, mais j'ai tout entendu. Sa mère était à son chevet, comme d'habitude. J'ai entendu qu'il s'agitait dans son lit. « Jeremy, qu'elle lui dit, ne bouge pas, je vais chercher un médecin. » Moi, vu que je peux pas m'absenter, j'arrête une infirmière et je lui dis : « Allez chercher un médecin, votre gars est réveillé. » J'entre dans la chambre et voilà qu'il se met à crier comme un putois, comme quoi je dois faire sortir sa mère, qu'il veut pas d'elle dans sa chambre, et elle qu'essaye de le calmer, mais ça fait qu'empirer les choses, et le môme se débat et hurle jusqu'à ce que le médecin arrive. Il nous fait sortir, moi et la mère, le temps de le calmer. Puis la mère revient dans la chambre, mais comme le gosse remet ça, le docteur lui conseille de rester dans le couloir, pour le bien de son gamin. C'est là que je vous ai appelé.

— Où est la mère ?

— Là-bas, inspecteur, dit O'Byrne en faisant un geste du menton vers l'autre bout du couloir.

Lucy Osborne était assise sur une chaise, le buste très droit. La tension était enfin perceptible sur ses traits. Devaney s'approcha d'elle.

— Madame Osborne, il paraît que votre fils souhaite me parler.

— Je tiens à être présente à ses côtés, dit-elle en se levant.

Elle se dirigea vers la porte de la chambre mais Devaney lui barra le passage.

— Ça ne va pas être possible.

— Vous ne comprenez pas, inspecteur. Même avant son accident, il n'allait pas très bien.

— Je suis désolé, madame Osborne, mais nous avons le droit de l'interroger seul puisqu'il a plus de dix-sept ans. Je dois vous demander d'attendre ici. Une des infirmières pourrait peut-être vous faire une tasse de thé.

Il lui tourna le dos et sentit qu'elle le fusillait du regard.

Une infirmière était en train de prendre le pouls de Jeremy. Il était dans un triste état, avec son visage tuméfié et éraflé sous les pansements, mais Devaney perçut du soulagement dans le regard du garçon qui tenait patiemment un thermomètre planté sous sa langue. Les deux policiers attendirent que l'infirmière quitte la chambre. Devaney ferma la porte, puis approcha une chaise du lit. De l'autre côté de la vitre, il apercevait le visage angoissé de Lucy Osborne qui scrutait leurs moindres gestes, cherchant à deviner ce qui se disait, et il s'exhorta en silence à bien jouer le coup.

— Salut, Jeremy. Je te présente l'agent O'Byrne. Je suis tenu de t'avertir que tu n'es pas obligé de nous répondre, mais tout ce que tu diras va être pris en note et sera susceptible d'être utilisé contre toi. Tu comprends, Jeremy ?

Il ne répondit rien.

— Je dois m'assurer que tu comprends bien...

Jeremy répondit enfin d'une voix chancelante.

— Je comprends.

— Nous avons découvert les corps de Mina et de Christopher Osborne il y a trois jours, dans un souterrain à proximité de la tour, comme tu l'avais indiqué, dit Devaney qui vit les traits du garçon se défaire. Si tu nous racontais comment c'est arrivé, Jeremy...

— Pourquoi est-ce qu'il m'a retenu ? Il aurait pas pu me laisser mourir ?

Devaney s'imagina qu'il parlait de Maguire, qui l'avait empêché de se jeter dans le brasier.

— Il a sans doute pensé que ta vie méritait d'être sauvée.

— Vous ne comprenez pas. C'est moi qui les ai tués. Tous les deux.

Jeremy le regarda droit dans les yeux et Devaney comprit quel effort il lui en avait coûté de prononcer ces mots à voix haute, et qu'il lui en coûterait encore plus de livrer le récit complet. Il attendit et le garçon referma les yeux. Le silence s'installa, finissant par occuper tout l'espace. Au bout d'un certain temps, Jeremy se remit à parler. Devaney dut se pencher vers lui pour entendre son faible chuchotement.

— Pour mon anniversaire, fin septembre, Maman m'avait offert un fusil de chasse qui avait appartenu à mon grand-père. Elle ne voulait pas que j'aie peur des armes juste à cause de... de ce qui est arrivé à mon père. Je n'avais jamais touché à une arme. Elle m'a dit d'attendre que quelqu'un me montre comment m'en servir, mais je suis quand même sorti. Je voulais juste tirer sur des oiseaux. Mon Dieu, je ne voulais pas...

Le visage de Jeremy se contracta et Devaney attendit de nouveau, même s'il ne demandait pas mieux que d'en finir au plus vite.

— J'étais dans les bois. Il y avait du brouillard, et quand j'ai vu quelque chose bouger, j'ai tiré... Je croyais que c'était un oiseau...

Ses joues ruisselaient de larmes. Il ne regardait pas Devaney mais fixait le plafond de sa chambre d'hôpital, sur lequel il semblait voir la scène se dérouler.

— Mais c'était Mina, dit-il avec un mouvement de recul. Il lui manquait un œil, y avait du sang partout... dit-il en levant la main comme pour toucher le visage de Mina devant lui, et sa main se figea en l'air. Et puis j'ai vu qu'elle était tombée sur Christopher. Il ne bougeait plus.

— Et ensuite, tu as fait quoi ? demanda Devaney.

Jeremy laissa s'écouler quelques secondes avant de répondre.

— Je ne me souviens pas. Je savais juste qu'ils étaient morts, et que je devais trouver un endroit pour les cacher...

Avant même la fin de sa phrase, Devaney sentit qu'il mentait. Tout ce qu'il lui avait dit jusque-là sonnait vrai — pourquoi se mettre à mentir maintenant ?

— J'étais le seul à connaître ce souterrain. Je m'y cachais souvent. Je les ai emmenés là-bas, j'ai refermé l'entrée et j'ai entassé des pierres devant. C'est pour ça que la police ne l'a jamais trouvée.

Il était épuisé mais ses larmes avaient cessé, et sa voix avait pris une dureté qu'elle n'avait pas au début.

— Tu es en train de me dire que tu as dissimulé les corps tout seul. Sans l'aide de personne ?

— C'est ça. Il n'y avait personne d'autre. Juste moi.

— Si c'était un accident, Jeremy, pourquoi ne t'es-tu pas présenté à la police ?

— Je ne sais pas, je ne sais pas... J'avais peur.

— Et le fusil, Jeremy ? T'en as fait quoi ?

Le gamin eut soudain l'air confus, et sa gorge se noua.

— Le fusil ? Je l'ai jeté dans le lac.

Devaney vit une ouverture et s'y engouffra, sans regarder si Lucy Osborne les observait toujours.

— Écoute-moi, Jeremy, j'ai de bonnes raisons de penser que quelqu'un t'a aidé. Au moins pour maquiller les choses. Tu ne veux pas me raconter comment ça s'est vraiment passé ?

— Je vous ai tout dit. Personne ne m'a aidé. Personne.

Le gamin avait l'air encore plus abattu et plus tourmenté qu'avant de se soulager de son horrible fardeau. *On croit s'en libérer mais ça ne vous lâche jamais*, songea Devaney. *Jamais*.

— Dans ce cas, Jeremy, pourquoi as-tu dit : « Elle ne le dira jamais » ?

— J'ai dit ça ? balbutia-t-il d'un air horrifié.

— Oui, confirma Devaney. Tu as parlé du souterrain à Maguire, puis tu as ajouté : « Elle sait. Elle ne le dira jamais. » Tu ne t'en souviens pas ?

— Non, dit Jeremy. Je n'ai jamais dit ça.

— Je vois, dit Devaney. Revenons à Christopher. L'autopsie a révélé une fêlure au crâne, mais d'après le légiste ça n'a pas suffi à entraîner la mort. Dans ce cas, comment Christopher est-il mort, Jeremy ?

Devaney se rapprocha et lui parla doucement à l'oreille. Jeremy s'agita. Même si cela lui répugnait, Devaney devait jouer la comédie, continuer à creuser jusqu'à sentir l'horreur qui dévorait le gamin de l'intérieur, jusqu'à la voir dans son regard terrorisé.

— J'imagine que ça n'a pas été trop dur d'étouffer le gosse. Il était petit, pas très fort. Peut-être même qu'il était évanoui, qu'il ne s'est pas débattu. Tu t'y es pris comment ? Tu lui as juste plaqué ta main sur le visage ? Ça t'a fait quoi, Jeremy ? Ça fait quoi d'empêcher un petit enfant de respirer jusqu'à ce que son cœur s'arrête de battre ? Jusqu'à ce qu'il soit mort pour de bon ?

Jeremy se tortillait faiblement sous ses draps, essayant d'échapper à ces paroles terribles, aux images encore plus atroces qu'elles évoquaient.

— Non ! Ça s'est pas passé comme ça... Elle est tombée... Mon Dieu, aidez-moi ! Aidez-moi...

Lucy Osborne, qui avait observé toute la scène, ne put se contenir davantage. Elle ouvrit la porte et s'approcha de Devaney.

— Laissez mon fils tranquille, lui intima-t-elle d'une voix glaciale. Je sais très bien ce que vous cherchez à faire. Laissez-le tranquille.

Quand Devaney se leva pour lui parler, elle le gifla violemment. Il ne riposta pas mais lui attrapa le bras avant qu'elle puisse le frapper de nouveau. Pour une femme aussi frêle, Lucy Osborne était d'une force étonnante, et dans un premier temps seuls ses yeux trahirent la rage qu'elle cachait depuis si longtemps. Puis elle se mit à rire à pleins poumons, de manière quasiment hystérique. Debout entre la mère protectrice et l'enfant couvé, Devaney se sentait au bord de la nausée, commençant tout juste à entrevoir lequel protégeait l'autre depuis presque trois ans. Il voyait maintenant très clairement que leur relation mère-fils était totalement brouillée et comprit que la scène telle qu'il l'avait décrite à Jeremy restait très loin de l'atrocité qui s'était commise ce jour-là dans les bois de Bracklyn House. Fixant Lucy Osborne, lui tenant fermement les poignets, il dut réprimer une envie féroce de faire cesser ses rires, de plaquer cette femme au sol et de la rouer de coups pour la faire taire. Il l'avisa de ses droits comme l'exigeait la loi, lentement et soigneusement pour se calmer. Puis il la relâcha.

— Qu'est-ce qu'il y a, inspecteur ? demanda-t-elle

d'un ton railleur, comme si elle devinait ses pulsions. Mon fils n'a pas assez craqué à votre goût ? Vous ne l'avez pas assez manipulé comme ça pour rechercher votre vérité chérie ? Je vais vous la dire, la vérité !

Elle crachait ses mots avec un mépris fielleux.

— Non, je t'en prie, non ! supplia Jeremy.

Mais plus rien ne pouvait arrêter Lucy Osborne.

— C'est moi qu'il faut arrêter. Mon fils ne savait pas ce qu'il faisait, il a tiré par accident. Il est arrivé à la maison tout paniqué. Il n'arrêtait pas de répéter : « Je les ai tués ! Je les ai tués ! »

— Tais-toi, je t'en supplie... implora de nouveau Jeremy.

Elle prit la main de son fils et la caressa tout en lui parlant doucement.

— Chut.. Ne dis plus rien, mon chéri. Tu vois bien que je dois tout leur raconter. Sinon, ils vont t'emmener, et je ne peux pas les laisser faire ça, jamais.

Puis elle se tourna vers Devaney et entama son récit d'une voix posée, décidée, apparemment sans la moindre émotion.

— Au début, je n'ai pensé qu'à une chose, que la chance de récupérer notre maison de famille venait de s'envoler. J'avais tout planifié depuis si longtemps, dans le moindre détail, et cet accident venait tout mettre par terre. Mais j'ai alors entrevu le moyen de tout arranger. À condition de rester calme et de réagir comme il fallait. Il n'y avait pas trop de sang, beaucoup moins que quand Daniel s'est suicidé. Le temps pressait. Hugh pouvait rentrer d'un instant à l'autre. Il fallait trouver un endroit où cacher les corps, juste pour me donner le temps de réfléchir. Jeremy m'a parlé de la chambre souterraine. Je l'ai envoyé chercher une pelle dans l'établi, et... (Son regard semblait fixé sur le passé.) J'ai regardé l'enfant. Il ne bougeait pas, mais je voyais battre son pouls, juste là... (Elle porta ses doigts à sa gorge.) J'étais obligée de le faire cesser, vous comprenez ? Il était si petit, si insignifiant. Je ne voyais qu'une chose, que cet enfant était un obstacle, le seul petit obstacle qui empêchait Jeremy de réaliser le rêve que j'avais toujours eu pour nous. Récupérer notre propriété de Banfield. Nous avions déjà commis une fois l'erreur de la perdre, il y a plus de trois cents ans, mais nous étions parvenus à la récupérer, et nous allions y parvenir encore une fois. Nous étions si près du but. J'imagine que vous ne pouvez pas comprendre, mais je n'allais pas permettre que cinq cents ans de mon histoire familiale s'arrêtent juste comme ça. Je ne voulais pas en porter la responsabilité. Je n'avais qu'une seule idée, tuer cet enfant. Après, tout serait simple, si simple.

Le visage de Jeremy Osborne était révulsé mais il n'avait plus assez de force pour arracher sa main à la poigne de sa mère.

Lucy poursuivit, d'un ton de plus en plus froid et déterminé.

— Je me suis alors dit que c'était mérité, d'une certaine façon, parce que, parmi tous les gens qui avaient essayé de me prendre mon Jeremy, c'était cet enfant, ce sale métèque qui avait été le plus proche de réussir. Je lui ai dit : « Cela vaut mieux, tu comprends ? Ta mère est morte, tu n'as plus aucune raison de vivre, petit bâtard ! » J'ai agi par compassion.

Devaney s'imagina Jeremy revenant avec la pelle, découvrant sa mère en train de plaquer la main sur le visage de Christopher.

— C'est comme ça que ça s'est passé, Jeremy ? lui demanda-t-il.

— Je ne sais pas... Je ne sais pas...

L'angoisse déformait les traits du garçon. C'était

donc pour ça qu'il ne s'était pas présenté à la police, qu'il avait voulu se suicider pour emporter avec lui cette terrible vérité. Jeremy ne pouvait plus rien pour Mina, mais il venait de passer trois ans à se torturer en se reprochant de ne pas avoir sauvé Christopher.

Lucy n'en avait pas terminé.

— Après, il ne restait plus que Hugh, mais il était si faible, comme tous les Osborne. Je n'ai eu aucun mal à le convaincre que Bracklyn House devait revenir à Jeremy, s'il lui arrivait malheur. Dimanche soir, il m'a annoncé qu'il s'était rendu à Londres pour modifier son testament. Et il s'imagine même que l'idée est venue de lui !

Ses pupilles s'élargissaient, les mots sortaient de plus en plus vite, se déversant en un torrent déchaîné.

— Avec le comportement qu'avait Hugh, je savais que personne ne s'étonnerait d'un suicide. C'était presque trop facile, je n'ai eu qu'à mettre le somnifère dans son thé. Je savais que le plus dur serait de le transporter jusqu'à la voiture, mais la brouette a été très pratique. Il a fallu cependant que ces deux fouineurs fassent tout capoter. Cette maudite Américaine, qui vient mettre son nez partout, qui cherche à monter Jeremy contre moi... J'ai essayé de la mettre en garde, de me débarrasser d'elle. Je lui ai dit au téléphone : « Oubliez cette histoire. Ils sont mieux là où ils sont. » Le coup des morceaux de verre, c'était beaucoup trop subtil, elle s'est contentée de donner un coup de balai. J'ai fini par lui mettre une charogne dans son lit, mais elle n'a toujours pas compris qu'elle devait débarrasser le plancher. C'est pour ça que j'ai dû passer à la vitesse supérieure, organiser le suicide de Hugh le soir même, quand ils étaient censés être sortis toute la soirée. Et si seulement...

Le souvenir de cet échec semblait la faire souffrir

dans sa chair. Ses doigts noueux se refermèrent autour des draps comme des serres. Ses yeux débordaient de haine et de dégoût.

— S'ils étaient arrivés cinq minutes plus tard, Jeremy et moi aurions quitté ce maudit pays pour rentrer en Angleterre. Et aucun d'entre vous n'aurait pu nous en empêcher.

Au fil des ans, Devaney avait entendu bon nombre d'aveux. Il avait vu quantité de suspects craquer au terme d'un interrogatoire. Mais il n'avait jamais rien vu de semblable à la scène qui venait de se dérouler.

Le visage de Lucy se radoucit, elle se tourna vers son fils et lui prit de nouveau la main.

— Ce n'est pas ta faute, mon chéri. Tu as fait de ton mieux, et tu as déjà tenu longtemps. Je sais que ça n'a pas été facile. Quoi qu'il m'arrive, tu n'as rien à te reprocher.

Les dents serrées, Jeremy dégagea violemment sa main de l'empoigne maternelle et lui tourna le dos, secoué de sanglots. Son fils lui était perdu depuis longtemps mais Devaney n'était pas sûr qu'elle en ait conscience.

— Lucy Osborne, je vous arrête pour le meurtre de Christopher Osborne, pour tentative de meurtre sur Hugh Osborne et recel de preuves dans le décès de Mina Osborne. Il serait dans votre intérêt de consulter au plus vite un avocat. Vous pourrez téléphoner du commissariat. C'est clair ? Madame Osborne ?

Lucy l'ignora et tendit la main pour caresser les cheveux de son fils.

— Tu es bien affaibli, mon ange. Repose-toi. Je reviendrai très bientôt.

Pas avant une bonne trentaine d'années, songea Devaney.

— O'Byrne, je vous saurais gré si vous et Mullins

emmeniez Mme Osborne au poste. Je vous y retrouve dès que possible, mais j'ai d'abord quelque chose à faire.

Devaney était en train de traverser la tourbière de Drumcleggan quand il aperçut la Volvo noire de Hugh Osborne qui approchait dans la direction opposée. Il le klaxonna. Malgré sa vitesse, Osborne ralentit et s'arrêta, puis recula pour revenir à sa hauteur.

— J'ai été prévenu pour Jeremy. Comment va-t-il ? Il vous a dit quoi ?

Devaney fixa Osborne dans les yeux, et sentit les mots lui rester coincés dans la gorge. Peut-être se sentirait-il plus à l'aise s'ils n'étaient pas en tête-à-tête.

— Et si on allait dans un endroit plus pratique pour discuter ?

— Dites-moi tout de suite, inspecteur. Je vous en conjure. Vous pouvez vous garer pas très loin d'ici. Je fais demi-tour.

Devaney acquiesça d'un hochement de tête et se rendit à l'endroit indiqué par Osborne, une petite péninsule de terre ferme qui s'avançait dans la tourbière. Il contempla, au-delà du pare-brise, les trouées noires des tranchées et les empilements de tourbe. Les premières gouttes de pluie tombèrent de la couche de nuages qui traversaient le ciel d'ouest en est. Osborne avait toujours dit la vérité. Il s'était effectivement arrêté au bord de la route pour se reposer en rentrant de l'aéroport. Cette histoire ridicule n'était pas une piètre fabulation mais la cruelle vérité. Hugh Osborne se souviendrait pour le restant de ses jours qu'il dormait à quelques kilomètres de chez lui tandis que sa femme et son fils mouraient tragiquement. Ouvrant la portière et sentant la fraîcheur du crachin sur son visage, Devaney songea combien il était curieux que ce chapitre de l'histoire prenne fin sur la tourbière, à l'endroit où il s'était ouvert. Et pour la première fois il remarqua que cette terre d'exil ne fournissait aucun endroit où se cacher — aucun arbre, aucun rocher, aucun buisson aussi loin que portait le regard, aucun abri pour se protéger du vent ou de la pluie en cas de besoin.

9

Seule dans sa chambre, Nora décomptait les jours sur ses doigts — neuf jours s'étaient écoulés depuis l'incendie de la tour, et la découverte du souterrain remontait tout juste à une semaine. Cormac avait terminé les fouilles au prieuré et ils devaient quitter Bracklyn House le lendemain de l'enterrement. Ils étaient seuls dans la maison. Malgré sa fatigue, Hugh Osborne avait tenu à aller seul chercher sa belle-mère à Shannon Airport ; Cormac et elle avaient eu beau insister, il n'avait pas voulu en démordre.

Elle trouva Cormac dans sa chambre où il faisait sa valise.

— Je viens d'avoir Hickey, le garagiste, dit-elle en s'asseyant sur le lit à côté de la valise ouverte. Ma voiture est comme neuve, mais il n'avait pas toutes les pièces pour la tienne. Il dit que tu peux t'en servir, mais tu devras faire remplacer la lunette arrière à Dublin.

— J'avais dans l'idée de ne pas rentrer directement à la maison... dit Cormac qui s'interrompit un instant avant de poursuivre. J'ai envie d'aller passer quelques jours dans le Donegal... Tu pourrais m'accompagner, reprit-il en la regardant après une nouvelle hésitation.

Ce soudain accès de spontanéité prit Nora de court. Elle le dévisagea un instant avant de répondre.

— Il faut vraiment que je rentre à Dublin. J'ai déjà raté une semaine de cours. De toute manière, tu seras plus tranquille sans moi. J'imagine que ton père et toi, vous avez plein de choses à vous dire. Mais comment va ta tête ? Tu es sûr d'être en état de conduire ?

— Ça ira, dit-il.

Il poussa la valise pour s'asseoir à côté d'elle, puis lui prit la main et pressa ses lèvres contre son poignet. Elle essaya de retirer sa main.

— Il m'en coûte déjà de ne pas t'accompagner, tu veux vraiment me donner des remords...

— Qu'est-ce qui te tracasse, Nora ?

Il ne la lâcha pas, resserrant son emprise.

— Je me suis tellement trompée sur le compte de Hugh Osborne. Je n'ai entendu que ce que je voulais bien entendre, et je suis venue ici avec la ferme intention de le faire pendre. Le pire, c'est qu'il m'a tout à fait pardonné.

— Tu n'étais pas la seule. Tout le monde le soupçonnait, y compris la police.

— Tout le monde sauf toi.

— Seulement en apparence. Dans mon for intérieur, moi aussi j'ai eu des doutes.

— Je me demande ce qui va se passer, Cormac. Devaney dit qu'on sera peut-être appelés à témoigner, si l'affaire est jugée. J'espère qu'on n'en arrivera pas là. Je ne sais pas si Jeremy supporterait la prison. Il ne sera peut-être pas poursuivi, ou n'aura peut-être qu'une peine avec sursis. Selon Devaney, c'est tout à fait possible parce qu'il était mineur au moment des faits. Que va devenir ce pauvre gamin ?

— Hugh m'a confié qu'il allait lui proposer de rester ici, dès qu'il sera relâché. Il sait que Jeremy n'est pas responsable de ce qui est arrivé.

— C'est très généreux de sa part, mais ça risque de mal se passer. Hugh ne pourra jamais oublier ce que Jeremy a fait. Pareil pour Una McGann, comment veux-tu qu'elle continue à vivre sous le même toit que son frère Brendan ? Fintan part aux États-Unis pour y chercher fortune. Elle ne peut vraiment pas rester à la ferme, ne serait-ce que pour Aoife.

— Je t'accorde qu'on vient de vivre quelques semaines très intenses avec Hugh et Una, mais on ne peut pas dire qu'on les connaisse vraiment. Hugh Osborne est peut-être capable d'une plus grande miséricorde qu'on ne se l'imagine, toi et moi. Il a certainement autant besoin de Jeremy que l'inverse. Quant à Una, elle pourrait très bien décider de partir. C'est à eux de faire leur propre chemin, Nora. Ils y arriveront. Je ne suis pas certain qu'on puisse les aider.

Elle s'était imaginé qu'en trouvant des réponses elle éprouverait au moins une légère satisfaction, et pourtant il n'en était rien. Elle savait bien que chacun irait de l'avant, comme les hommes de tout temps, aussi imperturbablement qu'un cœur qui bat ou que des poumons qui respirent. Par moments sans regrets ni douleurs, parfois saisi de désespoir. Elle avait déjà contribué à faire surgir la vérité en ces lieux, pourquoi fallait-il qu'elle se sente obligée d'en faire plus ? Faire quoi, d'ailleurs ? Cormac avait peut-être raison, ils étaient sans doute arrivés au bout de ce qu'ils pouvaient faire.

— Viens ici... dit-il.

La chaleur de ces bras, ce visage piquant contre le sien, Nora ne savait pas pourquoi elle se livrait, juste qu'elle avait besoin de ce réconfort, et elle répondit instinctivement à ses caresses, tous deux se retrouvant enlacés sur le lit. Elle n'entendait plus que leurs respirations saccadées, et se sentait aspirée, happée dans un tourbillon de sentiments confus mais intenses.

La sonnette de la porte d'entrée, une seule note puissante, retentit dans le vestibule au rez-de-chaussée. Nora se dégagea et se releva.

— Qu'est-ce qui nous a pris ? On a complètement perdu la tête. Je suis désolée, Cormac.

Quittant la chambre, elle entendit tomber avec fracas la valise soigneusement rangée.

10

Devaney attendait sur le perron de Bracklyn House, tenant à la main le paquet avec les lettres de Mina Osborne. Nora Gavin lui ouvrit.

— Je me suis juste arrêté pour voir Mme Gonsalves, dit-il.

— Ils doivent arriver d'un moment à l'autre. Vous n'avez qu'à les attendre.

Devaney entra et vit que le Dr Gavin regardait le paquet.

— C'est juste des lettres, dit-il. Mina Osborne écrivait à sa mère.

— Vous les avez lues ?

— Oui.

— C'était quel genre de femme ?

Devaney réfléchit un instant, songeant à ce qu'il avait appris de Mina Osborne, l'intelligence, la compassion et la bonté qui transparaissaient dans ces lettres. Il s'était posé la même question, mais ça n'avait pas grand sens. Personne, pas même son mari ou sa mère, ne connaissait ni ne connaîtrait jamais la réponse. Mina Osborne n'était plus qu'un vide, une absence pour ceux qui l'avaient connue. Les quelques mots dérisoires qu'il aurait pu utiliser pour la décrire n'étaient qu'une impression subjective provenant de quelques lignes griffonnées. Il se rendit compte que le Dr Gavin le fixait d'un air curieux.

— Je ne sais pas vraiment, finit-il par dire.

Maguire les rejoignit, l'air plutôt maussade, et Devaney eut la nette impression de ne pas être arrivé au moment opportun.

— Inspecteur, dit Nora, vous pourriez peut-être éclairer notre lanterne. On lit les journaux et on a entendu un certain nombre de choses, de source plus ou moins directe... On aimerait en savoir plus au sujet des aveux de Lucy et des charges qui vont être retenues, sans interroger Hugh.

— Je vais vous dire ce que je peux, répondit Devaney. D'après les déclarations de Jeremy, sa mère était obsédée par l'idée de récupérer leur propriété en Angleterre. Elle s'était mise à adresser des lettres interminables à son avocat, à échafauder toutes sortes de stratagèmes. Visiblement, elle avait fini par se convaincre que toute la famille Osborne avait une dette envers elle pour la perte de sa propriété de famille. Elle ne serait peut-être jamais passée à l'acte, mais quand l'accident s'est produit, elle y a vu une chance à saisir, et, en y réfléchissant bien, elle s'est dit que l'élimination de cette branche des Osborne était la meilleure solution pour elle et pour Jeremy. En étant débarrassée de Mina et de Christopher, elle faisait d'une pierre deux coups : éliminer les héritiers de Hugh Osborne et leur substituer Jeremy. Elle misait sur l'assurance-vie que Hugh Osborne toucherait quand son épouse serait déclarée légalement décédée. Et à partir du moment où Hugh désignait Jeremy comme son héritier, il n'y avait plus aucune raison d'attendre. Elle n'avait plus qu'à se débarrasser de Hugh, et elle et Jeremy seraient à l'abri du besoin. S'agissant d'un suicide, aucune assurance-vie ne serait versée pour Osborne mais Jeremy aurait tout de même hérité de Bracklyn House, sans compter l'assurance-vie de Mina.

— Qu'est-ce qui a tout fait capoter ? demanda Nora.

— Jeremy nous a raconté que lui et sa mère avaient fait disparaître des valises et des vêtements, pour faire croire que Mina avait simplement quitté Hugh. Il était censé tout brûler, mais il a gardé quelques vêtements. Il y a quelques mois, leur femme de ménage, Mme Hernan, a trouvé un foulard de Mina sous son matelas. Quand Mme Hernan en a parlé à Lucy, elle s'est fait renvoyer. Lucy a obligé Jeremy à brûler ce foulard, cette fois devant elle pour s'assurer qu'il le faisait vraiment. C'est à partir de ce moment qu'il a ressenti le besoin de tout avouer à quelqu'un. Ne supportant plus sa mère, il se réfugiait souvent à la tour. Il volait de la nourriture, il s'éclairait avec des cierges fauchés dans l'église. Entre la boisson et sa vie de sauvage dans la tour, il donnait vraiment l'impression de devenir fou.

— Vous avez une idée des charges qui seront retenues ? demanda Maguire.

— Le ministère public nous a contactés aujourd'hui. Lucy Osborne est inculpée du meurtre de Christopher Osborne et de tentative de meurtre sur la personne de Hugh Osborne. Si on la déclare apte à être jugée, ce qui n'est pas du tout acquis vu son état mental, elle risque la perpétuité. Sans compter ce qu'elle encourt en plus pour recel de preuves. Pour l'instant, Jeremy est seulement inculpé d'homicide involontaire sur la personne de Mina Osborne, et le parquet pense qu'il s'en tirera avec du sursis, compte tenu des circonstances et de son âge.

— Ce que je ne comprends pas, dit Nora, c'est que Hugh n'ait rien dit au sujet des somnifères que Lucy lui a fait prendre.

— Il affirme qu'il ne se souvient de rien après être descendu dans son atelier. Il ne se rappelle même pas que Lucy lui ait apporté du thé.

— Il doit tout de même se douter qu'il n'est pas arrivé tout seul dans sa voiture, objecta Nora.

Devaney hésita, se souvenant de l'explication d'Osborne quand lui-même avait soulevé cette objection pendant l'interrogatoire. « Quand on a envisagé la chose autant de fois que moi... se rendre dans la voiture, allumer le moteur, s'endormir... il n'est pas si surprenant que ça d'apprendre qu'on est passé à l'acte. » Sans les aveux de Lucy, songea Devaney, Hugh Osborne croirait encore avoir réchappé d'un suicide.

Un bruit de voix mit fin à leur conversation. Hugh Osborne les rejoignit, accompagné de Mme Gonsalves. Devaney reconnut la voix qu'il avait eue au téléphone, et fut étonné par la dignité et par l'élégance de cette femme qui venait d'accomplir un si long voyage dans un but aussi funeste. Son regard sombre s'éclaira quand elle vit le paquet qu'il tenait à la main.

— Vous devez être l'inspecteur Devaney.

— Vous vous connaissez ? s'étonna Osborne.

— On s'est parlé au téléphone, expliqua Mme Gonsalves en serrant la main que Devaney lui tendait. Inspecteur, je vous suis très reconnaissante de tout ce que vous avez fait pour ma fille. Et pour mon petit-fils...

Sa voix flancha mais elle ne cilla pas. Devaney lui tendit le précieux paquet.

— Merci de me rendre les lettres de Mina, dit-elle en le prenant. Vous comprenez à quel point j'y suis attachée.

Devaney déclina leur offre de rester pour le thé. Il s'était acquitté de son devoir en rapportant les lettres. Descendant de voiture devant chez lui, il entendit quelques notes de violon mal assurées. Róisín était dans la cuisine, en train de travailler laborieusement un air — il reconnut vaguement les premières mesures de *Páidin O'Rafferty*. Observant la scène par la fenêtre, il vit Nuala entrer dans la pièce et déposer au passage un baiser sur la tête de sa fille, penchée avec sérieux sur son instrument.

— Ça commence à être agréable à entendre, Róisín. Continue à travailler. N'oublie pas les conseils de papa, et n'essaye pas de jouer trop vite. Je dois sortir...

Nuala s'arrêta net quand Devaney ouvrit la porte. Il se figea sur le seuil, incapable de dire quelque chose ou de faire un pas. Róisín s'arrêta de jouer, et Nuala s'approcha de lui.

— Ça va, Gar ? Pourquoi est-ce que tu rentres en plein milieu de l'après-midi ?

Il aurait voulu dire à sa femme que pour la première fois depuis très longtemps il avait l'impression de la voir vraiment, dans le moindre détail, chaque courbe, chaque ride et chaque cheveu, avec la même clarté que la première nuit qu'ils avaient passée ensemble, mais il n'arriva pas à parler.

— Garrett, dit-elle, pourquoi tu restes là ?

Elle l'effleura de sa main et le charme fut rompu. Il s'avança et s'assit en face de sa fille. Nuala prit place à côté de lui.

— Écoute, papa, j'y arrive presque ! annonça Róisín avec enthousiasme.

Elle reprit une nouvelle fois la gigue au rythme endiablé, mais parvint tout juste au bout de la première partie du morceau.

— Elle progresse bien, hein ? dit Nuala qui le dévisageait toujours, intriguée par sa présence.

Il sentit que tous deux se faisaient face de part et d'autre d'un seuil qu'ils n'avaient plus qu'à franchir, peut-être pas celui de la complicité en tant que telle mais du moins l'envie retrouvée d'y parvenir. Elle lui caressa la joue.

— Je vais appeler le bureau, dit-elle, et demander à Sheila de faire mes visites à ma place. J'en ai pour une seconde...

Regardant Róisín en face de lui, Devaney put voir le reflet de sa stupéfaction dans la profondeur insondable des yeux de sa fille.

11

La messe d'enterrement de Mina et de Christopher Osborne eut lieu deux jours plus tard à Dunbeg en l'église St. Colomba. Debout au fond de la nef, Devaney observait la poignée de reporters massés devant les grilles — on espérait obtenir quelques plans de la famille endeuillée, pour illustrer le reportage racoleur qui serait diffusé au journal du soir avec le ton grave de circonstance. Ces messieurs en auraient pour leur argent. Le village était là au grand complet. Hugh Osborne était déjà installé au premier rang, avec Mme Gonsalves. Devaney songea soudain qu'il n'avait pas demandé son prénom à la mère de Mina. Les gens défilaient lentement sous ses yeux : Delia Hernan, Dolly Pilkington, accompagnée de ses trois aînés, Ned et Anna Raftery, le fan-club du père Kinsella au grand complet. Il remarqua qu'Una McGann et sa fille avaient pris soin de se placer à l'écart de Hugh Osborne — un fait qui n'échappa pas à la plupart des regards. Les frères d'Una étaient présents eux aussi, Fintan à côté d'elle, Brendan prostré sur un prie-Dieu dans un rang du fond, égrenant un chapelet entre ses doigts calleux.

Devaney se tenait toujours à côté de l'entrée, regrettant de ne pouvoir griller une cigarette, quand Brian

Boylan s'approcha. Le patron s'était mis sur son trente et un, avec un costume du dernier chic, comme s'il était en représentation — ce qui était d'ailleurs le cas, songea cyniquement Devaney.

— Je tenais à vous féliciter, inspecteur, lui glissa Boylan d'un ton confidentiel. Vraiment bravo. Une bien triste affaire, mais c'est une bonne chose qu'elle soit résolue.

— Certes, répondit sèchement Devaney.

Il estimait ne mériter aucune félicitation, pas même ce vague compliment. Il aurait sans doute fini par élucider l'affaire, mais à la vérité tout ça lui était tombé tout cuit entre les mains. *Tu n'apprendras jamais à lâcher un peu la bride ?* demanda une petite voix dans sa tête. Peu importe d'où venait la solution, l'essentiel était que tout soit terminé.

Une pluie battante tomba pendant tout l'office, et les caméras de télévision n'attendirent pas la fin de la cérémonie pour plier bagage. Quand on arriva au cimetière, les averses avaient quasiment cessé et le soleil faisait quelques timides percées entre les nuages noirs. La mère et son enfant furent inhumés dans le même cercueil, un peu à l'écart des autres tombes dans le cimetière de l'ancien prieuré de Drumcleggan. L'église était pleine à craquer, mais devant la tombe où Hugh Osborne soutenait Mme Gonsalves, seuls étaient présents le père Kinsella, Cormac Maguire et Nora Gavin, Una et Fintan McGann, Devaney et les employés des pompes funèbres.

Après la pluie, il régnait dans l'air une odeur de terre fraîchement retournée, et Devaney se fit la remarque que cet enterrement n'avait rien de factice — aucun tapis de gazon artificiel pour recouvrir la terre qu'on avait retirée à la main, un cercueil en bois des plus sobres, descendu dans le sol au moyen de solides cordes par deux manœuvres en bras de chemise. Assis sur un fauteuil pliant au bord de la tombe, Fintan McGann enfila les bretelles de sa cornemuse, et dès qu'on eut aspergé le cercueil d'eau bénite et récité les dernières prières, il baissa la tête et entama un air, une lamentation dont la mélodie simple et digne distillait la plus pure des douleurs. Alors qu'ils quittaient le cimetière, Devaney se retourna pour regarder les fossoyeurs qui remplissaient la tombe avec la terre détrempée, écoutant le crissement rythmé des pelletées et le bruit sourd de la terre tombant sur le cercueil.

12

De retour à Bracklyn House après l'enterrement, Cormac remarqua que le niveau sonore diminua imperceptiblement quand Hugh Osborne et Mme Gonsalves pénétrèrent dans le vestibule, exactement comme le soir où il avait vu Hugh Osborne baisser la tête pour franchir la porte du pub. L'ambiance était franchement morose mais le brouhaha des conversations conférait à la grande maison, d'ordinaire tellement silencieuse, un aspect différent, presque méconnaissable. Manifestement, la plupart de ces personnes découvraient l'intérieur de Bracklyn House pour la première fois, et Cormac voyait les regards jauger la proportion des lieux, s'étonner de leur mauvais état ou du mobilier vétuste et minable. Les portes à double battant du salon d'apparat étaient grandes ouvertes, les lustres brillaient malgré la poussière, et l'on avait dressé le buffet sur la longue table et sur les dessertes — des sandwichs au jambon et à la salade, du cake aux fruits et des *scones* au cassis. Le mélange de simplicité et de majesté produisait un curieux effet.

Hugh fit asseoir Mme Gonsalves à côté des fenêtres de la salle à manger. Una lui apporta une tasse de thé, mais Hugh ne voulut rien prendre. Les gens se mirent à défiler. Cormac les entendait qui murmuraient

« toutes mes condoléances... » en se penchant vers Mme Gonsalves ou en serrant la main d'Osborne d'un air solennel. Comme il était étrange de voir les habitants de Dunbeg, dont les ancêtres métayers étaient sans doute pétris de respect devant les Osborne, saluer le présent propriétaire de Bracklyn House comme s'il exerçait toujours un contrôle sur leur vie !

Déambulant à travers les pièces, Cormac se demanda où était passée Nora, mais finit par la trouver en pleine conversation avec Devaney dans un coin de la bibliothèque. On sentait l'inspecteur mal à l'aise, lui qui semblait plein d'assurance dans son travail. Il était sans doute peu habitué à se trouver en société sans un violon ou une pinte à la main. Cormac entendit qu'ils parlaient de la *cailín rua*.

— Vous espérez donc que le squelette du souterrain corresponde à la tête de la tourbière ? demanda Devaney.

— Malachy Drummond devrait nous en dire plus, répondit Nora.

Cormac s'adressa à l'inspecteur.

— Certains éléments nous poussent à croire que la rouquine de la tourbière... (Il baissa la voix, ne jugeant pas nécessaire en la circonstance de mettre au courant toutes les personnes présentes.)... aurait pu être condamnée à mort pour infanticide. Mais Nora n'y croit pas.

— Je me rends bien compte qu'on n'obtiendra sans doute jamais de réponse définitive, dit-elle en jetant un coup d'œil vers la salle à manger où Hugh Osborne recevait les condoléances. Je veux simplement qu'on explore toutes les pistes.

13

Le lendemain de l'enterrement, Nora était en train de faire sa valise quand son portable sonna. C'était Malachy Drummond.

— J'ai des nouvelles intéressantes, dit-il. D'abord, le squelette du souterrain est bien celui de la tête rousse de Drumcleggan. Les vertèbres correspondent, de même que la façon dont la lame a tranché l'os. Je suis certain qu'il s'agit de la même personne, autant que peut l'être un légiste.

— Je le savais, murmura Nora.

Elle en éprouva un malaise, imaginant la *cailín rua* qui plaquait sa main contre la bouche et le nez de son enfant, jusqu'à ce qu'il cesse de bouger. Elle ignorait s'il s'agissait d'un petit garçon ou d'une petite fille ; la lettre de Raftery ne le précisait pas.

— Merci, Malachy. C'est très gentil d'avoir pris le temps de faire ces recherches.

— Un instant, dit-il, ce n'est pas tout. Le muséum a un accord avec un de vos collègues de Trinity, un certain McDevitt, du département de génétique. Il monte une base de données sur l'ADN mitochondrial. Il est passé faire des prélèvements sur vos deux squelettes pendant que je les avais à la morgue, et on s'est mis à discuter de son projet.

Nora l'écoutait, mais son esprit fourmillait déjà des implications de ce que Drummond allait lui apprendre.

— C'est passionnant, poursuivit le légiste. En plus de l'ADN, il collecte des données sur les patronymes. En combinant les deux, il va mettre au point une cartographie de la diversité génétique de la population irlandaise, une première étape d'où découleront des hypothèses sur les origines du peuplement. Je lui ai dit que vous aviez peut-être des informations sur l'identité de la jeune femme, et il aimerait vous appeler à votre retour. Je lui ai donné votre numéro au travail, j'espère que ça ne vous dérange pas.

— Pas du tout, Malachy.

— Je lui ai raconté toute l'histoire, comment on avait retrouvé la tête dans une tourbière, que vous pensiez que la jeune femme avait peut-être été exécutée pour infanticide, peut-être même de l'enfant enterré avec elle dans le souterrain... (Il s'interrompit pour reprendre son souffle.) Tout ça m'était sorti de l'esprit, mais McDevitt vient de me rappeler à l'instant et il a obtenu des résultats très étonnants. Les séquences de l'ADN mitochondrial de ces deux sujets sont très différentes. Il est tout à fait exclu qu'il s'agisse d'une mère et de son enfant. Ils ne sont même pas parents à un degré éloigné. C'est curieux, non ?

Stupéfaite par cette nouvelle, Nora était incapable de répondre quoi que ce soit.

— Nora ? Vous êtes encore là ?

— Vous êtes bien certain qu'il a dit ça, Malachy ? Aucun lien de parenté ?

— Selon lui, ça saute aux yeux.

— Comment est-ce possible ? demanda Nora.

Elle ne s'adressait pas vraiment à Drummond ; elle cherchait simplement à donner un sens à des informations contradictoires.

— Si l'enfant n'était pas le sien, murmura-t-elle, que fait-il là ?

Nora descendit sa valise au rez-de-chaussée, où l'attendait Cormac, et Osborne les accompagna jusqu'à leurs voitures. La jeep de Cormac portait toujours quelques traces du coup de colère de Brendan McGann ; du plastique transparent remplaçait temporairement la lunette arrière.

— Je vous dois tellement à tous les deux, déclara Hugh. J'ai vu Jeremy. Il reviendra habiter ici quand il sera libéré. Ce ne sera sans doute pas facile, mais je ne peux tout de même pas le laisser tomber. Mina ne l'aurait pas voulu.

— Si je... Si nous pouvons faire quoi que ce soit... dit Cormac.

— Je vous ai déjà trop demandé.

LIVRE CINQ

LE SANG DES INNOCENTS

Nous sommes venus réclamer justice pour le sang des innocents qui a été versé.

Oliver Cromwell, 1649

1

Vers les neuf heures du soir, par un jeudi pluvieux de novembre, Cormac était en train de lire, vautré sur le canapé de son salon. La pluie dégoulinait sur les vitres du bow-window, mais un feu de tourbe brûlait dans la cheminée, et Cormac se fit la réflexion qu'il ne s'était jamais senti à ce point épanoui et serein.

Cinq mois auparavant, vidé après une semaine de conversations éprouvantes avec son père, fatigué par le long trajet entre le Donegal et Dublin, il s'était garé devant chez lui. Il était resté un certain temps dans la voiture, fixant les fenêtres sombres, se demandant s'il voulait reprendre la vie solitaire qu'il s'était soigneusement forgée à leur abri. Par le carreau légèrement baissé lui était parvenu le parfum agréable d'une fleur invisible. Il était incapable de dire s'il avait été séduit par la fragrance elle-même ou par la vie différente qu'elle lui laissait entrevoir, toujours est-il qu'il avait remis le contact et traversé Dublin jusqu'à l'appartement de Nora Gavin. Elle lui avait ouvert comme si elle l'attendait. La période qui avait suivi lui faisait maintenant l'effet d'un rêve.

Il sourit en repensant à ces trois jours enivrants qu'il avait passés avec Nora, la première fois de sa vie qu'il s'était senti acteur et non pas spectateur...

Il contempla Nora, allongée à côté de lui, la tête posée sur ses genoux, admira ses courbes, l'arrondi délicat de son oreille, ses douces mèches sombres qui contrastaient avec sa peau blanche. Fatiguée comme elle l'était, ça lui faisait du bien de dormir. Au cours des mois qui avaient suivi leur retour de Dunbeg, elle n'avait cessé de faire des recherches, épluchant les archives sur les déportations de Cromwell conservées aux Archives nationales à Dublin et à Londres, dans l'espoir d'apprendre quelque chose sur Annie McCann et Cathal Mór O'Flaherty. Cette traque n'avait rien donné pour l'instant, et l'impasse semblait définitive. Cormac s'imaginait l'énergie que Nora avait dû déployer pour tenter d'élucider la mort de sa sœur, et se rendait compte qu'elle n'avait pas non plus abandonné cette quête-là. Lui-même pensait qu'on ne retrouverait plus aucune trace de la véritable histoire de la *cailín rua*, mais il n'essayait plus d'en convaincre Nora. Sa ténacité le touchait beaucoup.

Le téléphone se mit à sonner sur le bureau, mais Nora avait l'air de dormir profondément, aussi laissa-t-il le répondeur se mettre en marche. Après la tonalité, il entendit une voix grave et familière.

— Bonjour, Cormac... C'est Hugh Osborne. On a découvert quelque chose, et je pense que vous et le Dr Gavin serez intéressés... J'appelais pour vous proposer de venir passer le week-end ici. Si vous pouviez apporter tout ce que vous avez déniché sur la rouquine de la tourbière.

2

La tour calcinée fut la première chose que Nora aperçut à travers un entrelacs de branches sombres et humides. Au printemps, le lierre grimperait de nouveau sur les murs, mais par ce triste et morne après-midi de novembre on ne voyait plus qu'une ruine éventrée, désormais attaquée par l'humidité et la pourriture qui gagnaient les vieilles poutres noircies. Les corbeaux avaient repris possession des lieux. Cormac pencha la tête pour essayer de distinguer quelque chose à travers le pare-brise ruisselant de pluie, et Nora arrêta la voiture pour qu'il puisse profiter de la vue.

— Ça va, dit-il. Tu peux continuer. Je pensais juste à la première fois que j'ai vu cet endroit.

Hugh Osborne vint leur ouvrir, les traits tirés et l'air dépenaillé, comme s'il avait dormi dans ses habits.

— Entrez, entrez, je vous prie... Excusez le désordre. Je me suis couché tard hier soir, j'étais plongé dans de vieux papiers. Je viens de faire du thé.

Ils l'accompagnèrent dans la cuisine où, commc dans le vestibule, quelque chose semblait avoir changé. Notant la vaisselle sale du petit déjeuner, une boîte de céréales posée sur un plan de travail et un torchon négligemment passé dans la poignée d'un tiroir, Nora comprit que la pièce avait perdu sa propreté immaculée du temps où Lucy Osborne régnait sur Bracklyn House. La maison n'avait rien d'un taudis mais on sentait qu'elle était habitée. Elle se demanda si Cormac avait lui aussi remarqué le changement.

— Je sais que je n'ai pas été très clair au téléphone, dit Hugh en leur servant une mug de thé. Cela concerne la rouquine de la tourbière. Du moins je le crois. Maintenant, dites-moi tout ce que vous savez d'elle. J'ai besoin d'en connaître le maximum.

En l'entendant, Nora eut l'impression qu'il avait une décision à prendre.

— Eh bien, dit-elle, dès le départ, il nous est apparu qu'elle avait été décapitée. Sans doute avec une hache ou une épée, d'après les examens qu'on a pratiqués. Ce qui suggérait la possibilité d'une exécution capitale.

Elle sortit de sa mallette les premières photos de la *cailín rua*, prises au laboratoire du muséum, et les étala sur la table. Hugh tressaillit légèrement mais se força à les regarder. Nora songea qu'il ne contemplait que pour la deuxième fois ce visage qu'il avait été si pressé de voir sur la tourbière. Sur le moment, il était trop secoué pour percevoir l'expression horrifiée de la rouquine — il avait simplement vu qu'elle n'était pas celle qu'il redoutait. Mais Nora sentit qu'un fait nouveau avait dû se produire, quelque chose qui poussait Hugh Osborne à contempler dans ses moindres détails le triste visage qui le fixait en retour.

— Au début nous n'avions aucune idée de la date de décès, reprit-elle. Après l'examen préliminaire, j'ai remarqué un détail étrange sur une radio...

Elle sortit les radios, les clichés de l'endoscopie et les photos en couleurs de la bague.

— Il s'agissait en fait de cette bague, où sont gravées les initiales *AOF* et *COF*, ainsi que la date *1652*.

Ce qui nous a fourni un premier élément de datation, et un indice pour découvrir son identité, mais aucune indication sur les circonstances de sa mort. On a essayé de comprendre pourquoi une jeune femme avait pu être exécutée.

Osborne semblait déconcerté par la photo de la bague.

— Continuez, dit-il.

— Nous avons consulté Ned Raftery, parce qu'on nous avait dit qu'il connaissait très bien l'histoire locale. On lui a parlé de cette bague, et il nous a expliqué que les O'Flaherty de Drumcleggan avaient été expulsés et que le fils, un certain Cathal Mór, avait été exilé à la Barbade.

— Mais il ne savait rien d'une quelconque exécution, intervint Cormac. Alors il nous a adressés à sa tante, une certaine Maggie Cleary.

— Elle nous a fait part d'une chanson, dit Nora. Au sujet d'un homme qui rentre des Indes pour retrouver sa femme, mais qui apprend qu'elle est morte, exécutée pour le meurtre de leur nouveau-né.

— Et il faut reconnaître que ça devenait agaçant, poursuivit Cormac. On accumulait les suppositions, mais rien d'avéré.

— Le premier élément concluant, ce fut la découverte des cadavres dans le souterrain...

Nora hésita à sortir le cliché montrant les squelettes in situ, le tout petit blotti contre celui de l'adulte.

— Montrez-les-moi, je vous en prie... dit Hugh.

Elle posa la photo devant lui et vit le choc qu'il en éprouva.

— Et puis Ned Raftery a rappelé pour dire qu'il avait retrouvé la trace d'une exécution à Portumna en 1654, reprit-elle. Une jeune femme du nom d'Annie McCann, qui a été condamnée pour le meurtre de son enfant et décapitée. Malachy Drummond, le médecin légiste, a établi que le squelette adulte retrouvé dans le souterrain était celui de la tête rousse. On s'est alors dit qu'on avait retrouvé Annie McCann et son enfant, celui dont le meurtre lui avait valu d'être décapitée. Malgré tout, quelque chose me chiffonnait dans les paroles de la chanson de Mme Cleary. Il y est dit : « Ô ma mie, ils t'ont assassinée. » Comment peut-elle avoir été en même temps assassinée et exécutée ?

— Arrivés à ce stade, dit Cormac, on pensait qu'on ne trouverait plus aucun indice matériel. Mais un chercheur de Trinity a prélevé de l'ADN sur les deux squelettes.

— C'est un spécialiste de l'ADN mitochondrial, expliqua Nora. Ou, si vous préférez, l'ADN matrilinéaire, qui est identique chez une mère et chez son enfant. Mais dans le cas présent, les séquences ne correspondent pas, ce qui signifie que ces deux individus n'ont aucun lien de parenté.

— Les résultats de la datation au carbone 14 pour la tête rousse nous sont enfin parvenus, dit Cormac. Ils confirment qu'elle aurait vécu approximativement au milieu du XVIIe siècle, mais trois cent cinquante à quatre cents ans, c'est la limite de fiabilité du carbone 14. Ce qui nous laisse avec une série d'éléments plutôt déroutants. La *cailín rua* pourrait bien être Annie McCann, qui aurait pu être l'épouse d'un homme dont les initiales seraient *COF*. Une chose est certaine, elle a été exécutée pour infanticide, mais l'enfant qu'on a retrouvé à côté d'elle n'est pas le sien. Ça ne tient pas debout.

— Au contraire, dit Hugh. Ça tient tout à fait debout. Venez avec moi.

Ils le suivirent à l'étage jusqu'à la bibliothèque, dont l'angle le plus éloigné semblait avoir été mis à sac.

Un coffre-fort dissimulé derrière les rayonnages était ouvert, et des cartons remplis de vieux papiers s'entassaient devant, où on apercevait notamment des actes notariés scellés à la cire.

— Je me suis plongé dans les archives familiales, expliqua-t-il en prenant une liasse de documents et en leur faisant signe de s'installer sur le canapé en face du feu. Vous comprendrez mieux en lisant ceci. Certains documents remontent à l'époque des O'Flaherty.

Il posa sur la table devant eux la photocopie d'un vieux document tout froissé. C'était un manuscrit rédigé d'une petite écriture serrée, ornée de fioritures d'un autre temps.

— C'est quoi ? demanda Nora. Ça vient d'où, Hugh ?

— Vous vous souvenez du coffre du souterrain ? Et du livre qui se trouvait dedans ? Ça faisait plusieurs mois qu'il traînait à la Bibliothèque nationale, et quelqu'un a enfin eu le temps d'y jeter un coup d'œil. Ce document était caché dans la reliure. Un des conservateurs a eu l'amabilité de m'adresser une photocopie, étant donné que le livre a été retrouvé sur ma propriété.

— On dirait une sorte de confession, dit Cormac.

— Lisez, suggéra Osborne.

— C'est un prêtre qui l'a écrit. Il renie une apostasie. Il déclare avoir été contraint de renier la foi catholique contre son gré, faute de quoi on l'aurait tué ou enfermé à Inisbofin.

— Inisbofin ? fit Nora.

— Une île sur la côte de Galway, expliqua Hugh. Où Cromwell exilait les prêtres.

— Regardez, il parle d'un second parjure...

Nora se mit à lire à voix haute, hésitant sur les parties moisies et les orthographes bizarres.

On m'était venu quérir pour la dame du manoir, qui était en couches et souffrait grandement, quand j'ai croisé par hasard, en traversant la tourbière, une fille du coin, une certaine Áine Mag Annaigh (qui se fait également appeler Áine Rua, à cause de ses cheveux roux) qui elle aussi paraissait fort grosse et sur le point d'enfanter. Elle m'a demandé secours, m'a expliqué qu'elle venait de faire un pénible trajet depuis Iar-Connacht, la terre la plus à l'ouest, ne voyageant que de nuit par crainte des soldats anglais. Je l'ai emmenée avecque moi à Bracklyn House, en espérant que les domestiques lui feraient grâce du gîte et du couvert. M'étant acquitté de mes devoirs de chrétien, je me suis rendu dans la chambre de la maîtresse de céans, dame Sarah Osborne, qui mettait au monde son premier enfant. La dame était très affaiblie par son tourment qui avait déjà duré une bonne moitié de la nuit et devait se prolonger encore douze heures, même si nous n'en savions rien sur le moment. Elle finit par mettre au monde un garçon qu'elle prénomma Edmund, une pauvre créature toute faible qui vagissait et pleurait à peine. Hélas, l'enfant perdit ses forces au fil des heures et finit par succomber. Vers la minuit, la dame entendit au loin un vigoureux vagissement et voulut quitter sa couche pour s'en enquérir. Elle hurlait au désespoir et faisait des siennes, à tel point que le maître a fini par accepter d'aller lui chercher l'enfant. Il m'a prié de bien vouloir l'assister dans cette tâche, parce que sa dame avait perdu la tête, était à la vérité folle à cause de la fièvre des couches, et ne pouvait en être dissuadée. On m'a envoyé chercher le nouveau-né d'Áine Mag Annaigh, pendant qu'elle et son enfant étaient assoupis. Me voyant approcher, dame Sarah Osborne a posé son nourrisson mort et s'est emparée du vivant, le mettant au sein et caressant son front. « Emmenez-moi ça ! » m'a-t-elle ordonné en montrant le cadavre de son nouveau-né « Ce n'est qu'un farfadet. J'ai enfin trouvé mon enfant. » Son mari essaya en vain de lui ôter cette idée, mais personne ne put lui reprendre l'autre bébé. « Renseignez-moi sur la pauvrette d'en bas », me dit Osborne. « Elle n'est point mariée, messire », lui dis-je, mais je confesse maintenant que c'était un mensonge cruel. Ne l'avais-je point mariée, moins de douze mois auparavant, au jeune Flaitheartaigh de Drumcleggan ?

— Attendez un instant, dit Nora. Si Áine Mag Annaigh et la Annie McCann de Raftery sont la même personne, notre rouquine était effectivement mariée à Cathal Mór.

— Elle l'était en effet, confirma Hugh Osborne. Lisez la suite.

... *Son père n'était point très favorable à cette union, la bru n'étant qu'une de leurs servantes, mais j'ai accepté de les marier en secret. Dans la funeste période qui a suivi, les Anglais ont contraint le vieux Flaitheartaigh à quitter Drumcleggan, l'exilant à Iar-Connacht. Le sang anglais et irlandais rougissait les flots du Gaillimh, et les loups et les charognards s'engraissaient de la chair des prêtres assassinés. Moi-même, je fus contraint de prêter serment, de renier la foi catholique et tous ses enseignements. La prochaine fois que j'entendis parler de Cathal Mór, hélas ! ce ne fut point pour apprendre qu'il avait suivi mes conseils et gagné la France, mais qu'on l'avait arrêté et exilé aux Barbades pour avoir combattu les Anglais. Je savais tout cela quand j'ai déclaré : « Cet enfant n'est qu'un bâtard, messire, et n'a d'autre père que notre*

Seigneur. » Fort de mes dires, messire Osborne m'a forcé à ramener le cadavre de son fils, emmailloté, à la jeune accouchée en jurant que cet enfant était le sien, mort dans la nuit. J'ai obéi à ses ordres, mais la pauvre mère, prise de colère, a quitté la maison. Elle s'est mise à errer sur les routes, serrant dans ses bras le nourrisson sans vie, apostrophant ceux qu'elle croisait pour leur conter l'injustice dont ils avaient été victimes, elle et son enfant, le fils légitime de Cathal Mór Ó'Flaitheartaigh.

Pour la faire taire, messire Osborne m'a mandé en secret de jurer sous serment que la malheureuse avait tué son propre enfant. Une créature misérable, abandonnée, à moitié folle de désespoir, se disait-il, qui prêterait foi à ses dénégations ? À la vérité, je ne connaissais point jusqu'alors le vrai visage de cet homme. Et comment pouvais-je m'opposer à lui, pauvre malheureux que j'étais, en proie à mon propre et misérable désarroi ? Messire Osborne a dénoncé le meurtre au shérif avecque forte diligence, et je devais témoigner pour lui que nous avions bien vu la pauvrette serrant des deux mains le cou de l'enfant. Je ne pouvais la sauver, sauf à me condamner, de même que Hugo Osborne et sa dame.

C'est ainsi que Áine Rua Mag Annaigh a été arrêtée et accusée de l'atroce crime d'avoir tué son enfant, puis traînée devant les assises et condamnée à être décapitée. Quinze jours plus tard, on l'a emmenée au lieu d'exécution et ils lui ont tranché la tête d'un seul coup d'épée. Quand j'ai requis que les hommes du shérif me remettent sa triste dépouille pour l'enterrer, ils m'ont appris que Hugo Osborne avait récupéré la tête sur le billot. Je ne sais où elle repose.

Je connaissais cette chambre secrète, le vieux Flaitheartaigh m'y ayant souvent dissimulé par le passé, et je m'y suis beaucoup réfugié au cours des troubles récents. J'ai apporté ici la dépouille, redoutant que messire Osborne, dans sa fureur, ne fît déterrer le cadavre, l'eût-on enterré sur quelque parcelle de terre non consacrée. En ce lieu ancien et secret, avecque mes attributs bannis de prêtre, j'inhume donc la dépouille de Áine Rua Mag Annaigh, et contre son sein je place Edmund Osborne, pauvre innocent qui ne respira en mortel qu'une seule heure.

Mes confesseurs sont tous morts ou exilés. Je confesse donc à celui qui trouvera ces feuillets que je suis un être faible et misérable, que la peur m'a empêché de dénoncer l'entreprise diabolique dans laquelle j'ai joué un rôle si indigne. Je n'ose requérir l'absolution. Je ne connaîtrai jamais le repos, car je serai à jamais hanté par le visage de cette pauvre créature aux cheveux roux, qui se trouvait là à genoux, et par son cri poignant au moment où le bourreau a exécuté sa tâche inique. Toi qui lis ces lignes, j'implore tes prières de tout mon cœur, et celles de tous les bons catholiques et chrétiens. Je rejoindrai la tombe en suppliant Dieu d'accorder sa miséricorde à mon âme.

Mea culpa. Mea culpa. Mea maxima culpa.

Miles Gorman

24 mai 1654

Hugh était resté parfaitement silencieux en attendant qu'ils terminent de déchiffrer ces lignes que lui-même n'avait dû cesser de relire. Relevant les yeux, Nora le vit assis en face d'eux, qui attendait leur réaction d'un air anxieux et circonspect.

— Mon Dieu... murmura-t-elle. Si tout cela est vrai...

— Si tout cela est vrai, l'histoire de ma famille repose depuis trois cent cinquante ans sur un assassinat judiciaire. Hugo et Sarah n'ont pas eu d'autres enfants. Ce qui vous explique cette masse de documents. J'ai passé une bonne partie de la nuit à reconstituer la généalogie de la famille.

— Et tous les portraits dans l'escalier... fit remarquer Cormac.

— Seul le premier, Hugo, est un Osborne. Edmund Osborne était en fait le fils de Áine Rua et de Cathal Mór O'Flaherty. À condition de croire ce Miles Gorman. Je n'arrête pas de me poser la question. Quelle raison aurait-il eue de mentir ?

Un bruit de voix se fit entendre dans le vestibule et Aoife McGann surgit dans la bibliothèque.

— On est là ! s'écria-t-elle.

Elle fit aussitôt marche arrière et revint en tirant Jeremy Osborne par la main. Le jeune homme avait profondément changé ; ses cheveux sombres étaient maintenant plus longs et bouclés, et il n'avait plus du tout les joues creuses. Il faisait plaisir à voir. Les attentions d'Aoife semblaient tout à la fois lui faire plaisir et l'embarrasser, surtout devant la présente compagnie.

— Comment vas-tu, Jeremy ? lui demanda Nora.

Il lui jeta un coup d'œil.

— Pas mal.

— Ça fait plaisir de te revoir, dit Cormac.

Le garçon se renfrogna, ne sachant si la remarque se voulait ironique. Comprenant qu'elle était sincère, il sembla pris au dépourvu. Una se tenait maintenant dans l'embrasure de la porte.

— Comme vous n'avez pas encore retiré vos manteaux, ça vous dirait à tous les deux d'aller me chercher des pommes de terre dans le potager ? Une douzaine devrait suffire.

Aoife reprit la main de Jeremy et l'entraîna sans un mot.

— Mon Dieu, dit Una, si je pouvais avoir ne serait-ce que la moitié de son énergie ! Pourquoi vous ne venez pas dans la cuisine, comme ça on pourra discuter en épluchant les légumes...

Una installa Hugh et Cormac à table avec une planche à découper pour qu'ils émincent l'ail et l'oignon, tandis que Nora et elle lavaient les épinards.

— Vous allez me demander comment les choses se sont passées depuis votre départ, dit-elle en rejoignant Nora devant l'évier. Ça n'a pas été facile. Hugh ne l'admettra jamais, mais il a toujours beaucoup de mal à dormir. Jeremy va beaucoup mieux, mais il a besoin d'un soutien psychologique que nous ne pouvons pas lui apporter. Hugh fait de son mieux, vraiment. Comme nous tous.

— Et Lucy ? Est-ce que Jeremy la voit ?

— Non. Elle est internée dans une unité psychiatrique à Portlaoise. Le psychologue pense que pour l'instant il est sans doute préférable qu'il ne la voie pas.

— Aoife a l'air de s'entendre très bien avec lui, dit Nora.

Par la fenêtre, elle apercevait la petite tête blonde. Avec force gesticulations, la fillette montrait à Jeremy comment déterrer les pommes de terre à l'aide d'une pelle.

— Elle est ravie d'avoir trouvé un compagnon de jeux pour remplacer Fintan depuis qu'il est parti. Jeremy lui aussi m'a l'air de lui être très attaché. Il a fait de sacrés progrès. Il va voir son thérapeute toutes les semaines. Ça va prendre du temps, mais je sais que Hugh a raison. Ce gamin a un bon fond.

— Avec le temps tout s'arrange, dit Nora d'un ton qui se voulait convaincu. Vous habitez toujours à la ferme, si je peux me permettre de vous poser la question ?

— Oui. Brendan s'est beaucoup calmé depuis votre passage. Il a compris que le départ de Fintan n'était pas la fin du monde, et il a embauché un jeune gars pour l'aider à la ferme. Et il sait que si je partais avec Aoife, ce ne serait pas pour aller très loin. Je me vois mal quitter cet endroit.

Hugh vint poser une assiette d'ail haché sur le comptoir à côté d'elles, et pressa affectueusement la main d'Una avant de regagner sa place. Nora remarqua qu'Una était à la fois touchée et décontenancée par ce geste.

— Hugh m'a proposé de venir habiter ici avec Aoife. Je n'ai pas encore pris ma décision. Parfois, on a vraiment l'impression de former une famille.

— Il me semble que vous avez bien mérité un peu de bonheur tous les deux, après tout ce qui est arrivé.

Elles travaillèrent un instant en silence. Nora jeta un coup d'œil aux deux hommes, et se demanda si Hugh avait parlé à Una de la confession, et du bouleversement qui en résultait pour l'histoire familiale des Osborne.

— Je me demandais, Una, le nom Mag Annaigh ne serait pas une variante de McGann ?

— Certainement. McCann, McGann ou MacAnna, peu importe. Ce sont simplement des façons différentes d'écrire le même nom. Pourquoi vous me demandez ça ?

— Par curiosité. On pense avoir découvert qui était la jeune femme aux cheveux roux.

3

Après le dîner, une fois la vaisselle lavée, séchée et rangée, Hugh proposa de raccompagner à pied Una et Aoife, qu'il était l'heure de coucher. Juste avant de partir, il lança à Jeremy :

— Pourquoi tu ne montres pas tes travaux à Nora et à Cormac, pendant que je suis sorti ?

L'air impassible, le jeune homme les conduisit dans la pièce située en face de celle où Hugh faisait sa reliure. Quand il alluma, ils découvrirent un spacieux atelier dont les murs blanchis à la chaux étaient couverts de croquis au crayon. Sur une table contre un mur étaient disposées toutes sortes de brindilles et de feuilles, une peau de renard et des plumes. Nora sursauta en apercevant une corneille mantelée sur un perchoir dans un angle. Réveillée par la lumière, elle clignait des yeux.

— N'ayez pas peur, dit Jeremy en s'approchant de l'oiseau et en lui caressant le plumage du ventre. Il n'est pas méchant. C'est un vieux compagnon. Et il est très intelligent.

Nora se mit à regarder les dessins et les peintures. Ces œuvres n'avaient rien à voir avec les fresques désespérées de la tour, même si on y retrouvait en partie une identique expressivité à fleur de peau. Jeremy restait appuyé contre le chambranle, les mains dans les poches, affectant un air de nonchalance.

— C'est toi qui as fait tout ça ? demanda Nora. C'est épatant !

Il haussa les épaules.

— Hugh pense que ça m'évitera de me brûler la cervelle.

Son ton était un rien défensif, rappelant le Jeremy d'avant — visiblement il cherchait à provoquer une réaction.

— Et il a raison de penser ça ? demanda Cormac.

Jeremy éluda la question.

— Celui-ci a quelque chose qui cloche sérieusement, dit-il en s'emparant de la toile la plus proche pour la leur montrer. Mais je n'arrive pas à mettre le doigt dessus. Vous en pensez quoi ?

— Je ne sais pas, dit Nora.

Elle examinait les toiles les unes après les autres, certaines achevées et d'autres bien entamées, observant attentivement l'agencement complexe des touches de peinture, et elle se souvint de sa promenade dans l'atelier désert du dernier étage, où elle avait contemplé ces tableaux brumeux dont les ailes, les étonnantes plantes tropicales et les bêtes exotiques semblaient surgies d'un rêve. Les toiles de Jeremy avaient en commun avec celles de Mina une certaine technique, cette façon de jouer avec l'ombre et la lumière tamisée tout en ne représentant que la faune et la flore traditionnelles de la campagne irlandaise : le hibou, la bécasse, le renard et le roitelet. Nora remarqua aussi que quasiment tous les tableaux comportaient une allusion au corbeau — ici, un œil noir brillant et un simple bec, en bas à droite, là, l'extrémité d'une aile déployée effleurant la toile.

— C'est Mina qui t'a appris à peindre ? demanda-t-elle.

Jeremy se tenait toujours contre le mur, les mains dans les poches, observant Nora en se balançant légèrement. Il se figea et fixa ses pieds.

— J'allais souvent la regarder peindre dans son atelier. Elle m'a appris à dessiner, à bien observer le sujet et pas la feuille. Selon elle, ça révèle la façon dont on voit vraiment les choses.

— Tes tableaux sont merveilleux, Jeremy. Je ne dis pas ça pour te faire plaisir, je le pense vraiment.

— Vous en accepteriez un ?

— Pardon ?

— Si je vous en donnais un, vous l'accepteriez ?

— Je serais très flattée.

Il se détacha du mur et circula parmi ses toiles, en cherchant une qui lui convienne. Le tableau qu'il choisit n'était pas le plus grand, mais y figurait une des compositions les plus complexes et les plus abstraites.

— Tenez, dit-il. C'est le meilleur.

— J'aimerais te donner quelque chose en échange, Jeremy...

— Mes peintures ne sont pas à vendre, dit-il. C'est un cadeau, d'accord ?

4

Hugh avait préparé un feu dans la chambre de Cormac mais il y faisait encore frisquet. Un puissant vent de novembre tournoyait autour de la maison. Chaque fois qu'une bourrasque heurtait la fenêtre à petits carreaux de la tour d'angle, une plainte lancinante se faisait entendre. Cormac se demandait si Nora avait aussi froid que lui dans sa chambre. Ils n'avaient pas protesté quand Hugh les avait installés dans des chambres séparées, les mêmes que pendant leur séjour du printemps. Cormac se morfondait de cette situation quand il entendit frapper doucement, et vit apparaître la tête de Nora dans l'entrebâillement de la lourde porte.

— Cormac, ma chambre est glaciale. Dis, tu veux bien que je me réchauffe les pieds contre toi ?

— J'étais sur le point de venir te demander la même chose.

— Mon Dieu, dit-elle en se précipitant vers le lit et en s'enfouissant sous les couvertures jusqu'au menton, il ne fait pas meilleur chez toi ! Au moins, dit-elle en claquant des dents, on sera ensemble si on meurt de froid ! Qu'est-ce qu'il y a ? Pourquoi tu me regardes comme ça ?

— C'est rien, dit-il.

Il éteignit la lampe et se glissa sous les couvertures

à côté d'elle. Délicatement, il dessina le contour de sa tête sur les draps verts, admirant son joli visage que le feu de cheminée éclairait par moments.

— C'est juste qu'une fois, reprit-il, je t'ai imaginée allongée à cet endroit précis. Et maintenant que tu es là pour de vrai, je dois dire que le spectacle en vaut la peine !

Il enroula ses jambes autour des siennes, la sentit qui se décrispait en s'imprégnant d'une partie de sa chaleur.

— Vas-y, dit-il, tu peux poser tes pieds contre moi.

Il ne put retenir un cri en sentant les orteils glacés toucher ses mollets.

— Désolée ! dit-elle. C'est supportable ?

— À peine, gémit-il. Mais tu vas bien finir par te réchauffer.

— Dis-moi, Cormac, tu crois qu'Áine Rua et Cathal Mór ont dormi dans cette chambre ?

— Ce n'est pas impossible, j'imagine.

— Je sais que ça va te paraître fou, mais je sens une différence dans cette maison. Quelque chose de néfaste a disparu, et c'est comme si un esprit bienfaisant avait pris sa place.

— Le fantôme de la *cailín rua* ?

— Ne te moque pas ! C'est plus vague que ça, mais je sens bien quelque chose.

— Je ne me moque pas, dit Cormac en l'attirant contre lui. Moi aussi, je le sens. Et c'est assez étrange de penser qu'au bout du compte tu as été exaucée, la *cailín rua* est disculpée.

— Le plus étrange, c'est que je savais qu'elle le serait. Je ne sais pas pourquoi, mais j'en étais persuadée. Quand je pense qu'elle est venue à pied d'aussi loin pour retrouver son mari ! Ça doit bien faire quatre-vingts kilomètres, et elle devait être proche du terme, puisqu'elle a accouché en arrivant. Un si long voyage, toute seule et à pied... Comment faisait-elle pour se diriger ? Où dormait-elle ? Comment a-t-elle appris que son mari avait été déporté ? Elle devait avoir un sacré tempérament, non, pour avoir cherché à dénoncer l'injustice qu'on lui avait faite ? Et même quand on l'a décapitée, elle a trouvé le moyen d'avoir le dernier mot. Elle ne s'est jamais avouée vaincue, jamais.

— Ça me rappelle quelqu'un...

— Vous parliez de quoi, Hugh et toi, juste avant qu'on monte ?

— Il voulait savoir ce qu'est devenue la *cailín rua*. Je crois que toute cette histoire l'a un peu perturbé. Ce qui se conçoit. Si cette confession est sincère, c'est toute l'histoire de sa famille qui vole en éclats.

En fait, ce n'était pas tout à fait exact. L'affaire était plus compliquée. Comme le lui avait expliqué Hugh, Edmund Osborne avait épousé sa cousine germaine, qui était aussi une Osborne, et plusieurs unions semblables s'étaient faites au fil des générations, à tel point que les Osborne n'étaient plus de simples usurpateurs mais s'étaient retrouvés inextricablement liés, par le sang et la destinée, à la propriété et à la progéniture de Cathal Mór O'Flaherty. Une vieille et banale histoire, songea Cormac, dans un pays peuplé par des vagues successives d'envahisseurs, depuis les Celtes eux-mêmes, en passant par les Normands et les Vikings, jusqu'aux colons anglais ou écossais. On se trompait en s'imaginant que le passé était purement et simplement enterré. C'était en partie vrai, mais il était plus juste de considérer que le passé était vivant, toujours à l'œuvre à la surface de la terre. Lui-même perpétuait l'essence biologique de ses deux parents à travers chaque cellule de son corps, où s'entremêlaient les hélices de leurs ADN, héritage mystérieux de la matière première de l'univers. Il portait aussi la marque de tout ce qu'il avait appris au cours de sa brève existence — par son travail, par la musique, par l'amitié de Gabriel, de tous ceux qui avaient compté dans sa vie, Nora, Hugh et la *cailín rua*, chaque rencontre ouvrant un nouveau chemin, une nouvelle césure dans l'enchevêtrement du corps et de l'esprit.

Nora bougea à côté de lui.

— Tu te réchauffes ? demanda-t-il, inhalant son odeur pure, trouvant agréable de sentir sa main posée sur son torse.

— Hum... répondit-elle.

Était-elle déjà en train de tomber dans les bras de Morphée ? Il enviait Nora qui semblait toujours dormir du sommeil du juste. Il avait souvent eu l'occasion de l'observer s'endormir, s'étonnant qu'elle y parvienne toujours sans aucune difficulté. Il se demanda si Hugh Osborne était lui aussi dans sa chambre, ou s'il travaillait encore dans son atelier au sous-sol. Il songea au destin commun qu'avaient connu deux des maîtres de Bracklyn House, chacun étant rentré de voyage pour découvrir que l'avenir s'était brisé.

Cormac contempla les traits paisibles de Nora. Demain, il lui dirait que Hugh Osborne souhaitait récupérer les dépouilles de la *cailín rua* et du bébé pour les enterrer au prieuré de Drumcleggan. Hugh lui avait demandé de l'aider à convaincre le muséum. Il avait réservé sa réponse. En temps normal, il se serait opposé à une requête de ce genre, mais en l'espèce les arguments scientifiques en faveur de la conservation de la dépouille devaient être mis en balance avec le besoin de laisser le passé reposer en paix. Bien entendu, le repos n'était qu'apparent, le seul réconfort étant celui de l'éternelle mutation de la vie. Même l'étrange suspension du temps dans une tourbière n'était qu'une illusion, la trêve momentanée d'une pourriture inéluctable. La première strophe d'un vieux poème ne cessait de lui trotter dans la tête.

Cé sin ar mo thuama nó an buachaill den tír tú ?
Dá mbeadh barr do dhá láımh agam ní scarfainn leat choíche.
A áilleáin agus a ansacht, ní ham duitse luí liom-
Tá boladh fuar na cré orm, dath na gréine is na gaoithe.

Qui va là sur ma tombe ? Un jeune homme du pays ?
Si je t'attrape les mains, je ne les lâcherai pas !
Passe ton chemin, charmant jeune homme :
J'empeste la terre froide ; j'ai la couleur du soleil et du vent.

Une nouvelle fois, l'image de la *cailín rua* s'immisça dans les pensées de Cormac, mais cette fois il ne la vit pas telle qu'elle était sur la tourbière, avec cette expression déchirante qui l'avait tant de fois hanté ces derniers mois. À présent, il voyait ses traits au repos : les lèvres jointes, le front serein, les paupières closes. À quoi tenait le destin ? Où serait-il à cet instant si cette jeune femme tourmentée, au désespoir, ne s'était pas mise à errer sur les routes ou avait cédé son enfant sans broncher ? Elle-même, que serait-elle devenue ? Une seule chose était certaine : maintenant que la *cailín rua* avait quitté son caveau liquide et sans air, elle avait repris sa place dans le cours normal du temps. Les membranes de ses cellules s'étaient mises à se désagréger à un rythme accéléré, se laissant envahir par les bactéries et la putréfaction, qui la transformeraient imperceptiblement, graduellement, comme toutes choses vivantes ou mortes. Bizarrement, cette pensée réconforta Cormac. Apaisé par les craquements du feu, les bourrasques qui heurtaient occasionnellement les fenêtres et le souffle tiède de Nora contre son cou, il ferma les yeux et se laissa bercer et engloutir par les ténèbres fluides du sommeil.

REMERCIEMENTS

Je remercie les nombreuses personnes qui ont contribué à l'écriture de ce livre : mon ami Dáithí Sproule, qui m'invita il y a de cela fort longtemps à rendre visite à sa famille dans le Donegal, et qui sait toujours m'éclairer sur la langue et la littérature irlandaises ; Eilis Sproule, qui la première piqua mon imagination avec le récit d'une rousse inconnue morte décapitée ; le Dr Barry Raftery, du département d'archéologie de l'University College de Dublin, qui m'a généreusement fait part de son expérience personnelle avec la véritable *cailín rua* et qui, outre ses renseignements et précieuses suggestions en matière d'archéologie, a eu la gentillesse de m'introduire auprès de nombre de ses collègues ; le Dr Máire Devaney, de la faculté de médecine de Trinity College, qui m'a prodigué ses connaissances sur les rares cadavres de tourbière ; les officiers de la *Garda Siochána*, Patrick J. Cleary et le regretté Vincent Tobin, du commissariat de Cork, et les inspecteurs Frank Magnan de Tralee, dans le comté de Kerry, et Michael Ryan de Loughrea, dans le comté de Galway, qui m'ont mise au fait de la procédure policière ; le Dr Raghnall Ó Floinn, du département des antiquités irlandaises au Muséum national d'Irlande, qui m'a renseignée sur le muséum et sur ses pratiques ;

Rolly Read, conservateur au Muséum national d'Irlande, qui m'a donné accès au laboratoire de conservation de Collins Barracks ; Malachy Conway, qui m'a gentiment accordé une visite guidée des fouilles qu'il mène sur un site ecclésiastique du Moyen Âge ; Terry Melton, de Mitotyping Technologies, qui m'a fourni des explications sur l'ADN mitochondrial ; Angela Bourke, Ann Kenne, Thomas O'Grady, Peter Costello et Donna Wong, dont l'aide m'a été précieuse pour les sources historiques et littéraires.

Un grand merci également à Mary et Sean O'Driscoll, James Kelly, John et Mary Kelly, Susan McKeown, Niamh Parsons, Dolores Keane, et quantité d'autres musiciens et chanteurs traditionnels qui ont inspiré les passages musicaux du roman.

Grâce à l'aide de ces personnes, bien des inexactitudes ont été certainement évitées ; celles qui pourraient subsister sont de mon seul fait.

Je dois aussi dire toute ma gratitude à Susan Burmeister-Brown et Linda Davies, de la revue *Glimmer Train*, qui ont publié ma première nouvelle et donc mis en branle ce livre ; à Vickie Ben-son, de la Jerome Foundation, et aux fondations Dayton Hudson, General Mills et Jerome, pour leur soutien généreux qui a permis de faire les recherches pour ce livre ; à Paulette Bates-Alden, pour ses critiques perspicaces et bienveillantes du manuscrit ; et à mon agent, Sally Wofford-Girand, qui a fait preuve d'une foi infaillible et d'une grande patience pour lire un trop grand nombre de brouillons.

Aux nombreux amis et collègues qui m'ont soutenue, tout particulièrement Susan Hamre, Lynda McDonnell, Cheryll Ostrom, Claudia Poser, Liz Weir, Eileen Mclsaac, Bonnie Schueler, Pat McMorrow, Jane Fallander et Jo Coffman, je présente mes sincères remerciements. Enfin, pour leur soutien et leurs encouragements indéfectibles, je suis particulièrement redevable à ma famille géniale (surtout ma mère, avec ses remarques judicieuses sur la trame et les personnages), et à mon époux adoré, Paddy O'Brien, dont l'esprit farouchement créateur prodigue joie et inspiration à mon existence. À tous ceux dont j'ai omis de mentionner la contribution, par oubli ou négligence, je demande très humblement pardon.

Dans cette histoire, il est fait mention de bien des institutions et des localités existant réellement en Irlande. Quoique la tourbière de Drumcleggan, le prieuré de Drumcleggan, Bracklyn House et les villages de Dungarvan (comté de Clare) et Dunbeg (comté de Galway) soient en partie inspirés de la réalité et partagent peut-être leur nom avec des localités figurant sur une carte d'Irlande, ils n'existent que dans mon imagination.

Meurtres sur la lande anglaise

L'inconnue de la crique

Martha Grimes

Le très aristocratique Melrose Plant vient se reposer en Cornouailles, au manoir de Seabourne, gigantesque demeure bâtie à flanc de falaise. Mais le calme n'est qu'apparent au milieu des landes battues par les vents : Melrose apprend que les enfants des propriétaires y sont morts noyés, et on retrouve bientôt le corps sans vie d'une femme dans une crique. Un assassin rôde, mettant le flegme de notre détective à rude épreuve…

(Pocket n° 11684)

Insondable noirceur humaine

Le meurtre de la falaise

Elizabeth George

Abandonnée par l'inspecteur Lynley, parti en voyage de noces, mal remise des coups reçus lors de sa dernière enquête, le sergent Barbara Havers doit interrompre sa convalescence pour élucider le meurtre d'un jeune Pakistanais. Crime raciste ? Affaire liée à l'homosexualité de la victime ? En quête d'une vérité enfouie sous d'innombrables zones d'ombre, Barbara se plonge au cœur d'une communauté pakistanaise, dont le calme apparent masque la complexité...

(Pocket n° 10552)

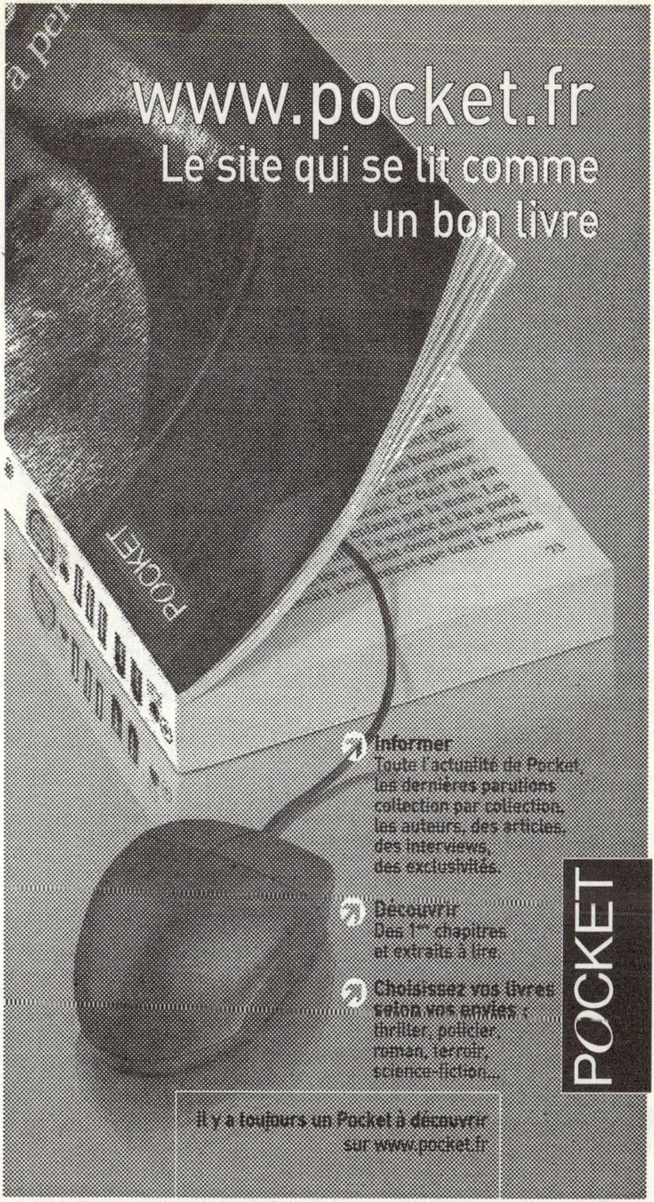

www.pocket.fr
Le site qui se lit comme
un bon livre
Informer
Toute l'actualité de Pocket,
les dernières parutions
collection par collection,
les auteurs, des articles,
des interviews,
des exclusivités.
Découvrir
Des 1ers chapitres
et extraits à lire.
Choisissez vos livres
selon vos envies :
thriller, policier,
roman, terroir,
science-fiction...
Il y a toujours un Pocket à découvrir
sur www.pocket.fr
POCKET

Achevé d'imprimer sur les presses de

BUSSIÈRE

GROUPE CPI

à Saint-Amand-Montrond (Cher)
en mars 2005

POCKET - 12, avenue d'Italie - 75627 Paris Cedex 13
Tél. : 01-44-16-05-00

— N° d'imp. : 50759. —
Dépôt légal : avril 2005.

Imprimé en France